KB058822

# 세계 미궁의 최심부 ⑫ 로 향하자

**와리나이아 타리사** 지음 **우카이 사키** 일러스트

**박용국** 옮김

확실히, 세계는 화사하고,
시간은 빛나고 있는지도 모르겠다.
나는 그렇게 생각했다.

──『대 시조 봉인마법진』.
오직 이 술식을 성공시키겠다는 일념으로,
나는 오늘 이 결투에 임했다.

# 이세계 미궁의 최심부로 향하자
## 12

**와리나이 타리사** 지음 | **우카이 사키** 일러스트 | **박용국** 옮김

S NOVEL

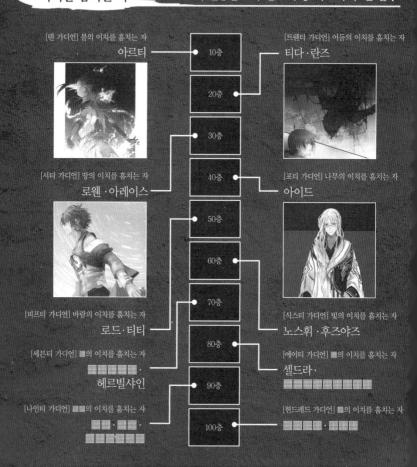

## 이치를 훔치는 자 ━━ 『미련』을 가진 미궁의 파수꾼들.

[텐 가디언] 불의 이치를 훔치는 자
아르티 ━━━

[트웬티 가디언] 어둠의 이치를 훔치는 자
━━ 티다·란즈

10층

20층

30층

[서티 가디언] 땅의 이치를 훔치는 자
로웬·아레이스

40층

[포티 가디언] 나무의 이치를 훔치는 자
아이드

50층

60층

[피프티 가디언] 바람의 이치를 훔치는 자
로드·티티

70층

[식스티 가디언] 빛의 이치를 훔치는 자
노스휘·후즈야즈

[세븐티 가디언] ▤의 이치를 훔치는 자
▤▤▤▤▤▤·
헤르빌샤인

80층

[에이티 가디언] ▤의 이치를 훔치는 자
셀드라·

90층

[나인티 가디언] ▤의 이치를 훔치는 자
▤▤·▤▤·
▤▤▤▤

100층

[헌드레드 가디언] ▤의 이치를 훔치는 자
▤▤▤▤·▤▤▤▤

### ▶지금까지 이야기

갑자기 이세계에 소환된 아이카와 카나미. 게임 같은 이세계에서 『어떤 소원이든 이루어진다』는 소문이 도는 미궁의 최심부로 향하게 된다. 1년만에 미궁에서 귀환한 카나미는 현재의 세계정세를 파악하고 『나무의 이치를 훔치는 자』 아이드와의 결투에 말려든다. 루즈의 안내로 카나미와 티티는 마차를 타고 비아이시아국으로 향하는데──

라스티아라 후즈야즈

싱인 티아라의 재림을 위해 마련된
주얼 크루스.

아이카와 카나미

이세계에 소환된 소년. 차원마법
이 주특기이다.

이세계 미궁의
**최심부**로
향하자

## 등장인물소개

스노우 워커

세상만사에 무기력한 드래고뉴트
였지만, 요즘은 조금 적극적.

마리아 디스트러스

카나미의 노예. 집을 불태운 아이.
아르티와 융합해서 힘을 얻었다.

디아

마법이 주특기인 소녀. 현재는 사
도 시스로서 행동한다.

세라 레이디언트

라스티아라에게 충성을 맹세한
파란 늑대 수인. 남성을 껄끄러워
한다.

라이너 헤르빌샤인

자기희생의 정신이 강한 소년. 카
나미의 기사로서 함께한다.

그림 림 리퍼

저주에서 해방된 『사신』. 현재는
카나미의 힐링 소재.

펠린크론 레거시

셀레스티얼 나이츠. 카나미를 여
러 책략에 빠뜨렸지만, 패배했다.

와이스 하이리프로페

주얼 크루스, 카나미, 펠린크론,
라이너에게 유지를 남기고 사망.

라그네 카이크오라

셀레스티얼 나이츠의 일원. 무투
대회에서 마석에 엄청난 집착을
보였다.

## CONTENTS

# 1. 재상

내 시작이 어디인지를 묻는다면, 주저 없이 대답할 수 있다. 『나무의 이치를 훔치는 자 아이드』는, 이 비아이시아국에서 시작되었다. 천 년 전, 비아이시아국의 『재상』으로서 일했고, 『세계봉환진』으로 모든 것이 끝날 때까지 항상 지켜온 그곳이야말로 내 혼의 고향으로 여기고 있다.

──그리고, 나는 그 고향으로 돌아왔다.

성의 정상에 위치한 옥좌의 방을, 감회에 젖은 채 바라본다.

다른 나라 옥좌의 방과는 달리, 그 방의 벽이며 바닥에는 장식용 식물이 우거져 있었다. 마력을 주입하면, 잠입한 간첩 등을 포박하는 특수한 마법이 걸려 있는 초목이었다. 방 측면에는 휜히 뚫린 창문이 여럿 있고, 그 밑에는 간소한 의자가 늘어서 있었다. 정면 입구에서 상석까지 새빨간 융단이 깔려 있고, 그 최상단에는 우리 『로드(통치하는 왕)』의 옥좌가 놓였었다. 그 뒤쪽 벽에는 그리운 비아이시아의 문장이 바람에 흔들리고 있었다.

옛 기억 속의 모습과 똑같은 배치였다. 차이가 있다면, 늘어서 있는 굵직한 기둥 뒤에 작업용 책상이 놓여있다는 점 정도였다.

또 한 가지 다른 점이 있다면, 예전과는 달리 고요하기 그지없다는 점이었다.

지금 세간을 뒤흔들고 있는 『북연맹』. 그 선두에 선 나라의 정상에서 일하는 자는, 단 세 사람밖에 없었다.

　우선 옥좌에는 고개를 푹 숙이고 기다란 흑발을 앞으로 늘어뜨려서 얼굴을 가린, 조용한 소녀 한 명이 있었다. 그 곁에는 짤막한 금발을 나부끼는 어여쁜 여인이 서 있었다.

　아니, 그 흑발 소녀를 조용하다고 표현하는 건 잘못이겠지. 금발 소녀를 어여쁘다고 표현하는 것 역시 마찬가지다. 지금 흑발 소녀는 **잠들어 있고**, 금발 소녀는 **조종당하고 있**다. 정상적인 상태가 아닌 『상태이상』에 걸려서 발언의 자유를 **빼앗긴** 것뿐.

　하지만, 그건 기둥 뒤 책상 옆에 서 있는 나도 마찬가지인지도 모른다.

　그녀들과 마찬가지로, 나 역시, 이미――

　연락용 마법 〈트리즈 · 컨텍트〉를 마친 나는, 주먹을 꽉 움켜쥐었다. 그리고 뇌리에 떠오른 그 생각을 뿌리치듯, 눈앞에 있는 책상을 후려쳤다. 책상 위에 쌓여 있던 국가의 자료들이 그 진동에 떨어지는 것에도 개의치 않고, 이마에 손을 댄 채, 왕의 광기를 한탄했다.

　"『로드』……, 대체 왜……."

　방금 전, 자신은 지금 옥좌에 잠들어있는 가짜가 아닌, 진짜 『로드』와 대화했다. 이 옥좌의 방에서 『제2미궁도시』 대릴까지 마법에 의한 통신을 실시해서, 천 년 만의 인사를 나누었다. 하지만 우리의 왕 곁에는 천 년 전의 배신자 기사이자, 원수인 시조 카나미가 서 있었다. 자신이 아닌, 그 남자가⋯⋯.

어째서,『로드』는 아직도 그 역적과 함께 행동하는 것인가.

어째서, 자신이 제안한 계획을 받아늘여 주지 않은 것인가.

"저는, 모르겠습니다⋯⋯."

천장을 우러러보며, 나 자신을 타이르듯 중얼거렸다.

말로 하지 않으면 흔들릴 것 같았기 때문이다.

——그래⋯⋯, 모르겠다는 건 거짓말이야. 실은 이미 알고 있어⋯⋯.

그런 말이 흘러나올 뻔했다. 그것을 인정하면, 자신의『로드』는 이 세상에서 사라지고 말 것이다. 당연히 그 곁에 선『재상』역시 사라질 것이다.

그러니까 모르는 척을 할 수밖에 없다.

나는『재상』이다.『재상』인 자신이 사라져 버리면, 아무것도 남지 않는다. 미친 척을 해 가면서라도 계속하지 않으면, 죽음보다도 더 무서운『무의미』로 전락하고 만다.

그렇기에 노력을 계속해하고 있다. 방금 책상에서 바닥에 떨어진 책, 천 년 전의 일이 적혀있는 역사서에 나온『재상』에 매달려 있다.

그때, 멀리서 목소리가 들려왔다.

"——선생님!! 아이드 선생님 계세요?!"

그것은 나를『선생님』이라 부르는 목소리.

그 목소리에 대답하지 않은 채, 나는 말 없이 천 년 전의

『재상』에 대해 생각했다.

그 위대한 『로드』 뒤를 따르는 『재상』…….

그만큼 근사한 모습은 없었다…….

그만큼 근사한 인생은 없었다…….

그만큼 근사한 나는 없었다…….

그렇기에, 『선생님』 따위를 동경하던 어리석은 아이는 이제 존재하지 않는다……. 나는 『동생』이 아닌 『재상』이 됐으니까. 그러니까, 더 이상은——

"서, 선생님?! 얼굴이 파래요! 숨을 쉬세요! 숨을 제대로 쉬세요!!"

수, 숨……?

『선생님』이라는 단어는 받아들일 수 없었지만, 그 이외의 말들은 귀에 들어왔다.

의미를 이해한 나는, 황급히 허파를 움직여서 단번에 숨을 들이쉬었다.

"하, 하아……."

신선한 공기가 허파를 채우고, 방금 전까지 느껴지던 정체불명의 답답함이 다소 완화되었다.

아아, 아무래도……. 어째선지 숨이 멎어 있었던 모양이다…….

지나치게 생각에 잠겼던 걸까? 시조 카나미와의 결전이 가까워져서 긴장했던 것 같다…….

"하아, 하아, 하아……."

호흡을 가다듬으며, 스스로 해답을 내고 주위를 둘러보았다.

언제부턴가, 『주얼 크루스(마석인간)』 소녀가 등 뒤에 서 있었다.

머리카락과 눈에 옅은 파란색 색소가 섞여 있는 소녀로, 비아이시아의 군복을 입고 있었다. 치료를 마친 『주얼 크루스』로, 성의 문관들을 돕겠다고 나선 아이였다. 이름은……, 아마──

"다, 당신은, 저기……, ……미안해요. 이름을 잊어버렸네요……."

이름이 떠오르지 않았다. 찬찬히 생각해 보면 떠오를지도 모르지만, 그렇게까지 할 생각은 들지 않았기에 솔직히 물어보았다.

"『주얼 크루스』 넘버 프로토엑스, 쿠에스입니다. 사과하실 필요는 없습니다. 선생님. 이 성에는 비슷한 외모의 가족들이 많이 있으니까, 기억 못 하시는 것도 이상할 게 없습니다. 그보다 지금은 선생님이 더……."

쿠에스……? 아니, 상관없다. 어차피 또 잊어버릴 테니, 외우려고 애써 봤자 헛수고다. 지금은 그보다 중요한 게 있다.

"미안해요. 저를 부를 때는 『선생님』이 아니라 『재상』아이드라고 불러 주세요."

책상 위에서 바닥에 떨어진 자료들을 주우며, 그녀의 착오를 정정했다. 그리고 그 자료 중에 있는 가장 소중한 책을 집어 들어서 힘껏 움켜쥐었다.

　──그것은, 나 자신의 책.

　천 년 전에 벌어진 북과 남의 싸움을 기록한 역사서,『로드(통치하는 왕)와 아이드(재상)』였다.

　이것이야말로 내가 살아온 확실한 증거. 그것을 옆구리에 끼고,『주얼 크루스』소녀 쪽으로 돌아섰다. 그러자 그녀는 약간 아쉬운 표정으로 고개를 끄덕였다.

　"아, 알겠습니다.『재상』아이드……."

　"고마워요."

　정정해 준『주얼 크루스』에게 감사를 표했다. 동시에 품속의 역사서에게도 감사했다. 1년 전,『세계봉환진』중앙에서 팰린크론 레거시 님과 아이카와 카나미 간 악연의 종착점을 지켜보고,『로드』를 대체하게 될『물의 이치를 훔치는 자』히타키 님을 데려온 후……, 나는 이 책을 발견했다.

　천 년 후의 세계에 가디언(수호자)으로서 소환된 뒤로, 나는 스스로가『재상』이라는 것을 잊어 가고 있었다. 하지만 이 책에는 잊고 있던『재상』의 모든 것이 적혀있었다. 소환 과정에서의 기억 결함 때문에 기억해 내는 게 늦어졌지만, 이제 길을 오인하는 일은 없다.

　──나는『재상』이었다.

　책을 몸속 가장 깊은 곳에 간직하면서, 어쩔 줄 몰라 하는 파란『주얼 크루스』에게 설명했다.

　"미안해요…….『재상』아이드로 불리는 편이 마음을 다

잡기에 좋아서 말이죠."

그 가장 큰 증거로, 지금 가슴을 펴고『재상』이라 자처하고, 부하에게『재상』으로 불린 순간, 몸에 힘이 용솟음쳤다.

아아, 역시…….

나는 이런 성질로 태어난 것이다.

내 속성은 나무. 그 마력은 다른 누군가를 키우는 것에 특화되어 있다. 성격 면에서도 다른 사람을 보좌하는 경우가 많고, 혼자 싸우는 일은 결코 없다.

그렇다. 아이드라는 이름의『마인』은, 혼자서는 살아갈 수 없다.

『로드』가 있어야 스스로가『재상』이라는 것을 증명할 수 있고, 그래야만 비로소── **숨을 쉴 수 있다.**

이제 선명하게 기억나기 시작했다. 그렇다. 분명히 나는『재상』이 되기 위해, 이 성에서『나무의 이치를 훔치는 자』가 되어, 그 새하얀 곳을 향해 끝없이 달렸고──

"새하얀 곳……?"

내 입에서, 스스로의 뇌리에 떠오른 단어에 대한 의문이 흘러나왔다.『나무의 이치를 훔치는 자』에 대해 생각이 미쳤을 때, 순간적으로 그 광경이 엿보였다. 그것은 비아이시아 성안 옥좌의 방이 아닌, 그보다 훨씬 탁 트인 공간이었다.

방금 거기는 어디지……? 그 흰색은『피에리스 아이시아(白櫻)』……?

감회에 젖게 만드는……. 그러면서도 어쩐지 가슴이 아

15

픈…….

기억 속을 깊숙이 뒤져 봐도, 그곳이 어딘지 기억해 낼 수가 없었다.

추측이지만, 천 년 전에 『이치를 훔치는 자』가 되는 과정에서, 그리고 천 년 후에 소환되는 과정에서 기억이 소모된 것이 원인이리라. 다른 자들과는 달리, 나는 『나무의 이치를 훔치는 자』가 되기 직전에 사도 레거시 님으로부터 자세한 설명을 들었다. 그렇기에 방금 본 광경이 어떤 것인지, 대강 짐작할 수 있었다. 그 의미를, 나 혼자만의 힘으로도——

"서, 선생——『재상』 아이드, 왜 그러세요?"

어느 틈엔가 『주얼 크루스』가 곁에 와서 내 얼굴을 들여다보고 있었다.

"아뇨, 아무런 문제도 없어요. 괜찮아요."

『재상』이라 불러 준 덕분인지, 가까스로 억지웃음을 지을 수 있었다.

아까 봤던 광경은 더 이상 떠오르지 않았지만, 그렇게 호들갑 떨 일도 아니었다.

모든 걸 다 기억하고 있고, 그 기억을 어제 일처럼 선명하게 떠올릴 수 있다면, 오히려 그게 더 이상한 일이다.

몸은 젊을지언정, 나는 이미 노령의 나이에 접어든 상태다. 어린 시절의 추억 같은 걸 기억해 낼 수 있을 리가 없다. 고아원에서 지내던 시절의 기억은 거의 남아있지도 않았다. 지금 기억해 낼 수 있는 기억이라고는, 『재상』이던 시절의 기억 정도가 고작일 것이다.

예를 들자면, 천 년 전의 비아이시아국 회랑을 걸을 때 들려왔던 목소리.

──"쳇……. 그런 게『재상』을 맡는다고? 저 한심한 놈이?"

──"그래. 듣자 하니 왕과 같은 고향 출신이라던데, 우리 입장에선 못 봐줄 일이지.『재상』자리에 걸맞은 면모 같은 건 티끌만큼도 없어."

그들은 걸어가는 내 귀에 들리도록 일부러 큰 목소리로 얘기하고 있었다.

──"왜 그런 게『재상』으로 뽑힌 건지, 납득 못 하는 사람이 한둘이 아닐걸."

──"『로드』의 측근은커녕, 짐만 되고 있으니까 말이야."

나를『재상』으로 인정하지 않는 목소리를, 나는 수도 없이 들었다.

성에 있는 모든 이들이, 나는 적임이 아니라고 수군거렸다.

어린 시절의 기억은 떠오르지 않지만, 그 괴로운 날들만은 기억할 수 있었다.

어째선지, 바로 어제 일이었던 것처럼 선명하게.

천 년 전, 내가『나무를 이치를 훔치는 자』가 되기보다도 더 오래 전의 기억.

우리의『로드』는 혁명을 일으키고, 남부로부터의 침략을 완벽하게 격퇴했다.

　거기에 멸망 직전이었던 북부 국가들을 평화로 이끈 수완을 인정받아서, 다른 나라들도 인정하는 어엿한 왕이 되었다. 그 후로는 국력 비축을 위해 전쟁 중심이 아닌 정치 중심의 싸움이 시작되었는데, 한 가지 문제가 발생했다.

　그 문제는 바로 나의── 아이드의『재상』취임이었다. 모두가 입을 보아 "그 이름도 들어 본 적 없는 애송이가『재상』이라니, 제정신이 아니다"라고 수군거렸다.『로드』는 아이드의 실력을 높이 사서『재상』으로 임명했다고 얘기해 주었지만, 그 말을 믿는 사람은 얼마 없었다.

　그도 그럴 것이, 나는 너무나도 약했다.『로드』에 비하면, 모든 게 하늘과 땅 차이였다.

　그 점은 그 누구보다 내가 가장 잘 알고 있었기에, 주위에서 들려오는 비판의 목소리를 귀담아들으면서, 잠잘 시간까지 아껴서 일하기로 했다. 재주 없는 인간 나름대로, 든든한『재상』이 되기 위해, 할 수 있는 일은 모두 하려고 노력했다.

　그 와중에 몸을 단련하려고 했던 적도 있었다. 지위가 지위인 만큼 전장에 나설 일은 없었지만, 그 시절에는 최소한의 힘조차 없으면 주위에서 얕잡아보는 풍조가 있었기 때문이다.

　하지만 우습게도, 그 노력은 1년이나 되는 시간을 들였음에도――

"――역시, 아이드 공은 검에 소질이 없군요."

라는 한 마디에 수포로 돌아가고 말았다.

"아, 아직 더 훈련할 수 있어요! 월스 장군!!"

비아이시아 성 안에 있는 녹음이 풍성한 안뜰에서, 나는 무릎을 꿇은 채 절규했다. 노련한 장군에게 일부러 시간을 내 달라고 요청해 가면서까지 한 훈련이었지만, 기어이 장군은 고개를 가로저었다.

"아니……, 아이드 공은 너무 서툴러서, 날붙이를 쥐여 주면 오히려 위험하기만 하네. 그래도 정 무술을 익히고 싶다면, 맨손으로 싸우는 수밖에 없어. 하지만 전장에서 주먹을 쓸 일은 사실상 없을 테고……. 가능하면 다른 전투법을 익혀 줬으면 좋겠네만……."

은연중에 포기하라는 뜻이 담겨 있다는 것쯤은 바로 알 수 있었다.

분수에 맞지 않는 짓은 집어치우고, 사람이나 서류와 마주하는 일만 하라는 뜻이었다.

"――죄송해요, 월스 장군. 귀중한 시간을 할애해 주셔서 감사합니다."

"――무술은 힘들더라도, 내가 뭐가 도울 수 있는 일이 있거든 얼마든지 얘기하게. 그대들 남매에게는, 평생 갚아도 못 갚을 은혜를 입었으니까."

하지만 그런 레이넌드 월스의 목소리는 이미 내 귀에 들어오지도 않았다. 나는 꽉 움켜쥔 주먹에서 피를 흘리며 성 안으로 돌아갔다.

알고는 있었지만, 싸움은 내게는 무리였다. 내가 나라에 공헌할 수 있는 건 지식 측면밖에 없다. 머리를 써서 내 나름의 강점을 찾아내야 하겠지만……

"하지만 그것만 가지고는……."

나는 변경 마을 출신이다 보니, 이 성에서 일하는 다른 사람들에 비하면 그동안 받은 교육의 수준이 턱없이 낮았다. 도심의 귀족들은 어린 시절부터 예의범절을 철저하게 배우고, 고명한 학자 밑에서 전문적인 학습을 쌓는 것이다.

그런 그들을 따라잡으려면 어지간한 노력으로는 역부족일 것이다. 아니, 만약 따라잡는다고 해도, 집안이라는 절대적인 차이는 메울 수 없다. 어린 시절부터 쌓여 왔을 인맥 역시, 평생을 들여도 당해낼 수 없다. 같은 정도로는 안되는 것이다.

나에게는 훨씬 더 강한 힘이 필요했다. 출신도, 지식도, 인맥도, 그 모든 것을 잠재울 수 있는 힘. 누님 가진 것 같은 압도적인 힘이——

"저는 누님의 동생인데……, 왜 누님 같은 재능이 없는 걸까요……."

하다못해 누나가 가진 재능의 10분의 1만 있었더라면, 하고 고개를 푹 숙였다.

"……아니, 없는 걸 아쉬워해 봤자 소용없겠죠. 지금은 제가 할 수 있는 일을 하는 수밖에 없어요."

고개를 젓고, 얼굴을 들었다.

——이렇게 해서, 건국의『재상』아이드는 굴하지 않고 앞으로 나아가기 위한 노력을 거듭했다.

미숙하면서도 신중하게, 실수를 최대한 줄이기 위해 애쓰며, 온 힘을 다해『재상』의 일을 처리했다. 결코 부패하지 않고, 자신이 할 수 있는 최선의 수만을 선택했다.

단 한 번이라도 빈틈을 보였다가는, 내 실각을 바라는 자들이 우르르 몰려들어, 나를 이『재상』의 자리에서 끌어내리리라는 것쯤은 알고 있었다.

만약 내가『재상』의 자리에서 내려가면, 더는『로드』곁에 있을 수 없게 된다.

그것은 곧, 지난날의 이름 없는『마인』으로 돌아간다는 뜻.

그 끔찍한 미래를 두려워하며, 1년—— 또 1년,『재상』아이드는 국무에 쫓기며 지냈다. 연분홍색 꽃이 피는 계절에서 노란 꽃이 피는 계절로. 빨간 꽃이 피는 계절에서 하얀 꽃이 피는 계절로. 북부 특유의 불안정한 계절이 돌고 돌았다.

『로드』가 비호해 준 덕도 있었지만, 어쨌거나 나는『재상』의 자리를 유지할 수 있었다.

그리고 내 몸은 조금씩 자라서,『로드』의 키를 넘어섰다.

눈두덩은 푹 꺼지고, 인상은 볼썽사나워졌다. 아마 얄팍한 수만 가지고『재상』으로서의 힘을 유지해 온 탓이리라. 그동안 나 스르로가 꿈꿔 왔던 어엿한『재상』의 모습과는 한

참 동떨어진 모습이었다.

그래도 나는 『로드』를 곁에서 모시기에 부족함이 없는 『재상』이 되기 위한 노력을 계속했다.

그러나 그런 범재의 노력 앞에 기다리고 있던 것은, 비정한 현실. 『로드』가 북대륙을 평정해서 많은 나라가 안정을 되찾기 시작했을 때쯤, 그녀는 교육 쪽에 힘을 들이기 시작했다.

영원토록 계속 자신이 장군 역할을 맡을 수는 없는 노릇이니, 좋은 후계자를 찾기 위한 교육은 반드시 필요하다는 것이 『로드』의 의견이었다.

충분히 일리 있는 얘기였다. 동시에, 그것이 나를 두고 하는 말이라는 생각도 들었다.

이 시책이 이대로 순조롭게 펼쳐지고, 시간이 지나면, 나보다 더 뛰어난 『재상』이 나타날 것이다. 『이치를 훔치는 자』가 되어 불로에 가까운 존재가 된 『로드』와는 달리, 나는 늙고, 언젠가 다른 누군가와 교대할 수밖에 없다. 『로드』 곁에서는 『재상』이라는 자리를 다른 이에게 비워 주고, 그 모습을 늙어 가며 지켜보게 될 것이다.

──그 미래는 너무나도 두렵고, 처참했다.

지금까지 정신없이 일만 하며 지낸 탓인지, 나는 그런 당연한 사실조차 생각하지 못하고 있었다. 교육 시책에 대한 얘기가 나온 뒤에야 겨우 깨달았다.

나는 언제까지 『재상』일 수 있을까.

나는 언제까지『로드』곁에 있을 수 있을까.

그 동요는,『재상』의 직무에까지 영향을 끼칠 정도였다. 이러다가는 나라에 폐를 끼치게 될지도 모른다고 생각한 나는, 내가 가장 신뢰하는 인물과 의논하기로 했다.

"그건 걱정 말거라, 아이드."

개인적으로 시간을 내어 준『로드』의 방에서 단둘이 얘기하게 되었을 때,『로드』는 그것이 기우일 뿐이라고 잘라 말했다. 그 순간, 나는 드디어 오랜 고민으로부터 해방될 거라 생각했다.『로드』가 그렇게 얘기한 이상, 그건 틀림없는 사실일 거라고 확신했기 때문이다.

그러나, 직후에『로드』의 입에서 나온 말은, 자신이 기대하던 것과는……달랐다.

"그대의 생활은 내가 보장하지. 그대는 그대가 하고 싶은 일을 하면 돼. 우리에 대해서는 아무 걱정도 할 것 없다……."

전하고자 했던 말이 제대로 전해지지 않고, 뭔가가 왜곡된 거라고 생각했다.

나는 앞으로도 내가 계속『재상』역할을 할 수 있을까 하는 불안을 토로한 것이었다.

그런 내 말에『로드』는 걱정할 것 없다고 대답했다. 그 은 당연히 내가 언제까지고『재상』구실을 할 수 있는 묘안이 있다는 뜻이라고 생각했으나, 방금 그 대답은 마치――

"그래. 나머지 시간은 고아원 같은 걸 해 보는 게 어떠냐?"

"――네?"

숨이 턱 멎었다.

더없이 해맑게 웃으며, 『로드』는 대단한 묘안이라도 되는
양, 나에게 『재상』 이외의 일을 제안했다. 마치 이 비아이시
아라는 나라에 나는 필요 없다는 말을 들은 것만 같아서, 숨
을—— 쉴 수가 없었다.

평소처럼 숨을 들이쉬기가 힘들어서, 허파와 목구멍, 얼
굴까지 굳어져서 움직이지를 않았다.

"으음, 내가 생각해도 좋은 아이디어구나. 이 나라의 나
랏일을 아이드가 따라오기 버겁다면, 고아원 원장 같은 건
어떻겠느냐? 그대라면 분명 좋은 원장이 될 게다. 우리가
지내던 고아원 같은 훌륭한 『안식처』를, 그대가 마련해 두
고 기다려 줬으면 좋겠구나. 거기서 최후의 시간을——."

숨을 쉴 수 없어서인지, 가슴이 답답해졌다. 그와 동시에
의식이 흐릿해지고, 눈에 보이는 세계가 아득히 멀어졌다.
그에 따라 당연히 『로드』의 목소리도 멀어져 갔다.

무슨 말을 하는 건지 이해할 수가 없었다. 아니, 이해하고
싶지 않았다.

"——아이드. 가능하면 그대가 우리의 돌아갈 곳을 준비
해 줬으면——."

이 얘기를 더 들으면 끝장일 거라는 예감이 들었다.

자신의 이야기가 적힌 책만 에필로그에 들어서서, 이제
몇 페이지 남지 않은 목숨. 『로드』의 이야기가 끝없이 펼쳐
지는 가운데, 자신의 이름은 이대 그 누구에게도 불리지 않

게 된다. 그런 이미지가 머리를 스쳐 지나서, 나는 반사적으로 중얼거렸다.

"……네. 그것도 좋을지도 모르겠네요. 그래도 생각할 시간을 좀 주세요……."

비유가 아닌 진심으로, 내가 내가 아닌 것 같아서, 죽어 버리고만 싶었다. 지금 당장이라도 목을 매달고 싶은 충동이 몰아쳤다. 나는 『로드』에게서 도망치듯 방을 떠났다.

"그, 그러냐……. 천천히 생각해 보거라. 그대가 어떤 선택을 하더라도, 나는 항상 응원할 테니까."

그런 『로드』의 마지막 말조차도, 지금의 내게는 고통일 뿐이었다.

비틀거리며 방을 떠난 나는, 성안 회랑을 걸었다.

마주치는 사람들이 내 얼굴을 보고는 걱정스러운 목소리로 말을 걸었다. 하지만 그런 건 아무 관심도 없었다. 『재상』의 자리를 지키기 위해 주위 사람들에게 점수를 딸 생각조차 들지 않았다. 아무런 대답도 할 수 없어서, 나는 모든 관심을 무시하고 내 방으로 돌아왔다.

방에 도착한 나는, 현실을 받아들이지 못하고 넋이 나가 버렸다.

지금까지 힘겹게나마 버텨 올 수 있었던 것은, 『로드』가 나에게 "『재상』 자리에 있어도 좋다"고 말해 주었기 때문이었다. 즉, 『로드』가 있기에 『재상』 아이드도 있을 수 있었던 것이다.

이 몸은 『로드』를 위해 바쳐졌고, 『로드』를 위해 특화되어 있다.

이제 와서 삶의 방식을 바꿀 수 있을 리가 없었다.

방금 회랑에서 사람들과 마주쳤을 때처럼, 자신이 어떤 인간인가 하는 것도 몰라서 한마디 말도 할 수 없게 될 뿐이다.

나는 『재상』이라는 직위 없이는 살아갈 방식조차 알지 못하는 나약한 인간인 것이다.

그런 마당에, 고아원……? 내가 그 원장……?

가능할 리가 없다! 아니, 가능하다고 해도 그런 건 하기 싫다! 절대로!

『로드』가 나 이외의 다른 누군가와 함께 나아가는 미래가 두려웠다.

그건 누가 될까? 다른 『이치를 훔치는 자』일까? 『로드』와 마찬가지로 재능을 타고난 강자일까?

나보다 훨씬 똑똑한, 『재상』의 자리에 걸맞은 남자일까?

그런 두 사람을 뒤에서 홀로 지켜보는 것. 그것까지는 그나마 괜찮다.

『로드』의 도움이 될 만큼의 힘을 가진 자가 등장하는 건 반가운 일이다.

그건 괜찮다. 괜찮지만……, 단, 그때 나는 어떤 모습일까……. 젊고 아름다운 『로드』를, 다 늙은 모습으로 지켜보는 걸까……?

……안 된다.

그래서는 **그 약속을 지킬 수 없다.**

나는 오직 그 약속을 지키기 위해 지금까지 애써 왔는데——

"아, 아아아……. 아아이아아아아……."

절규했다.

나는 이제 더 이상 견딜 수가 없었다. 어엿한 『재상』이 되기 위해 억지로 노력해 왔던 몸이 비명을 지르고 있음을 알수 있었다. 범재인 만큼, 자신의 한계가 어디인지 나 자신이 가장 잘 알고 있었다.

비아이시아 성안을 방황하며 찾아다녔다.

"누, 누가 좀……. 나를……, 제발……."

내가 『재상』의 자리에 있기 위해서는 어떻게 해야 하는걸까.

누군가와 그 점을 의논하고 싶었다. 하지만 신뢰할 수 있는 사람이 없었다. 옛 고아원 친구들은 이미 거의 다 성을 떠나고 없었다. 아직까지 남아있는 건, 자신을 제외하면 『로드』와 셀드라뿐이었다.

——둘 다 너무 강했다.

두 사람 모두 약한 사람의 고민 같은 걸 이해할 리가 없었다.

실제로 『로드』는 전혀 이해해 주지 못했다.

그래서 나는 찾아다녔다. 약한 나의 심정을 이해해 줄 누군가를.

찾고, 찾고 찾고 또 찾은 끝에, 결국 다다랐다.

오늘까지 『재상』 구실을 하며 모아 온 정보를 활용하면, 그 존재와 만나는 것쯤은 어렵지 않았다.

그를 불러서 단둘이 방에서 얘기하는 데에는 그리 오랜 시간이 걸리지 않았다.

나는 내 방에서 갈색 머리의 작은 아이와 마주했다.

그 작은 체구와 옷차림에 걸맞지 않은 위엄을 풍기면서, 아이는 나에게 말했다.

"……사도 디프라클라의 전언을 받아 왔어. 미안하다고. 자기가 경솔한 짓을 하는 바람에 오랫동안 당신들 남매를 괴롭히고 있다고. 정말 미안하다고. 몇 번씩이나 사과했어."

아이는 고개를 숙이며 동료를 대신해 사과했다.

이 지극히 평범해 보이는 단발의 소년이 바로, 전설의 사도 중 한 명인 레거시.

나는 알고 있었다. 이 사도들이 각지에서 『이치를 훔치는 자』가 될 자질이 있는 자를 고르고 있다는 것을. 지난날 누나를 『이치를 훔치는 자』로 만든 것이 사도 디프라클라라는 존재였고, 지금 눈앞에 있는 이 소년도 그 권한을 갖고 있다는 것을…….

"레거시 님……. 저도 누님처럼 되고 싶습니다……."

아무것도 생각하지 않고, 나는 오직 그런 염원만을 말했다. 만나기 전에는 이런저런 교섭 조건을 생각했었다. 하지만 그와 마주한 순간, 그 모든 게 무산되었다.

이제 한계였기 때문이리라.

그리고 그 한계를 넘어서기 위해, 옛날이야기 속에 나오는 『마법』의 힘을 갖고 싶었다. 내 키의 반 정도밖에 안 되는 조그마한 어린아이에게 절박하게 매달렸다.

"부탁이에요. 다른 건 아무것도 필요 없어요. 필요하다면 당신의 노예가 돼도 좋아요. 당신의 신발이라도 핥을 수 있어요. 뭐든 다 할게요. 다 해 드릴게요. 그러니까……."

이것이 나의 진정한 시작.

후세에까지 길이 남게 될 전설의 『재상』 아이드의 시작이었다.

"그러니까, 제발……. 제발 저를 『이치를 훔치는 자』로 만들어 주세요……."

『로드』의 곁을 영원히 함께 걸을 수 있는 권리를 갖고 싶었다.

"……아이드 형, 걱정할 것 없어. 사실 조건은 이미 충족된 상태니까. 『세계』가 이미 당신을 인정했어. 그래서 지금 내가 여기에 있는 거야."

사도 레거시는 약간 곤혹스러운 표정을 짓는가 싶더니, 이내 고개를 끄덕였다.

하지만 이제 그 누구의 말도 믿지 못하게 된 나는 애원을 계속했다. 무슨 일이 있어도 이 사도의 기분을 거슬려서는 안 된다는 생각에, 절박하게 내 자신을 선전했다.

"이 목숨을 바칠 각오도 돼 있어요! 이 몸을 마음대로 쓰셔도 좋아요! 세계에 혼을 팔아넘겨도 상관없어요! 네, 전부 다, 다 가져가세요! 저는 『저 자신』도 『대가』로 바칠 수 있어요!!"

『계약』에는 『대가』가 필요하다는 것쯤은 알고 있었다.

그 『대가』는 막대해서, 자기 자신을 상실하는 경우까지 있다는 것도 알고 있다.

그 얘기를 전하자, 사도는 약간 놀란 표정을 보였다.

"역시 **최후의** 『이치를 훔치는 자』. 다른 사람들과는 달리 잘 알고 있네. 누나를 위해서 독자적으로 조사한 거야? ……아니, 어느 쪽이든 상관없지. 어차피 『대가』는 이미 정해져 있으니까. 지금 잃어 가고 있는 걸, 누나와 똑같은 곳에 떨어뜨리면 그만이니까."

『대가』는 이미 정해져 있다……? 누님과 같은 곳에 떨어뜨린다……?

아니, 누님과 같다면 상관없지……. 그건 오히려 내가 바라던 바였다.

"『이치를 훔치는 자』에 대한 설명은 필요 없을 것 같지만, 그래도 일단은 얘기해 둘게. 그게 내 임무라는 모양이니까."

"그럼, 저기……. 저는 『이치를 훔치는 자』가 될 수 있는 건가요?"

"될 수 있어. 당신의 열의에 세계가 진 것 같으니까."

"아, 아아……."

그 말이 듣고 싶었다.

한참 동안 멎어 있었던 숨을 내쉬고, 굳어 있던 표정을 풀었다. 하지만 사도는 그런 나에게 경고했다.

"하지만 그 전에 물을게. 지금이라면 되돌릴 수 있어. ……아이드 형, 정말 괜찮겠어? 까놓고 말해서, 나는 절대 추천하지 않아. 나는 다른 시도 둘과는 달리 임무 같은 건 별로 중시하지 않는 성격이라 얘기하는 건데,『이치를 훔치는 자』는 사기나 다름없는 거야.『이치를 훔치는 자』가 된 녀석들은 거의 다 불행해져. 적어도 지금까지는, 우스울 정도로 전원이 다 불행해졌어."

"그래도 부탁드릴게요."

주저 없이 대답했다. 그 경고가 옳다는 걸 알고 있으면서도, 무작정 앞으로 나아갔다.

비록 불행해진다 해도, 그곳에는『내가』있을 것이다.

『로드』곁에 있을 수만 있다면, 불행해진다 해도 상관없었다.

"……대단한데. 그래도 하겠다니."

그 주저 없는 대답에 진심으로 놀랐는지, 사도는 순간적으로 위축돼서 한 발짝 뒷걸음질 쳤다.

그리고 눈부신 듯 나를 쳐다보며, 내게서 약간 거리를 둔 채 얘기를 재개했다.

"나는 당신한테 이런저런 기대를 갖고 있어. 그러니까, 이 레거시에 의한 역대 최고로 심술궂은『대가』라 해도, **다다를 수 있을지**……. 시험해 보고 싶어."

역대 최고로 심술궂은『대가』라는 말도, 내 마음을 흔들지는 못했다. 불성실하기로 소문 난 사도 레거시라면 그 정도는 할 거라고 예상했기 때문이다. 다만, 소문만큼 사악해 보이지 않아서 약간 놀란 건 사실이었다.

자세히 살펴보니, 나에게 호의적인 시선을 보내고 있음을 느낄 수 있었다. 나보다 높은 지위인 사도이면서도, 『이치를 훔치는 자』에 대한 동경을 품고 있는 것처럼 보이기도 했다.

"그런 말씀 때문에 제가 한 말을 굽힐 생각은 없어요, 사도님."

"알았어, 아이드 형. 반드시 당신을 『이치를 훔치는 자』로 만들어 줄게. 이제부터 당신은 운 나쁘게 사도 레거시에게 선택받은 『나무의 이치를 훔치는 자』가 되는 거야. 그럼, 일단 그 심장을 짓부숴야겠지――."

――이렇게 해서, 이날, 『나』는 **자살했다.**

나 스스로 내 심장을 짓부순 것이다.

사도님이 지켜보는 가운데 『계약』을 행해서, 나는 누나와 같은 『이치를 훔치는 자』가 되었다.

――이것이 『나무의 이치를 훔치는 자』 아이드의 시작이자, 한 사람의 『남동생』인 아이드가 끝나는 순간.

이때부터 나에게서 어떤 『소중한 시간』이 쏙 빠져 버렸다.

동시에, 어떤 소중한 약속도 잊어버리고 말았다.

『이치를 훔치는 자』라면 누구나 겪는 『시련』에, 나도 빠져들었다.

하지만 내게는 두려움도 불안도 없었다.

『로드』 곁에 있을 수만 있다면, 나는 영원토록 싸워나갈 수 있었다.

이것이 『재상』 아이드 이야기의 시작점.

◆ ◆ ◆ ◆ ◆

시작점──이었을 것이다.

스스로가 『이치를 훔치는 자』가 된 경위를 떠올리며, 나는 자조했다.

"후후, 이것만은 아무리 시간이 흘러도 잊히지 않네 요……."

그날, 나는 『로드』를 쫓아서, 심장을 부수고 『나무의 이치를 훔치는 자』가 되었다. 그 모든 게 『로드』에 걸맞은 최고의 『재상』이 되기 위한 일──

"……서, **선생님?**"

다시 멀리서 목소리가 들려왔다.

그 목소리를 들은 나는, 마음속으로 "아니야"라며 고개를 가로저었다.

『선생』 정도의 존재로는 나라를 지킬 수 없다. 나는 『재상』이기에 『로드』 곁에 설 수 있었다. 지금도 염원하고 있다. 나는 『로드』 곁에, 『재상』으로서 서고 싶다고.

영원토록 그 곁에 서고 싶어……! 그렇건만──!!

"숙적, 시조 카나미가 나타났죠……."

지금 『로드』 곁에 서 있는 것은, 또 그 남자였다.

『이방인』이면서 이 세계의 『시조』라 불리는 남자.

"『로드』……. 대체 왜 또 그 남자와 함께……."

나는 이를 악물면서 지금의 상황을 저주했다.

아니, 질투했다.

알고 있었다. 지금까지 장광설을 늘어놓았지만, 결국은 그것이었다.

"당신만 나타나지 않았더라면……. 당신 때문에, 나는 홀로……."

시조 카나미에 대해 생각하다 보니, 천 년 전 나의 최후까지 떠오르고 말았다.

결국, 최후의 순간에 『로드』는 내 곁에 없었다.

다른 건 아무것도 필요 없다고 생각했던 인생이었건만, 그 인생의 마지막에 『로드』는 존재하지 않았다. 그뿐만이 아니라, 『대가』에 의해 단 한 명의 친구조차 없이, 홀로 고독하게, 그 비아이시아국을 마지막까지——

"서, 선생님?! 저희들이 곁에 있어요! 정신 차리세요!"

거세게 어깨를 흔드는 느낌에 이어, 귓전에서 시끄럽게 목소리가 울려 퍼졌다.

또다. 성가시다…….

함부로 나를 『선생』이라고 부르지 마……. 아무것도 모르는 주제에…….

"선생님이! 너희들도 어서 선생님을 불러 드려! 또 그때처럼 됐어!"

"나도 알아! 회복마법을 쓸 수 있는 녀석은 전력을 다해서 사용해! 원인은 알 수 없지만, 안 하는 것보다는 나아!"

"일어나세요! 선생님, 모두가 기다리고 있어요!!"

어느샌가 내 주위에는 이름도 모르는 『주얼 크루스』들이 모여 있었다.

그들 모두는 아까 그 소녀와……, 아아, 이름이 떠오르지 않는다. 아까 그 파란 머리의 『주얼 크루스』와 마찬가지로, 치료를 마친 뒤에 성에서 일하기를 희망했던 자들이었다.

대부분은 성에서 일하기는 너무 젊었지만, 성 밑 도시에서 살아가기에는 지나치게 강한 아이들이었다.

그래서 나는 그들에게 『안식처』를 마련해 주었다. 이 성안뿐만 아니라 어디서든 살아갈 수 있도록, 이 대륙의 환경을 정비해 주었다.

그러다 보니 어느샌가 숫자가 늘어났고, 어느샌가 그들에게 추종받게 되었다.

『주얼 크루스』 구제는 나 자신의 의지로 한 일이었지만, 이제 와서 생각해 보면 도무지 믿어지지 않았다.

이 1년 동안, 나는 왜 이렇게 많은 『주얼 크루스』들을 구한 걸까.

──나도 『나』를 알 수 없었다.

대체 왜……? 처음에 미궁 40층에 도달했을 때, 이 세계에 나를 부른 게 『주얼 크루스』인 와이스 님이었기 때문이었을까? 노스휘 님과 같은 『주얼 크루스』인 그분에 대해 연구자로서의 호기심을 느꼈기 때문이었을까? 아니면 단순히 그 처지에 대한 동정 때문이었을까?

천 년 전의 일과는 달리, 1년 전 정도의 일은 그나마 기억할 수 있었다.

이 시대에 가디언으로서 소환된 나는, 우선 수명이 짧은 하얀 『주얼 크루스』를 치료했다. 그리고 치료 과정에서 그 와이스 님의 얘기를 듣다 보니, 이 시대에 대해 조금씩 알아갈 수 있었다.

그 얘기를 들은 즉시, 『주얼 크루스』를 생산하는 연구실을 알아내서, 그 실태를 까발리고, 황무지로 만들어 버린 기억이 있다.

인간이 괴롭히기 위해 인간을 생산하고 있다는 사실을 알게 된 나는, 격노했다.

……그래, 그랬다. 나는 화가 났기에 『주얼 크루스』들을 구하기로 마음먹었던 것이다.

그리고 처음으로 구한 『주얼 크루스』의 이름은, 아마……, 루즈.

조금씩이나마 머릿속의 안개가 걷혀 가는 기분이다…….

"선생님!! 저희들이 곁에 있으니까 뭐든지 말씀만 하세요……. 제발 혼자서 모든 걸 다 끌어안고 계시지 마세요……."

"어? 아, 아아, 네……."

살짝 걷힌 안개 너머에서 손이 뻗어 와서, 내 정신을 깨웠다. 주위에 눈길을 줄 여유가 생겨서, 지금 내가 있는 곳이 비아이시아 성 옥좌의 방이라는 걸 깨달았다.

수많은『주얼 크루스』들이 나를 둘러싸고 있었다. 그중에 한 명이 내 오른손을 꼭 붙잡고 있었다. 너무 깊이 생각에 잠겨서 아무런 반응도 하지 않는 나를 걱정한 것이리라.

그 양손은 더없이 따스했다.

"죄송합니다……. 또 저도 모르게 넋을 놓고 있었군요……."

다만, 그 깨끗한 손을 보고, 나는 또다시 "아냐"라고 생각했다.

이렇지 않다.『그녀』의 손은, 그 사람의 손과 닮아 있었고, 그래서 나는——

"제 말 좀 들어 보세요, 선생님. 요즘 좀 이상하세요……. 항상 어딘가 넋이 나가 보이고……. 여기에는 저희들이 있으니까, 저희들에게 고민을 털어놓아 주셨으면 해요……."

"……네, 여러분 덕분에 든든합니다. 방금 그건 고민에 빠져 있던 게 아니라 추억에 잠겨 있었던 것뿐이니까 걱정하실 것 없어요. 조금 전에 옛 지인과 대화한 탓에 그런 거겠죠."

"그렇다면……, 다행이지만……."

그녀들과는 상관없는 얘기다.

적당한 변명으로 얼버무리고 있으려니,『주얼 크루스』중 한 명이 제안했다.

"아, 맞아, 선생님! 다음 공부 모임은 언제인가요? 한참 동안 안 했잖아요?! 저희들은 아직 선생님께 배우고 싶은 게 많아요!"

나는 어떻게 거절할지 신중하게 고민한 끝에, 가만히 고개를 가로저었다.

"가르쳐드리고 싶은 건 아직 산더미처럼 쌓여 있지만…….죄송해요. 아마 이제 공부 모임은 두 번 다시 없을 겁니다…….이제 시간이 왔으니까요."

"네? 하지만 모두 기대하고 있었는데……."

물고 늘어지는『주얼 크루스』들을 향해 연신 고개를 가로 저었다.

이제『선생』운운하는『흉내 놀이』따위나 하고 있을 때가 아닌 것이다.

"더 이상 그럴 수 있는 상황이 아닙니다. 시급히『성』의 기동 실험부터 할 생각입니다."

이제부터는 시조 카나미를 이기는 것만 생각할 것이다.

그 남자를 이기려면, 오늘까지 내가 쌓아 온 모든 것을 걸어야만 한다.

"『성』을 깨우겠다는 말씀인가요? 물론 준비는 돼 있긴 하지만, 왜 갑자기……."

이『성』은『북연맹』이 가진 마지막 비장의 카드다.

그것을 기동하겠다는 얘기이니, 이 파란 머리『주얼 크루스』가 이런 반응을 보이는 건 당연한 일이었다.

"그렇게 해야 할 필요가 있는 적이 이리로 다가오고 있습니다. 성 밑 도시의 주민들에게는, 『남연맹』의 본대가 진군해 온다는 식으로 얘기해서 피난을 독려하세요."

"적이라구요? 혹시 아까 대화하셨다는 상대를 말씀하시는 건가요? 그 사람들이 적의 본대 수준이라는……?"

"아뇨, 그런 장난 같은 군대와는 비교도 안 되는 존재입니다. 천 년 전에 전 대륙을 공포로 몰아넣었던 전설이 둘. 싸움에 휘말렸다가는, 즉사를 면치 못할 겁니다."

"천 년 전의 전설이라면, 『로드』님이나 사도님 같은……?"

"네. 그러니 여러분도 피난하세요. 성안은 완전히 비우겠습니다."

"자, 잠시만요!! 저희들도 남아서 선생님과 같이 싸우겠습니다!!"

"여기에는 『이치를 훔치는 자』와 사도님만이 남습니다. 그 이외의 전력은, 솔직히 말해서 거치적거릴 뿐이니까요."

설명이 끝나자, 파란 머리 『주얼 크루스』가 서글픈 얼굴로 저마다 옷자락을 꽉 움켜쥐었다. 자세히 보니, 주위에 있는 다른 자들 역시 마찬가지였다.

그녀들은 입술을 깨문 채, 하나둘 고개를 끄덕였다.

"……알겠습니다."

그 표정과 감정의 의미는, 내가 그 누구보다 잘 알고 있었다.

그래서 내 표정도 그렇게 될 뻔했다. 하지만 그녀들이 시조 카나미와의 싸움에 방해만 될 뿐이라는 건 틀림없었다.

나는 냉정하게 돌아서서 사무적으로 지시했다.

"그럼, 사전에 정해 둔 대로 진행해 주세요. 상황은 상정 패턴 12번, 위기적 상황입니다. 신속하한 피난을 부탁드리겠습니다."

"……알겠습니다. 즉시 전원에게 통지하겠습니다."

돌아오는 대답도 사무적이었다.

그 대답에 조금이나마 마음이 놓였다. 그리고 주위에 있던『주얼 크루스』들은 서로가 서로의 얼굴을 마주 보고는, 움켜쥐고 있던 옷자락을 놓고 성 곳곳을 향해 뛰어갔다.

"후우. 자, 이제 바빠지겠네요. 우선 사도님에게 상황 설명부터……."

홀로 남은 나는, 즉시 옥좌 쪽으로 시선을 돌렸다.

거기에는 눈을 감은 흑발의 왕『아이카와 히타키』가 앉아 있었다. 그 곁에는 몸에 사도님을 깃들인『디아블로 시스』가 왕을 향해 일방적으로 뭔가를 얘기하고 있었다. 바로 근처에서 입씨름을 벌이고 있던 나와『주얼 크루스』들 따위는 안중에도 없는 기색이었다.

평소와 다름없는 모습이었다.

둘은 항상 함께였다. 디아 님은 언제나 잠들어 있는 히타키 님에게 열심히 말을 걸었다.

내가 마법과 스킬로 그렇게 유도한 탓이었다.

그 둘에게 다가가면서 말을 걸었다.

"디아 님……! 죄송하지만 시스 님과『교대』해 주실 수 있겠습니까?"

잠들어 있는 히타키 님을 상대로 열심히 얘기하고 있던 디아 님이 이쪽을 슬쩍 쳐다보았다.

이름을 부르는 소리를 듣고 나서야, 관심이 이쪽으로 향한 모양이었다.

"……음. 지금은 내 시간이야."

하지만 입을 뾰로통하게 내민 채, 내 요구를 기각하려 했다.

"죄송합니다……. 상황이 너무 급해서요."

불행한 태생의 디아 님이 그 또래다운 표정을 보이는 건 반가운 일이었다.

하지만 오늘만은 물러설 수 없었다.

"하는 수 없지. 대신 빨리 끝내줘야 해. 나는 이제부터 **지크**와 해야 할 일이 있으니까."

용건의 중요성을 눈치챈 디아 님은 순순히 눈을 감아 주었다.

그와 동시에 그 몸에서 힘이 빠져나가고, 그녀의 몸에 깃들어 있던 마력의 질이 변화했다.

얼마 되지 않아 디아 님은 고개를 들고, 그녀라면 절대로 보이지 않은 독기 어린 미소를 보였다.

『교대』를 확인한 나는, 본래 용건이 있던 인물에게 말을 걸었다.

"시스 님, 드디어 왔습니다."

"……안에서도 깨어 있었으니까 전부 다 들었어. 드디어

왔구나."

디아 님과 같은 목소리로 대답했지만, 말투는 명확하게 달랐다. 지금 여기에 있는 것은 순수하고 무해한 소녀가 아닌, 지난날 온 세계에 이름을 떨쳤던 전설의 사도 시스 님이다.

"그나저나, 그렇게까지 정색하고 대드는 아이드는 오랜만에 보는걸. 맹우를 상대로 결투 선언까지 하다니……. 그런데 정말 이길 수 있겠어?"

시스 님은 옆에 앉아있는 흑발 소녀에게 가볍게 인사하고, 옥좌에서 한 발짝 멀어졌다.

『교대』에 의해 내가 건 마법과 스킬로부터 해방된 덕분에, 『디아블로 시스』가 자유로이 행동할 수 있게 된 것이다. 우리가 그렇게 만들었다.

"승률은 5할이라고 생각합니다. 솔직히, 될 수 있으면 싸움에 나서고 싶지 않은 승률이죠……. 하지만 저는 시조 카나미를 이겨서, 제가 그 누구보다 우수하다는 것을 『로드』에게 증명해야만 합니다. 그러니 절대로 물러설 수 없습니다."

"물러서라는 말은 한 적 없어."

시스 님은 가벼운 말투로 말하며 고개를 가로젓고, 자신의 머리카락을 매만지기 시작했다.

그 태도로 보아, 내 싸움에 별다른 관심이 없다는 걸 알 수 있었다.

"이 『성』만 있으면 공격은 그럭저럭 통할 겁니다. 천 년 전에는 결국 사도 디프라클라 님을 상대로 쓰고 말았지만, 원래는 시조 카나미 같은 존재를 처치하기 위한 것이었습니다. 드디어 당신께 본래 모습을 보여줄 때가 왔군요."

"……이 1년 동안 계속 돌봐 왔으니까. 결투에서 전부 해방할 생각이야?"

"네, 이것은 제가 뽐내는 힘. 『성』을 활용해서 시조 카나미와 정면으로 맞붙겠습니다."

"하지만 『성』을 맹우 개인에게 사용하면 당연히 왕도의 전력에 공백이 생길 거야. 만에 하나 『남연맹』이 그 틈을 찌르고 들어오면 『북연맹』을 맥없이 도둑맞을 텐데? 기껏 이 정도까지 키워 온 전쟁인데, 그렇게 끝나도 괜찮겠어?"

"……상관없습니다. 만에 하나 그렇게 전쟁이 끝난다 해도, 어느 쪽이든 『로드』가 남아있기만 하면 얼마든지 처음부터 다시 시작할 수 있습니다. 지금 『남연맹』이 어떤 식으로 나오건, 대국에는 별다른 영향이 없습니다."

"물론 아이드 입장에서 보면 그렇겠지. 하지만 『북연맹』에 속해 있는 다른 나라들도 그걸 순순히 받아들일까? 그건 너무 불쌍하지 않아?"

"이 비아이시아를 방파제로 이용하고 있는 나라들의 의견 따위는 중요하지 않습니다. 그들은 우리의 행동에 대해 따질 힘도 배짱도 없을 겁니다. 만약의 사태에 대비해서, 북부의 모든 나라를 병합하기 위한 사전 준비도 이미 마쳐 두었습니다."

"어, 벌써……? 정말로 이『경계전쟁』은……, 아니, 이 대륙은 아이드의 손바닥 위에서 놀아나고 있구나."

"원래는 이렇게 순탄하게 풀릴 일이 아니었습니다. 그런데 1년 전의『대재앙』때문에 양측 모두에 커다란 구멍이 생겼으니까요. 게다가 당신을 비롯한 천 년 전의 유산도 많았던 덕분에, 외교만으로도 거의 모든 작업을 마칠 수 있었습니다. 솔직히 아주 쉽더군요."

"쉬, 쉬워? 잠도 못 자고 쉬지도 못하던 그 날들이, 쉬워……? 나는 문외한이라서 잘은 모르겠지만, 당신은 참 대단한 사람이야. 이제야 좀 실감이 나."

"그렇지 않아요. 제 재능은 범재예요. ……지금은 그게 중요한 게 아니라, 시조 카나미가 문제입니다. 시스 님이 보시기에,『성』이 시조 카나미에게 통할 것 같습니까?"

"디프라클라를 봉인할 정도의 마법이니까, 자신을 가져도 돼. 성공하면 아무리 맹우라고 해도 봉인할 수 있을 거야. 물론 어디까지나 성공할 경우의 일이지만."

"네, 성공시킬 겁니다. 실수는 절대 없습니다. 두 번 다시──."

실패할 것을 전제로 한 듯한 시스 님의 말에, 나는 단호하게 대꾸했다.

승률이 균등한 상황인 이상, 자신감이 없으면 이길 싸움도 못 이긴다.

반드시 성공시키겠다고 다짐하듯, 나는 시스 님을 쏘아보았다.

그런 내 모습을 본 시스 님은 살짝 눈을 부릅뜨며 놀란 후, 가만히 웃었다.

"아핫, 좀 재미있는걸. 다른 사람도 아닌 아이드가 이렇게까지 단단히 마음먹고 덤비다니. 어쩐지……, 누나가 데려온 남자친구에게 대드는『남동생』을 보는 것 같아."

억울하기 짝이 없는 그 평가에, 나 자신도 놀랐다. 그리고 이내 그 부당한 평가를 바로잡았다.

"『남동생』……? 아뇨, 그건 아니에요. 이건 굳이 따지자면 동료에 대한 경쟁심입니다. 왕의『신하』로서, 지고 싶지 않다는 마음이죠.『재상』으로서, 절대로 질 수 없습니다."

"흐응,『재상』으로서 말이지……. 참 황당한 출세 경쟁이네. 뭐, 어느 쪽이든 상관없어. 당신이 그렇게 생각하고 있다면, 나는 최대한 응원할 뿐이야. 그렇게『계약』했으니까."

시스 님은 그런 내 말을 어른스러운 대응으로 받아넘기고, 1년 전에 맺은 계약을 확인했다.

그녀의 말대로, 중요한 건『계약』이었다. 시스 님에게 내 생각을 이해시킬 필요는 없다.

"네, 이 순간을 위해 맺은『계약』이니까요. 시스 님은 가짜『로드』이신 히타키 님과 함께 진짜『로드』님의 발을 묶어 주십시오."

"알았어. 잔소리 많은 누나가 당신들 싸움에 끼어들지 못하게 막아 주겠다고 약속할게. 단, 부탁할 게 하나 있는데……."

"무슨 부탁이신지? 얼마든지 말씀만 하십시오. 저희들은 협조자 관계니까요."

"싸우기 전에 맹우 일행과 얘기 좀 할 수 있을까? 잠깐이면 돼."

"그들을 만나고 싶다는 말씀입니까? 변수는 가능한 한 줄이고 싶습니다만……."

시스 님의 예상치 못한 제안에, 나는 난색을 표했다.

"싸우기 전에 항복을 권고하고 싶어서 그래. 원래 나는 평화주의자니까!"

나는 실눈을 뜨고 시스 님을 노려보았다.

눈앞에 있는 여자가 평화주의자라니, 도무지 믿을 수 없는 얘기였다. 내가 내 나름의 꿍꿍이를 갖고 있듯이, 그녀 역시 그녀 나름의 꿍꿍이가 있는 것이리라. 그리고 만약에 여기서 막무가내로 찍어 누르면, 보나 마나 멋대로 행동할 것이다. 사도란 원래 그런 생물이다.

그렇다면 차라리 내 시야가 닿는 범위 안에서 설치도록 하는 편이 그나마 나았다.

"……그렇게 하시죠. 단, 상황이 위험해지면 그 즉시 끼어들 겁니다."

"고마워. 그럼 나도 빨리 몸치장 좀 해야겠네. 후후, 이거 바빠지겠는걸."

그 말을 끝으로, 시스 님은 다시 눈을 감았다.

조금 전처럼 다시 몸에서 힘이 빠지고, 『교대』가 이루어졌다. 시스 님의 요염한 태도가 아닌, 디아 님의 남성스러운 태도가 돌아오고, 눈을 뜨는 동시에 혀를 찼다.

"……쳇, 시스 녀석, 제멋대로 결정하다니. 계획이 엉망이 됐잖아. 내일은 둘이서 시내에 새로 생긴 레스토랑에 가기로 약속했잖아."

그 귀여운 분노에 잠시 마음의 위안을 얻으며, 나는 그녀를 다독였다.

"죄송합니다. 적이 오려면 며칠 정도는 더 걸릴 것 같지만……, 어쩌면 당장 내일 당장 쳐들어올 가능성도 있어서……."

"하아, 알았어, 알았어. 지크, 준비하러 가자. 자, 손 이리 줘."

그렇게 말한 디아 님은, 옥좌에 앉은 『로드』의 대행이자 탐색가 지크의 대행이기도 한 아이카와 히타키에게 손을 내밀었다.

"……, ……응."

히타키 님은 그 말에 미약하게 반응하고, 디아 님이 내민 손을 잡고 일어섰다.

몽유병 환자처럼 휘청거리는 걸음걸이로 히타키 님 뒤를 따라 걷는다. 잠든 상태에서도 이 정도까지 움직일 수 있는 『물의 이치를 훔치는 자』의 재능에 황당해하며, 나는 걸어가는 두 소녀를 향해 신신당부했다.

"왕을 부탁합니다, 디아 님! 성 밖으로 나가면 무슨 일이 일어날지 알 수 없으니까요! 꼭 지켜주셔야 합니다!"

"그래, 지크는 내 동료야. 위험에 빠뜨리지도, 손을 놓지도 않을 거야."

지켜야 할 것을 구체적으로 제시하는 나의 발언이 『디아블로 시스』를 옭아맨 마법과 스킬을 자극했고, 그 결과 또렷한 대답이 돌아왔다. 자신이 한 말을 지키듯, 디아 님은 히타키 님의 손을 꼭 붙잡고 옥좌의 방을 떠나갔다.

그리고 옥좌의 방에는 나 혼자만이 남겨졌다.

그 즉시 나도 준비를 위해 움직이기 시작했다. 옥좌의 방 문 밖으로 나와서, 비아이시아 성 회랑을 걸어 밖으로 나갔다. 첫 번째 목적지는 성 측면에 있는 공방이었다. 거기에는 성에서 사용하는 모든 철물을 공급하고 있는 거대 대장간 시설이 있었다.

공방은 밖에서 보면 탑처럼 생겼지만 실은 1층 건물로, 천장은 높고 수많은 창문이 나 있었다. 작업 과정에 따라 실내 온도를 조절할 수 있도록 하기 위한 구조였다.

그 시설 안으로 들어서자마자 목소리가 날아들었다.

"——앗, 선생님!! 오늘도 아주 잘 나가고 있어요! 한번 보고 가세요!"

공방에서는 내가 키운 인재들이 자신들의 재능을 여과 없이 발휘하고 있었다.

그 가운데 한 사람이 나를 발견하고 해맑은 얼굴로 뛰어왔다.

나는 원하는 물건을 찾으면서 갈색 머리 『주얼 크루스』와 대화했다.

"이것 참……, 많이도 만드셨네요……."

주위 작업대에는 수많은 철물이 늘어서 있었다.

더불어 그녀의 기술이 공방 안에서도 군계일학으로 뛰어나다는 걸 한눈에 알아볼 수 있었다.

"하나같이 정성 들여 자신 있게 만든 물건들이에요! 선생님이 가르쳐주신 『신철야금』 덕분에 물건들이 하나같이 오래 가요!"

"네, 그렇겠죠. 당신은 배우는 속도가 아주 빨랐으니까요. 그것도 다 장인으로서의 재능이 뛰어났던 덕분입니다."

나와는 달리 『주얼 크루스』들은 다재다능하다. 내가 몇 년씩 들여서 익힌 것을 고작 며칠 만에 마스터해 버리는 그들의 모습을 보는 건, 가르치는 사람 입장에서는 솔직히 좀 심란한 일이었다. 하지만 그렇게 한 덕분에, 비아이시아 국의 무기는 대륙 전체를 통틀어서도 최고 수준의 질을 자랑했다.

"감사합니다, 선생님! 요즘은 작업 능력을 인정받은 덕분인지, 너무 많은 곳에서 『라인』 주문이 들어와서 난감할 정도예요. 이런 걸 두고 즐거운 비명이라고 하는 거겠죠."

몇 달 전에 각 도시의 치수와 『라인』 점검을 지시한 건 나도 기억하고 있었다.

그 영향이 여기까지 미친 모양이었다.

그녀들에게 맡겨 두면, 이 비아이시아 국의 생활 기반은 걱정할 필요 없을 것이다.

"그랬군요. ……저,『라인』이나 철물 이외의 물건도 좀 보여주실 수 있겠습니까? 무기가 필요해서 말이죠."

"무기 말인가요? 으음. 선생님용 특별주문품이 저쪽에 있었을 텐데……."

갈색 머리의『주얼 크루스』는 공방 안쪽으로 달려가서 장비를 모아 왔다.

그리고 우선 작업대 위에 투박한 목제 건틀릿을 올려놓았다.

"건틀릿? 이건 정원의 유그드라실을 깎아 만든 방어구인가요……?"

그것은『신철야금』스킬을 사용해서 만든, 조금의 철도 사용하지 않고 만든 특수한 무기. 오로지『나무의 이치를 훔치는 자』만을 위해 만들어진 무기였다.

"오래전에 선생님이 의뢰하셨던 물건이에요. 설마 제가 잊어버렸을 줄 아셨어요? 나 참, 제가 잊어버렸을 리 없잖아요~. 이제 와서야 가지러 오신 선생님이 문제에요!"

"하하하……."

요즘 들어 건망증이 심해졌다…….

업무에 대한 문제는 괜찮은데, 나 자신에 대한 문제는 완전 엉망이었다.

"고마워요. 이번에 싸울 적은『검술』을 쓰는 자. 이제 안심할 수 있겠네요."

상대가 시조 카나미인 이상, 어떤 일이 있어도 마음을 놓을 수 없다.

그래도 나를 위해 무기를 마련해 준『주얼 크루스』를 위해 허세를 부리기로 한 것이다.

그녀는 기쁜 표정으로 내게 건틀릿을 건네고, 초롱초롱 빛나는 눈으로 나를 쳐다보았다.

굳이 말하지 않아도 그녀가 원하는 것이 무엇인지 알 수 있었기에, 하는 수 없이 건틀릿을 차고 공방의 트인 공간으로 이동해서 가볍게 준비운동을 했다.

"……아──, 그럼 잠시 실례할게요."

그리고 지난날 월스 장군에게 배운 기본 자세를 시연했다.

천 년 전에 배웠던 대로, 한 번씩 우직하게, 확인하듯이── 힘차게 팔을 휘두르고, 허리를 틀고, 발로 허공을 가르고, 허리로부터 양손을 앞으로 내질렀다.

"괴, 굉장해요! 너무 빨라서 움직임이 안 보여요! 역시 선생님은 참 대단하시네요!!"

그런 나를『주얼 크루스』는 손뼉까지 치며 칭찬해 주었다.

확실히 생각보다 훨씬 뛰어난 완성도였다. 하지만──

"하하하, 그렇지도 않아요."

"그렇지도 않지도 않다니까요!"

너무 약하다.『선생님』은 강하다고? 전혀 그렇지 않다. 이 성에 있는 모든 자가 상대라면『체술』만으로 이길 수 있다고 해도,『이치를 훔치는 자』들끼리 겨루면 나는 전패할 게 불

보듯 뻔하다.

약화된 상태인 시조 카나미를 상대로 내 공격이 통할지도 확신할 수 없을 정도다. 만약에 『체술』 수치가 그를 웃돈다고 해도, 싸우는 중에 역전당할 가능성도 있었다.

"앗, 선생님의 마법에 맞는 반지나 팔찌도 다 목제로 준비해 뒀어요. 대신 마법은 정원에서 시험하세요. 여기서 시험하면 불이 붙을지도 모르니까요."

"네, 꼼꼼하게 챙겨 줘서 고맙습니다. 그럼 저는 정원으로 가죠."

"네, 다녀오세요!"

내가 무술 동작을 확인하는 동안에, 공방에 있는 『나무의 이치를 훔치는 자』용 장비를 전부 모아다 준 모양이었다. 나는 그것들을 모두 받아 들고 공방 밖으로 나왔다.

회랑을 걸으면서, 장비들을 하나하나 착용해 나갔다.

손가락에 장식 없는 목제 반지를 낀 다음, 그 위에 전용 가죽 장갑을 꼈다. 팔찌와 건틀릿을 팔에 찬 다음, 가슴의 옷 안에 흉갑을 찼다.

중간에 성에서 일하는 부하들을 여러 번 마주쳤다.

이 비아이시아 성에는 다양한 지위의 사람들이 있었다. 연령이나 인종이 다른 인간들뿐만 아니라, 『주얼 크루스』와 노예들도 수없이 많았다. 다른 나라의 성에서는 상상도 할 수 없는 상황이리라.

그렇게 오가는 사람들로부터 수도 없이 많은 인사가 날아들었다.

"——안녕하십니까, 위대한 지도자 아이드 공."

그중에는 몇 년 전부터 성에서 일하고 있는 중진도 있었다. 그리고 오랜 옛날의 기억과는 달리, 그 목소리에는 선의가 가득했다.

"——후후, 아이드 씨, 오늘도 날씨가 좋네요. 이런 날에는 일하기도 참 좋죠." "아이드 공, 지난번 원정에 대한 보고서는 나중에 소녀들을 통해 보내겠습니다. 한번 살펴봐 주십시오." "아, 그러고 보니 나중에 의논하고 싶은 게 있어요. 지난번에 말씀드렸던 개혁안이 완성됐으니, 아이드 님의 의견을 여쭙고 싶어요——."

나는 그 목소리들에 대해 『재상』으로서의 대답을 해 주며 걸어가서, 성 안뜰에 도착했다. 옥좌의 방보다 열 배 이상 넓은 정원이었다.

천장 없이 탁 트여 있는 그 정원에서는, 많은 식물이 생기 넘치게 자라고 있었다. 화려한 화단뿐만이 아니라, 자연 속의 다양한 나무들도 늘어서 있었다. 그 나무들의 줄기와 잎사귀가 벽과 천장 구실을 해서, 이곳은 미로와도 같은 공간을 이룬 상태였다.

미로는 3차원적이었다. 나무와 나무 사이를 판자로 연결해서 만든 다리나, 나무 꼭대기까지 올라가는 목제 계단 같은 것들도 있었다.

그 미로 중앙에는 잔디가 깔린 탁 트인 공간이 있었다.

그곳은 정원이면서 훈련장이기도 했다.

특수한 훈련장으로 발걸음을 옮긴 나는, 거기 있는 사람들을 보고 발길을 멈추었다.

안뜰에는 많은 사람들이 있었다. 신하, 연구자, 외국에서 온 손님, 그리고——

나무와 화단을 관리하는 자.

잔디밭에서 훈련하고 있는 자.

훈련장임에도 불구하고 테이블을 가져다 놓고 담소를 나누는 자.

그리고 화단 뒤에서 마법실험용 기구를 들고 있는 자.

"앗, 선생님?! 111번 식물에 대한 실험이 끝났어요! 이것 좀 보세요!"

화단 근처에 있던 『주얼 크루스』한 명이 내가 온 것을 발견하고 외쳤다.

그 목소리를 듣고 다른 사람들도 나의 방문을 알아챘다.

저마다 "선생님이다" "선생님이 오셨어"라며 수군거렸다. 그 호칭에 약간 불만을 품은 채, 나는 억지 미소를 지으며 인사에 화답했다.

"네. 여러분, 안녕하세요."

이내 『주얼 크루스』한 명이 반가운 표정으로 달려왔다.

그리고 업무의 성과를 보고했다.

"선생님, 이상적인 나무에 한 걸음 더 다가섰어요! 이 정도로 추위에 강한 나무가 완성되면 빈곤에 시달리는 최북부 사람들도 구할 수 있을 거예요! 무엇보다 열매의 크기부터가 차원이 달라요! 이것만 먹어도 배가 부를 거예요!"

『주얼 크루스』는 정원 한쪽에 있는 과실나무를 가리키며 말했다.

정원의 화단 안에는 밭이라고 불리는 영역도 있어서, 거기에는 개량된 곡물들이 자라고 있었다. 다시 말해, 여기는 실험장 역할도 하고 있다는 뜻이었다.

그 종들의 대부분은 내가 가진 『나무의 이치를 훔치는 자』의 힘으로 개량한 것이었다.

"……대단하네요. 역시 당신에게 관리를 맡기기를 잘했어요. 그런데, 그 배부르게 해 주는 나무도 중요하지만, 다른 과실들은 별 탈 없나요?"

"물론이죠! 저쪽의 과실들도 잘 자라고 있어요!"

『주얼 크루스』는 반대쪽 구석에 있는 화단으로 나를 데려갔다.

거기에 펼쳐져 있는 것은, 빨강, 파랑, 보라, 노랑 등 화려한 색깔의 꽃들. 아마 일상생활에서는 볼 일이 없는 독화(毒花)와 독초들이 자라는 군생지대였다. 예전에는 치료약에 보태 쓰기도 했지만, 이제는 『주얼 크루스』를 돌볼 필요가 없어졌다. 이 모두를 『전투용』으로 바꿔야 할 때가 온 셈이다.

그 밖에 사람을 해치는 육식초나 마법에 반응해서 움직이는 식물 등의 완성도까지 체크를 마치고, 그것들을 돌보아 준 『주얼 크루스』에게 감사를 표했다.

"하나같이 상태가 훌륭하군요……. 그런데, 이것들을 돌봐준 여러분들께는 죄송하지만, 이것들을 모두『사용할』때가 왔습니다."

그 말을 들은『주얼 크루스』의 표정이 굳어졌다.

하지만 나는 사정을 봐주지 않고 현실을 얘기했다.

"이미 얘기를 들으신 분도 있을지도 모르지만…….『성』을 사용하고, 이 정원도 전부 해방해서 맞서 싸워야만 하는 적이 나타났습니다. 그러니, 여기는 이제 폐쇄하겠습니다."

"네……. 아까 이 정원에도 연락이 왔었어요……. 그, 그런데, 폐쇄해야 할 정도로 강한 적이 온다는 게 사실인가요?『성』전부를 사용해서 맞서야 하는 적이라니, 솔직히 저는 도무지 믿어지지 않아요……."

"사실입니다. 그자는 분명 제 인생 최고의 적일 겁니다. 제가 갖고 있는 것을 전부 다 동원해야 간신히 맞서 볼 만한 정도의 강적이죠. ……그러니 여러분은 서둘러 피난해 주시길 바랍니다."

날카로운 말투로, 이 싸움에『주얼 크루스』라는 훼방꾼은 필요하지 않다는 점을 강조했다.

그런 나의 뜻을 알아들은 그녀는 풀 죽은 얼굴로 고개를 끄덕였다.

하지만 이내 다시 고개를 들고, 싸움이 끝난 뒤의 일에 대해 얘기했다.

"그치만! 그 싸움이 끝나면 모두『성』으로 돌아올 수 있는 거죠? 다시 모든 게 원래대로 돌아오는 거죠? 선생님……!"

"……그래요. 모든 게 끝나면, 다시──."

시조 카나미를 상대로 싸우는 이상, 『성』과 정원은 높은 확률로 파괴될 것이다.

그래도 나는 고개를 끄덕여 대답해서 이『주얼 크루스』의 꿈을 지키기로 했다.

"다시 다 함께 같이 살도록 하죠. 우리에게는 아직 해야 할 일들이 많이 남아있으니까요."

"네!! 그럼, 가서 피난을 준비할게요! 선생님이 돌아오실 날을 기다릴게요!!"

그『주얼 크루스』는 해맑게 웃고, 정원에 있던 다른 이들을 데리고 피난 준비를 시작했다. 그 뒷모습을 바라보고, 나는 안도했다.

우격다짐으로 성에 남으려 드는 자가 있을까 걱정했는데, 다들 예상보다 말귀를 잘 알아들어 주었다.

아마 모두들 내가 적을 이길 거라 믿고 있는 것이리라. 시조 카나미 같은 진짜 강적을 모르기에, 최약체인 이『나무의 이치를 훔치는 자』를 강하다고 착각하고 있는 것이리라. 하지만 그 덕분에 훼방꾼들은 이렇다 할 저항 없이 정원에서 물러나 주었다.

이제 시조 카나미와 나, 누구도 거리낄 것 없이 싸울 수 있다.

집중해서 마법을 구축할 수 있다.

인기척이 완전히 사라진 것을 확인하고, 정원에 있는 커다란 나무 한 그루에 손을 가져다 댔다. 그것은 정원에 있는 다른 나무들보다 압도적으로 굵고, 녹색 이끼가 잔뜩 끼어 있는 와중에도 그 장엄함을 유지하고 있어서, 오랜 세월을 살아온 노목임을 한눈에 알아볼 수 있었다.

이것이 바로 내 비장의 카드 『유그드라실』이었다.

천 년 전에 사용했던 첫 번째 『유그드라실』과는 달리, 이 두 번째 『유그드라실』에는 단 하나의 결점도 없었다. 지금은 발동 전이라 작지만, 그 힘을 전부 해방하면 첫 번째 이상으로 커질 것이다. 이번에는 성 하나 정도가 아니라 나라 하나를 통째로 집어삼킬지도 모른다.

성공하기만 하면 그 어떤 『이치를 훔치는 자』라도 처치할 자신이 있었다.

그 비장의 카드 『유그드라실』에 마력을 흘려보내서, 『비아이시아 성』과 직결, 연동시켰다.

"——마법 『우드 그로우스』."

나무 속성의 기초 강화마법을 발동시키자, 정원이 꿈틀거리며 맥동했다.

우득우득 나무가 부러지는 메마른 소리가 울려 퍼지고, 『유그드라실』이 마치 살아있는 것처럼 움직이기 시작했다.

정확히 말하자면, 어마어마한 속도로 성장하는 모습이 마치 움직이는 것처럼 보이는 것이었다. 나무줄기는 순식간에 몇 배는 더 굵게 부풀어 오르고, 가지가 무수히 갈라져

나가고, 뿌리는 땅이 감당할 수 없을 만큼 부풀어서 밖으로 노출되었다. 그런 『유그드라실』의 변화에 발맞추어, 주위의 풀꽃들에도 영향이 나타났다. 『유그드라실』과 마찬가지로 빠르게 성장해서, 본래 크기의 몇 배 이상으로 자라 나갔다.

정원에 있던 모든 식물들이 자라고, 뿌리를 뻗고, 정원뿐만이 아니라 『성』을 구성하는 석재에까지 침식해 나갔다. 뿌리는 벽 안을 파고들고, 성의 회랑이며 벽── 모든 곳에 거미집처럼 뿌리를 내렸다.

이것이 『나무의 이치를 훔치는 자』의 힘.

이대로 가면 『성』은 정원에 잡아먹히게 될 것이다.

지금 내가 서 있는 곳이 심장부가 되고, 여러 가지 의미에서 **살아있는** 『성』이 된다.

굵은 줄기가 뼈가 되고, 곳곳으로 뻗은 뿌리는 혈관, 우거진 이끼와 잎이 피부가 돼서, 예전의 거대한 트리 포크(움직이는 나무)를 『재림』시킬 수 있게 된다.

물론, 시조 카나미를 상대하기에는 턱없이 부족한 수준이다.

엄청난 질량의 거구는 내가 가진 패 가운데 하나에 불과하다. 『성』의 기동 실험은 일찌감치 마치고, 다음 준비에 들어가고 싶었다. 마법명을 읊조려서, 완성을 서둘렀다.

"──마법 〈우드 유미르킹덤〉."

솔직히, 『체술』확인은 아까 했던 연무만 가지고는 불안했다. 그밖에도 마법과의 상성 등을 고려해서 다양한 식물을

만들어야만 한다. 결투에 대비해 새로운 종도 준비해 두고
싶고, 술식 입력을 부탁한『그녀』와 의논하고 싶은 것도 있
었다.

　──아직 해야 할 일이 산더미 같군.

　머릿속으로 계획을 세우면서, 나는 동시에 적에 대한 확
인도 실시했다.

　"──마법『트리즈 컨택트』."

　정원에 있는『피에리스 아이시아(백앵, 白櫻)』를 통해 지면
으로 마력을 흘려보내서, 먼 곳에 있는 다른『피에리스 아
이시아』까지 마법의 감각을 뻗어 나갔다.

　먼 곳에 있는 결투 상대, 시조 카나미의 동향을 살폈다.

　그의 마력은 이미 외웠다. 최근 1년 동안 각국에 심도록
종용해 두었던『피에리스 아이시아』가 있는 한, 어지간히 외
진 변경에 있지 않는 한, 얼마든지 포착할 수 있다.

　지그시 눈을 감고, 대륙 남쪽에 있는 두 개의 강대한 마력
을 느꼈다.

　차원속성의 마력과 바람 속성의 마력. 의심의 여지도 없
는,『시조』와『마왕』.

　그 두 마력의 움직임이 묘하게 빨랐다. 마차 같은 걸 타고
『제2 미궁도시』대릴을 출발해서 똑바로 북상하고 있다는
걸 알 수 있었다. 보유한 돈과 권력을 최대한 활용해서 최
대한 빨리 이리로 달려오고 있는 건지도 모른다.

　그 두 마력 곁에서는『남연맹』의 총사령관으로 보이는 스

노우 님의 마력도 느껴졌다. 그밖에 범상치 않은 마력이 또 하나 느껴졌다. 속성은, 별……?

"느와르……? 아니, 루즈?"

보아하니 둘 중에 누군가가 시조 카나미와 동행하면서 안내하고 있는 것 같았다.

이유를 알 수 없어서, 잠시 고민에 잠겼다. 하지만 이내 대수롭지 않은 문제라고 판단했다.

그 둘은 1년 전에는 줄곧 함께 행동했었지만, 요즘 들어서는 만나는 일이 부쩍 줄어들었다. 내가 모르는 어딘가에서 성장하고, 새로운 가치관을 갖게 된 것이리라. 단지 그것뿐이다.

——이건 오히려 잘된 일이었다.

『북연맹』에서 유명인사인 그녀들이 있으면 변수가 생길 요인이 줄어들고, 그러면 적의 도착 시간을 예측하기도 쉬워진다.

만약에 그녀들이 시조 카나미와 함께 적으로서 나타난다 해도 나는 아무 상관없다.

『선생』이니 『학생』이니 하는 『흉내 놀이』는 이제 끝났으니까.

"올 테면 와 보시지, 시조 카나미……!"

그보다, 지금은 적에 대해 생각해야 할 때다.

지금 내가 생각해야 하는 건, 오직 시조 카나미를 이기는 것뿐. 그리고 이 1년 동안 내가 더욱 강해졌다는 것을 『로드』에게 보고하는 것. 내가 당신 곁에 설 『재상』으로서 충분한 자격이 있음을 증명하는 것.

그래, 그렇다. 『나무의 이치를 훔치는 자』로서 내가 가진 『미련』은, 『로드』 곁에 서기에 합당한 『재상』이 되는 것'이니, 그 이외의 다른 것에 한눈을 팔아서는 안 된다.

"저는 비아이시아의 『재상』……. 『재상』입니다……."

비아이시아 성의 중심에서, 나는 홀로 중얼거렸다.

몸을 드리아드(수인, 樹人)으로 변화시켜서 발에서 뿌리를 뻗고, 팔에서 가지를 뻗고, 그것들을 성에 얽고, 비아이시아의 식물들과 몸과 마음을 연결해서, 『성』의 심장이자 두뇌가 되어 생각했다.

"이기겠습니다……. 이번에야말로 당신에게 맞서서 이기고 말겠습니다……. 그리고 제가 『재상』이었던 게 결코 잘못이 아니었다는 걸 증명할 겁니다. 그러지 못하면, 저는 더 이상……."

그 목소리가 시조 카나미의 귀에 들릴 리가 없다는 걸 알면서도, 계속 목소리를 자아냈다. 『재상』이라는 단어를 거듭 되뇌면서, 천 년 전에 『시조』와 『로드』가 버린 비아이시아 국에서 두 사람의 귀환을 기다렸다.

"카나미……. 시조 카나미……. 『로드』, 빨리……, 어서 빨리──."

부디, 늦게 전에 와 달라고, 끊임없이 중얼거렸다.

## 2. 비아이시아 성의 결투


『제2미궁도시』 대릴을 떠난 우리는, 잠시도 곁길로 새지 않은 채 똑바로 북쪽을 향해 달렸다.

그것은 『북연맹』과 『남연맹』이 다투고 있는 국가 간의 경계선을—— 격전지를 가로지르는 경로였지만, 나의 마법 〈디멘션〉만 있으면 그건 큰 문제가 되지 않는다. 1년 전에 비슷한 전장을 돌파했던 경험도 있었고, 무엇보다 이번에는 든든한 아군이 둘이나 있다.

『북연맹』의 루즈와 『남연맹』의 스노우.

이 두 사람이 가진 정보를 조합해서 위험한 지역을 사전에 피할 수 있었다. 중간에 병사들이 주둔한 진영이나 관문을 지날 때도 있었지만, 두 사람이 있는 덕분에 한 번의 구속도 당하지 않고 넘어갈 수 있었다.

마차 하나에만 의지에 전장을 나아가는 건 불안했지만, 그다지 큰 장해물은 없는 여정이었다.

금세 나라와 나라 간의 경계선을 넘어서, 우리는 비아이시아 국내로 진입했다. 그리고 여기저기에 있는 도시들에는 한 번도 들르지 않고, 곁눈질 한 번 하지 않은 채 국가의 중앙에 있는 왕도로 향했다. 아이드가 『비아이시아 성』에 있다는 걸 알고 있는 이상, 다른 도시에는 아무런 용건도 없었다.

──이렇게 해서, 우리는 며칠을 들여 비아이시아 국 중심 부근까지 도달했다.

아이드가 기다리는『비아이시아 성』이 있는 왕도까지, 이제 멀지 않은 거리.

달리는 마차의 마부석에서, 나는 가도와 비아이시아의 드넓은 평원을 바라보았다.

어제까지 달리던 황량한 전쟁터와는 달리, 지금 달리고 있는 길은 교역을 위해 만들어진 말끔한 포장도로였다. 평원 쪽 역시 전장에서 멀어진 덕분인지 더욱더 아름답게 느껴졌다. 가도의 엷은 살구색에 대비되어 한결 더 돋보이는 짙은 초목의 색이 눈을 즐겁게 해 주었다.

그 광경을 보니, 격전 지역을 성공적으로 돌파했음을 확신할 수 있었다. 옆에 앉아있는 루즈도 그것을 느꼈는지, 깊은 한숨을 내쉬고 긴장을 풀었다.

"──후우……. 됐어, 이 정도면 위험지역은 벗어난 것 같아……. 아이카와 카나미 씨, 탐색마법은 이제 필요 없어."

"알았어. 루즈 덕분에 관문을 무사히 통과할 수 있어서 참 편하게 왔어."

중간에 인맥을 발휘해 준 것에 감사를 표하고, 제3자와 마주치는 것을 피하기 위해 전개해 두었던 〈디멘션〉을 축소시켰다.

비아이시아는 평원이 많고 길도 외우기 쉬웠다.

이제부터는 내가 가진 지도를 활용해서 MP 회복에 힘쓸 생각이었다. 이 정도까지 온 이상, 이제 지역민인 루즈의 지시대로 따르기만 하면 왕도까지 도달할 수 있을 것이다.

지금까지 계속 마차의 마부 역할과 탐색 역할을 담당해 왔는데, 이제야 좀 쉴 수 있을 것 같다.

하지만 안도하는 달리, 마차 안에서는 긴장을 풀지 말 것을 요구하는 목소리가 들려왔다.

"자, 잠깐! 정말 전장을 벗어난 게냐? 나한테 거짓말을 하는 건 아니겠지?"

티티가 걱정스러운 듯 창밖으로 고개를 내밀어 주변을 둘러보고는, 꼼꼼하게 주위를 확인했다. 나와 루즈는 그런 티티의 태도에 어리둥절하지 않을 수 없었다.

"이제 위험한 구역은 다 지나갔어. 작년에 관문을 여러 곳 통과했잖아? 그게 마지막 고비였어, 티티."

"으음, 언니, 뭐 마음에 걸리는 거라도 있어?"

그런 이중의 대답에, 티티는 주위를 두리번거리던 눈을 멈추고 안도의 한숨을 내쉬었다.

"그, 그랬구나……. **그게**『지금』의 전쟁이란 말이구나."

티티의 대답으로 미루어보아, 우리와 그녀의 인식에 차이가 있다는 걸 알 수 있었다.

생각해 보면, 미궁에서 티티의 기억을 들여다봤을 때 본 전쟁은 그녀가『이치를 훔치는 자』가 되어 압승하던 시절의 전쟁뿐이었다.

천 년 전 전쟁의 진짜 모습은 보지 못한 셈이었다.

"아까부터 말끔한 도시와 마을만 보이다니⋯⋯. 똑같이 전쟁 중인 나라라고 해도, 천 년 전과 지금은 하늘과 땅 차이구나⋯⋯."

티티는 안심한 듯⋯⋯, 하지만 약간 수긍하기 힘든 듯 가만히 웃었다.

"예전에 비해 그렇게 많이 달라졌어?"

솔직히 말해서 지금까지 지나오면서 지나친 도시들은, 하나같이 불안해 보이고 살기가 가득하게 느껴졌었다. 전쟁의 피해 때문에 완전히 파괴되어 버린 마을도 있었다.

우리가 느끼기에, 지금까지 지나온 길은 줄곧 편치 않게 느껴지던 여정이었다.

하지만 티티는 "말끔한 도시와 마을"이라는 표현까지 쓰며 고개를 끄덕였다.

"그래, 다르구나. 솔직히 말해서 이 정도 규모의 다툼이라면 『이치를 훔치는 자』 한 명만 있어도 순식간에 마무리지을 수 있을 게다. 그 정도로 미적지근해."

티티의 말은 단호했다. 아마 그녀는 이 지상에서 벌어졌던 가장 큰 싸움에 익숙한 것이리라. 그런 그녀가 하는 말이니, 아마 틀림없는 사실일 것이다.

"이, 이 정도⋯⋯."

하지만 루즈는 그 발언에 놀라서 입이 떡 벌어졌다.

나는 냉정하게 티티의 말을 이해할 수 있었지만, 그녀는 달랐던 모양이다.

"그래, 이 정도다. 증오가 작아도 너무 작아. 솔직히 전장을 지나는 동안에도, 진짜 전쟁을 하고 있는 건지 의심했을 정도다. 전쟁에도 여러 종류가 있다고는 하지만, 이 상황은 비정상적인 거라고 생각하는 게 좋을 게야."

"나는 이 전쟁밖에 모르지만……, 천 년 전을 살았던 언니가 하는 말이니까 아마 정말 그런 거겠지……?"

전쟁의 대선배가 하는 말을 대놓고 부정할 수도 없었는지, 루즈는 약간 불만 어린 얼굴로 고개를 끄덕였다.

단적으로 말해서, 방금 티티가 한 발언은 루즈가 겪어 온 전쟁을 『장난』으로 깎아내린 것이나 마찬가지였다.

"그러고 보니 아이드 녀석은……. 처음에는 연합국이나 『남연맹』에서도 활동했다고 했지……."

"연합국에서 라그네가 그렇게 얘기했었지."

"그렇다면 『남연맹』의 상층부에도 아이드의 입김이 닿아 있을 게야. 쌍방의 양해하에, 철저하게 계산된 전쟁을 하고 있는 게지. ……그런데 고작 이 정도 전쟁으로 인간의 『마인 전환』 계획이 순조롭게 풀릴 수는 있는 걸까? 재능 있는 자를 선별하려면 훨씬 더 격렬한 전쟁이 필요할 텐데——."

티티는 주절주절 중얼거리면서 생각에 잠겼다. 어떻게든 남동생의 생각을 알아내려 애쓰고 있는 것 같았다. 그런 그녀를 돕기 위해, 대화 참가자를 더 늘리기로 했다.

"이봐, 스노우 생각은 어때?"

"공멸하지 않도록 뒤에서 공모하는 건 충분히 있을 수 있는 일이라고 봐. 『남연맹』의 상층부라면, 후즈야즈의 『원로원』쯤을 회유한 거겠지. 어쩌면 라스티아라 님까지 아이드의 교섭 대상이었을지도 몰라."

스노우는 총사령관 대리인 자신보다 높은 지위에 있는 이들을 언급했다. 전선에서 싸우는 자들이 모르는 정보가 존재한다는 점은 그녀도 인정하는 모양이었다. 티티의 추측이 점점 더 현실적으로 느껴지기 시작했다.

"스노우가 보기에도 그렇단 말이지?"

아이드가 전쟁을 질질 끌려고 하는 건, 아마 티티가 활약할 자리를 남겨주기 위한 것이리라. 그것을 『남연맹』 측이 용인한 건, 그와 별개의 커다란 이익이 있기 때문일 것이다.

티티를 따라서, 나도 전쟁을 치르는 사람들의 생각을 이해하기 위해 생각에 잠겼다.

"——음? 바깥이 조금 소란스러운 것 같다만? 무슨 일이지?"

그 때, 마차 안에서 끙끙거리고 있던 티티가 갑자기 고개를 들었다.

멀리서 들려오는 심상치 않은 소리를 들은 모양이었다. 귀가 참 밝은 녀석이다.

"그래, 도시에 거의 도착했어. 아마 이게 마지막으로 들르는 도시가 될 거야. 쉬고 싶으면 도시 안을 지나서 갈까?"

"아니, 휴식은 딱히 필요 없다만……. 들어가 보자꾸나.

지금까지 거쳐 온 도시들과는 분위기가 좀 다른 것 같으니 말이다."

"분위기가 다르다고……? 알았어. 루즈, 혹시 문제가 생기면 처리해 줘."

티티는 특유의 예리한 오감으로 마지막 도시에서 위화감을 감지한 모양이었다.

옆자리에 앉은,『북연맹』내에서 폭넓은 인맥을 자랑하는 루즈에게 문제 상황에 대한 대처를 부탁하면서, 말머리를 도시 쪽으로 돌렸다.

진입에 앞서 〈디멘션〉으로 도시를 살펴보니, 그렇게 큰 도시는 아니었다.

평원 한가운데 덩그러니 놓여있는 도시로, 가옥 수는 100채가 조금 넘는 정도. 왕도에서 가장 가까워서 그런지, 시골스러운 느낌은 들지 않았다. 모든 건물이 으리으리한 벽돌 건물이고, 돌로 쌓은 외벽이 도시를 보호하고 있었다. 시내에는 연합국과 마찬가지로『라인』이 깔려 있고, 돌로 포장된 대로까지 있었다.

주위의 밭 등으로 미루어보아 축산업 등이 이루어지고 있는 것 같았지만, 그것만으로 먹고 살 수 있을 만큼 넓지는 않았다. 함정 등이 있을 것에 대비해서 꼼꼼하게 〈디멘션〉을 침투시켰다.

도시 한쪽에 유난히 큰 집이 보였다. 그곳에는 막대한 식량이 저장되어 있었다.

어쩌면 교역의 중계지점 역할을 하는 도시인지도 모른다. 이 도시 자체가 일종의 창고 역할을 하고 있을 가능성도 있었다. 아니면——

"어라? 사람이……, 많잖아?"

조사하다 보니, 집의 수에 비해 주민들의 수가 너무 많다는 것을 깨달았다. 이곳은 전장에서 멀리 떨어진 곳이니 병사들이 주둔하고 있는 것도 아니었다. 주민들이 지나치게 많은 이유를 짐작할 수 없었다.

고민하고 있는 사이에, 마차는 도시에 다다랐다.

전시인 만큼, 당연히 헌병 같은 사람이 "멈춰"라며 신분을 조회하려 했다. 하지만 루즈가 나서자 얼굴만 보고 통과시켜 주었다. 아무리 과거에 『재상』아이드의 측근으로 활동한 경력이 있다고 해도, 그 넓은 인맥은 볼 때마다 놀라웠다.

루즈 덕분에 마차를 탄 채 도시 안으로 들어간 우리는, 주위를 둘러보며 앞으로 나아갔다. 한참 전부터 티티가 얘기했던 대로, 시내는 은근히 소란스러웠다.

그 이유는 루즈도 모르는 모양이었다.

"잠깐, 아이카와 카나미 씨. 잠깐 가서 상황을 좀 물어보고 올게."

내가 마법으로 정보를 수집하는 방법도 있었지만, 결투의 순간이 머지않았다는 점을 고려해서 그녀에게 맡기기로 했다. 가능하면 MP가 가득 찬 채로 결전에 임하고 싶었다.

마차에서 내린 루즈는 시내를 걷던 사람 중에 지인을 발견하고 말을 걸었다.

보아하니 같은 『주얼 크루스』인 것 같았다. 그 『주얼 크루스』의 옷차림은 세련된 품위가 있어 보여서, 어딘가 높은 자리에 앉아있음을 알아챌 수 있었다.

"──얘! 대체 무슨 일이야……?"

"어라, 루즈? 한 달쯤 전에 그 마녀를 만나러 남쪽에 잠입하러 갈 거라고 그러지 않았어? 왜 여기에 있는 거야?"

도시의 분위기와 어울리지 않는 차림의 『주얼 크루스』는 놀라서 고개를 갸우뚱거렸다.

루즈는 웃으며 그 질문에 대답했다.

"마녀보다 좋은 사람을 만나서, 이제 왕도로 돌아가려던 참이야. 너야말로 왕도의 성에서 일하고 있어야 할 사람이 왜 여기 있는 거야?"

"으음……. 일단은 피난훈련이라고나 할까?"

"피난훈련? 이런 상황에서?"

"응. 『성』의 기동 실험을 한다는 구실로, 예전부터 예정해두었던 계획이 실시됐어. 그래서 왕도 사람들은 모두 주위 도시에 숙소를 마련하고 옮겨와 있는 거야."

"『성』을 깨운다니……. 그런데 구실이라는 건……."

거기부터 두 사람의 목소리가 작아졌다. 아는 사람들끼리 할 얘기가 있는 것이겠지만, 나에게는 『디멘션』이 있어서 얼마든지 들을 수 있었다.

"루즈는 알 권리가 있을 것 같으니까 하는 얘긴데, 지금 왕도는 상정 패턴 12라는 위기에 빠져 있어. 어느 정도 권한을 갖고 있는 사람은 이게 진짜 피난이라는 걸 알고 있어."

"아이드 선생님이 생각하고 있는 상정 패턴 12라면……, 왕도에 적 본대가 접근하고 있는 수준이잖아."

그렇게 말하고, 루즈는 우리 쪽을 쳐다보았다. 그 적 본대에 필적하는 위기가 우리를 가리키는 것임을 알아챈 것이리라. 이 묘한 소란의 이유를 이해하고, 루즈는 대화를 마무리했다.

"고마워. 덕분에 이 이상한 상황이 어떻게 된 건지 알았어. 나도 빨리 피난할게."

"고맙긴 뭘. 나는 사람들을 통솔하는 임무가 있어서 이만 가 봐야겠어."

루즈는 이내 지인인 『주얼 크루스』와 헤어져서 마차 안으로 돌아왔다. 마부석으로 올라오는 그녀에게, 아까 이해가 안 갔던 단어의 의미를 물었다.

"있잖아, 루즈. 성 사람들이 소란스러워진 이유는 대충 알겠는데, 『성』기동 실험이라는 건 뭐야?"

"왕도에 있는 『비아이시아 성』을 말하는 거야. 다만, 그건 단순한 『성』이 아냐. 그 정체는, 대량의 마술식과 식물들로 이루어진 거대한 마법 도구지. ……선생님은 아이카와 카나미 씨와의 결투에 대비해서 그 『성』을 기동시킬 생각인가 봐."

루즈는 진지하기 그지없는 표정으로 설명했다.

그리고 나는 미궁 66층 뒷면에 있던 『비아이시아 성』을 떠올렸다. 하지만 티티와 싸우는 동안, 그게 기동하는 것 같은 모습은 한 번도 본 적이 없었다.

곰곰이 생각해 보면, 며칠 진에 노스회의 채략에 휘말려서 66층 뒷면이 전화에 휘말렸을 때도, 『성』만은 변함없이 무사했다. 그 말은, 천 년 전 비아이시아가 멸망할 때도 『성』에는 전화가 미치지 않았다는 걸까?

그럼 본래 역사에서 『비아이시아 성』은 결국 어떻게 된 거지?

가까이서 얘기를 듣고 있던 티티 쪽을 슬쩍 쳐다보았지만, 그녀도 고개를 가로저으며 "몰라"라고 대답했다.

중간에 전선을 이탈한 탓에, 비아이시아의 최후를 지켜볼 수 없었던 것이리라.

"조심해, 아이카와 카나미 씨. 그 『성』이 기동하면, 선생님은 후즈야즈의 전승에도 나오는 『하늘을 찌르는 트리 포크』가 될 거야. 그 위력은 전승에 나오는 그대로야."

루즈는 위험성을 얘기해 주었지만, 나는 아직 그 얘기를 제대로 이해할 수 없었다.

"도시를 짓밟아 버릴 정도로 거대한 나무라고 했던가? 그 것의 정체가 아이드였다는 거야?"

그런 내 질문에 대해서는, 아이드의 누나인 티티가 먼저 나서서 대답했다.

"잠깐, 그 녀석은 보잘것없는 드리어드의 아종이거늘. 그렇게 커질 리가 없을 터인데?"

"정확히 말하자면 『선생님과 융합한 비아이시아 성』이라고 해야 하려나? 하여튼, 말로는 표현하기도 힘들 만큼 믿기 힘든 상태로 변하게 돼. 선생님은 천 년 전 최후의 순간에도 그런 상태로 적군과 맞서 싸웠대."

티티의 반론에, 루즈는 자신이 알고 있는 모든 것을 동원해서 대답했다. 계속 애매한 표현으로만 대답하는 건, 기동하는 모습을 실제로 본 게 아니라 남에게서 들은 이야기이기 때문인 모양이었다.

하지만 티티와 나는 그 얘기에 수긍했다.

충분히 가능성 있는 얘기라고 생각했기 때문이다.

"흐음. 내가 떠난 뒤에 아이드 혼자서 만들어낸 마법인가 보구나."

즉, 아이드 혼자만의 마법.

천 년 전의 전쟁 중에 『북연맹』에서 『로드』가 사라진 후, 아이드가 무엇을 생각하며 싸웠을지, 조금이나마 상상이 갔다. 비록 홀로 남은 상황이라도, 기필코 북부 사람들을 지키고 말겠노라고 맹세한 것이리라. 그렇게 맹세한 끝에, 고민하고 고민하고 또 고민해서, 그 『성과 융합하는 마법』을 만들어낸 건지도 모른다.

하지만 그건 주위에 믿을 수 없는 사람이 아무도 없어서, 하는 수 없이 유일하게 남은 『비아이시아 성』에 매달린 것 같은 느낌이라……, 약간 서글프게 느껴졌다.

"『성』이라. 하지만 원래 군대를 상대하기 위해 만들어진 마법인 것 같으니까, 우리 입장에서는 별문제 없을지도 몰라."

"어, 무, 문제가 없다고……? 하늘에 닿을 만큼 거대해진다니까?"

"단순히 크기만 하다면 좋은 표적이 될 뿐이야. 여기 있는 티티라면 발길질 한 번에 부숴 버릴 수 있을 거야."

어쩌면 나의 『디스턴스 뮤트』에도 약할지도 모른다. 정말로 성과 일체화한 거라면, 성 가장자리에 닿기만 해도 아이드의 혼을 빼낼 수 있게 될 가능성도 있었다.

나의 그런 거리낌 없는 태도를 보고, 루즈는 내 말이 거짓이 아니라는 걸 깨달은 모양이었다. 몸을 젖혀서 약간 거리를 벌렸다.

"여, 역시 전설의 영웅들은 뭐가 달라도 다르네……. 그러고 보니, 천 년 전의 전승에는 손가락 하나로 대지를 뒤흔들었다는 얘기도 있었지……."

그 말에는 티티가 대답했다.

"그래. 나라면 비슷한 것 정도는 할 수 있다."

국토를 쪼개 버린 전과가 있는 그녀는 은근히 득의양양한 얼굴로 대답했다. 그런 티티를 보고, 루즈는 불안한 표정으로 뒤쪽의 마차를 향해 부탁했다.

"저기, 언니. 가능하면 성 밑 도시는 온전하게……."

"미안하구나. 본격적으로 싸우면 온전하기는 어려울 게야. 솔직히 이 도시도 너무 **가깝다고** 느껴질 정도니까."

"어, 왕도에서 여기까지 여파가 닿는다고……? 그 정도야?"

"그래, 충분히 닿아."

"……흐윽!!"

루즈는 말문이 막혔다. 과장된 옛날이야기라고만 생각했던 전승의 힘이 실제로 존재한다는 것을 깨닫고 전율한 것이리라.

티티는 그것이 공포라는 감정이라는 걸 알아본 모양이었다. 얼마 전의 그녀였다면 결코 보여주지 못했을 배려를 발휘해서, 루즈에게 다정하게 말을 걸었다.

"억지로 우리를 따라올 필요는 없어. 이 도시에서 기다리는 것도 한 방법이야."

"……아니, 갈래. 꼭 가야겠어. 나도 선생님에게 하고 싶은 얘기가 있으니까."

힘찬 대답이었다.

공포를 느끼면서도, 그 공포를 넘어설 만큼 중요한 무언가가 있는 모양이었다.

그런 루즈의 각오를 확인한 티티는, 고개를 끄덕이고 내게로 눈길을 돌렸다.

"흐음."

내 의견도 구하려는 것 같았다. 안전을 생각한다면 루즈를 이 도시에 남겨두고 가는 게 제일이었다. 하지만 나는 주저 없이 고개를 끄덕였다.

"나는 루즈 의견에 찬성이야. 오히려 와 달라고 부탁하고 싶을 정도야. 루즈만이 할 수 있는 일이 틀림없이 있을 테니까."

지금부터 벌어질 싸움에는 루즈가 반드시 필요할 거라는 게 내 예상이었다.

근거는, 비교적 여유가 있던 어제 발동시켰던『미래시』마법의 힘이었다. 결전을 앞에 두고 최대의 마법을 사용해 둬야 한다는 것은 티티와의 전투 때 이미 배웠기에, 오는 길에 일찌감치——**보았다.**

다만, 티티와 싸울 때와는 달리『대가』의『영창』은 사용하지 않았기에, 볼 수 있는 미래의 범위는 지난번보다 좁았다. 그『영창』이 없으면, 지금 내가 가진 마력들 모조리 소모해도, 이 자리에 있는 동료들의 미래가 어렴풋이 보이는 정도. 그리고 승리로 이어지는 최선의 선택지를 약간 알기 쉬워지는 정도였다.

티티와의 전투 때는 맹위를 떨쳤던 마법이지만, 원래 사용법만 가지고는 애매모호하기 그지없었다.

그 효과의 대부분은 "막연하게 알 것 같다" 정도라서 안도감 같은 건 전혀 없었다.

하지만, 그럼에도, 그 희미하게 보이는 미래 너머에 있는 승리의 곁에 루즈의 모습이 있다는 것만은 틀림없었다. 그『미래시』마법의 효과를 온몸으로 체감한 바 있는 티티는, 내 말을 신뢰하는 듯 "알았다"며 고개를 끄덕여 주었다.

이렇게 해서 『성』과 아이드에 대한 대화가 끝나고, 그와 동시에 마차 안은 정적에 잠겼다. 싸움이 코앞으로 다가온 탓에 모두의 긴장이 고조되어 가고 있음을 피부로 느낄 수 있었다.

그렇게 조용하게 시내를 나아가다 보니, 자연스럽게 주민들의 목소리가 마차 안까지 들려왔다.

『지금』의 비아이시아를 살아가는 사람들의 목소리다.

약간 호기심이 느껴져서, 나는 미궁에서 만난 『과거』의 비아이시아를 살아갔던 사람들의 목소리를 떠올리며, 〈디멘션〉으로 대화를 들어보았다.

그 대부분은 비아이시아의 현황에 대한 얘기였다. 우선, 왕도에서 군속으로 일하던 것으로 보이는 장년층 남자들의 목소리가 들려왔다.

"──이봐, 이런 시기에 우리가 왕도를 비워도 정말 괜찮은 거야? 아무리 『로드』님이 지켜줄 거라고 해도, 이건 너무 위험한 거 아냐?"

"너는 『로드』님의 힘을 본 적이 없었나 보군. 내가 장담하지. 『로드』님만 있으면, 왕도는 안전해."

경비 중에 잡담을 나누면서, 한 명은 현황을 걱정하고, 한 명은 그 걱정을 부정했다.

『로드』라는 단어를 듣고, 나는 얼굴을 찌푸렸다. 아마 그 『로드』라는 건 뒤에 있는 티티가 아니라, 내 여동생인 아이카와 히타키를 가리키는 말일 것이기 때문이었다.

"나는 반년 전의 해전에 참전했으니까. 그때『로드』님의 힘을 두 눈으로 똑똑히 봤어. 적의 대함대를 눈 깜박할 사이에 수장시켜 버리는『로드』님의 힘을……. 그분은 혼자서도 전쟁을 할 수 있어. 지금 당장 뒤에서 남쪽 녀석들이 쳐들어온다고 해도,『로드』님만 있으면 다 물리칠 수 있어."

"그 얘기, 전에도 들었는데 정말이야? 그게 정말이라면, 지금의『로드』님이 북부의 전설 속에 나오는 천 년 전『로드』의 재림이라는 얘기도 그럴싸하게 느껴지는데……."

라스티아라가 얘기한 대로,『로드』가 된 히타키는 압도적인 힘을 얻은 모양이었다. 다만, 내 여동생이 멀쩡한 정신으로,『로드』로서 그 힘을 휘두르고 있는 것인가 하는 점은 의문스러웠다. 천 년 전 시조 카나미의 기억에 따르면, 히타키가 각성하는 건『최심부』에 간 뒤였던 것이다.

『나무의 이치를 훔치는 자』아이드의 힘을 활용한다면 얘기가 달라지겠지만.

머지않아 만나게 될 여동생의 상태에 대해 생각하면서, 나는 남자들의 얘기에 계속 귀를 기울였다.

"아이드 공이 곁에 있는 이상, 진짜일 가능성도 충분해. 그도 그럴 것이, 아이드 공은 틀림없는 천 년 전 북부의『재상』이 확실하니까……."

"진짜 천 년 전 북부의『재상』? 그게 무슨 뜻이지?"

"1년 전, 개척지의『무투대회』에 천 년 전 남부의『검성』이 나타났다는 얘기가 돌았었잖아? 아이드 공은 그자와 같은 존재야. 이건 적인『남연맹』에서도 인정한 거라고."

"하핫,『검성』이 되살아났다는 건 개척지의 뜬소문이잖아? 어디까지 진짜인지 어떻게 알아?"

"하긴, 그렇게 생각하는 것도 무리는 아니겠지. 하지만 너도 아이드 공을 한 번 보기만 하면 바로 알 수 있을 거야. 그분이 바로, 이 북부에 전해지는『로드』이야기 속 등장인물인 진짜『재상』이라는 걸."

"아니, 굳이 직접 만나 보지 않아도, 최근 1년 사이에 일어난 일들을 보면 우리『재상』님이 대단한 분이라는 건 충분히 알 수 있어. 그분이 와 주신 덕분에 우리가『남연맹』을 상대로 우위에 설 수 있게 됐으니까. 우리가 이렇게 웃으며 지낼 수 있는 것도 다 그 분 덕분이지. 솔직히, 그분이 정말 천년 전의『재상』인가 아닌가 하는 것과는 무관하게, 우리에게 있어서는 진짜야."

"맞아. 어찌 됐건 아이드 공은 우리의『재상』님이야. 그런 아이드 공과『로드』님이 성에 계신 한, 걱정 같은 건 안 해도 돼."

"역시 괜한 걱정이었나 보군. 다른 분도 아닌『재상』님이 하시는 일인 걸 보면, 안전하다는 확증이 있다는 뜻이겠지."

그리고 양쪽 모두 납득할 수 있는 해답을 얻은 두 남자는 함께 웃었다.

압도적인 힘을 지닌『로드』와『재상』의 존재가 절대적인 안도감을 가져다준 것이리라. 그렇기에, 자기 나라의 수도

가 텅 비어 버린 상황에서도 사람들은 여유롭게 웃고, 도시는 밝은 분위기를 유지하고 있는 것이다.

이어서 좌우에서 날아드는 사람들의 목소리 역시 밝았다.

묘령의 수인 여인과 『주얼 크루스』로 보이는 소녀가 어느 집 앞에서 정답게 얘기를 나누고 있었다. 보아하니 『주얼 크루스』가 물 마법으로 대량의 빨래를 도와주고 있는 상황 같았다.

"──와아. 너희들의 마법이란 거, 정말 편리하구나."

"왕도에서 공부했으니까, 마법에는 자신이 있어요."

"역시 왕도의 학생은 대단하구나. 미안한걸. 그 귀중한 마법을 이런 곳에 쓰게 하다니……."

"아니에요. 필요하시면 얼마든지 더 부려먹으셔도 상관없어요. 『성』의 기동 실험 기간 동안 신세를 져야 하니까, 이 정도는 당연한 일이에요."

"그럼, 다음에는 저쪽을 좀 부탁해도 될까?"

"얼마든지 말씀만 하세요!"

『주얼 크루스』가 웃으며 다음 일감을 수락하는 모습을 지켜보았을 때쯤, 이번에는 가도를 걷는 아이들의 목소리가 들려왔다. 신나게 동물 귀를 쫑긋거리며 걷는 모습을 보니, 이 도시와 나라의 본질이 조금씩 보이기 시작했다.

"──있잖아, 그 성이 움직인다는 게 정말일까? 우리도 볼 수 있을까?"

"으음, 나는 별 관심 없어. 솔직히, 나는 성을 움직이는 실험보다 음식에 돈을 쓰는 게 더 낫다고 생각해."

"뭐? 평소에 그렇게 많이 먹으면서 더 먹고 싶다고……?"

"요즘 들어서 배부르게 먹을 수 있게 돼서 그런지, 먹는 게 삶의 낙이 됐지 뭐야. 더 맛있는 음식을 지금보다 많이 많이 먹고 싶어……."

"더 맛있는 음식이라……. 아, 요전에 왕도에서 도착한 새로운 과일도 맛있었어. 내년이면 이 도시에서도 딸 수 있게 된다나 봐."

"어, 정말? 어딘데? 어느 밭인데?"

"지금 바로 보러 갈까?"

왕도의 이변은 물론, 전쟁조차 딴 세상일처럼 느껴지는 목소리. 그렇게 아이들이 활기찬 발걸음으로 떠나갔을 때, 마차 안에서 목소리가 들려왔다. 티티와 스노우였다.

"왕도에 가까워지니 아이드 녀석의 영향이 강하게 느껴지는구나. 그 녀석, 백성들의 신뢰를 받고 있는 모양이야. 말도 안 되는 피난이 이렇게 순조롭게 이루어진 건, 그 녀석의 힘이겠지."

"총사령관으로 활동하는 동안, 아이드의 활약에 대한 얘기는 저도 행상인들을 통해 많이 들었어. 선정을 펼치고 있다고 소문이 자자했어."

그 둘도 나와 같은 얘기를 들은 모양이었다. 하긴 생각해 보면 그녀들에게는 나보다 짙은 수인의 피가 흐르고 있었다. 인간의 수준을 뛰어넘은 감각기관을 갖고 있으니, 시내에서 오가는 목소리가 귀에 들어오지 않을 수 없으리라.

우리는 북부 백성들의 목소리를 들으며 마지막 도시를 가로질러 갔다.

평온한 도시였다.

이상은 찾아볼 수 없었고, 우리는 한 번도 마차를 세우는 일 없이……, 도시를 떠났다.

도시 밖의 가도로 접어들었을 때쯤, 일행에게 남은 여정을 전달했다.

"이제……, 남은 건 아이드 일행이 기다리는 왕도뿐이야."

지도를 보면, 방금 통과한 도시와 왕도는 서로 이웃해 있는 것으로 보일 만큼 가까웠다. 여행의 종착점이 다가왔음을 깨달은 티티는 지금까지 본 비아이시에 대한 감상을 얘기했다.

"녹지가 풍부하고 유복해 보이는 나라였어……. 연합국과는 달리, 『주얼 크루스』와 수인이 많아 보였던 것 같기도 하고."

『과거』 통치자의 평가에, 『지금』을 살아가는 루즈가 대답했다.

"선생님이 그런 특수한 출신들을 우대하시다 보니, 자연스럽게 그렇게 된 거야."

"그랬구나……."

티티는 짤막하게 고개를 끄덕여 답하고, 마지막으로 눈에 담아 두려는 듯 마차 차창 밖으로 몸을 내밀어서 비아이시아의 풍경을 둘러보았다.

그런 그녀를 따라서, 나도 마부석에서 주위 풍경을 바라보았다.

참 좋은 날씨였다. 하늘은 파랗고, 바람은 시원하고, 햇빛이 적당하게 몸을 덥혀 주었다. 인근에서 전쟁이 벌어지고 있다는 걸 믿기 힘들 만큼 여행에 딱 좋은 날씨라, 가도를 달리기만 해도 가슴이 뻥 뚫리는 기분이었다.

해방감 가득한 평원에는 투명한 강이 흐르고, 『피에리스아이시아』를 비롯한 나무들이 드문드문 늘어서 있었다.

국경에서 가깝다는 점만 제외하면 축복받은 땅이라는 걸 알 수 있었다.

그리고 미궁에서 본 티티의 고향과 아주 비슷해 보였다. 『연결고리』로 함께 돌아본 적이 있었기에, 뒤에서 기다란 비취색 머리칼을 바람에 나부끼고 있는 그녀의 심정을 조금이나마 이해할 수 있었다.

오래전에 살던 고향을 찾듯 평원을 바라보는 그녀의 심정을, 조금이나마——

"티티, 옛날 생각나?"

"그래, 조금 나긴 하는구나……. 하지만, 옛날 생각이 나긴 해도, 여기는 아니야. 아무것도 없었던 그때 그 평원과는 전혀 달라. 내가 살던 시절에는, 아까 지나온 것 같은 근사한 도시 같은 건 하나도 없었다. 마을이라고 하기도 민망한 집락이 조금 있는 게 고작이었지."

여기까지 오는 동안, 우리는 티티가 얘기한 "말끔한 도시와 마을"을 멀리서 여러 번 보았다. 당연한 얘기지만, 천 년 전에 비하면 단순한 면적 면에서도 넓고, 문화 수준도 높았다.

정말이지 당연한 얘기였다.

똑같다고 하기는 힘들었다. 여기는 티티의 비아이시아와 다르다.

"카나밍, 여기는 이상적인 비아이시아구나. 더 이상은 바랄 나위도 없을 정도로 이상적인 나라라 해도 과언이 아냐. 굶주림도 없고 차별도 없어. 남부와의 전란 따위는 별다른 영향도 없지. 확실히 말해서, 내가 살던 시절의 비아이시아와는 달라도 너무 달라. 물론 그게 나쁘다는 건 아냐. 진심으로 정말 잘된 일이라고 생각해. ……하지만, 그래도 나는 이 비아이시아로 돌아오고 싶다는 생각은 안 드는구나. 여기에는 내 집이 없으니 말이야."

고개를 가로저었다. 아이드의 소원인 "여기서 다시 시작하는 것"은 틀렸다고 단호하게 선을 그었다.

그것은 미궁에 있던 시절에는 생각도 할 수 없었던 발언이었다.

성장한 것이리라. 티티가 떼를 쓰며 가짜 세계로 도망치려 드는 일은 이제 두 번 다시 없을 것이다. 설령 그것이『남동생』의 부탁이라 할지라도── 아니, 진짜『남동생』의 부탁이기에, 더더욱 그럴 일은 없다.

티티가 돌아가고자 하는 곳은 진짜『고향』.『국가』『왕』『재

상』같은 것과는 무관한, 『자신들만의 고향』이 티티의 목적
지라는 것을, 방금 그녀가 한 말을 통해 알 수 있었다.

그리고 마차는 평원을 달려갔다. 중간에 마부 자리를 루
즈에게 맡기고, 나는 가벼운 준비운동을 하고 사용 예정인
마법을 확인했다.

이제 곧 미궁 40층의 가디언을 상대해야 하는 이상, 지금
의 우리는 미궁 40층 전의 미궁 안을 탐색하는 것과 마찬가
지다. 탐색가답게, 전투에 대비한 의논은 미리 마친 상태
다. 여정을 계속하는 도중에 『미래시』로 얻은 정보를 공유
하고, 예기치 못한 사태에 대비한 대응 방안도 정해 두었다.

마차를 타고 달리면서, 동료들과 함께 최종 확인을 마쳤
고—— 그리고, 도착했다.

멀리서 가장 먼저 눈에 들어온 것은 성벽. 미궁에 재현된
비아이시아의 시내와 비슷한 넓이의 땅을 둘러싼 『나무로
만들어진 성벽』이 평원의 지평선에 서 있었다.

고동색 벽이 가로로 뻗어 있는 모습은 마치 성루가 늘어
서 있는 것처럼 보였다. 그 성루 지붕이 잎사귀의 녹색으로
물들어 있어서, 아무것도 모르는 사람이 보면 평원에 기묘
한 숲이 펼쳐져 있는 것으로 착각할지도 모른다.

그렇게 높은 벽은 아니었지만, 드넓은 왕도를 그 안에 품
고 있었다.

하지만 목적지인 『성』이 왕도 중앙에 우뚝 서 있는 것만은
또렷이 눈에 들어왔다. 그 『성』은 미궁에서 본 비아이시아

성의 모습 그대로였다.

움직이지 않는 감옥. 어지간한 힘으로는 무너뜨릴 수 없으리라는 걸 한눈에 알 수 있을 만큼의 크기.

천 년 전 성과의 차이점을 꼼꼼하게 찾아보면서, 우리는 왕도에 접근, 입구까지 다다랐다.

거대한 목조 문은 활짝 열려 있어서, 수도 내부의 모습을 들여다볼 수 있었다.

내부는 적막하기 그지없었다.

사람의 목소리가 전혀 들리지 않았다.

성벽 안은 미궁 66층에 있던 도시보다 더 풍요로운 풍경이 펼쳐져 있었다.

왕도라는 이름에 걸맞게 말끔하게 관리된 높은 가옥들이 가득 늘어서 있었다. 그 모습은 연합국의 후즈야즈를 연상케 했다. 차이가 있다면, 자연과 일체화한 친환경적 구조를 이루고 있어서, 시내에 있는 꽃나무와 흙냄새가 성벽 밖까지 풍길 정도라는 점이었다.

자갈이 깔린 대로에는 이 시대 특유의『라인』이 설치된 모습이 보였다.

그『라인』은 똑바로 뻗어서, 중앙에 우뚝 선 비아이시아 성까지 이어져 있었다.

그 광경을 보고, 먼저 티티가 감회에 젖어 중얼거렸다.

"……이제야 돌아왔구나."

그렇다. **이제야** 돌아왔다.

말로 표현하면 짧고 단순하게 느껴진다. 하지만 지옥과도 같은 천 년을 경험한 티티가 느끼고 있을 감상은, 그리 쉽게 이해할 수 있는 것이 아니었다. 그녀가 마지막으로 비아이시아 성에서 도망친 후로 천 년 이상이 지났고――『지금』, 이제야 그녀는 돌아온 것이다.

"하핫. 그나저나 참 많이 달라졌구나. 뭐냐, 이 성벽은? 하긴 아이드의 힘을 활용하면 저렴하게 즉석으로 만들 수 있긴 하겠지만……. 화공을 당하면 맥없이 타 버릴 텐데?"

티티는 웃으면서 가벼운 농담을 던졌다.

여행의 종착점에서 분위기가 처지지 않도록, 나도 밝은 표정으로 마차를 세웠다.

"이거, 나무 마법으로 만들어진 거란 말이지? 나무 성벽은 처음 보는데."

성문 앞에서 마차를 세우고, 우리는 긴장을 풀지 않은 채 내렸다.

그리고 가디언이 기다리는 40층에 들어서는 감각으로, 항상 즐겨 쓰는 마법을 영창했다.

"그럼, 들어가기 전에 정찰부터 해 볼게. ――마법 〈디멘션〉."

오늘 하루 동안 마력을 절약했기에, 예정대로 몸 상태는 완벽하고 MP는 가득했다.

그 마력을 활용해서, 왕도 구석구석까지 마법을 채워 나갔다.

사전에 확보한 정보대로, 왕도에는 아무도 없었다. 늘어서 있는 민가며 여관, 대로며 상점가, 어느 곳을 찾아보아도 찾을 수 없었다. 주민 전원이 피난을 완료한 상태였다. 풍요롭고 활기 넘치는 성 밑 도시라는 게 훤히 보이는데 사람 목소리 하나 들리지 않는다는 건, 어쩐지 기묘한 기분이었다.

"정말 아무도 없네. 지금 성 밑 도시에 있는 건……. ──엇!!"

정찰 도중에 〈디멘션〉이 움직이는 사람의 기척을 포착하는 바람에, 나도 모르게 동요했다.

성으로 이어지는 대로 측면에 서 있는 레스토랑.

그 테라스 외부에, **두 사람**이 당당하게 앉아있었다.

복병을 염려해서 도시 구석 쪽부터 정찰하다 보니 발견이 약간 늦어졌다.

짧은 금발을 뒤로 묶은 소녀.

긴 흑발을 아무렇게나 늘어뜨린 소녀.

그 두 사람만이, 마치 오후의 다과회를 즐기는 동네 소녀들처럼 평온해 보였다.

금발 소녀는 허리에 검을 차지 않고, 깜찍한 드레스를 입고, 여성스러운 표정을 하고 있었다. 흑발 소녀는『이방인』에 어울리지 않게 전시대적인 튜닉을 입고, 두 눈을 반쯤 뜬 채 나른한 표정을 하고 있었다.

두 사람 모두 처음 보는 차림이었다. 하지만 알아보지 못할 일은 없었다. 그럴 일은 절대로 없었다.

"——디아!! 히타키!!"

동료와 여동생의 이름을 부르며, 나는 당장이라도 내달리려고 다리에 힘을 주었다.

"기다려라, 카나미!"

하지만 내가 뛰쳐나가기 전에 티티가 소리쳐서 제지했다.

애칭이 아닌 이름으로 부르며, 더없이 진지한 목소리로 확인을 취했다.

"이건 내 추측이다만……, 일단 한 번 안쪽으로 들어가면 다시는 돌아올 수 없을 거다. 찬찬히 얘기할 수 있는 건 지금이 마지막이라는 게야."

"괜찮아. 여기까지 오면서 준비는 전부 다 마쳤으니까."

우격다짐으로 강행하려는 게 아니다. 지금 나는 망설임은 없고, 정신에는 여유가 있고, HP와 MP 모두 충분하다. 전례가 없을 만큼 완벽한 컨디션으로 가디언에게 도전하려는 것이다.

"나는 물러날 생각도 없고, 질 생각도 없어. 반드시 두 사람을 되찾겠다고 다짐했어. 티티, 너는 안 그래?"

"훗, 내가 눈치 없이 불러 세웠나 보구나. 그럼 됐다. ——스노우! 그대는 루즈를 보호하면서 따라오너라! 전투는 나와 카나밍이 맡도록 하마! 들어간다!!"

티티는 입매를 끌어올리고 호전적으로 웃었다. 확인을 취하긴 했지만, 그녀 역시 우물쭈물하고 있을 생각 따위는 없었던 모양이다. 나와 나란히 선두에 서서 내달렸다.

활짝 열려 있는 거대한 왕도 성문을 지나, 가도를 달려서, 〈디멘션〉으로 관측해 둔 식당에 도착했고—— 재회했다.

"여기야."

왕도 남쪽에서 나타난 우리를 보고, 디아가 자리에서 일어나 환영해 주었다.

영랑하게 웃으며 우리를 손짓해 불렀다.

그녀의 베이지색 원피스 옷자락이 바람에 나부껴서, 그 나긋나긋한 『양 팔다리』가 드러났다. 그 모습은, 내 기억 속에 있는 디아와는 너무나도 달랐다.

"디, 디아……?"

나도 모르게 이름을 불러 확인했다.

"그래, 오랜만이야. 카나미."

그녀는 내 이름을 부르며 화답해 주었다.

짧은 문답만으로도 감회가 차오르고, 몸이 부르르 떨렸다.

동시에 오한이 휘몰아쳤다. 내 이름을 부르는 디아의 표정에서 조금의 동요도 보이지 않았기 때문이다. 예상은 했지만, 척 봐도 정상이 아니었다. 1년 전 마지막 순간에 항구 도시 코르크에서 원치 않은 이별을 했다가 가까스로 재회하는 것이건만, 너무나도 냉정했다.

"——윽!"

이내 느슨해졌던 정신을 다시 긴장시켰다. 지금 나는 시내에서 동료와 재회한 게 아니라, 미궁과 다를 바 없는 영역에서 가디언의 『시련』과 마주하고 있는 거라 생각하기로 했다.

그런 마음가짐으로, 나는 천천히 디아에게 다가가서 물었다.

"……디아, 괜찮아?"

"그래, 나는 괜찮아. 걱정했던 건 오히려 나야. 워낙 오랫동안 모습이 안 보여서, 카나미에게 무슨 일이 생긴 것 아닌가 하는 생각까지 했어."

디아는 자연스럽게 웃고, 테라스를 걸어서 조금 전까지 앉아있던 자리로 돌아가려 했다. 마치 옛 친구와 몇 주 만에 재회한 것 같은 가벼운 반응일 뿐, 1년 넘게 만나지 못했던 친구와의 재회에 걸맞은 태도는 절대 아니었다.

"하지만 나에게는 지켜야 할 동료가 있어서, 내가 나서서 만나러 갈 수는 없었어. 미안해, 카나미."

그리고 자리에 앉아있는 또 한 명의 소녀에게 눈길을 돌렸다.

그 시선 너머에 있는 흑발 소녀의 이름은 아이카와 히타키. 내 여동생이다.

히타키는 조각상처럼 굳은 채 하얀 테이블 위에 앉아있었다. 반쯤 눈을 뜨고 있는 걸 보면, 잠들어 있지는 않은 것 같았다.

"히타키……."

디아를 만났을 때와 마찬가지로, 나도 모르게 입에서 이름이 흘러나왔다.

더불어 다리가 저절로 앞으로 나아가서, 앉아있는 히타키에게로 다가갔다.

지금 내 눈앞에는, 세상에서 가장 소중한 존재가 있다. 처음 미궁에서 눈을 떴을 때부터 간절히 찾아 헤맸다. 세상 그 무엇보다 소중한 나의 여동생. 오직 한 명뿐인 가족.

팰린크론과의 전투 때는 아슬아슬하게 되찾지 못했던 존재.

히타키만 있으면, 이세계에서의 내 싸움은 끝난 거라 해도 과언이 아니다.

나의 최종 목표이자 종착점 그 자체다. 그런 존재가 눈앞에 있다.

저절로 몸이 움직여서 여동생에게 손을 뻗은 건, 당연한 일이었다.

"──어?"

하지만, **적의**가 담긴 빙결마법의 발생을 감지하고, 당황해서 뇌까렸다.

내가 내민 손, 그 손가락이 얼어 가고 있었다.

공격을 받고 황급히 펄쩍 뛰어 물러섰다. 하얀 테이블에서 다섯 발짝쯤 떨어진 거리까지 물러나서 상황을 재확인했다. 방금, 히타키에게 손이 닿기 직전에 마법이 발생했다.

아마 빙결속성의 기초마법인 〈프리즈〉.

하지만 단순한 〈프리즈〉가 아니었다. 온기를 띤 인육을 순식간에 얼려버리는 〈프리즈〉는, 『이치를 훔치는 자』 수준의 마력 없이는 불가능하다.

상시 발동시켜 둔 〈디멘션〉이 단정했다. 방금 그 〈프리즈〉는, 눈앞에 앉아있는 히타키가 구축한 마법이라는 것을.

여동생에게 마법 공격을 당했다는 사실에, 심장이 요동쳤다.

그런 나의 동요를 본 디아는 미안한 듯 사과했다.

"카나미, 괜찮아? 미안, 내가 미리 얘기했어야 했는데."

그리고 디아는 히타키에게 다가갔다.

방금 내가 빙결마법 공격을 받았을 때보다 더 가까이까지 다가가서, 히타키의 머리를 끌어안았다.

"……지크. 이 사람들은 적이 아냐. 진정해."

갓난아기를 다독이듯 내 여동생의 머리를 쓰다듬으며, 지크라는 이름으로 그녀를 불렀다.

"지, 지크? 아, 아니, 디아……. 그 애는 내 여동생이야. 지크는 내가 사용하던 가명이지, 히타키의 이름이 아냐……."

"카나미, 무슨 소리를 하는 거야? 카나미는 카나미잖아? 지크는 지크고."

나는 멀찍이 떨어진 곳에서 오류를 정정하려 했지만, 디아에서 돌아온 것은 도무지 이해가 안 간다는 표정이었다. 이 괴이한 상황의 정체를 이제야 조금씩 알 것 같았다.

"아냐. 거기 있는 건 내 여동생, 히타키야."

"히, 타키……?"

난생 처음 들어보는 이름이라도 들은 양, 디아는 고개를 갸웃거렸다.

1년 전에 배 여행을 할 때, 나는 분명히 내 여동생에 대해 디아에게 설명했었다.

그런데도 이런 식의 반응을 보이는 걸 보면, 의심의 여지가 없었다.

"……이봐, 디아. 일단 히타키와 둘만 있게 해 주지 않겠어? 잠깐 하고 싶은 얘기가 있어."

대화하기 전에 확보할 수 있는 건 확보해 둬야겠다는 생각에, 히타키를 가리키며 다가가려 했다. 이번에는 히타키의 빙결마법이 발동하더라도 침착하게 대처할 생각이었다.

"미안. 아무리 카나미라도, 그것만은 안 돼."

하지만 다가가기도 전에 거부당했다.

디아는 나와 히타키 사이를 가로막고, 진지한 표정으로 독백을 시작했다.

"지크 곁에 있어도 되는 건 오직 나뿐이야. 얘기해도 되는 것도, 만져도 되는 것도, 나뿐이야. 이제 나밖에 없으니까……. 그 누구에게도 지크를 넘길 수는 없어……. 이제 두 번 다시 놓지 않을 거야……."

의심스럽던 디아의 이성이, 단번에 벗겨져서 떨어져 나가는 것이 느껴졌다.

그와 동시에, 나긋나긋하던 디아의 오른팔이 형체를 상실하기 시작했다. 점토로 반죽이라도 한 것처럼, 손의 형태가 인간의 형상을 잃어 갔다. 그 나긋나긋하던 양 팔다리가 가짜라는 사실이, 디아의 감정 붕괴와 함께 드러났다.

우선 오른팔의 팔뚝이 형체를 완전히 상실하고, 새하얗게 빛나는 마력 입자로 변했다. 이어서 그 빛은 부풀어 오르고, 부피가 증가한 끝에, 안개가 되었다. 그리고 그 안개가 가까이에 앉아있던 히타키를 감싸기 시작했다. 그것은 마치 거인의 손이 부드럽게 움켜쥐는 것 같은 모습이었다. 디아는 자신의 마력으로 히타키의 모든 것을 움켜쥐어서, 방금 선언했던 "두 번 다시 놓지 않겠다"라는 말을 실행하면서 말을 이었다.

"그래. 하지만 착각하지는 마, 카나미……. 물론, 카나미를 못 믿는 건 아냐. 나는 그저, 만에 하나의 사태도 용납할 수 없어서 이러는 것뿐이야. 두 번 다시 소중한 걸 잃고 싶지 않아. 그저 지키고 싶어서 이러는 것뿐이야……. 그래, 그냥 지키고 싶을 뿐이야. 앞으로 영원히, 죽을 때까지, 내가 지크를 지킬 거야……!! 이제 작은 상처 하나도 용납 못 해! 아무 데도 보내지 않겠어! 누구와도 얘기하지 못하게 하겠어──『나』는 그렇게 맹세했어! 그러니까!!"

나는 주먹을 불끈 쥔 채 인내심을 발휘해서 끝까지 디아의 얘기를 듣고, 간을 보듯 말했다.

"디아, 내가 거기 있는 그 흑발 여자아이를 다치게 할 거라고 생각한다는 얘기야? 걱정하지 마. 그럴 일은 절대 없어. 그러니까, 잠깐이라도 좋으니까 얘기할 시간을 주면 안 될까?"

이번에는 이름 언급을 피한 채 물어보았다.

하지만 디아는 별안간 당장이라도 울음을 터뜨릴 것 같은 표정을 보이며, 광기 어린 눈길로 나를 쏘아보았다.

"카, 카나미도 나한테서 지크를 빼앗아가려는 거야……? 왜? 대체 왜 모두 나한테서 소중한 것을 빼앗아가려고 드는 거야? 대체 왜……? 말해 봐, 대체 왜? 왜 다들 하나같이 『나』를 괴롭히지 못해서 안달하는 거지? 이상해……, 이상해이상해이상해, 이상해도 너무 이상하잖아……!!"

눈에서 조금씩 빛이 사라져서, 어디를 보는 것인지도 알 수 없는 지경이 되었다.

그에 비례해서 디아의 마력은 부풀어 올랐다.

빛의 광채는 점점 더 찬란해져 가고, 왼쪽 다리까지 오른팔처럼 형체가 무너지기 시작했다.

1년 전 사도와의 전투 때 마리아가 불살랐던 부분이었다. 그 다리의 무릎 이하부터, 오른팔이 그랬던 것처럼 빛의 입자로 변했다.

무너지고 무너지고 또 무너져서, 새로운 형태를 형성해 나갔다.

이번에는 안개가 아닌, 수없이 많은 빛의 깃털 모양이었다. 다리에서 빛의 깃털이 흩날리고, 날개가 펼쳐지듯 부피가 증가해 나갔다. 비아이시아의 가도가 순식간에 빛의 깃털로 뒤덮였다.

티 없이 깨끗한 순백색으로 물든 가도는, 그야말로 신성하다는 말 말고는 표현할 길이 없었다. 아름답기는 했지만,

마력에 대해 조금이라도 아는 자라면, 그 어떤 감상보다 공포의 감정이 앞설 것이다.

티티와 본격적으로 싸울 때 느꼈던 것과 비슷한 감각이었다. 지금 내 눈앞에서 혼잣말을 중얼거리는 소녀에게는, 마왕이라 불리던 티티와 마찬가지로, 잡다한 것들은 반론의 여지조차 없이 굴복시키는 힘이 있었다.

"그래, 이상해……. 나는 그딴 건 절대 용서 못해!『나』는, 우리가 지키겠어……! 절대 용서 못 해……! 아, 아아아아, 아아아아아아……!!"

디아는 마력을 분출시키며, 나를 향해 "용서 못 해"라고 말했다.

그 눈동자 색으로 미루어보아, 이제 내가 누구인지조차 알지 못하는 것 같았다.

지금 그녀의 머릿속에 있는 생각은 오직 하나.

지켜야 할 대상인 지크라는 존재를 놓지 않겠다는 것뿐.

공허한 눈동자를 한 채, 디아는 한 발짝 앞으로 나섰다. 주위에 충만한 막대하고도 신성한 마력도 주인을 따라 움직였다. 훼방꾼인 나를 없애 버리겠다는 적의가 부풀어 올랐다.

"크윽……!"

더 이상의 대화는 불가능하다.

대화에 앞서, 디아를 제압하는 수밖에 없다. 그렇게 생각했을 때였다.

"아──."

디아의 입이 커다랗게 벌어지고, 찬란하게 빛나던 마력이 마치 전원이라도 끊어진 듯 흩어져 버렸다. 고개를 푹 숙이더니, 매섭게 팽창했던 적의도 사라졌다.

그 일련의 흐름은 예전에도 본 석이 있는 것이었다.

그렇기에 그 『교대』를 차분하게 지켜볼 수 있었다.

디아는 이내 고개를 들고 히죽 웃었다. 조금 전과는 전혀 다른 표정이었다. 천진난만함과는 한참 동떨어진 그 표정으로 보아, 거기 있는 것이 디아가 아닌 다른 사람임을 확신했다.

사도 시스는 친근하게 말을 걸었다.

"──이런, 이제 한계인가 보네. 뭐, 대충 이런 식이야. 아, 참고로 『디아블로』와 『지크』가 일정 거리 이상 떨어지면 둘 다 폭주하니까 조심하라고, 맹우."

"오랜만이네, 시스……."

이 녀석이 등장하리라는 것은 처음부터 알고 있었다. 차분하게 『교대』를 확인하면서, 디아와 히타키의 등장으로 흥분했던 감정을 가라앉혔다.

"오랜만이야, 맹우, 스노우. 아, 루즈도 있었구나. 그리고 진짜 『로드』님도, 만나서 반갑습니다."

우리에게는 옛 친구를 대하는 것 같은 감각이었지만, 티티에 대해서만은 공손하게 인사했다. 인사는 그것만으로 짤막하게 마치고, 본론으로 들어갔다.

"자, 그럼 결투 전에 화평 교섭을 해 볼까? 세상에 평화보다 좋은 건 없으니까. 너희들 설마, 교섭 사절에게 손을 대는 악독한 짓은 안 하겠지?"

시스는 시험하듯 무방비한 등을 우리에게 내보이며, 히타키가 있는 커다란 흰색 테이블로 이동해서 앉았다.

그리고 우리를 손짓해 불러서, 흰 테이블 주위에 앉도록 권했다.

나는 주저 없이 그 테이블 앞에 앉았다. 세 동료도 말없이 나를 따랐다.

우리는 사도 시스와 대화해야 할 상황이 생기면 나 혼자서 전담하기로 사전에 협의해 둔 상태였다. 마침 우리 네 사람 맞은편에 시스와 히타키가 앉고, 두 팀 간의 토론이 시작되는 형국이 되었다. 전원이 같은 테이블에 착석을 마쳤을 때, 우선 내가 먼저 질문을 던졌다.

"시스, 디아는 대체 어떻게 된 거지? 설명해."

"너무 화내지 마. 다 설명해 줄게. 나와 맹우 사이니까."

시스는 테이블 위에 놓여있던 잔을 집어 들고, 우아한 손놀림으로 홍차를 입에 가져갔다.

"맹우의 걱정대로, 디아는 내 친구 히타키를 『지크』로 착각하고 있어. 재미있지? 그렇게 오인시키는 건 식은 죽 먹기였어. 육체가 『지크』라는 건 사실이었으니까, 오히려 지금이 정상이라고 할 수도 있겠지. 스킬 『과보호』가 『지크』를 대상으로 지정하고 있었던 덕분에, 꽤 쉽게 성공할 수 있었어. 어둠과 빛의 『이치를 훔치는 자』 수준까지는 아니겠지만, 내 나름대로는 회심의 역작이야."

나에게 있어, 마음을 농락하는 행위는 그 무엇보다도 용서할 수 없는 짓이었다.

하지만 나는 들끓는 감정을 억누르고, 정보 수집에 주력했다. 디아의 안전을 위해서도, 시스와는 최대한 냉정하게 대화해야만 했다.

"왜 그런 짓을 했지?"

"그야, 그렇게 안 하면 안 될 만큼 한계였으니까. 이 1년 동안, 디아블로는 자기 마음을 깎아내고 깎아내고 또 깎아내서, 인격이 붕괴되기 직전이었어. 그렇게 붕괴되기 전에, 그 애의 소중한 것을 마련해 줘서 정신을 안정시킨 거야. 오히려 그 애의 붕괴를 막아줬으니 칭찬을 받아야 할 상황인 것 같은데……."

시스는 힐끔 내 안색을 살폈다. 말 그대로, 정말 내 칭찬을 기대하는 기색이었다.

그 모습을 통해, 시스라는 존재의 성격을 조금씩 알 수 있었다.

이 여자는 정의의 사도다. 약간 한쪽으로 치우친『자신만의 정의』의 사도이긴 하지만……, 틀림없이, 그 무엇보다도 정의를 사랑하고, 우직하고 성실하게 이 세계를 지키기 위해 노력하고 있다.

"그리고 그 치료를 겸해서, 이것저것 새로운 술식도 심어 뒀어. 아이드와 동맹을 약속하기 위해서 열심히 만들어 본 거야. 그 내용은,『만약 누군가가 히타키를 해치려 하면 디아의 빛이 적에게 박힌다. 반대로 누군가가 디아를 해치려 하면 히타키가 적을 얼려버린다. 서로가 서로를 반드시 지킨다』라는 규칙의 술식이야. 방금 디아가 과민반응한 것도 그것 때문이고. 스킬『과보호』의 스테이터스 부스트까지 있으니까 위력이 장난 아닐걸~."

시스는 농담 같은 말투로 디아와 히타키의 상황을 설명했다.

그 와중에 옆에 있는 히타키의 뺨을 쿡쿡 찔러서, 자신만은 예외라는 것을 과시했다. 내가 다가갔을 대와는 달리, 히타키는 간지러운 듯 몸을 베베 꼬았다.

하지만 히타키의 눈은 여전히 반쯤만 뜨여 있었다.

깨지도 않고 잠들지도 않은 상태로 보였다.

"음, 히타키가 신경 쓰여? 히타키는 지금 몽유병 상태야. 딱 잘라 말해서, 잠든 상태야."

내가 히타키의 상태를 추측하고 있으려니, 그런 내 생각을 알아챈 시스가 설명을 재개했다. 그 배려를 통해, 정말로 그녀가 나를 위해 설명하려 애쓰고 있다는 걸 알 수 있었다.

"정말 잠든 거 맞아? 아까는 잠든 채로도 마법을 썼는데."

"당연하지. **그야, 히타키잖아?**"

나는 그 주저 없는 대답의 의미를 이해할 수 없었다. 자면서 마법을 사용하는 생물 같은 건 지금까지 한 번도 본 적이 없었다. 곤혹스러워하는 내 표정을 보고, 시스는 어리둥절한 표정을 보이고는── 하지만 이내 그 원인을 찾아내고, 설명을 재개했다.

"아아, 그러고 보니까 지금의 맹우는 히타키의 전투 모습을 한 번도 본 적이 없었지. 알겠어, 맹우? 고유의 사고 스킬을 네 종류나 가진 히타키에게는, 잠들어 있는 것쯤은 아무런 불이익도 안 돼. 뭔가 다른 걸 하면서 능숙하게 마법을 사용하는 건 히타키의 주특기지. 아마 마법의 능수능란함 면에서는 히타키가 1등일 거야."

이세계에서 여동생이 가진 실력. 그것이 어느 정도인지, 나는 상상할 수 없었다.

나에게 있어서 히타키는 원래 세계의 상징이자, 평온 그 자체였다.

여동생이 마법을 쓴다는 것조차 상상하기 힘든 마당에, 마법 사용이 능수능란하다는 말을 실감할 수 있을 리가 없었다. 애초에 자면서 마법을 사용하는 걸 "능수능란"이라는 한마디로 정리할 수 있는 걸까? 하지만 눈앞에 있는 시스는 그렇게 믿어 의심치 않고 있었다. 거짓말을 하는 기색 따위는 찾아볼 수도 없이, 마치 히타키의 위력을 자기 일인 양 자랑하고 있었다.

갖가지 의문들이 머릿속에 떠올라서, 나도 모르게 얼굴이 찌푸려졌다.

그런 내 표정을 보고, 시스는 온화한 미소를 지었다.

"진정해. 일단 목을 축이면서 얘기하자. 이 가게 홍차와 케이크는 정말 맛있어. 천 년 전에는 누릴 수 없었던 사치지. 아, 점원이 없으니까 내가 따라줄게."

대화는 오히려 내가 원하던 바였지만, 이렇게까지 노골적으로 굴면 함정이 아닐까 하는 의심이 들지 않을 수 없었다.

홍차를 전원에게 대접하고, 놓여있던 케이크를 잘라 나눠 주는 시스에 대해, 나는 경계를 늦추지 않았다.

그 의심 가득한 눈초리에, 시스의 표정이 약간 어두워졌다. 그녀는 정말로 경애의 증표로서 이 홍차와 케이크를 준비했던 건지도 모른다.

"맹우, 나는 진심으로 평화적 해결을 바라고 있어. 1년 전에 맹우와의 대화 때 얻은 교훈을 바탕으로, 이번에는 더 근사한 얘기를 준비해 왔어. 맹우는 디아를 함부로 대하는 게 마음에 안 드는 거지?"

"……그래."

아무도 손대지 않은 홍차와 케이크를 내버려 둔 채, 시스는 앞장서서 본론으로 들어갔다.

"잘 들어 봐. 디아를 구하고, 내 요구도 이룰 수 있는 제안을 가져왔어. 얘기가 좀 길어질 텐데, 괜찮겠어?"

나는 다시 수긍하고 얘기를 재촉했다.

시스는 헛기침을 한 번 하고, 사도로서의 염원을 얘기했다.

"우선, 이 점만은 절대로 오해하지 말아 주었으면 좋겠는데, 나는 세계를 구하기 위해 행동하고 있어. 그건 절대적인 사실이야. 사도라는 존재는, 이 세계가 만들어낸 평화의 사자야. 그 사도가 이 세계에 태어나는 조건은 단 하나. 세계가 멸망하려 하고 있을 때뿐이야."

시스는 손짓 몸짓을 곁들여 가며, 자신의 심정을 조금이라도 더 잘 전달하려 애쓰고 있었다. 기억을 잃은 나를 위해 차근차근 설명하려 하고 있다는 걸 알 수 있었다.

"의심할 나위 없이, 지금 세계는 멸망을 향해 나아가고 있어……. 나는 그걸 막고 싶어."

그리고 세계의 앞날을 걱정하며, 평화를 되찾고 싶다고 말했다.

너무나도 선량한 생각이라서 의심스러울 지경이었지만, 눈앞에 있는 시스는 진심이었다.

오랜 싸움을 거치며 성장한 나의 관찰력과 차원마법이 그렇게 판단했다.

"참고로 천 년 전에 나와 사도 디플라크라와 사도 레거시가 태어난 것도, 그때 세계가 멸망의 위기에 빠졌기 때문이었어."

"그 멸망의 위기라는 거……,『세계봉환진』을 말하는 거야?"

"아니, 고작 그 정도 가지고 세계의 멸망 운운하는 소리는 안 해. 우리 사도들이 염려하는 건, 현재 본토 중앙에 있는『제2미궁도시』대릴 상공을 가득 뒤덮은 먹구름 때문이야. 그 먹구름이 세계게 가득 차면, 모든 생물이『마의 독』에 침식당해서, 몬스터로 전락하게 돼. 최종적으로는 인간이라는 종이 사라지고, 몬스터들은 본능에 따라 피의 살육전을 벌이고, 결국은 세계에 아무도 남지 않게 되지. 그걸 막는 게 우리 사도들의『사명』이야."

그동안 불명확했던 그녀의 목적을 이제야 알 수 있었다.

사도들은 개인의 가치에 얽매이지 않고, 국가나 대륙의 관념까지도 뛰어넘어서, 세계를 구하려 하고 있었다. 숭고하다는 표현이 아깝지 않은 목적이었다.

"다만, 디프라클라와 레거시는 그『사명』을 무시했지만 말이야……. 그래서 주인님의 의지를 계승하고 있는 건 이제 나뿐이야. 그래, 정의의 사도는 이제 나밖에 안 남았다는 얘기야! 그러니까 나는 물러설 수 없어. 질 수 없어. 누구에게도 양보할 수 없어……!!"

"잠깐, 너희들의 주인이 있다는 거야? 그건 어떤 녀석이지?"

"우리 주인님은, 거기 앉아있는 임금님이 살던 천 년 전보다도 훨씬 더 오랜 옛날……, 아득한 과거에 세계의『최심부』로 향해서, 최초로 도달한『익인종』이야. 그때, 주인님은 세계의 독을 자신의 몸에 받아들이고, 자기 손으로 자신을 봉인했어. 이 세계의 진정한 가디언이라고 해도 과언이 아닌 존재지."

아주 오랜 옛날의『익인종』……?

이 이세계에서는 천 년 전 일도 신화처럼 여겨지곤 하니, 그보다 더 오랜 옛날의 일 같은 건 상상하기도 쉽지 않았다. 연합국의 도서관에서 조사해 본 기억을 되짚어 봐도, 어떤 문화가 있었다느니 하는 자료 같은 건 하나도 없었고, 인간들이 제대로 생활을 영유하긴 했었는지도 의심스러운 영역이 있을 뿐이었다.

"주인님의 희생에 힘입어, 『마의 독』 때문에 멸망하기 직전이었던 세계가 조금씩 번영을 되찾기 시작했어. 하지만 우리 주인님도 원래는 어디에나 흔히 있는 평범한 여자아이……. 만 년도 넘는 시간이 지나가니, 그 정신은 한계를 맞이했어. 몸에 봉인하고 있던 독이 흘러나와서, 지상에 누출되기 시작했다는 걸 깨달았지. 여기저기 금가고 벌어진 자신의 몸을 본 주인님은, 『대체자』의 필요성을 느끼셨다나 봐."

그 『사도의 주인』 운운하는 얘기도 좀처럼 상상이 가지 않았다.

스케일은 거대하지만, 내 세계에도 흔히 있는 인신 공양 얘기로 생각해도 되는 걸까.

들은 얘기로만 보면, 그 『익인종』 소녀도 희생자처럼 느껴졌다.

"그 『대체자』를 찾기 위해, 우리 주인님은 최후의 힘을 쥐어짜서 자신의 복제품이라 할 수 있는 세 명의 사도를 지상에 내보냈어. 그게 천 년 전의 시작이지. ──모든 얘기는 이렇게 이어져 있어. 맹우가 이 기본적인 얘기를 잊어버린 탓에 일이 꼬이게 됐단 말이지. 이 얘기를 들으니까 어때? 다음 내용도 듣고 싶지 않아? 나한테 협조하고 싶어지지 않아?"

스스로에 대한 해명을 무사히 마친 시스는 의기양양하게 웃었다.

"그래, 다음 내용도 듣고 싶어. 잠자코 들을 테니까 얘기 계속해."

"⋯⋯다행이야. 이래도 안 됐다면, 정말로 이 자리에서 살육전이 시작될 뻔했어. 역시 날 이해해 주는 건 맹우밖에 없다니까, 후훗!"

나는 여전히 떨떠름한 표정으로 경계를 풀지 않았다. 하지만 시스는 기쁜 듯 눈웃음을 지으며, 안심한 기색으로 혼자 케이크로 손을 가져갔다.

그 모습을 보는 나는 불안하기만 할 뿐이었다.

시스의 성격이 행동에 지나치게 드러나고 있었다. 그리고 그렇게 드러낸 성격이 너무나도――

"천 년 전에『마의 독』이 퍼져서, 수인의⋯⋯, 아, 당시에는『마인』이었지.『마인』의 출산율이 급격히 증가했어.『마인』이 늘어나는 건 세계의 멸망이 다가왔다는 증거야. 만 년 전쯤의 세계에는『마인』같은 존재는 하나도 없었으니까. 당연히 몬스터도 없었고 말이야."

시스는 얘기를 계속했다. 내가 중간에 이의를 제기하는 일은 절대 없을 거라 믿어 의심치 않는 표정으로, 이 세계의 역사를 줄줄이 읊었다.

"천 년 전의 지상에 태어난 우리 사도들은, 서둘러『마의 독』을 소화, 순환시킬 수 있는 존재를 만들려고 했어. 그 첫 번째 실험 대상이 바로 당신이었어."

그리고 비취색 머리칼의 소녀 티티를 가리키며,『이치를

훔치는 자』가 실험생물이었다는 사실을 고백했다.

그 말을 듣고도 티티의 표정에는 변화가 없었다. 어렴풋이 눈치채고 있었던 건지도 모른다.

"본래의 허용량을 넘어서는『마의 녹』을 몸에 흡수하고 지배하에 둘 수 있는 존재,『이치를 훔치는 자』가 탄생한 거야. 맹우 식으로 얘기하자면, 레벨 상한선을 떨쳐내는 데 성공한 거지. 그 성공을 확인한 우리는, 뒤이어서 두 번째와 세 번째『이치를 훔치는 자』를 선정해서 키웠지. 다만, 세 번째를 키웠을 때쯤부터 이 방식의 문제점이 눈에 보이기 시작했어."

케이크를 입에 넣고 홍차로 목을 축이면서, 시스는 이야기를 계속했다.

이쯤 되니 혼자서 하는 잡담이나 다를 게 없었다.

"로드 티티, 티다 란즈, 아르티. 이 세 사람의 마음이 한없이 쇠약해져서 말이지…….『이치를 훔치는 자』세 명의 마음이 도무지 성장하지 않는 걸 보고, 우리는 깨달았어. 우리는 그들이 주인님의『대체자』가 될 수 있는 존재로 성장하기를 기대했었지만,『이치를 훔치는 자』들은 절대로 그 경지에 다다를 수 없다는 걸 깨달은 거지."

그 얘기의 와중에,『이치를 훔치는 자』가 된 순서가 조금 밝혀졌다.

역시 연령 순서대로 티티가 첫 번째『이치를 훔치는 자』였던 모양이다.

"그래서 우리는 처음부터 굳센 마음과 뛰어난 재능을 겸비한 인간을 다른 곳에서 마련하기로 했어. 그 소환 조건은 『이 세계의 그 누구보다 굳센 마음을 가진 아이』. 그 과정에서 선택된 것이 여기 이『이방인』아이카와 히타키. 히타키라면 온 세계에 퍼진『마의 독』을 한 몸에 모아서, 우리 주인님과 같은 영역에 다다를 수 있을 거라고 생각했는데……. 그 결과는 맹우가 아는 그대로야. 그날 실패한 이유는, 지금도 알 수 없어."

시스는 애석한 듯 어깨를 축 늘어뜨렸다. 하지만 그것은 애지중지하던 장난감이 망가졌을 때 같은 가벼운 낙담 정도로 보여서, 애써 이성을 유지하려 하던 내 표정이 살짝 일그러졌다.

"──아!! 그, 그렇게 노려보지 마, 맹우. 모든 건 다 세계의 평화를 위한 일이었다는 걸, 이번에는 꼭 이해해 줘……. 부탁이야……."

시스는 새 케이크를 잘라서 내 쪽으로 건네면서 사죄했다.

그 케이크가 사죄의 의미로 주는 것임을, 그녀의 절박한 표정을 통해 알 수 있었다.

사도에게 있어서 케이크와 인명의 동등한, 아무런 격차도 없는 것인지도 모른다.

그 가치관의 차이에 가볍게 절망해서, 화낼 기력조차 사라져 갔다.

"세계 평화를 이해, 우리는 정말 많은 인종을 시도해 봤어. 이어서 사도 디프라클라가『이방인』아이카와 카나미를 불러내서,『마의 독』을 힘으로 변환하는『레벨업(마력변환)』 술식을 완성시켰어. 사도 레거시는 성인 티아라와 협조해서『마의 독』을 적출하는『마석화』술식을 완성시켰지. 하지만 둘 다 일시적인 방편에 불과해서……, 솔직히 가장 큰 도움이 된 건 나의『세계봉환진』뿐이었지!"

그러니까 자신이 잘났다고 주장하고 싶은 것이리라.

시스는 다시 의기양양한 얼굴로 흐흥 하고 코웃음을 쳤다. 거기에서 악의는 느껴지지 않았다. 악의가 느껴지지 않기에, 나와 시스 사이의 골은 더더욱 깊어졌다.

"하여튼 그『세계봉환진』은 멋지게 성공! 그 과정에서 수백만 명이 죽었지만, 뭐, 그건 불가피한 희생이었지."

"너 말이야……!!"

지금까지는 세계 평화가 전제였으니, 조금이나마 참아줄 만한 구석이 있었다. 하지만 그 지나친 인명 경시에, 인내의 한계를 조금씩 넘어서고 있었다.

"처, 천 년 전에도 화냈었지……. 그렇게 화내지 마. 천 년 전에 너는 분명히 나를 죽였으니까, 이제 비긴 걸로 해도 되잖아?"

정말 비긴 거라고 생각하고 있다는 것을, 시스의 표정으로 보아 알 수 있었다.

이런 반응을 보면, 그냥 사도 시스는 원래 그런 녀석이라고 생각하는 수밖에 없을 것 같았다.

"그 후, 나는 죽고, 나의『세계봉환진계획』은 맹우인 시조 카나미와 성인 티아라에게 인계되었지. 덕분에『세계봉환 진계획』은『미궁계획』으로 이름을 바꾸고, 이 세계에 남게 된 거야. 뭐, 그쪽의 목적은『세계 평화』나『대체자 만들기』 가 아니라,『히타키의 부활』이었던 것 같지만 말이야."

즉 원래 미궁은『대체자』가 될 인물을 선발하기 위한 공간 이었던 것이다.

그것을 내가 개인적인 취향에 따라 건드린 결과, 지금과 같은 상태가 되었다.

"그랬군……. 네 목적도 이제 알 것 같아. 그래서, 이제 너 는 무슨 수로『대체자』가 될 녀석을 찾아낼 작정이지? 내가 뭘 어떻게 해 주기를 바라는 거지?"

"예나 지금이나, 내 목적은 주인님의『대체자』를 마련하 는 거야. 그리고 그 수단은 이미 갖춰져 있어. 성가신『마의 독』을 힘으로 바꾸는『레벨업』술식과, 사람의 혼을 통째로 결정체화하는『마석화』술식. 그 모두를 담는 그릇『디아블 로』에, 그것들을 수행시키기 위한 무대가 될『미궁』! 그래, 모든 게 다 갖춰져 있지! 그러니까, 내가 맹우에게 원하는 건 정말 조그만 거야. 아주 사소한 부탁이란 말이지."

처음에 시스가 얘기했던『디아를 구하고, 시스의 요구도 이룰 수 있는 제안』이 바로 이 얘기였던 모양이다. 다만, 지 금까지 나눈 이야기로 미루어보아 시스와는 사고방식이 달 라도 너무 다르다는 게 밝혀졌다. 큰 기대는 하지 않고 그 부탁을 들어보기로 했다.

"내가 원하는 건, 『디아블로 시스의 레벨업을 돕는 것』. 단, 징상적인 방법으로 레벨업을 하면 히타키와 같은 꼴이 되니, 레벨 상한을 없앨 수 있는 『이치를 훔치는 자』의 마석이 많이 필요해. 그것도 『마의 독』이 가득 쌓인 마석이 많이 필요하지. ……그러니까, 우선 맹우가 먼저 레벨을 올려 줘야겠어. 거기 있는 『땅의 이치를 훔치는 자』의 마석을 쓰면 레벨 60 직전까지는 문제없이 올릴 수 있을 거야. 이 한계선은 히타키를 통해 확인한 거니까 틀림없어. 맹우, 히타키의 스테이터스를 확인해 봐."

지시대로 히타키를 『주시』해 보았다.

동시에, 앞으로 싸우게 될 시스의 스테이터스도 같이 확인했다.

[스테이터스]

이름 : 아이카와 히타키

HP 587/587  MP 2812/2812  클래스 : 탐색가

레벨59

근력 16.78  체력17.11  기량 40.21  속도 29.86

지능 60.76  마력 132.55  소질 0.79

[스테이터스]

이름 : 디아블로 시스

HP 741/741  MP 3412/3412  클래스 : 사도

레벨 59

근력 15.11  체력 13.55  기량 9.45  속도 10.67

지능 39.91  마력 177.22  소질 5.00

"──헉!"

예상은 했었지만, 두 사람 모두 상식을 초월한 수치에 돌입해 있었다.

가장 최근에 만났을 때만 해도, 히타키의 레벨은 1이었고 디아의 레벨은 20이었다.

하지만 지금은 둘 다 나보다 2배 이상이다. 최근 1년 동안 벌어진 격차를 숫자를 통해 똑똑히 확인한 셈이었지만, 이내 스테이터스는 단순한 숫자에 불과할 뿐이라고 나 자신을 타일렀다. 어차피 스테이터스는 과거의 내가 만든 지표인 것이다.

절대적인 건 아니지만, 이미 여러 번 몸으로 체험해서 알고 있었다.

"확인했지? 그럼, 아이카와 남매가 둘 다 한계선까지 레벨을 올리면, 다음에는 **죽어서** 마석이 되는 거야. 당연히 거기 있는 마왕님과 아이드도 같이. 아이드와 함께 세계 통일이라도 하고, 바로 마석이 돼 줘. 그렇게 하면『차원』『물』『땅』『바람』『나무』. 대량의『마의 독』이 담긴『이치를 훔치는 자』의 마석이 다섯 개나 생기는 거지!"

시스는 당연하다는 듯이『이치를 훔치는 자』네 명의 죽음을 언급하고, 내 허리춤에 있는 로웬의 마석을 빼앗겠다고 말했다.

"그 다섯 개를 디아블로가 삼켜서, 모든 『마의 독』을 힘으로 변환! 그렇게 하면 분명 『최심부』를 견딜 수 있는 몸에── 카운터 스톱(레벨99)에 도달할 수 있어. 최강의 몸에 사도의 정신! 진짜 완벽하지! 다시 말해, 바로 내가 몸을 바쳐서, 나를 만들어 준 주인님에게 『대체자』의 그릇을 바칠 수 있게 된다는 얘기야! 그러면 세계의 『마의 독』 유출은 멎을 테고, 사람의 틀을 벗어난 수인의 수는 줄어들 테고, 세계에서 흉악한 몬스터는 사라질 거야! 어때, 정말 근사한 일 아냐?"

그 모독적인 제안을, 시스는 정말 근사한 일이라고 생각하고 있으리라.

전에 없이 흥분한 기색으로, 테이블 위로 몸을 쑥 들이댔다.

"정말 내가 그 제안을 받아들일 거라고 생각하는 거야……?"

"안 돼? 디아는 무사히 살아남잖아. 더할 나위 없이 고귀한 존재로 말이야."

"……받아들일 리가 없잖아. 애초에 히타키와 내가 죽는다는 것부터가 글러 먹었어."

"응? 하, 하지만 히타키도 맹우도 세계를 구한 성인으로 길이 추앙받게 될 거야. 아마 구세주로 오래토록 이름이 전해지고, 영원토록 칭송받게 되겠지. 그 정도면 인간으로서 더할 나위 없이 좋은 인생이잖아? 최고의 영예지. 무엇보다, 세계를 위해 보탬이 됐다는 걸 자랑스러워하면서, 만족스럽게 죽을 수 있잖아! 이번에는 결코 개죽음이 아냐! 히타키의 인생은 의미 있는 삶과 죽음을 통해 완성될 수 있어! 흠잡을 곳 없는 납득과 만족을 느낄 수 있을 거야! 어때, 모두가 행복해질 수 있는 완벽한 계획 아냐?!"

"너 말이야……."

황당해서 말문이 막혔다.

천 년 전의 내가 거칠어졌던 것도 이해가 갔다.

시스와 얘기하다 보면, 끝나지 않는 불완전한 퍼즐을 주구장창 푸는 것 같은 짜증이 솟구친다. 같은 언어를 사용하고 있는데도 같은 대화를 공유할 수 없는 감각이 불쾌해서 견딜 수가 없었다.

이것이 종착점 없는 강론임을 깨달은 순간, 더 이상 아무런 대꾸도 할 수 없었다. 침묵에 잠긴 나를 보고, 시스는 약간 불안한 표정으로 물었다.

"……저, 정말 안 돼? 세계 평화에 공헌할 수 있는데도? 인간으로서 이것보다 더 의미 있는 삶은 없을 정도잖아?"

그 태도로 미루어보아, 인간이라면 누구나 세계 평화를 위해 기꺼이 희생해야 한다고 진심으로 믿고 있음을 알 수 있었다. 그리고 그녀 나름대로 내 의견을 존중해서 이 방안을 고안해 왔다는 것도 알 수 있었다. 내가 이해할 수 있었던 건, 죽어도 사도 시스는 변하지 않을 거라는 점이었다.

"미안하지만, 너와 협조할 수는 없어. 내가『최심부』에 데려가는 건 히타키야. 나는 오래전부터 그렇게 마음먹고 있었어."

대화를 중단하고, 나는 절대 양보할 수 없는 부분만을 얘기했다. 그것 말고는 다른 방법이 없었다.

"맹우……! 히타키를『최심부』에 데려가는 건 안 돼. 이 아이는 선천적인 불확정 요소와 수수께끼가 너무 많아. 세계의 구조에 대해 가장 잘 아는 내가 가는 게 확실하고, 마음의 강함에 대한 문제도 나라면 해결할 수 있어. 내가 가장 적임자야!"

"네가 적임자일지도 모르지. 하지만 디아의 몸을 멋대로 이용하지 마. 너는『대체자』가 되고 싶은지도 모르지만, 디아는 그렇지 않을 거야. 디아의『꿈』은, 지금도 분명『훌륭한 검사』일 거라고……!!"

"디아는 승낙했는데? 지금까지 했던 얘기를 차근차근 얘기해 줬더니,『꿈』을 포기하고『대체자』가 돼도 좋다고 했어."

그 말마따나, 1년 전에도 디아가 승낙한 듯한 기미가 보이긴 했었다.

디아와 마지막으로 얘기하던 때의 기억을 떠올렸다.

아이드의 상태이상 회복 마법에 의해, 나와 라스티아라와 디아가 천 년 전의 기억을 단편적으로 되찾았을 때의 일이었다. 그때, 디아는, "『우리』는『카나미 남매』에게 못 할 짓을 했다" "그 속죄는 반드시 해야 한다"고 말했었다.

즉, 눈앞에 있는 이 시스가 천 년 전에 우리 남매에게 했던 일을, 마치 자신의 죄처럼 여기고 있었던 것이다. 하지만 그건 잘못된 생각이다. 여기에 있는 시스와 디아가 같은 존재라는 건 아무리 생각해도 말이 안 되는 얘기다. 다정한 디아를 악랄한 시스가 이용하고 있는 게 분명한 만큼, 내가 해야 할 일은 하나뿐이다.

"그래도 디아를 『최심부』에 데려가게 할 수는 없어. 세계의 멸망에 대한 얘기라면, 히타키의 치료를 겸한 거지만……, 대역인 네가 아니라, 그 『최심부』에 있는 네 주인과 얘기해서 해결 방법을 결정할 거야. 그러니까 너는 일단 여기서 단념해."

"맹우가 주인님과 대화하겠다고……? 그건 더더욱 안 돼. 지금 주인님과 접해도 되는 건, 『대행자』가 될 수 있는 그릇을 가진 자뿐이야. 마음과 몸이 강하고, 세계의 독을 완벽하게 제어할 수 있는 존재뿐. 맹우는 그 조건에 해당하지 않아."

결국 대화는 서로의 요구를 늘어놓기만 할 뿐, 평행선을 달리게 되었다.

처음부터 예상했던 일이다. 충분한 정보를 끌어낸 이상, 이제부터는 야만적인 싸움이 될 것이다.

"……맹우, 정말 안 되겠어?"

하지만, 시스는 아직 미련을 버리지 못하고, 끝까지 대화에 매달리며 나에게 확인을 취했다.

"그래, 안 돼."

"……정말 안 되나 보네. 하지만 맹우, 너는 나를 이길 수 없어. 만약에 아이드를 이긴다고 해도, 여기에 있는 우리 둘은 절대로 이길 수 없어. 그건 세계의 이치로 정해져 있는 일이야. 그래도 싸우겠어?"

자신을 이기는 건 불가능하니 일어서지 말라고, 시스는 걱정 어린 얼굴로 충고했다.

하지만 그런 말을 들었다고 해서 고분고분 멈출 거였다면, 처음부터 여기까지 오지도 않았을 것이다.

멈추지 않고 자리에서 일어서서, 허리춤의 칼자루로 손을 가져갔다.

그 모습을 보고 대화의 종결을 알아챈 시스는, 오늘 들어 처음 보이는 표정을 보였다.

"이번에는 이렇게 열심히 설명해 줬는데……. 왜 맹우는 이해해 주지 않는 거야……? 나는 사도. 세계를 구하기 위해 선택받은 존재인데……. 대체 왜……."

고개를 푹 숙인 채 슬퍼하고 있었다.

다만 그 슬픔의 이유는, 자신이 원하는 대로 남이 죽어 주지 않기 때문.

나와 시스 사이에 있는 골은 이제 도저히 메울 길이 없다. 될 수 있으면 시스와의 대화를 통해 상황을 매듭짓고 싶었다. 그것은 거짓말이 아니다. 하지만 그게 불가능에 가까운 일이라는 걸 알게 된 이상, 나는 디아의 안전을 우선시할 수밖에 없다. 지금은 여동생인 히타키의 신병도 빼앗겨 있는 상태인 것이다. 그러니까 이제——싸우는 수밖에 없다.

나는 검을 빼 들려 했다.

그때, 쿠쿵 하고 대륙 전체가 몇 센티미터 가라앉기라도 하듯 시야가 뒤흔들렸다.

타이밍을 재기라도 한 것 같은 지진이, 굉음과 함께 우리를 덮쳤다.

그리고 나는 〈디멘션〉을 통해 그 지진의 원인을 포착했다.

"아이드——!!"

이 가도와 이어진 언덕 위에서, **그것**이 움직였다.

왕도 중앙에 있던 거대한 질량이 움직이는 바람에, 세계가 뒤흔들린 것이다.

——『비아이시아 성』이 기동해서, 움직이려 하고 있었다.

왕도 중앙의 언덕에 있는 성은, 미궁에 재현되어 있던 비아이시아 성과 마찬가지로, 내가 아는 그 어떤 성보다도 컸다. 수없이 많은 나무로 장식되어 있어서 그런지, 실제보다도 더 크게 느껴졌다. 성 밑 부분에는 무수한 잎들이 펼쳐져 있고, 성벽에는 각종 덩굴이 뒤얽혀 있었다. 뿐만 아니라 성 여기저기에서 기다란 뿌리가 뻗어 나와서, 얽히고, 꼬여서, 굵직한 기둥 같은 네 개의 줄기를 이루어, 마치 팔다리 같은 형상을 갖추고 있었다.

네 곳에서 뻗어 나온 네 개의 줄기 때문에, 멀리서 보면 마치 괴이한 형상의 거인이 일어서는 것처럼 보였다. 그 성 안에도 수많은 줄기가 뻗어 있으리라는 건 쉽게 상상할 수 있었다. 그 줄기가 뼈이며, 각종 덩굴이 혈관과 신경, 그리고 중심부에는 심장인 아이드가 있으리라.

『성』이, 그야말로 거인이라 할 수 있는 존재로 진화해 나갔다.

헤아릴 수 없을 만큼의 나뭇잎들이 수런거리며 모래바람과도 같은 소리를 냈다. 성에서 날개를 쉬고 있던 새들이 울면서 쾌청한 하늘로 날아올랐다. 지금 이 순간에도 각종 덩굴은 성장하고 있는 듯, 마치 뱀이 기어가는 것 같은 소리가 들려왔다.

마지막으로 『성』의 두 발이 대지를 힘차게 박차서, 왕도 전체에 굉음을 울렸다.

주저 없이 가도 중간에 있던 광장을 밟아서, 거기에 있던 모든 것들을 짓밟았다. 뒤이은 두 번째 걸음도 도시를 파괴해 나갔다. 나름대로는 밟는 위치를 골라 가며 걷는 것 같았지만, 그래도 피해는 막을 수 없었다.

고개를 한껏 들어도 전모가 보이지 않을 만큼의 거인이, 모든 것들을 파괴하면서 다가왔다.

한참 멀리 떨어져 보였던 비아이시아 성이, 단 세 걸음 만에 우리가 있던 레스토랑 근처까지 다가왔다. 이쯤 되니 티티도 스노우도 루즈도 느긋하게 앉아있을 수만은 없었기에, 모두 자리에서 일어서서 임전태세에 들어간 상황이었다.

거대한 성이 햇빛을 가로막아서, 그림자가 레스토랑을 집어삼켰다.

바로 근처까지 다가온 『성』을 육안으로 올려다보니, 맨 윗부분은 보이지 않았다. 안 그래도 거대했던 『성』이, 굵은 팔다리까지 얻어서 차원이 다른 수준으로 커져 있었다.

거대했다. 높이뿐만이 아니라, 옆으로도 커대했다.

그야말로, 벽. 하늘에 닿을 듯하다는 말이 과언이 아닐 정도의 거대한 몬스터가, 지금 적이 되어 눈앞에 서서, 목소리를 냈다.

『제2 미궁도시』 대릴에서 그랬던 것처럼, 성에 피어 있는 『피에리스 아이시아』가 입의 역할을 대신했다.

『──시스 님, 교섭은 이제 끝났습니다.』

아이드의 목소리였다. 교섭의 자리에서 공격당할 상황에 빠진 시스를 구하기 위해 『나무의 이치를 훔치는 자』가 직접 나선 것이다.

다만, 그 구원 대상인 시스는 테이블에 앉은 채 꼼짝하지 않았다.

보다 못한 아이드는, 탄식과 함께 말했다.

『하아……. 사도님쯤 되시는 분이 우시면 어떡합니까. 이럴 것 같아서 말렸던 겁니다.』

시스는 부들부들 떨면서 고개를 들어 반론했다.

"우, 울긴 누가 울었다는 거야……."

본인의 말대로, 울지는 않았다.

하지만 당장이라도 울음을 터뜨릴 것 같은 표정인 건 사실이었다. 나에게 거부당한 게 어지간히도 충격이었던 모양이다. 더듬거리는 목소리로, 이 자리에 있는 모두에게 자신의 속내를 얘기했다.

"그렇지만, 맹우라면 이해해 줄 거라고 믿었었어⋯⋯. 처음 만난 그날부터, 운명을 느꼈었어. 우리는 서로 닮은 존재라고 생각했으니까⋯⋯. 언젠가 꼭 서로를 이해할 수 있을 거라고⋯⋯, 그렇게⋯⋯, 생각했는데⋯⋯."

『사도님과 시조 카나미의 관계가 양호했던 건 아득한 옛날의 일. 이제 포기하십시오. 그가 세계의 모든 것을 알게 된다 해도, 두 번 다시 사도님과 마음을 나눌 수는 없을 겁니다.』

아이드는 사스의 말을 냉담하게 부정했다.

솔직히, 나 역시 아이드와 같은 의견이었다.

세계를 최우선으로 여기는 그녀의 비인간적인 사고방식은, 죽을 때까지 이해할 수 없을 것 같았다.

『끈기 있게 설명하면 언젠가 동의를 얻을 수 있을지도 모르죠. 하지만 지금은 단념하시는 게 현명할 겁니다. 지금도 시조 카나미는 당신의 몸을 빼앗으려 하고 있으니까요.』

"그런 것⋯⋯, 같네⋯⋯."

『성』이 움직이는 게 1초만 더 늦었더라면, 결투 전에 나와 시스의 전투가 시작됐을 것이다. 그 점을 인정한 시스는, 심호흡을 한 번 해서, 떨리던 몸을 진정시켰다.

그리고 다음 교섭이 이어졌다. 다만, 지금은 배후에『성』이라는 압도적인 힘이 도사리고 있는 만큼, 그것은 더 이상

화평 교섭이 아니었다.

"맹우, 아이드는 아까 그 제안을 납득해 줬어. 거기 있는 임금님과 함께 세계의 평화를 이룩할 수만 있다면, 나머지는 마음대로 해도 좋다고 했어. 아주 쉽게 협력관계가 이루어졌지."

"이렇게 명확하게 거부 의사를 밝혔는데, 넌 아직도 나를 포기하지 않는 거야?"

"그래, 물론이지. 왜냐하면, 맹우 쪽을 활용하는 게 훨씬 빠르니까. 만약에 내 이번 제안을 거부한다면, 나와도 결투를 벌일 수밖에 없어. 그때는 당연히 히타키도 함께 싸울 거고. 나와 히타키는 옛날부터 페어였으니까."

말은 그럴싸하지만, 결국은 죽기 싫으면 싸우라는 얘기였다.

강화는 결렬되었고, 나와 시스 사이의 긴장감은 고조되어 갔다. 테이블 위에 있던 홍차 잔은 조금 전의 진동에 의해 이미 깨져 버린 상태였다. 이제 같이 홍차를 즐길 수 있는 시간은 지난 것이었다.

"그런데 아이드는 너와 1대1로 결투하기를 원하고 있단 말이지……. 그럼, 이쪽은 일단 신구『로드』간의 대결을 벌여 볼까? 그게 제일 시간이 적게 걸릴 테니까."

시스는 내가 아닌, 내 옆의 티티와 싸우겠다고 나섰다.

"그리하자꾸나. 원래부터 나와 스노우는 결투하는 동안 그대들을 제압할 계획이었으니 말이다."

그런 시스의 제안은, 사전에 정해 두었던 계획의 범위 안에 속하는 것이었다. 아이드와 내가 싸우는 동안, 티티와 스노우가 시스와 히타키를 맡는 것. 이상적인 전개 중의 하나였다.

"다만, 사도 공. 그 전에 남동생과 잠시 얘기할 시간을 주지 않겠나?"

그런데 그 이상적인 전개 앞에 티티가 끼어들었다.

나는 시스와의 대화 때문에 머리끝까지 핏기가 차올라 있었지만, 그녀는 아직 냉정했다.

우리의 계획 중 가장 핵심적인 부분을 잊지 않았다.

『로드』. 이제 와서 얘기라니——.』

가디언과의 싸움에서 가장 핵심적인 것. 그건 말이다. 말로 설득하는 것이야말로, 가디언과의 싸움에서 가장 유효한 공격이 된다는 게 내 생각이었고, 티티는 스스로의 경험을 통해 그 점을 확신하고 있다.

"듣거라, 아이드!"

대화를 거부하려 하는 아이드의 태도에, 티티는 거부로 맞받아쳤다.

"그대가 카나밍을 미워하는 건 이해한다! 그대 입장에서 보면, 시조 카나미라는 존재는 천 년 전에 모든 것을 앗아간 원수일 테니까! 그건 이해한다! 이제 와서 내가 카나밍은 잘못이 없다고 해 봤자 소용없겠지!!"

그 힘찬 외침에 밀린 걸까, 아니면 남동생이라는 성질 탓일까. 아이드는 묵묵히 티티의 말에 귀를 기울였다. 의외로 시스도 남매간의 대화를 방해하려는 태도는 보이지 않았다.

"하지만, 그렇다고 해서 폭력으로 모든 걸 끝내는 건 아니지 않으냐?! 천 년 전의 나도 이 정도로 횡포를 부리지는 않았어! 그건 『재상』이었던 그대가 가장 싫어하는 방법이었으니까!!"

티티는 아이드를 정면으로 부정하지는 않았다. 지난번처럼 나를 추켜세우지 않고, 아이드가 가장 집착하는 점으로 보이는 『재상』이라는 단어를 꺼냈다.

아주 능숙한 『어른』의 설득이었다.

"그 강력한 몸과 『이치를 훔치는 자』의 힘으로 결투해서, 소원을 이루겠다! 이긴 자가 곧 정의! 그런 건 어린애들이나 하는 싸움이다! 아이드가 믿는 『재상』이란, 그런 어린애 같은 싸움이나 하는 존재더냐?!"

『그, 그건…….』

아이드의 목소리에 당황이 묻어났다.

그것을 감지한 티티는 누나답게 다정하기 그지없는 말을 건넸다.

"힘을 동원해서 우격다짐으로 밀어붙여 봤자 얘기는 더 어긋나기만 할 뿐이야. 일단은, 오늘까지 있었던 일에 대해 나와 함께 차근차근 얘기해 보자꾸나……. 대화를 하건 싸움을 하건, 일단은 상대를 이해는 게 먼저야. 마음속에 있는 생각을 솔직하게 토해내면, 의외로 손쉽게 해결되는 경우도 있으니까 말이다."

마음속에 있는 생각을 솔직하게 토해내서 해결. 자신들과 비슷하게 일그러져 있던 두 사람이 서로를 이해한 걸 보고, 티티도 같은 결말을 원하고 있다는 걸 알 수 있었다.

나도 그게 불가능한 일이라고 생각하지는 않았다.

지금 여기에 있는 건 천 년 전의 로드가 아니다.

천 년을 괴로워하고, 미래를 여행하고, 나와 함께 배워서, 조금 더 『어른』이 된 티티다.

천 년 전과 다른 결말을 이끌어낼 수 있을 거라 믿었다.

"『이치를 훔치는 자』의 힘에 의지하는 건 최후의 수단이야. 그러지 않으면, 힘에 휘둘려서 소중한 걸 잃어버리게 돼 있어. 예를 들어, 이 도시만 해도, 우리가 본격적으로 싸우면 순식간에 사라져 버리겠지. ……이보거라, 아이드. 이 도시는 근사한 곳이야. 한눈에 봐도, 백성들의 미소가 눈에 선할 만큼. 그대는 정말 잘 해냈어."

거인이 된 성안에서 숨을 죽이는 소리가 들려온 것 같은 느낌이었다.

자신이 가꾼 도시 비아이시아에 대한 칭찬에, 아이드가 동요하는 게 분명했다.

"이 도시를 망가뜨리기 싫다는 생각은 들지 않느냐……? 비록 지금은 인적이 사라진 도시지만, 적어도 나는 진심으로 이 도시에 흠집 하나도 내기 싫구나."

『……아, 알겠습니다. 『로드』께서 그렇게 말씀하신다면,

장소를 바꾸도록 하죠. 남동쪽 방향에 평원이 있습니다. 거기로 가면, 파괴의 염려 없이 마음껏 싸울 수 있을 겁니다.」

"남동쪽 평원이라……. 우리의 고향에 가까운 곳이구나. 확실히, 모든 걸 매듭짓기에 딱 좋은 곳일지도 모르지."

손쉽게 장소 변경을 이끌어내는 데 성공했다.

하지만 티티는 그 정도로 만족하지 않았다.

"아니, 아직이다. 나는 아직 그대와 더 얘기를 하고 싶어!! 얼굴을 마주 보고 얘기하면서 확신했다!! 그대는 사실──."

지금 이 자리에서 가디언 간의 승부를 판가름 지으려는 듯, 커다란 목소리로 외쳤다.

"사실은 아무도 다치게 하고 싶지 않은 게지?! 제정신인 게지?! 그대는 옛날부터 조금도 달라지지 않았어! 사람뿐만이 아니라, 초목의 목숨마저도 걱정돼서 견딜 수가 없는 게지?! 사람들이 정성 들여 만든 모든 건물들이 사랑스러워서 견딜 수가 없는 게지?! 눈에 보이는 모든 사람의 얼굴에 미소가 없으면 직성이 안 풀리는 게지?! 실은! 싸움 같은 거 하기 싫은 게지?!"

확신에 차서 『남동생』의 모든 것을 단정 지으며 외치고, 들이댔다. 그것은 오만으로 가득한 행위였지만, 이 세계에서 오직 단 한 사람, 『누나』 티티만은 그렇게 해도 용서되는 존재가 아닐까 싶었다.

"『제2 미궁도시』 대릴에서 루즈, 느와르를 싸움으로 내몬 후로, 그대는 끔찍하게 후회하지 않았더냐?! 그대는 미칠 것 같은 상태에 수도 없이 빠졌다가도, 누군가가 다치는 걸 볼 때마다 이성을 되찾지 않았더냐?! 자기 때문에 다른 누군가가 다치는 것── 단지 그것 때문에 이성을 되찾는 게, 그대라는 선량한 남자다! 그래, 그건 당연한 일이야! 그대는 나와 다르니까! 세계에서 가장 자상한 『마인』! 마지막 순간까지 남을 위해 살아가는 힘을 가진 자! 나의 자랑스러운 『남동생』, 하얀 드리어드, 아이드니까!"

티티는 막힘 없이 외쳤다.

마지막 순간까지, 『재상』이 아닌, 자랑스러운 『남동생』을 향해 호소했다.

『......!!』

아이드는 동요를 감추지 못했다. 『성』 전체가 떨려서, 왕도 전체가 뒤흔들렸다.

"부탁이다. 제발 대답해다오, 아이도. 조금만 더 대화를 하자꾸나⋯⋯. 우리는 가족⋯⋯. 남매 사이니까⋯⋯."

그 동요를 알아채고, 티티는 울먹이는 얼굴로 애원했다.

완벽하기 그지없는 『로드』에게는 도무지 어울리지 않는 표정이었다. 하지만 그 표정과 목소리가 아이드에게 닿아서, 동요를 일으키고 있었다.

지금, 아이드는 『비아이시아 성』 안에서 당황하고 있는 게 틀림없었다.

──왕도가 정적에 휩싸였다.

멀리서 새 지저귀는 소리와 바람 부는 소리만이 들려올

뿐이었다.

엄정한 공기 속에서, 누구 하나 입을 열지 못했다.

그 침묵을 깬 것은, 『누나』 티티도 아니고 『남동생』 아이드도 아닌, 지금까지 진지한 표정으로 지켜보고 있던 시스였다.

"난감한걸……. 나와 히타키는 그렇다 쳐도, 저 애는 더 이상 억누를 수 없겠어."

악의가 있어서 그런 말을 한 건 아니었다.

아니, 오히려 두 사람을 걱정해서 한 말이라는 걸, 그녀의 태도를 통해 알 수 있었다. 나는 그 말의 의미를 캐물으려 했지만——

"시스? 무슨 소리를……, ——어?!"

중간에, 등에 차가운 것이 닿는 바람에, 목소리가 목구멍 너머로 쏙 들어갔다.

"——후훗."

이어서, 큭큭거리는 조용한 웃음소리가 귓전에 울려 퍼졌다.

지금 나는 〈디멘션〉을 전개한 상태다. 전에 없을 만큼 신중하고 꼼꼼하게 왕도 전체를 마력으로 채우고 있다. 가디언을 상대하는 상황인 만큼, 그건 당연한 일이었다.

그러니, 나는 지금 왕도에 있는 모든 것을 파악하고 있는 셈이다.

틀림없이, 구석구석 빠짐없이, 개미 새끼 한 마리 놓치지 않는다.

──그럼에도 불구하고, 지금 누군가가 등 뒤에서 내 옷 안에 손을 집어넣은 것이다.

유령과 맞닥뜨린 것 같은 공포에 휩싸인 채, 뒤를 돌아보았다.

그리고 〈디멘션〉이 아닌 육안으로 그 인물을 보았다.

그 장본인을 본 즉시, 나는 펄쩍 뛰어 거리를 벌렸다.

목소리를 들었을 때부터 예측은 했었다. 그 가능성은 왕도에 진입한 순간부터 예측하고 있었다.

그럼에도 나는, 그 모습에 놀라서 말문이 막혔다.

"후, 후훗, 우후훗. 후후, 후후후후후후훗──!!"

내 등 뒤에 있던 인물은, 『빛의 이치를 훔치는 자』 노스휘.

지난번에 보았을 때보다 야윈 그 얼굴을 본 순간, 오싹한 오한이 등에 몰아쳤다.

변함없이 새까만 의상에, 검게 물들어 가는 밤색 머리칼은 마구 헝클어져 있고── 그리고, 몸통과 팔다리에 **문신 같은 문자들이 휘감겨 있고, 몸 여기저기가 사라져 있었다.**

건너편이 보일 정도로 몸이 반투명해져 있어서, 갈기갈기 찢어진 사지가 공중에 둥둥 떠 있는 것처럼 보였다.

마치 망령처럼 섬뜩한 모습의 그 소녀, 도저히 참을 수 없다는 듯 웃음을 흘리고 있었다.

"후, 후훗, 후후훗──, 대, 화, 를, 하자구요? 아아, 대화 말인가요?! 결투한다는 얘기를 듣고 기껏 준비에 협조해 줬는데! 아까부터 계속 수다나 떨고! 까놓고 말해서, 보는 사

133

람 입장에서 너무 재미없어요! 재미없다구요!!"

그 말투를 들으니, 내가 알고 있는 노스휘가 맞다는 확신이 들었다.

하지만, 그렇다면 왜 〈디멘션〉에 포착되지 않은 것인가.

나는 재빨리 그녀의 모든 것을 분석해 보려 했다.

〈디멘션〉으로는 아무런 이상도 느낄 수 없었다. 아니, 지금 노스휘가 보이는 위치에 실제로는 아무것도 존재하지 않는다는 이상을, 〈디멘션〉이 관측하고 있었다.

이유는 알 수 없지만, 노스휘는 〈디멘션〉에서 벗어나 있다.

몸의 일부가 투명화된 것은, 빛의 굴절을 이용한 것으로 보였다.

"노, 노스휘?! 남쪽으로 간 거 아니었어?! 아니, 그보다 몸이 대체 왜 그렇게……."

『빛의 이치를 훔치는 자』의 힘으로 모습을 숨긴 채 매복하고 있었다.

거기까지는 이해할 수 있었다. 하지만, 그 괴이한 모습에 의문이 끊이지 않았다.

투명화는 모습을 감추기 위한 것이라고 쳐도, 몸에 문신이 새겨진 이유는 이해가 가지 않았다. 얼굴은 여전히 아름답지만, 미궁에서 만났을 때와는 달리 눈이 충혈되어 있었다. 눈 밑에는 짙은 다크서클이 있어서, 마치 며칠 동안 잠도 안 잔 사람처럼 보였다.

"후훗, 이 몸 말인가요? 이건——후훗, 글쎄요. 말하자면——사랑의, 후후훗, 그래요, 『사랑의 주문』이에요! 카나미 님에게 패한 그 날부터, 쉴 새도 잘 새도 없이, 마력을 튕겨내는 술식을 적은 거예요! 너무 많은 게 보여서 오히려 못 알아채셨나 보네요! 방심은 금물이라구요, 카나미 님!!"

노스휘는 그 문신의 의미를 순순히 가르쳐주었다.

마력을 튕겨내는 효과가 있기에 〈디멘션〉으로 포착할 수 없었던 건지도 모른다. 노스휘의 말을 곧이곧대로 믿을 생각은 없지만, 그에 준하는 효과를 갖고 있는 건 틀림없었다.

나는 마른침을 삼키고, 식은땀을 흘렸다.

시스, 히타키, 아이드를 상대할 때는 없었던 긴장감이었다.

내가 얼굴을 찌푸리건 말건 개의치 않고, 노스휘는 말을 마구 쏟아냈다.

"로드! 될 수 있으면 대화로 끝내고 싶다니, 저는 절대 허락 못 해요! 그건 너무 올바른 방법이잖아요? 네, 그런 건 너무 평범한 전쟁이에요. 너무 어른스러운 대응이에요. 너무 착한 짓이에요. 우리와는 전혀 어울리지 않아요. 대화의 프로로서, 그건 절대 용납 못 해요. 여러분, 좀 더 자기답게 행동하자고요!"

노스휘는 연설이라도 하듯 전원의 중앙에서 외쳤다.

그러는 동안 오른손에 빛의 깃발을 만들어, 대지에 꽂았다.

그리고 거창한 손짓과 몸짓을 곁들여 가며 말을 이었다.

"여러분, 아시겠어요?! 이건 그런 얘기가 아니에요! 로드가 한 얘기쯤은, 『재상』아이드도 한참 전부터 알고 있던 거예요! 그 정도는 아주 잘 알아요! 충분히 알면서도 그런 거예요! 하지만 감정이, 마음이, 영혼이, 이제 와서 반성 따위를 인정할 리 없어요!! 다 알면서 반복하고 있는 거라고요!!"

그것은 고무하는 말처럼 들리기도 했지만, 교묘한 선동이기도 했다. 그리고 문제는, 그 선동의 대상이 일반인이 아닌, 지도를 바꿔 버릴 수 있을 만큼의 힘을 가진 『이치를 훔치는 자』라는 점이었다.

"그런데 이제 와서 뭐라고요? 대화라니, 말이 돼요? 어림없는 소리죠! 그렇게 생각하지 않아요, 카나미 님?!"

노스휘는 닥치고 싸우기나 하라고 외쳐 댔다.

그리고 나를 향해 막무가내로 동의를 요구했다. 그 변함없는 태도에, 나는 씁쓸한 표정을 지었다. 하지만 티티는 나와 달랐다. 기쁜 표정으로 그녀의 이름을 불렀다.

"노스휘!! 와 주었구나……!!"

그런 노스휘를 아직도 친구로 여기고 있는 것이리라.

이런 중요한 장면에 난입했는데도, 티티는 노스휘를 환영했다. 노스휘조차도 그런 반응은 예상하지 못했던 모양이다. 약간 놀란 듯 입을 벌렸다가, 이내 냉정하게 대답했다.

"……잘 들으세요, 로드. 그렇게 말로 적을 무너뜨리려 들다니, 좋게 봐줄 수 없어요. 결투는 약속이에요. 약속은 지키라고 있는 거예요. 영혼과 영혼의 격돌도 없이, 답변만으로 『미련』을 끝내다니, 저는 옳다(잘못됐다)고 생각해요."

티티 덕분에 노스휘의 기세가 약간 꺾인 것 같은 느낌이었다. 하지만 상황의 주도권은 여전히 그녀가 쥐고 있다. 일방적으로 한 사람 한 사람에게 말을 걸었다.

"사도님도 카나미 님 일당의 페이스에 말려드시면 안 되죠. 그렇게 누구에게나 끝까지 대화를 시도하는 건 안 좋은 버릇이에요. 그런 짓을 하다가는, 또 얘기하다가 살해당하는 신세가 되고 말걸요?"

"어, 그런가……?"

"그래요!"

"하, 하긴. 그러고 보니 그렇긴 해. 그래도 귓전에서 고함은 지르지 말아 줘. 깜짝 놀라잖아."

노스휘의 등장과 그 기세에 말린 건 우리뿐만이 아니었던 모양이다. 같은 편으로 보이는 시스마저 당혹감을 감추지 못하고 있었다.

그런 당혹감 속에서, 노스휘는 마법을 영창했다.

"자! 얘기는 정리된 것 같으니, 이제 싸워요! 싸우지 않으면 후회할 거예요! 물론 싸워도 후회하겠죠! 그렇다면 싸우고 나서 후회하는 게 낫잖아요! ──마법 〈라이트 일레이어〉!! 후훗, 그렇다면 고민 따위 할 필요 없이, 그냥 싸우는 수밖에 없잖아요?!『대화』의 프로페셔널인 제가 보증할게요! 목숨을 걸고 치고받는 싸움이야말로 가장 훌륭하고 가장 아름다운『대화』에요!!"

노스휘가 들고 있는 깃발에서, 시야가 아득해질 만큼 눈부신 빛이 연속으로 흩뿌려졌다.

대낮의 도시를 별들 같은 빛이 채워 나갔다.

시야의 밝기는 한계를 넘어서서 새하얗게 물들어 갔다.

그것은 『빛의 이치를 훔치는 자』의 힘.

다짜고짜 모든 것을 침식해 버리는 『대화』의 빛이었다.

그 빛이 우리의 몸에 스며들어서, 『대화』의 마법으로 머릿속에 직접 말을 걸었다.

벙금 노스휘가 얘기했던 선동의 말이 연신 머릿속에서 메아리쳤다.

싸워라. 고민하지 마라. 마음 가는 대로 해라. 후회하지 마라. 그렇게 끊임없이 부추겼다. 점점 몸속이 달아오르고, 말을 주고받는 게 귀찮아지고, 폭력으로 모든 걸 해결하고 싶은 충동이 몰아쳤다.


"빛이! 전의를——, 빌어먹을!!"

빛을 매개로 하고 있는 이상, 막을 길이 없었다. 근처를 보니 동료들 역시 나와 마찬가지로 얼굴을 찌푸리고 있었다. 아니, 이제부터 싸우게 될 적들까지도 같은 표정이었다.

시스는 머리를 싸쥔 채, 히타키의 손을 굳게 붙잡고 있다. 『성』 외벽의 식물들이 뱀 무리처럼 버둥거리고, 그 안에 틀어박혀 있을 아이드가 절규했다.

『——노스휘 님! 그 빛은! 『성』의 제어가 흐트러집니다!!』

협력자를 질책하고, 해제를 요구했다.

하지만 그에 대해 돌아온 것은 노스휘의 조언 섞인 부정.

"『재상』아이드, 당신은 결투를 하기로 마음먹었잖아요? 그럼 망설여서는 안 돼요. 주저해서는 안 돼요. 한 발짝도 물러서서는 안 돼요. 그랬다가는 도전조차 할 수 없게 될걸요? ……저처럼 말이에요."

그 목소리는 다정했다.

지금까지 보였던 장난스러운 태도와는 달리, 자애와도 같은 것까지 느껴졌다.

지금, 노스휘는 진심으로 아이드를 걱정하고 있는 걸까?

자기 자신의 경험에 비추어, 잘못돼도 상관없으니 마음 가는 대로 전력을 다해 싸워 보라고, 다정한 마음으로 폭주를 부추기고 있는 것처럼 보였다.

"당신은 그 고통을 잘 알고 있을 텐데요? 이것저것 가려서는 안 돼요. 당신에게는 죽은 동포들을 위해서라도 싸워야 할 의무가 있어요. 그걸 위해서 오늘까지 힘을 유지해 온거잖아요? 네, 그건 옳아(잘못됐어)요. 사람들의 영혼은 그럴싸한 대화를 위해 있는 게 아니라, 전력으로 부딪치기 위해 있는 거예요. 만에 하나 이 기회를 놓친다면, 당신은 두 번 다시 전력을 발휘할 수 없을지도 몰라요──."

그 표현은 아름답고, 그 모습은 신성해서, 마치 성모와도 같았지만, 내용은 살벌하기 그지없는 것이었다.

부딪쳐라.

오로지, 영혼이 시키는 대로, 전력으로 부딪쳐라.

그렇게 부추기고, 등을 떠밀고 있다.

그리고 아이드는 그 고무를—— 받아들였다.

『당신 말씀이 맞습니다——. 시조 카나미의 마법을 동원하면, 말만 가지고 모든 걸 끝내 버릴 가능성도 있죠. 지금 무슨 꿍꿍이를 꾸미고 있는 긴지도 미지수. 그렇다면, 물불 안 가리고 싸우는 게 최선! 네, 신속하게 결투를 시작하는 게 좋겠습니다! 지금 당장이라도!』

각오를 다잡고 말았다.

빛의 침식에 의해 고조된 전의에 이끌려, 아이드는『성』을 움직이기 시작했다.

급속하게 성장하는 식물들을 해방해서『성』을 비대화시켜 나갔다. 끝없이 성장하는 나무들이, 최상층을 넘어 하늘 높이 뻗어 올라갔다. 성벽이며 탑에 얽혀 있는 나무뿌리들은 더더욱 굵어져 가고, 인간의 근육처럼 신축하기 시작했다.

지축이 울리는 소리와 함께, 비아이시아 성의 측면에 있던 거대한 줄기 하나가—— 거인의 오른팔이 천천히 움직여서, 가도의 레스토랑을 내리치려 했다.

마치 벽이 떨어지는 것 같은 광범위 공격이었다.

"잠깐, 아이드! 결투는 티티의 얘기가 끝나고 나서 해도 늦지는——, 큭, 뻗어라! ——마법〈디 플랑베르주(차원을 베는 검)〉!!"

그 일격을 막아내는 건 불가능하다고 판단하고, 재빨리『아레이스 가문의 보검 로웬』을 뽑아 들고, 마력을 입혀서 칼날을 연장시켰다.

아직 무속성 마력에 의한 스킬 『마력물질화』는 쓸 수 없지만, 지금의 나는 차원속성 마법으로 비슷한 효과를 낼 수 있었다. 1킬로미터를 넘는 길이의 〈디 플랑베르주〉를 휘둘러서, 거인의 팔을 상하로 절단했다.

물론 실제로 벤 것이 아니라, 공간을 비껴나게 만든 것이다.

결과, 두 쪽으로 쪼개진 주먹이 레스토랑 양옆에 떨어졌다.

오늘 발생한 것 중에서도 가장 큰 진동과 폭발음과 함께, 왕도에 커다란 크레이터가 두 개 생겨났다.

그 여파는 무시무시했다. 충격과 폭풍이 몰아쳐서, 주변 건물을 파괴했다. 옆에 있던 레스토랑은 높은 곳에서 떨어진 장난감처럼 부서졌다. 테라스에 놓여있던 테이블과 의자들은 모조리 날아가 버리고, 가도를 물들이고 있던 식물들이 쓸려나갔다.

동시에, 그 자리에 있던 전원이 일제히 움직였다.

여파로 발생한 충격과 폭풍에는 파괴된 가옥의 파편들도 섞여 있었으니 당연한 일이었다.

우선 이 상황을 일으킨 장본인인 노스휘는, 근처의 높은 건물 지붕 위로 뛰어올라서 회피했다. 시스는 옆에 있던 히타키의 손을 잡고, 신성마법의 벽으로 여파를 막으면서 그 자리에 머물러 있었다. 스노우도 루즈를 보호하며, 진동마법으로 여파를 막았다. 티티는 다른 사람들처럼 마법을 쓰지 않고, 쏟아지는 것들을 모조리 손으로 쳐내면서 지붕 위를 향해 외쳤다.

"노스휘! 그 눈부신 빛을 멈추거라! 기다려! 모두들 좀 진정하란 말이야!!"

"이제 소용없어, 티티! 너는 스노우와 루즈를 보호해 줘!!"

나는 티티에게 동료들의 호위를 부탁하고, 노스휘가 한 것처럼 지붕 위로 뛰어 올라갔다.

싸우기로 결심한 아이드와 노스휘를 두 눈으로 포착할 수 있는 위치에 자리를 잡고, 파괴된 도시를 보며 이를 갈았다.

"빌어먹을! 노스휘!!"

"후훗, 다정하기도 하시네요, 카나미 님. 하지만 그런 걱정이나 하고 계실 때가 아니지 않나요?"

멀찍이 떨어진 지붕 위에서 노스휘가 웃었다.

『역시 마법으로 베어내 버리셨군요! 하지만 그 정도는 처음부터 예상하고 있었습니다!』

하늘 높은 곳에서 내 이름을 부르는 목소리가 들려왔다.

이어서, 태양을 가려 버릴 만큼 거대한 덩치의 거인이 남은 왼팔을 움직여서, 상공으로부터 나를 내려치려 했다.

나는 곧바로 다시 장검을 움켜쥐고 요격하려 했다.

"그런 둔한 움직임으로 나를 공격해 봤자 헛수고야! 아이드!!"

단순히 크기만이 강점이라면, 상대할 방법은 얼마든지 있다.

아레이스의『검술』중에는 하늘에 닿을 만큼 거대한 적을 상대하는 기술도 있었다.

143

그 사실을 얘기했지만, 아이드는 움직임을 멈추지 않았다.

『네! 이 덩치만 큰 몸이 안 통한다는 건 저도 잘 알고 있습니다! 물론 진짜 노림수는 다른 곳에 있죠! 이 거구의 진짜 목적도 다른 곳이 있고 말입니다!』

의미심장한 발언을 들었지만, 나는 개의치 않고 요격했다.

〈디 플랑베르주〉의 검으로 하늘을 찢어발겨서, 적의 거대한 팔을 다시 한번 세로로 베어 버리려 했다.

그러나 그 대 등 뒤에서 웃음소리가 들려왔다.

"후훗, 카나미 님, 그쪽만 상대해도 괜찮으시겠어요?"

노스휘의 목소리였다. 하지만 적의 발언에 현혹될 수는 없는 노릇이었기에, 나는 개의치 않고 검을 휘둘렀다.

〈디 플랑베르주〉가 적의 팔을 베었다── 하지만 검에는 아무런 감각도 전달되지 않았다.

헛손질을 했다는 사실을 이해한 순간, 거인의 왼손은 신기루처럼 일그러지고, 사라졌다. 그리고 〈디멘션〉이 옆쪽에서 덮쳐드는 거대 질량을 감지했다.

위가 아니라 옆에서 거인의 왼팔이 접근해 오고 있는 것이다. 지금까지 알아채지 못했던 건, 어디까지나 예상일 뿐이지만, 뒤에서 웃고 있는 노스휘의 마법 때문──!

"또 빛의 굴절인가?!"

"정답─! 이거, 카나미 님에게 배운 거예요.『비껴내는 기술』이라는 커플 기술을 갖고 있는 셈이죠. 후훗, 카나미 님과, 커, 플, 기, 술── 후후훗!"

어떤 원리인지는 모르겠지만, 노스휘만은 나의 〈디멘션〉을 무효화시키고 있다. 그런 그녀의 마법 때문에, 감쪽같이 속아 넘어가고 말았다.

거인의 팔이 측면에서, 욍도의 시가지를 깎아내면서 날아들었다.

손바닥의 높이만 해도 일반적인 성의 높이를 넉넉히 넘어서는 크기였다. 이대로 있으면 지금 서 있는 지붕과 함께 거대한 손에 쓸려나갈 것이다. 팔의 움직임과 반대 방향으로 도망치려고 다리에 힘을 주었다. 하지만 도망치려 했던 방향에는, 노스휘가 깃발을 세운 채 깜찍하게 웃으며 버티고 서 있었다.

"안 돼요, 카나미 님. 결투에서 도망치려 들면 못써요. 가족을 이용해서 평화롭게 끝낸다는 비겁하기 짝이 없는 전투법을 선택한 카나미 님과는 달리, 『재상』아이드는 잔꾀 하나 부리지 않고, 멀리 돌아가는 길도 지름길도 택하지 않고, 타고난 미력함을 저주하면서도 **진정한 의미로 올바르게** 결투에 임하려 하고 있어요. 온 마음을 가득 담아 싸우려는 아이드를 앞에 두고, 카나미 님은 도망치려 하시는 건가요? 아이드는 지금도 『성』안에서 기다리고 있는데? ──네, 아이드는 기다리고 있어요. 오래전부터 기다리고 있었어요! 바로 당신을!!"

그녀의 외침에 밀려, 나는 그 자리에 멈춰 서고 말았다. 그리고 상공에서 거인이 포효했다.

『비아이시아 성』! 신격 봉인형태로 이행!! 내 혼의 유그드라실이여!! 원수 카나미를 붙잡아라아아아아아아아아아━━!!』

내게로 닥쳐드는 거인의 손바닥에 꿈틀거리고, 나무들의 뿌려 가지들의 점점 더 늘어나서, 백 개의 손가락을 가진 손으로 변화해 갔다. 그 괴기스러운 손이 나와 노스휘가 서 있는 가옥을 지면과 함께 떠 올렸다.

분명 지붕 위에 발을 붙이고 있는데도, 나는 몸이 붕 뜬 것 같은 느낌에 휩싸였다.

문자 그대로 나를 손에 넣은 거인은, 곧바로 나를 짓이겨 버리려 들지는 않았다. 손으로 떠 올린 흙과 건물까지 전부 몸통으로 가져가려 하고 있었다.

그 거대한 몸 중심부에 보이는 것은, 거대한 성벽문.

『비아이시아 성』안으로━━ 아니, 거인의 몸속으로 들어가는 문이었다.

아이드는 나를 『성』안으로 불러들이려 하고 있었다. 즉, 이 거인은 싸우기 위해 마련한 게 아니라, 오로지 나를 붙잡기 위한 용도로 준비한 것이라는 얘기였다.

만약에 이 초대로부터 벗어나기 위해 손바닥에서 뛰어내리려 한다면, 가까이에 있는 노스휘가 그 즉시 방해하고 들 것이다. 그녀는 처음부터 줄곧 결투를 부추겨 왔으니 그건 의심의 여지가 없었다. 하는 수 없이, 어쩔 수 없이, 나는 최후의 저항으로서, 지상에 있는 동료들을 향해 외쳤다.

"티티, 스노우!! 대화는 실패했어! 더 이상은 설득에 연연하지 마! 금방 그쪽으로 돌아갈 테니까, 그쪽은 그쪽에 집중해! 알았지?!"

체념하는 나를 보고, 노스휘도 아래쪽을 향해 외쳤다.

"후훗! 그럼 결투에 합의한 걸로 생각할게요!! 시스 님! 그쪽은 로드와 스노우 워커를 포획해 주세요!!"

"포획까지는 힘들지도 모르지만, 제압해 둘 생각이야! 단, 상대는 옛 『로드』와 새로운 『용의 화신』! 나와 히타키의 힘만 가지고 제압하자면, 얼음으로 뒤덮어 버리게 될 가능성이 높아!!"

"후훗, 역시 사도 시스 님! 그 말씀을 들으니 든든하네요! 인정사정 봐주실 것 없이 마음껏 싸우시길! 죽지만 않으면 제가 반드시 회복시킬 테니까요! 사상 최고의 회복마법 술사인 제가!!"

절대적인 자신감에 찬 시스와 노스휘 간의 대화가 오가고, 그보다 한발 늦게 티티의 목소리가 돌아왔다.

"카나밍! 이쪽도 걱정할 것 없다! 여기에는 무적인 내가 있으니까!!"

바람의 방벽을 만들어서 시스 및 히타키와 대치하고 있는 티티를 〈디멘션〉으로 포착했다. 티티가 친 방벽 안에는 스노우와 루즈가 무사히 보호받고 있었다.

티티의 초월적인 실력은 내가 가장 잘 알고 있다. 상대가 아무리 규격을 초월한 적이라 해도, 그리 손쉽게 패배할 리는 없었다. 그런 확신을 품었을 때쯤, 목소리가 완전히 멀어졌다. 내 몸은 도시의 일부와 함께 거인의 손에 실려서, 거대한 몸통에 있는 성벽문 앞으로 이동했다. 성문은 자동으로 열리고, 거인의 왼팔이 그 안으로 빨려 들어갔다.

성벽문으로 들어가니, 그 안에는 더 큰 문이 기다리고 있었다. 아마 『비아이시아 성』의 정식 성문이리라. 그 정문도 자동으로 열리더니, 왼팔이 그리로 들어가고—— 강제적으로 성안 깊은 곳으로 실려 가고, 세 번째 문이 나타나고, 그 문도 자동으로 열리고, 왼팔이 문 안으로 들어가려 했을 때—— 굉음과 충격이 휘몰아쳤다. 세 번째 문의 크기가 거대한 왼팔을 통과시킬 수 없어서 부딪친 모양이었다.

하지만 거인의 팔이 문에 걸렸음에도, 내 몸은 여전히 공중에 떠 있었다.

이번에는 꿈틀거리는 나뭇가지들이며 나무줄기가, 나와 노스휘가 딛고 있던 가옥의 지붕을 떼어내서, 마치 접시에 놓인 음식을 나르듯 세 번째 문을 통과시켜 주었다. 반파된 성의 현관을 지나고, 성안의 여러 장소를 지나서, 끝도 없이 실려가고 실려가고 또 실려간 끝에—— 나는 도착했다.

그것은 미궁 66층 뒷면에서도 본 적이 있는 풍경이었다. 『비아이시아 성』의 자랑인 대자연의 공간, 안뜰이었다.

그제야 이동 속도가 줄어들고, 바닥에 내려설 수 있었다.

동시에, 굵은 나무뿌리가 격자 모양으로 얽혀서, 방금 우리가 들어온 문을 막았다. 퇴로를 봉쇄했다는 것은, 곧, 이

곳이 아이드가 선택한 결투장이라는 뜻.

미궁에서 보았을 때와 마찬가지로 드넓은 정원이었다.

다만, 내가 알고 있는 가지런한 정원과는 분위기가 좀 달랐다.

정원의 천장에 들보가 빼곡히 얽혀 있어서, 하늘의 빛을 완전히 차단하고 있었다. 각양각색의 나무들이 울창하게 성장해 있어서, 개방감이 느껴지지 않았다.

정원사가 없는 난잡한 정원 같은 느낌이었다.

그리고 풀꽃들이 빼곡하게 깔린 그 땅 위에, 장신의 수척한 사내 하나가 서 있었다.

의복이나 안경에서는 학자 같은 인상이 느껴졌다. 하지만 팔에 찬 건틀릿과 전의 가득한 마력이 그 견해를 부정했다. 그가 조종하고 있는 것으로 보이는 주위의 식물들 역시, 마치 싸울 상대를 찾기라도 하는 것처럼 꿈틀대고 있었다.

──지금, 드디어 40층의 가디언『나무의 이치를 훔치는 자』와 진정한 의미로 마주한 것이다.

말보다 앞서, 아이드가 한 손을 휘둘렀다.

그러자 등 뒤에 있던 노목 하나가 휘어지며 가지 하나를 휘둘렀다. 그 움직임은 날카롭고 빨랐으며, 가지의 굵기로 미루어보아, 맞으면 사람의 뼈 한둘쯤은 뿌개 버릴 만큼의 위력이 있었다.

그 완벽한 수목 조작 능력을 선보인 다음, 아이드는 나직한 목소리로 말했다.

종전처럼 식물을 매개로 한 것이 아닌, 육성이었다.

"보시다시피, 저는 싸울 생각입니다. 시조 카나미와 결투를 벌이자면, 이렇게 식물의 힘을 빌리지 않으면 승부가 성립조차 되지 않겠죠. ──저를 비겁하다고 욕하시겠습니까?"

결투의 장소를 지정하고, 거기에 성의 정원까지 막무가내로 끌고 온 것을 약간 부끄럽게 여기는 기색이었다. 하지만 나는 고개를 가로저어 대답했다.

"아니, 그렇지 않아. 그게 네 힘이라면, 마음껏 사용하면 돼."

정정당당하게 결투로 승부를 판가름내는 것이라면, 나도 불만은 없었다.

지금의 아이드가 비겁하다는 생각은 조금도 들지 않았다.

비겁하다고 생각하는 대상이 있다면, 그건 또 한 명의 가디언이었다.

나와 함께 실려 온 노스휘가, 정원 한쪽에서 웃으며 몸을 베베 꼬고 있었다.

"후, 후후훗──, 아아, 카나미 님을 기습하고 싶어요! 하지만 참아야 해요! 저는 참을 줄 아는 가디언이니까……!"

"그래서, 저기 있는 노스휘도 같이 싸울 작정이야?"

나는 싸움에 앞서 『빛의 이치를 훔치는 자』노스휘의 처우에 대해 확인했다.

그 질문에 대해서는 그녀 스스로가 곧바로 대답했다.

"아뇨아뇨, 카나미 님. 당연히 저는 안 싸워요. 이건 결투니까요. 훼방 놓는 건 멋을 모르는 짓이죠. 그러니까 부디 저를 공격하지는 말아 주세요. 이걸 보세요. 백기잖아요, 백기."

빛의 깃발의 명도를 한계까지 끌어올려서 새하얀 깃발로 바꾸고 흔들었다.

티끌만큼도 믿기 힘든 그 항복 선언을 한 귀로 흘려들으며, 아이드에게 눈길을 돌렸다. 결투 상대인 그 역시 나와 같은 표정이었다.

"──그런 『계약』을 맺었습니다. 이 결투는 1대1 대결이라고 제가 맹세하겠습니다. 만에 하나 노스휘 님이 개입할 경우, 저도 노스휘 님의 제거에 협조하도록 하죠."

그리고 노스휘에 대한 자세가 나와 같다는 뜻을 표명했다.

"『계약』대로, 저는 절대 훼방 놓지 않을 거예요. ──이번에 저는 카나미 님에게 쓸 술식을 실험하러 온 것뿐이지, 싸우러 온 게 아니니까요. 보아하니 카나미 님의 마력을 완벽하게 차단하고 있는 것 같아서, 저는 이미 만족했어요. 어서 이 실험 결과를 가져가서 다음 연구를 진행시키고 싶네요."

노스휘는 문자가 적힌 자신의 몸과 주위 식물들을 바라보면서, 술식이라는 단어를 언급했다. 내가 노스휘의 몸 일부를 〈디멘션〉으로 파악할 수 없는 것도, 아마 거기 적혀있는 술식 때문일 것이다. 그녀의 태도로 보아 주위에도 같은 술식이 깔려 있을지도 모른다고 판단하고, 나는 성의 구조를 파악하기 위해 〈디멘션〉을 전개하려 했다.

하지만, 전개하려 했던 마법이 중간에 흩어져 버렸다.

마치『카운터 매직(마법상쇄)』에 당한 것처럼.

"어……?! 마법이 사라졌잖아?"

"네, 카나미 님. 이 몸뿐만이 아니라, 성의 요소에 위치한 나무들에도 술식이 적혀있으니까요. 카나미 님의 차원마법을 받아들이지 않는『주목(呪木)』이라고나 할까요? 아르티의 몸을 유지하던『주포(呪布)』에 가까운 거죠. 이게 있으면, 이『성』에 있는 동안 카나미 님이 광범위하게 전개하는 마법은 모조리 취소시켜 버릴 수 있어요."

『성』의 구조를 파악할 수 없는 건 괜찮다. 하지만 밖에서 싸우고 있을 티티 일행의 상황까지 알 수 없는 건 괴로웠다.

내 강점 가운데 하나가 완전히 사라진 것을 깨닫고, 나는 이를 갈았다.

"아핫! 아하하핫! 어때요?! 후후홋, 방금 전까지만 해도 모든 게 다 순조롭게 풀리고 있다고 생각했죠?! 확신했죠?! 그런 마법을 쓰려고 했죠?! 그『자기에게 유리한 미래를 끌어당기는 마법』!! 하지만 안 돼요! 후훗, 승리에 대한 확신이 뒤집히고 나니 기분이 좀 어때요?! 사랑하는 카나미 님을 위로해 드려야 하니까, 그 기분을 꼬옥 알고 싶어요! 온힘을 다해 위로해 드릴 테니까 얘기해 주세요! 후후홋!"

노스휘는 웃음 가득한 얼굴로, 고개를 숙인 내 얼굴을 밑에서 들여다보려 했다.

남의 신경을 긁는 그 행동을 보고 있자니, 배 속 깊은 곳에서 펄펄 끓는 기름이 솟구쳐 오르는 기분이 들었고——
이내 그 배 속에 뚜껑을 덮었다.

진정하자. 마음이 흐트러지면 안 된다. 이것이 노스휘의
전투 방식이나. 그리고 그 말이 전부 다 본심인 건 아니다.
노스휘라는 소녀는, 자신보다 강한 적을 상대하기 위해 온
힘을 다하고 있는 것뿐이다. 딱히 화낼 만한 일도 아니다.

그렇게 내가 정신을 집중하고 있는 동안에도, 노스휘는
숨 실 틈도 없이 부채질을 해 댔다.

"전 말이죠! 카나미 님이 괴로워하시는 모습을 보고 싶다
는 생각에, 여기 온 이후로, 잠잘 시간도 아껴 가면서 성안
의 나무들에 술식을 새겨 넣으면서 기다렸어요! 어때요? 차
원마법이 하나도 안 통하죠?! 자, 저를 마음껏 칭찬해 주셔
도 좋아요! 카~나미 님!"

얼마 전에 미궁에서 싸웠을 때는 놀랐지만, 지금은 잘 알
고 있다.

노스휘는 팰린크론과 같은 타입인 것이다. 자신의 실력
부족을 충분히 이해하고, 사전 준비와 언변으로 실력 차를
보완하고 있는 것뿐.

"후우……, 하아."

나는 굳이 대꾸하지 않고, 심호흡으로 마음을 진정시켰다.

"무, 무시하는 건가요……? 저는 하루도 빠짐없이 카나미
님만을 생각하며 지냈는데, 너무해요……!"

훌쩍훌쩍 우는 시늉을 하는 노스휘를 무시하고, 나는 아

이드 쪽으로 돌아섰다.

그러자, 노스휘는 이내 다른 방향에서 공격을 날렸다.

"우우, 정말 심술궂으시네요…… 그럼 이렇게 할까요? 아아, 저는 지금 할 일이 없어서 너무 따분한 나머지, 저쪽에 있는 로드와 스노우에게 손을 대고 싶어졌어요. 마침 저쪽에서도 결투를 하는 모양이니까요. 이쪽 결투에 간섭할 수 없다면……, 저쪽 전투에 간섭하는 수밖에 없겠죠!"

"큭, 이 자식……!"

그 시의적절한 도발에, 나는 호흡이 거칠어지고, 나도 모르게 욕지거리를 뱉었다.

"혹시 제가 계속 카나미 님 곁에 달라붙어 있을 줄 아셨나요? 아뇨, 그럴 리가 있나요? 스스로가 얼마나 변칙적인 존재인지, 좀 자각하시는 게 좋겠어요. 당신과 싸우기 위한 준비는 아직도 부족해요. 이 정도는 '자, 어서 역전시켜 보세요'라고 말하는 거나 다름없는 상황이니까, 아직은 절대로 카나미 님한테 손 안 대 드릴 거예요! 후후훗."

노스휘는 홱 하고 고개를 돌렸다.

그리고 당장이라도 숨이 멎을 듯 거세게 웃음을 터뜨렸다.

"후──, 후훗, 후후후! 아핫, 아하하하! 좋아요! 후핫, 핫 핫핫핫, 아아, 아름다워요! 아주아주 아름다워요──!!"

나는 곧바로 노스휘를 무시하고 아이드에게로 〈디멘션〉을 보냈다.

지금 내가 해야 할 일은, 아이드와의 결투에 집중하는 것이다.

이 겁 많은 소녀는 어차피 확실히 이길 수 있다는 확신이 서기 전에는 나에게 손을 대지 않는다. 그녀가 조소하고 있는 동안, 〈디멘션〉을 어느 정도까지 쓸 수 있는지 확인해 나갔다.

보아하니 방안을 파악하는 데에는 별문제가 없는 것 같았다. 하지만 특정한 나무 주위들에 한해 〈디멘션〉의 효과가 미치지 못했다. 그게 바로 노스휘가 열심히 술식을 써 놓았다는 나무일 것이다.

당연한 일이지만, 아이드의 몸도 〈디멘션〉을 반사했다.

아이드가 착용하고 있는 목제 경갑옷이나 건틀릿 등의 장비에는 노스휘의 술식이 빼곡하게 적혀있었다. 추측건대, 〈디멘션〉뿐만 아니라 다른 차원마법도 그 장비에는 통하지 않을 가능성이 높았다.

그렇게 꼼꼼하게 확인을 끝냈을 때쯤, 노스휘가 갑자기 웃음을 뚝 그쳤다.

"——이성적이시네요. 카나미 님. 이제 예전처럼 칼을 휘두르면서 덤비시지는 않으시네요. 아쉬워요. 실험해 보고 싶은 게 하나 더 있었는데, 그건 다음 기회로 미뤄야겠네요."

지금까지 했던 발언이 전부 다 함정이자 도발이었다는 것을 인정하고, 한 발짝씩 거리를 벌려 나가서, 약간 떨어진 곳에 〈커넥션〉을 만들었다.

"서로 전투 방식이 비슷해서 그런지, 역시 카나미 님은 제

사고방식을 간파하고 계신 것 같네요. 네, 저는 아직 카나미 님 일행과 싸우고 싶지 않아요. 솔직히, 이 위험한 성에서 한 시라도 빨리 떠나고 싶어요. 카나미 님의 마법권 밖으로 벗어날 때까지는 제 목숨의 안전을 보장할 수 없으니까……."

서로 전투 방식이 비슷하다는 말만은 거짓이 아니라고 느꼈다.

인정하기는 싫지만, 마치 서로 혈연관계로 이어져 있는 게 아닐까 싶을 만큼 공감 가는 부분이 있었다.

──이 소녀는, 확실히 이길 수 있는 싸움밖에 하지 않는다.

지난날의 내가 그랬듯이, 지극히 합리적으로, 100퍼센트의 승리만을 손쉽게 얻으려고 한다. 여기서 이겨 봤자, 미궁 66층에서 벌어졌던 싸움의 재판이 될 거라 생각하고 있는 것이리라. 그래서 이번에는 또 한 명의 가디언인 아이드에게 모든 것을 맡기려 하고 있다.

"그럼 『재상』님, 뒷일을 부탁드릴게요. 부디 후회 없는 싸움을 하시길. 시스 님과 달리, 저는 카나미 님을 제외한 모두의 행복을 기원하고 있답니다."

"네, 후회만큼은 절대 남기지 않을 겁니다. 굳이 말씀하지 않으셔도."

나는 노스휘를 보내 주었다. 노스휘가 정말로 밖에서 동료들을 방해한다 해도, 티티의 힘을 믿고 원래 계획대로 아이드 돌파를 우선시할 작정이었다.

"그럼 다음에 다시 만나요, 카나미 님."

그 말을 끝으로, 노스휘는〈커넥션〉을 통해 안뜰에서 자취를 감추었다.

결투의 외부인이 사라지고, 이이드와 나, 둘만이 남았다.

이제야『제2 미궁도시』대릴에서 주고받은 약속을 지킬 때가 왔다.

"쓸데없는 잡음이 사라졌군요. 그리고 이『성』을 결투장으로 삼은 이상, 이제 누구도 방해할 수 없을 겁니다."

아이드는 한 시름 덜은 듯, 노스휘가 떠난 자리를 쳐다보았다.

어쩌면 나보다 더 그녀를 경계하고 있는 건지도 모르겠다.

"그래, 그런 것 같네……. 바로 시작하겠어?"

나는『아레이스 가문의 보검 로웬』을 움켜쥐고, 눈앞의 적에만 집중했다.

"네, 싸우죠……. 소중한 것을 걸고."

아이드는 고개를 끄덕이고, 나를 똑바로 응시했다.

그 표정은, 미궁에 있던 시절의 티티와 너무나도 닮아 있었다.

고통에 일그러진, 당장이라도 울음을 터뜨릴 것 같은 어린아이의 표정이었다.

"저는 카나미 님을 이길 겁니다. ……기필코 이길 겁니다. 여기서 이기지 못하면, 제가 태어난 이유조차 알 수 없게 됩니다. 존경하는『로드』에게 증명하지 못하면, 저는 더 이상 제가 아니게 되고 말 겁니다. 그러니까, 반드시 이길 겁니다."

"아이드, 너……."

"죄송합니다. 쓸데없는 얘기였군요. 노스휘 님과는 달리, 저는 말로 이길 생각은 없습니다. 지금 당장 시작하죠."

티티와의 싸움을 이겨낸 덕분인지, 아이드의 지금 심경을 단편적으로나마 이해할 수 있었다.

하지만 그렇다고 대충 상대해 줄 수는 없었다.

지금 내가 상대해야 할 적은 그뿐만이 아니다. 아이드를 최대한 빨리 물리치고 여기서 나가야만 한다.

"미안하지만, 나는 지금 시간이 없어. 결투는 최대한 빨리 끝내야겠어, 아이드――."

"끝나는 건 당신뿐입니다. 역적 시조, 아이카와 카나미――."

드디어 결투가 시작된다. 마주선 두 명의 결투자가 동시에 움직였다.

『재상』을 자처하는 남자가, 스스로가 역적이라 칭한 나를, 혼자서 격파하려 하고 있다.

――그것이 얼마나 비정상적인 일인지, 아이드는 알고 있는 걸까.

내가 아는 한, 『재상』이란 결투 같은 걸 받아들이는 직책이 아니다.

후즈야즈에서 만난 재상 대리 페데르트는, 매복과 속임수는 남에게 맡긴 채 안전한 곳에서 소리 높여 웃기만 했다.

결코 정정당당하게 1대1 대결 같은 소리를 운운하는 직책이
아닌 것이다.

내달리면서, 생각했다.

매복이나 속임수의 기회를 버리고, 정면승부를 벌이려 하
는 아이드의 심중을.

이 싸움의 의미를.

그 인생의 목적을.

『나무의 이치를 훔치는 자』 아이드의 진정한 소원과 『미
련』을——

## 3. 아이드

걸투가 시작되었다.

내달리면서, 생각했다.

**──증명하겠어.**

승리해서, 내가 『재상』 아이드라는 것을 증명하고 말 것이다.

그 단 하나의 소원을 가슴에 품은 채, 외쳤다.

"둘러쳐라! 『카사빌랑카』──!!"

그것은 마법이 아닌, 『마인』으로서 가진 힘이었다. 드리어드의 외침에 의해, 마의 숲으로 변한 정원 안에서, 이름을 불린 종류의 나무가 움직였다. 이끼로 덮인 나무 무리가 기형적인 속도로 성장하고, 뻗어서, 살아있는 것처럼 날뛰어댔다.

그것은 마법이 아니기에, 아무리 시조라 해도 상쇄시킬 수 없다. 무엇보다, 이 방법을 쓰면, 머리 회전이 그리 빠르지 못한 나도 열 그루 이상의 나무를 동시에 움직일 수 있다.

이름을 불린 『카사빌랑카』들의 가지가 사방팔방에서 시조 카나미를 습격했다.

이에 맞서, 앞으로 내달린 시조 카나미는 차원마법으로── 아마 〈디멘션〉으로 가지들의 움직임을 파악하고, 검으로 쳐냈다. 단 한 번의 호흡에, 시조 카나미를 덮쳤던 나무들이 모조리 저며져 버렸다.

"──윽!!"

전력을 다해 후퇴했다.

이 정도는 예상하고 있었던 바. 지금까지 내가 돌보아 온 정원에서 결전을 벌이는 만큼, 부를 수 있는 나무들은 얼마든지 남아있다. 이번에는 열 그루 정도가 아니다. 백 그루의 줄기와 나무로 공격을 퍼부어 주었다.

"정원 안의 여러분, 부탁합니다!! 이대로 시조 카나미를 봉쇄해 주십시오!!"

"나와 로웬의 검을 얕보면 곤란하지! ──마법 〈디 플랑베르주〉!!"

내 목소리에 호응해서, 열 마리의 뱀에 백 가닥의 촉수를 더한 것 같은 나무들이 덮쳐들었다. 그에 맞서 시조 카나미는 차원속성의 칼날을 뻗고, 엷은 연보라색으로 빛나는 검신을 번뜩였다. 순간, 100그루 넘게 있던 나무들이 모조리 베어져 버렸다.

방향도 거리도 상관없었다.

온 세계가 사정거리라는 듯한 참격이었다.

확실히, 지난날의 로웬 님과 동등한 수준의 사기적인 위력이었다.

그 재능에 분노하고, 질투하면서도, 머릿속 한 구석으로는 미리 생각해 둔 대응책을 냉정하게 꺼내 들었다.

"지금입니다!『드 리피두』! 다른 분들을 지켜주세요!!"

미리 둘러쳐 둔 특제 수목 『드 리피두』의 줄기를, 시조 카나미가 휘두르는 검 앞에 대기시켰다.

그와 동시에 푹 하고 칼날이 나무에 박혀 드는 소리가 들려왔다. 그것은 나무꾼의 작은 도끼가 대자연의 거목에게 패배하는 순간을 연상케 하는 소리였다.

"어?!"

시조 카나미의 놀란 목소리와 함께, 성을 통째로 베어 버릴 기세로 뻗어 있던 검이 뚝 멈춰 섰다.

"칼날이 안 들어가잖아?! 아니 빨려들고 있잖아?! 그렇다면——!"

연보라색으로 빛나던 검신이 흩어져 사라졌다.

박혀 있는 검신을 통해 마력을 빼앗기고 있다는 것을 깨닫고, 스스로 『마력물질화』를 해제한 모양이었다. 역시 차원마법의 궁극에 다다른 시조. 상황 파악이 무지막지하게 빨랐다.

『드 리피두』는 『마력을 빨아들이는 성목』이라 불리는 식물! 그것을 『나무의 이치를 훔치는 자』가 키우고, 품종을 개량! 거기에 『빛의 이치를 훔치는 자』의 술식까지 적혀있습니다! 제아무리 시조라고 해도, 차원속성의 마력만 가지고 베는 것은 불가능한 일! 자, 이대로 시조를 집어삼켜라, 『드 리피두』!!"

절단할 수 없다는 정보를 적의 머릿속에 집어넣기 위해 외쳤다.

그리고 『드 리피두』를 중심으로 한 싸움을 전개했다.

시조의 풍부한 마력을 흡수한 『드 리피두』는, 전에 없는 활력을 온몸에 깃들인 채, 굶주린 짐승처럼 시조 카나미에게 덮쳐들었다.

식충식물도 아니고 식인식물도 아닌, 마(魔)를 잡아먹는 이 식물이 바로, 시조 카나미를 상대하기 위해 내가 준비한 회심의 역작.

하지만, 시조는 그런 내 역작을 비웃기라도 하듯, 몇 초 만에 대응해 냈다.

"이 녀석, 내 마력을 탐내고 있는 건가? 벨 수는 있지만, 너무 귀찮겠어!! 그렇다면——!!"

주위에서 수없이 많은 『드 리피두』들이 달려들고 있건만, 시조는 한계점까지 마력을 억제했다. 마력의 칼날뿐만이 아니라, 기초마법인 〈디멘션〉까지 해제했다.

거기에 그치지 않고, **눈을 감고**, 실체가 있는 검만으로 모조리 베어 버렸다.

"——하, 하앗?! 어떻게 이럴 수가!!"

나도 모르게 욕지거리를 내뱉을 뻔했다.

이건 완전히 『땅의 이치를 훔치는 자』로웬 아레이스였다.

게다가 그의 약점이었던 마법까지 완비하고 있었다. 즉, 지금 내가 상대하고 있는 적은, 마법에 일가견이 있는 『사상 최강의 검사』인 셈이었다.

"크윽……!!"

말도 안 되게 강한 이 적을『드 리피두』만으로 상대하다가는, 얼마 되지 않아 모두 바닥나고 말 것이다.

곧바로 나무들의 공격을 중지시키고, 내 주위로 불러서 방어에 전념하도록 했다.

그러다 보니 나와 시조 양쪽 모두 적의 공격을 기다리는 형국이 되어서, 안뜰이 정적에 휩싸였다.

결투의 시간에 구멍이 생겼다. 눈을 감고 있던 시조가 천천히 눈을 뜨고, 준비운동을 마친 것 같은 표정으로 입을 열었다.

"……『나무의 이치를 훔치는 자』라는 이름대로, 그렇게 다양한 나무들을 마력으로 조종해서 싸우는구나."

여유 넘치는 목소리였다.

『드 리피두』는 천 년 전부터 키워 온 비장의 품종이었지만, 시조 입장에서는 그저 탐색전의 제1라운드 정도에 불과했던 모양이다.

동요를 들키지 않도록, 나도 여유로운 표정을 보였다.

마치 숨겨둔 힘이 더 남아있는 것 같은 연출과 함께 대답했다.

"후훗……. 아뇨, 시조 카나미. 나무들을 마력으로 조종한다니……. 저는 그런 대단한 재주 같은 건 없습니다. 제가 하는 건, 그보다 훨씬 단순한 일이죠."

범재인 내가, 그런 옛날이야기 속 마법사 같은 일을 할 수 있을 리 없었다.

다른 나무 속성 마법사들이 사용하는 식물을 움직이는 마법은, 상당한 재능을 필요로 한다. 그리고 슬프게도, 내게는 그런 재능이 없었다.

"제 마력은 주위를 돕는 것에 특화돼 있습니다. 다만, 까놓고 말해서 그것뿐이죠. 마왕이라 불리던 『로드』 같은 마력제어능력이 있는 것도 아니고, 시조라 불리던 당신 같은 마법 개발 능력도 없습니다. 게다가 마력의 질은 티다 님 못지않게 다루기 까다롭고, 마력의 양은 오로지 검술만으로 살아온 로웬 님 수준이죠. ……마법사는 고사하고, 싸우는 자로서는 실격이라는 소리를 수도 없이 들었습니다."

자신의 힘에 꾸밈없이 고백했다.

어차피 금방 간파당할 사실이다. 아깝다는 생각 따위는 들지 않았다.

무엇보다, 이것만은 시조 카나미에게 알려주고 싶었다.

결전의 이유 하나쯤은 얘기하고 싶었다.

"제가 할 수 있는 건 『성장 촉진』『회복』『타인 강화』『자기 강화』, 이렇게 네 가지뿐. 공격수단은 하나도 없습니다. 그야말로, 오직 다른 이를 보조하기 위해 태어난 존재. 제가 할 수 있는 건, 타인의 특징을 살리고, 살아가는 것을 돕는 것뿐! 하지만 뒤집어 말하자면, 그 분야에 있어서는 누구에게도 지지 않죠! 이 결투장 안에서라면, 저는 최강! ──〈그로우스 브랜치우드〉!"

정원을 향해 전체강화마법을 발동시켰다.

물론 그 마력에 이끌린 『드 리피두』가 나를 향해 뻗어 왔다. 나는 그에 대해 저항하지 않았다. 저항하기는커녕, 양발로 땅을 힘껏 딛고, 드리어드로서 가진 뿌리를 발밑으로 뻗고, 앞장서서 나무들에게 마력을 건네주었다.

그렇게 준비를 마치고 나서, 부탁했다. 친구로서, 나의 적과 싸워 달라고, 오늘까지 돌봐준 동료들에게 부탁했다.

내가 할 수 있는 전투 방법은 그것뿐이었다.

그런 내 부탁에 대해 돌아온 것은, 나무들이 급성장하면서 나는 환호성과도 같은 삐걱거림. 바닥을 통해 마력을 얻은 식물이 친구로서 적에 맞설 것을 약속해 주었다.

그리고 정원의 모든 나무가 움직여서, 시조 카나미를 붙잡기 위해 움직였다.

"더 늘어나는 거야?! 빌어먹을, 이번에는 식인식물 같은 것도 섞여 있잖아!"

척 보기에도 살벌해 보이는 모양의 식물이 섞여 있는 것을 보고, 시조 카나미는 혀를 찼다.

"후훗, 식인식물뿐만이 아닙니다! 이 성에 있는 식물의 종류는 하늘의 별만큼 많아요! 제 손에 들어있는 카드는 아직 얼마든지 남아있단 말입니다!!"

"설명할 시간이 있다니 여유만만하잖아, 아이드!!"

"그럼요, 여유와 자신이 있고말고요! 이곳은 나의 필드! 결코 패배하지 않습니다!"

아니다.

여유가 있는 건 오히려 상대였다.

혼신을 다한 나의 공격 앞에서 대화를 할 여유가 있는 걸 보면, 아직 상당한 여력이 있음을 알 수 있었다.

이건 추측이지만, 아마도 노스휘 님의 개입을 경계해서 힘을 아끼고 있는 것이리라.

그런 상황적인 유리함이 있는데도 이 모양이다.

시조 카나미는 뭇 식물들에 의한 난무를 검 한 자루로 요격하고, 상처 하나 없이 버텨내고, 이내 총공격에 **적응하고**, 야금야금 이쪽으로 다가오기 시작했다.

적응한다……?

아아, 터무니없는 얘기다. 터무니없기 짝이 없다. 이건 비겁해도 너무 비겁한 것 아닌가.

너무나도 강력한 상대의 힘에, 마음이 약간 움츠러들고 말았다.

방금 내 입으로 얘기한 대로, 내 카드는 하늘의 별만큼 많을지도 모른다. 하지만 그래 봤자 식물은 식물. 대부분은 대지와 물과 빛을 양분 삼아 조용히 살아가는 존재들. 『드 리피두』처럼 강한 종은 얼마 없다.

지금 시조 카나미는 노스휘 님을 경계하느라 무모한 대결을 자제하고 있는 상태다. 하지만 만약에 앞뒤 가리지 않는 공격을 선택한다면, 나는 눈 깜짝할 사이에 베이고 말 것이다.

아마도, 정면승부로 맞붙었을 때의 승률은 0.

수십 초 동안의 전투를 통해, 나는 그렇게 확신했다.

상대도 같은 해답을 얻을 때까지는 그리 오랜 시간이 걸리지 않을 것이다.

"크윽……, 하는 수 없군요……!!"

신음하면서, 나는 뿌리를 내리고 있던 발을 땅에서 떼고 후퇴하기 시작했다.

"거기서, 아이드!! 도망치려는 거냐?!"

"저는 결투의 장소를 이 정원만으로 한정 짓지 않았습니다!『비아이시아 성』은 오로지『차원의 이치를 훔치는 자』를 죽이기 위해 만들어진 저의『무기고』! 그 모든 것을 아낌없이 사용하도록 하겠습니다!"

나는 억울하다는 듯 반박하면서, 정원의 식물들에게 시조의 발을 묶어 달라고 부탁하고 서쪽 출입구로 향했다. 터널처럼 넓은 복도로 도망쳐서, 그 즉시 외쳤다.

"사냥감은 저기 있습니다!『테리아리아(돌 먹는 덩굴)』여러분!"

큰 복도 천장에서 수없이 많은 덩굴들이 커튼처럼 늘어졌다. 그 동굴들이 나를 따라 복도로 들어와서 시조 카나미를 옭아매기 위해 움직였다.

당연히, 시조 카나미는 그 덩굴들을 요격하려고 검을 휘둘렀다.

"이건──."

그는 이내 깨달았다.『테리아리아』라는 종의 덩굴들이 노리고 있는 것은 시조 카나미의 육신이 아닌, 그 몸에 달고 있는 광석이었다.

이 넓은 복도를 지나는 자는 그 어떤 무기도 지닐 수 없었다.

"내가 아니라 검을 노린 거야?!"

『테리아리아』! 선조들과 어깨를 나란히 하는 긍지 높은 일족이여! 『나무의 이치를 훔치는 자』의 이름으로 기도합니다! 저 성검을 옭아매서 빼앗도록!!"

이 넓은 복도는 『테리아리아』들의 둥지.

맨주먹으로 싸우는 나는 지날 수 있지만, 검사인 시조 카나미는 그리 쉽게 지나갈 수는 없다.

"지금입니다! 이제 바닥은 필요 없습니다!"

이어서, 광물을 노리는 공격에 당황한 시조 카나미에게 생각할 틈을 주지 않고, 넓은 복도 바닥의 재목 역할을 대신하고 있는 식물들에게 외쳤다. 바닥이 바닥의 역할을 포기하게 만들어서, 회피가 불가능한 광범위 함정을 발동시켰다.

발 디딜 곳을 잃은 시조 카나미는 낙하했다. 그리 멀지 않은 곳에 있던 나 역시 아래로 떨어졌다. 물론 떨어지는 동안에도 광석을 잡아먹는 『테리아리아』는 측면의 벽으로부터 적에 대한 습격을 계속했다.

이 낙하 상태에서는 시조 카나미의 주특기인 『검술』도 빛을 잃는다. 견디지 못한 시조 카나미는, 검을 아무것도 없는 허공을 향해 찔러서 그 아름다운 보검을 없앴다.

"검을 빼앗기느니, 차라리 안 쓰는 게 낫지──."

아마 차원마법으로 다른 공간에 피난시킨 것이리라.

훌륭한 판단이었다.『땅의 이치를 훔치는 자』의 마석을 빼앗으면, 그것을 마력원으로 삼아 또 다른 함정을 발동시킬 수도 있었는데, 그 위험을 적절하게 회피해 버린 것이다.

이어서, 시조 카나미는 몸에 장착하고 있던 금속들을 떼어서 멀리 던졌다.

교본에 실어도 될 만큼 완벽한 대처였다.『테리아리아』는 광물의 냄새를 맡고 움직이는 식물이다. 시조 카나미가 던진 장비들을 먹어치운 다음에는, 광물 하나 없는 상태가 된 그의 위치를 감지하지 못하고 우왕좌왕하는 신세가 되었다.

그리고 나와 시조 카나미는 아래층의 대형 홀에 착지했다.『테리아리아』는 여기에도 서식하고 있지만, 마치 산들바람에 흔들리는 커튼처럼 조용했다. 먹이인 광물이 하나도 없는 이상, 이제 나설 일이 없을 것이다.

새로운 스테이지로 옮겨온 후, 맨주먹 상태가 된 시조 카나미가 말을 건넸다.

"광물에 반응하는 식물도 다 있네. ……그래서, 내 장비를 벗겨내고, 마력도 없고, 이제 주먹다짐이라도 하려는 거야? 나는 그래도 상관없어."

"제가 당신과 대등하게 맞붙을 수 있는 유일한 순간은『권투』뿐이라고 생각합니다. 하지만 그렇게 한다고 해서 시조 카나미 님을 이길 수 있을 거라고 생각하지는 않습니다. 그래서 여러모로 준비를 해 뒀죠."

양쪽 모두 여유로운 표정은 거두지 않았다.

아직 비장의 카드가 남아있는 척하면서, 서로 상대의 카드를 읽으려 하고 있다.

시조 카나미는 발언에만 그치지 않고, 나의 미세한 표정 변화도 놓치지 않으려는 듯 예리한 시선을 보냈다. 표정 변화에 따른 근육의 움직임뿐만 아니라, 체온이나 혈류, 땀의 양까지 간파하려 하는 것 같아서 두려웠다.

"아이드, 준비는 이 정도면 됐잖아? 더 이상 뭘——, ······어?!"

말하다 말고, 시조 카나미는 입을 틀어막고 몸을 숙였다.

나는 악역처럼 히죽 웃으며 말했다.

"후후, 이제야 알아채신 모양이군요."

적은 무섭다. 하지만 그래도 나는 웃음을 거두지 않았다.

한 발짝도 물러나서는 안 된다. 나는 지금까지 이 순간을 위해 준비해 온 것이다. 그러니까 자신을 가져라——!

"증상을 보아하니, 『트리드레이크(금자독화, 金刺毒花)』인 것 같군요. 그렇다면 그걸 좀 더 늘리고 다른 것들을 줄여야겠네요."

방의 구석진 곳에 조용히 피어 있는 화려한 색의 꽃들에게, 지면을 통해 마력을 흘려보내며 말을 걸었다. 빨강이며 파란색의 꽃들은 시간을 되돌린 것처럼 꽃봉오리로 돌아가고, 노란 꽃들만이 남았다. 홀에 피어 있던 각양각색의 꽃들이, 온통 노란색으로 물들었다.

"아이드……. 너 설마……."

"네. 아까부터 여기저기에 아름다운 꽃들이 보이지 않았습니까? 그게 단순히 성을 장식하려고 마련해 둔 것인 줄 아셨나요? 지난번에, 시조를 요격하기 위한 준비를 하겠다고 얘기한 걸 잊어버린 겁니까? 전부 독화입니다. 그것도 대륙 최상급 위험도를 자랑하는 특제 독 식물들만 모아 두었죠."

나를 노려보는 시조 카나미에게, 공격의 비결을 밝혔다.

정직하게 독화살이나 고농도의 특수 가스를 사용했더라면, 시조 카나미는 대수롭지 않게 대처했을 것이다. 하지만 지극히 자연스럽게 존재하던 꽃들에게서 날아든 의식 밖으로부터의 공격은, 제아무리 시조 카나미라 해도 막아내지 못했던 모양이었다. ──천 년 전, 나 자신이 노출했던 약점 중 하나였다.

"여기부터는 『트리드레이크』들에게 맡기겠습니다! 다른 분들은 쉬고 계시길!!"

독을 한 종에게 집중시키고, 다시 땅을 통해 마력을 공급해서 꽃가루의 양을 증가시켰다.

절대로 과도한 게 아니었다.

드리어드인 나에게는 통하지 않는 독이었기에, 일말의 여지조차 없앨 수 있도록 꽃가루를 증량시켰다.

"이 정도 양이면 드래곤도 졸도할 정도지만……, 아직 턱없이 부족하겠죠! 시조의 말도 안 되는 신체능력은 참으로 감탄스럽지만, 시간을 들여서 찬찬히 몸속에 독을 침투시켜 드리겠습니다!"

"――윽!!"

대화를 하면 할수록, 꽃가루를 흡입해서 점점 불리해질 거라 생각한 것이리라.

주먹을 움켜쥐고, 시조 카나미는 말없이 이쪽을 향해 내달렸다.

――왔다.

드디어 이 순간이 왔다.

그 돌진을, 나는 유유히 요격했다.

자세를 낮추고, 자세를 가다듬었다.

아무리 무서워도, 여기서는 절대 물러나면 안 된다.

지금 시조 카나미는 검도 마법도 봉쇄당하고, 독에 의해 컨디션도 악화된 상태다. 게다가『나무의 이치를 훔치는 자』는 근접전에 약하다는 선입관 때문에 싸움을 서두르고, 섣불리 돌진했다.

여기서 승부를 걸지 않으면――!

언제 승부를 건다는 것인가――!!

"이『재상』아이드를 얕잡아보지 마라!!"

맨주먹으로 다가오는 시조 카나미를 향해, 탄력 있게 주먹을 휘둘렀다. 아래쪽에서 채찍처럼 뻗어 나간 주먹이 적의 방어를 뚫고 정확하게 상대의 턱으로 날아갔다.

"――윽!"

접근전에서 먼저 주먹을 맞았다는 사실에 놀란 시조는, 신음하면서 한 발짝 물러섰다.

하지만 이내 자세를 가다듬고 이쪽을 향해 재차 돌진했다.

——맞았다.

내 주먹이 맞았다.

내 전투 방식이, 그렇게 강한 시조 카나미에게 통했다.

나는 솟구치는 감동을 억누르며 맞받아쳤다.

과거에 장군에게서 배운 자세였다.

아까는 『권투』라고 얘기했지만, 정확히 말하자면 『호신술』. 나는 그것을, 첫 번째 공격을 확실히 성공시켜서 적의 능력을 깎는 데 특화된 『아류 체술』로 개량했다.

독특하면서도 날렵한 페인트를 넣은 후, 적의 급소를 노린다. 하지만 시조 카나미는 미리 예상이라도 했다는 듯이 막아냈다.

이제 겨우 두 번째 공격인데도, 가볍게 대처해 냈다.

"크윽——!!"

놀랐지만, 바로 마음을 가다듬었다.

이 정도는 알고 있었다. 처음에는 회피 불가능한 기술이라 해도—— 그것을 바로 뒤집을 수 있기에 시조 카나미인 것이다. 그 점을 알고 있기에, 나는 신속하게 다음 행동으로 이행할 수 있었다.

사전에 품속에 넣어 두고 있던 보따리를 꺼내서, 그 안에 든 것을 흩뿌리며 시조 카나미에게 덤벼들었다.

"연막이냐?! 하지만 시야 차단 따위는 나한테는 안 먹—, 아니, 이건……?!"

"네, 제 무기는 독뿐만이 아닙니다. 그 종자를 허파로 들이마시면, 내부에서 육체를 파괴해 주겠죠. 후후."

나도 종자를 들이마시면서, 함정의 성공에 웃음을 지었다.

나는 드리어드라는 『마인』이기에, 종자와의 공생이 가능하다.

그렇기에 이런 자폭과 같은 형태의 위험한 종자를 대량으로 뿌릴 수 있다.

시조 카나미는 심각한 표정으로 거리를 벌리고, 마법을 구축하기 시작했다.

그답지 않게, 차원속성이 아닌 마법이었다.

"——마법 〈큐어〉! 〈큐어풀〉! 〈리무브〉!!"

"그런 조잡한 기초마법으로 회복할 수 있을 거라고 생각한 겁니까?! 이 『나무의 이치를 훔치는 자』가 품종 개량하고, 키우고, 마력을 부여해서 발동시킨 독의 종자를요?!"

회복마법을 발동하자, 대형 홀에 숨어 있던 『드 리피두』가 반응했다.

시조 카나미는 짜증 섞인 얼굴로 그 공격을 회피하면서, 상태이상의 회복을 단념하고, 몸 밖으로 마력을 발산하는 행동을 중지했다.

그리고 호흡을 얕게 조절하고—— 그 상황에서 대담하게도 흩날리는 꽃가루와 종자에 개의치 않고, 나를 향해 전력

질주하면서, 발광하는 팔을 내뻗었다.

"그렇다면! 당장 승부를 판가름 내는 수밖에! ──마법 〈디스턴스 뮤트〉!!"

"그것도! 대책을 세워 뒀습니다!!"

나는 시간 벌기에만 집중하기로 하고, 보라색 빛을 내뿜는 시조 카나미의 팔을 양 팔의 건틀릿으로 쳐냈다.

정원의 유그드라실을 깎고, 『신성야금』을 익힌 제자가 단조하고, 노스휘 님이 차원마법 내성속성 술식을 적어 넣은 건틀릿이었다. 그야말로 시조 카나미를 물리치는 것에만 특화된 전설급 장비. 그 힘이 〈디스턴스 뮤트〉의 침식을 막아냈다.

시조 카나미는 놀라는 기색이었지만, 그러면서도 침착하게 오른팔의 〈디스턴스 뮤트〉를 해제했다.

마음만 먹으며 건틀릿을 침식할 수도 있겠지만, 『드 리피두』가 숨어있는 공간에서는 힘들 거라 판단한 것이리라.

우선은 적을 기절시키는 게 먼저라고 판단한 듯, 나와 마찬가지로 주먹을 휘두르기 시작했다.

나는 거기에 호응했다.

주먹에는 주먹으로 대응한다.──육박전.

드디어, 내가 가장 잘 싸울 수 있는 싸움으로 끌어들였다.

이 육박전이라면 내가 조금이나마 유리하다. 천 년 전, 나는 다른 사람들처럼 무기를 휘두를 수 있는 재주가 없었다. 중간에 봉 하나가 끼어 있는 것만으로도 칼끝이 어디로 갈지 종잡을 수 없어서, 『검술』에 수도 없이 도전했다가 스스로의 팔이나 허벅지를 베곤 했다. 내 팔의 움직임은 파악할 수 있었지만, 나 이외의 물건이 섞이면 도저히 쓸 수가 없는 것이다. 운동에 소질이 없는 사람의 전형이라 할 수 있었다. 같은 이유로, 나는 창이나 활도 다루지 못했다.

나의 그런 모습을 본 북부군의 노장 윌스 님은, 주먹 하나만으로 싸워 볼 것을 권했다.

그리고 여성들의 『호신술』부터 시작해서, 기본적인 『체술』을 거쳐, 『이치를 훔치는 자』가 되어 얻은 근력을 바탕으로 해서 만든 독자적인 『아류 체술』을 익혔다.

그러니 이 거리의 육박전에서는 절대로 질 수 없다.

이것밖에 방법이 없다는 소리를 들으며, 오직 이것만을 단련해 온 것이다.

『나무의 이치를 훔치는 자』가 되기 전부터, 오랫동안——!

『나무의 이치를 훔치는 자』가 된 이후로도, 아주 오랫동안——!

이 싸움을 위해! 이날을 위해, 나는——!!

"질 수는, 없다아아아아아아아아아——————!!!!"

적의 움직임을 파악하고 나서 유연하게 대응할 수 있는 재주는 나에게는 없다.

적의 공격을 보고, 몸에 배인 기술에 의해 최선의 움직임으로 대응하는 것뿐.

어지럽게 교차하는 주먹 속에서, 드디어 내가 가장 자신

있는 기술 하나가 적중했다.

　시조 카나미가 양 주먹을 움직이는 순간을 노려서 그 주먹을 안쪽에서 쳐내고, 다리를 거는 척 하면서 한 발짝 접근, 품속으로 파고들어서, 혼신의 힘을 다해 손바닥으로 후려쳤다. 시조 카나미는 몸통에 공격을 받고, 이를 악물며 버텼다.

　후퇴는 하지 않았지만, 분명한 표정 변화가 있었다.

　다음 움직임이 눈에 띄게 둔했다.

　——할 수 있어!

　오늘까지의 인생이 헛수고가 아니었음을 실감할 수 있는 일격이었다.

　잠자는 시간까지 아껴 가며 밤마다 같은 동작을 반복하길 잘 했다는 생각이 드는 손맛이었다.

　준비했던 모든 것이 순조롭게 풀린 덕분이었다.

　천 년 전에 마련한 『비아이시아 성』덕분에 적들을 갈라놓을 수 있었다.

　오늘까지 키워 온 식물들 덕분에 검을 봉쇄할 수 있었다.

　노스휘 님의 협조 덕분에 마법도 쓸 수 없게 만들었다.

　모든 함정이 작동해서 적의 능력을 깎아내 주었다.

　거기에 나의 인생을 건 『아류 체술』.

　통하고 있다——!

　그 강한 시조 카나미에게, 내 힘이 통하고 있다!!

　이제 마지막 비장의 카드를 꺼내기만 하면, 승부는 끝난다.

시조 카나미를 약화시키고, 팔을 붙잡고, 자신이 말려드는 걸 개의치 않고 『비아이시아 성』의 『대 시조 봉인 마법진』을 발동시키면, 승리. 이 『재상』 아이드의 승리가 된다.

"카나미이이이이이이이——!!"

승리를 눈앞에 두고, 나는 포효했다.

주먹을 쳐내고, 주먹을 내지르고, 몸에 밴 기술에 의지해 쉴 새 없이 몸을 움직였다.

웃음을 머금고 난타했다.

이곳은 비아이시아 성 2층 중앙의 대형 홀. 마법진의 중심에서 약간 벗어난 곳이지만, 지금 상태라면 충분히 시조 카나미를 봉인할 수 있다.

이대로 『아류 체술』을 구사해서, 시조 카나미의 **팔을 붙잡으면**, 모든 것이 끝.

나의 승리로 끝난다.

아아, 조금만 더.

이제, 그저 **붙잡는 것뿐**.

그렇게만 하면 모든 게 끝나건만——

"……?!"

위화감을 느낀 건, 내가 우세를 점한 지 10초 후.

시조 카나미가 내 기술을 모조리 피하고, 쳐내고, 나아가 손조차 대기 힘든 지경이 된 것이다.

즉, 내가 우세를 점한 것은 불과 10초뿐.

——무, 무슨 일이 벌어진 거지? 대체 어떻게 된 거야?

원래 계획으로는, 이『아류 체술』로 시조의 팔을 한 번 정도는 붙잡을 예정이었다.

하지만 현실은 너무나도 비정했다.

단 한 번도 붙잡지 못했다. 아니, 1초 1초 시간이 갈수록 점점 더 열세에 내몰렸다. 주먹과 주먹의 교차에서 점점 밀리기 시작했다.

그 무시무시한 현실에 오한을 느끼면서, 나는 적의 움직임이 아닌 얼굴을 쳐다보았다.

시조 카나미는 무표정한 얼굴로 내 움직임을 가만히 응시하고 있었다.

차원마법사 특유의, 끝을 알 수 없는 허무와도 같은 눈동자.

그 새까만 눈동자를 보고, 한기를 느끼는 동시에 확신했다.

지금 시조 카나미는 나의 스킬『아류 체술』을 복제하려 하고 있는 것이다.

첫 1초 만에 불리함을 깨닫고, 다음 10초를 들여 눈으로 간파하고, 여기서 싸우면서 스킬 수치의 차이를 메우려 했다. 그리고 지금 내 기술이 전혀 통하지 않고 있다는 건……, 더 길게 얘기할 것도 없으리라.

내가 10여 년을 들여 습득한 스킬을, 불과 십여 초 만에 빼앗겼다는 뜻이다.

"이, 이럴 수가……!! 어떻게 이런 말도 안 되는 짓을……!!"

욕지거리를 내뱉고, 더 이상 통하지 않는 기술을 연신 퍼부었다.

시조 카나미는 그 공격을 태연하게 회피했다. 아니, 그 정도에 그치지 않고, 내가 완성시켰던『아류 체술』을, 단 몇 초의 단련 만에 한층 더 높은 경지로 승화시켜서 퍼부어댔다.

나 자신도 처음 보는 그『아류 체술』의 기술에 후퇴하면서, 내 얼굴은 굳어졌다.

──말도 안 돼.

범재의 1년은 천재의 1초와 동등하다는 건가?

내가 단련한 기술은 적당한 발판 구실밖에 못 한다는 건가?

"웃기지 마아아아아아아──!! 카나미이이이이이이!!"

격앙된 감정으로, 시조 카나미를 붙잡으려 덤벼들었다.

하지만 적절한 대응에 의해, 오히려 내가 팔을 잡히는 신세가 되었다. 결국, 먼저 팔을 붙잡은 것은 시조 카나미였다. 이어서, 나로서는 눈으로 따라잡기도 힘들 만큼 유려하고 완성도 높은『아류 체술』을 얻어맞아, 온몸에 격렬한 통증이 휘몰아쳤다.

"크으──, 으윽!!"

적의 움직임이 너무나도 빨라서, 어떤 기술을 맞았는지도 알 수가 없었다.

하지만 뇌수를 쑤시는 고통 덕분에, 자신의 상황만은 알 수 있었다.

──오른팔이 부러졌다.

그래도 멈출 수는 없었다. 그 즉시, 몸속에 키우고 있던 나무들을 성장시켜서, 부러진 팔의 부목으로 삼고, 반격에 나서려 했다.

그러나 반격을 위해 한 발짝 내딛자마자 시조 카나미의 타격에 밀려났다. 그 타격이 아래쪽에서 날아들었다는 것만은 가까스로 알아볼 수 있었다. 그것이 내가 처음으로 날린 주먹과 같은 기술이라는 것도 알 수 있었다.

같은 공격인데 나는 막지 못했다. 자신과 같은 위력의 주먹이었다면 막을 수 있었겠지만, 시조 카나미의 주먹은 당연하다는 듯 내 주먹보다 빨랐던 것이다.

언제부턴가, 육박전의 우위는 뒤바뀌어 있었다.

연속으로 팔을 붙잡히고, 부러졌다.

타격의 고통과 통증의 고통 때문에, 의식이 아득해졌다.

대미지가 축적되어, 몸이 저려 움직이기도 힘들었다.

식물과 마법을 통해 재빨리 보완해 나가긴 했지만—— 이제 뼈는 산산조각이 나다시피 했다. 뼈 대신 나무를 끼워 넣어서 가까스로 몸을 움직이고 있을 뿐.

파열된 혈관은 나무의 수지로 메우고 있을 뿐.

쓰러지기 직전인 몸은, 발에서 바닥으로 뿌리를 뻗어서 가까스로 지탱하고 있을 뿐.

얻어맞고 얻어맞고 얻어맞고 또 얻어맞아서, 결국 시조 카나미의 오른쪽 주먹이 내 얼굴 정중앙에 적중했다. 나의 긴 백발을 묶고 있던 끈이 풀려서, 사자의 갈기처럼 펼쳐졌다.

그럼에도 쓰러지지 않는 나를 보고, 시조 카나미의 표정이 달라졌다.

깨진 안경을 통해, 나도 적의 동요를 느낄 수 있었다.

시조 카나미의 주먹이 피에 번들거리고, 자세가 무너진 것도 볼 수 있었다.

버티고 또 버틴 끝에 찾아온 반격의 기회였다.

"──커어, 억! 아, 아직 안 끝났어!!"

얻어맞는 와중에도, 나의 오른손이 적의 옆얼굴을 난폭하게 후려쳤다.

"크윽──!!"

이 상황에서 반격을 날릴 줄은 시조 카나미도 예상하지 못했던 것이리라.

나의 『아류 체술』의 기술을 모조리 훔치고, 방심하고 있었던 것이리라.

기술이고 뭐고 없는 공격이었던 덕분에 적중한 모양이다.

"아직 끝난 게 아냐! 끝나지 않았단 말이다, 카나미이이이이!!"

적의 이름을 외치면서, 방어를 포기하고, 몸속의 나무들과 함께 돌진했다.

시조 카나미도 그에 맞섰다.

내 주먹을 피해 **빠져나가**, 허리를 끌어안듯 태클을 날렸다.

그리고 아름드리나무를 뽑아 버릴 것 같은 기세로, 내 이름을 외쳤다.

"아이드──!!"

보아하니 내가 바닥에 뿌리를 내리고 있는 게 마음에 안

들었던 모양이다.

자기 발로 서서 싸우라는 듯, 내 몸을 땅에서 뽑아내고, 들어 올리고, 그대로 대형 홀 벽까지 밀어내고, 내던졌다.

뒤통수를 벽에 짓찧어서 시야가 새하얗게 물든 내 등으로, 벽이 무너지는 감각이 전해졌다. 대형 홀 안쪽에 있던 객실로 들어가고——또 한 장의 벽을 부수고, 다시 그 안쪽의 객실로 들어가고——그것이 반복되며, 내 몸은 점점 성의 안쪽으로 끌려갔다.

『이치를 훔치는 자』들 간의 싸움에서, 인공적인 벽은 있으나 마나 한 것이었다.

나도 참 많이 강해지고 튼튼해졌다는 걸 실감하면서, 무의식적으로 양손을 맞잡고, 치켜들었다.

"카나미이! 받, 아, 라아아아아아아——!!"

움켜쥔 주먹으로 적의 등을 있는 힘껏 후려쳐서, 이동을 중지시켰다.

시조 카나미를 위에서 아래로 후려치자, 객실 바닥에 금이 갔다. 물론 그는 이내 다시 일어서서, 다시 접근전을 걸어왔다.

나도 정면으로 그에 맞섰다.

——아직 끝나지 않았다.

나의 『아류 체술』은 아직 끝난 게 아니다.

회복을 병행하는 육박전이라면, 아직 내가 유리한 것이다.

내 회복마법은 시조 카나미의 회복마법 수준을 월등히 앞

선다. 무엇보다, 마력을 몸 밖으로 내보내지 않고도 회복마
법을 쓸 수 있다는 점이 컸다. 『성』 곳곳에 둥지를 틀고 있
는 『드 리피두』의 표적이 되는 것은 시조 카나미뿐이다.

그러니까, 카운터 어택을 계속해라.

적의 주먹을 두려워하지 않고, 얻어맞으면서 후려쳐라.

백 번의 주먹을 얻어맞더라도, 한 번의 반격을 꽂아 넣어라.

상대가 한 번을 회복하기 전에 백 번을 회복하면 나의 승
리다.

"아직 안 끝났단 말이다아아아아아아아아──!!"

적의 『체술』을 따라잡는 건 이미 무리다. 주먹이 보이지도
않는다.

몸은 고통에 비명을 내지르고 있다. 한계를 넘어선 상태다.

회복과 보수를 위해 어마어마한 속도로 마력이 소비되어
간다. 고갈이 머지않았다.

하지만, 이제 얼마 남지 않았다.

조금만 더 싸우고 싶다.

──부탁이야.

심장이여. 멈추어도 좋다.

그래도 조금만 더 움직이는 시늉이라도 해 줘.

그렇게 신에게 기도하며, 나는 싸움을 계속했다. 얻어맞
으면서도 물불을 안 가리고 반격을 거듭했다. 마음이 꺾이
지 않는 한 승산은 사라지지 않을 거라 믿으며, 수도 없이
적의 공격을 견뎌냈고──

그런 끝에, 먼저 물러선 것은 시조 카나미였다.

후퇴하는 적을 물고 늘어질 수 있을 만큼의 여력은 없었기에, 나는 숨을 헐떡이며 지켜보고만 있었다.

"어억, 허억······! 하악, 하악, 하악!!"

반면에 시조 카나미는 얼굴을 찌푸린 채 내 전법에 대한 볼멘소리를 늘어놓았다.

"좀비 같은 전투 방식이잖아······, 아이드······."

이, 이겼다······.

대미지와 회복의 응수에서 앞서는 데 성공했다······!

솔직히, 눈에 보이는 모습에서 양측에는 큰 차이가 있었다. 시조 카나미의 얼굴은 말끔하지만, 나는 골절과 타박상을 입은 데다, 피투성이가 되기까지 한 상태다.

하지만, 시조 카나미의 말끔한 얼굴도 파랗게 질려 있었다.

사전에 집어넣은 독이 효과를 발휘한 것이다.

아까 흡입시킨 종자가 자라서 허파를 압박하고 있는 게 분명했다.

눈에 보이는 것 이상의 대미지를 입힌 셈이다.

좀비라는 소리를 듣더라도, 이 전법을 계속하면 충분한 승산이——

"의기양양하기는 아직 일러, 아이드······."

내가 상황의 호전에 기뻐하고 있으려니, 시조 카나미가 찬물을 끼얹었다.

그리고 지금까지 사용하지 않고 있던 마법을 꺼내 들었다.

"——마법 〈디스턴스 뮤트〉."

시조 카나미는 고밀도의 마력을 오른팔에 휘감고, 이쪽을 보며 웃었다.

"대체 뭘 하려고……? 그 마법은 제게는 통하지 않는다고 분명 설명했을 텐데요……?"

"그래, 나도 알아. 그래서 사고방식을 좀 바꿔 봤지. 너에게 안 통한다면, 사용 대상은—— 나다!"

시조 카나미는 빛나는 오른팔을 자기 가슴에 쏘셔 넣고, 이번 싸움에서 그 어떤 때보다 집중하는 표정으로 몸속을 헤집었다. 단순히 차원을 넘어 몸속에 간섭하고 있는 것으로는 보이지 않았다. 절대로 실패할 리 없는 작업에 전념하는 듯한 그 모습에, 나는 그의 노림수를 알아챘다.

"——서, 설마?!"

치료가 아니다. 마법에 의한 회복이 아닌, 전혀 다른 수단.

"이제야 알겠습니다! 아까부터 마법을 안 쓴다 싶더라니, 실은 계속 몸속에 〈디멘션〉을 전개하고 있었던 거군요! 이 자리에서 **수술**을 할 작정입니까?!"

그 주저 없는 손놀림으로 보아, 수술의 수순은 이미 다 확정해 둔 상태임을 알 수 있었다.

"됐다!"

시조 카나미는 성공을 느끼게 하는 한 마디를 내뱉고, 몸속에서 두 개의 마석을 꺼냈다.

마석의 색깔은, 둘 다 녹색. 나 자신이 『나무의 이치를 훔치는 자』이기에 어렴풋이 알 수 있었다. 저건 독과 종자의 마석이었다. 『차원의 이치를 훔치는 자』는, 자기 마음에 안 드는 것이라면, 그것이 무형의 존재라 해도 마석화시킬 수 있는 것이다.

"하지만 아직 완벽한 몸 상태로 돌아온 건 아니겠죠! 무엇보다, 그 마법은 빈틈투성이입니다! 마력도 새어나오고 있습니다!『드 리피두』여러분, 여기에요!"

마음속으로는 욕지거리를 내뱉으면서도, 냉정하게 주위의 식물들을 불러들였다.〈디스턴스 뮤트〉는 틀림없이 최상위 마법이다. 그런 걸 쓰다 보면 빈틈이 크게 생길 수밖에 없다.

"미안하지만 빈틈은 없어. 나는 이제 안전하다는 걸 확신하고 마법을 쓴 거니까."

시조 카나미는〈디스턴스 뮤트〉를 해제하지 않았다. 해제하기는커녕, 다시 오른손을 몸속에 넣어서 아까 했던 것과 같은 수술을 하면서, 바닥과 벽에서 달려드는 나무들을 회피했다.

식물들에게 공격을 부탁하면서, 나도『아류 체술』을 써 가며 덤벼들었다.

하지만, 그런데도, 시조 카나미에게는 공격이 조금도——

"아, 안 맞잖아?"

수많은 식물과 나의 두 주먹. 그렇게 많은 공격을 퍼부었는데도, 상대에게는 스치지도 못했다.

조금 전까지만 해도 분명히 먹혀들었던 공격이, 불과 몇 분 만에 쓸모없는 짓으로 전락했다. 그 터무니없는 학습 능력이 아연실색한 내 앞에서, 시조 카나미는 유유히 이유를 설명했다.

"지금까지 싸우면서, 네 전투 방식은 대충 파악했어. 이 식물들에 대한 대응책도."

"말도 안 되는 소리! 저는 그렇다 쳐도, 여기 서식하는 식물들의 공격에 대처하는 건 불가능합니다! 쉽게 대처할 수 없도록 준비하고, 오랜 세월에 걸쳐 만들었는데——."

사사삭——.

시조 카나미 주위를 둘러싸고 있던 식물들이 몽땅 절단되었다.

"어?"

오른팔을 몸속에 쑤셔 넣고 있는 시조 카나미의 왼손에, 어느 샌가 보검이 들려 있었다. 게다가 스킬 『마력물질화』로 보이는 칼날까지 뻗어 있었다. 장비 역시 결투 전의 모습으로 돌아와 있었다.

그 반투명한 검신이 나를 향해 덮쳐들었다.

그것을 건틀릿으로 쳐내면서, 황급히 후퇴했다.

"이럴 수가! 시조 카나미의 마력이 왜 나무에 통하는 거죠?! 노스휘 님의 술식이 새겨져 있는 한, 절단은 불가능할 텐데!!"

시조 카나미는 그런 내 의문에 대답하지 않았다.

이제 말장난은 끝났고, 지금부터가 진짜 싸움이라고 말하는 듯한 표정이었다.

하는 수 없이, 나는 스스로 원인을 찾기로 했다.

그리고 시조 카나미가 뻗은 칼날의 색깔이 엷은 보라색이 아닌, 무색이라는 것을 깨달았다.

"마력의 색이 바뀌었잖아……? 아니, 마력의 질이 달라졌잖아? 혹시 자신의 혼을 건드려서 생성하는 마법의 속성을 바꾼 겁니까?! 어, 어찌 그런 무시무시한 짓을!"

시조 카나미의 몸속에 박혀 있는 오른팔과 마력의 변질을 통해, 해답을 도출해 냈다.

도저히 믿기 힘든 일이었다.

『이치를 훔치는 자』가 되어, 혼이나 마력에 대한 이해가 깊어졌기에 더더욱 잘 알고 있었다.

자신의 혼을 건드린다. 그것은 신을 모독하는 거나 다름없는 소행이다.

자칫 잘못하면 죽음보다도 더 끔찍한 파멸을 맞이하게 된다.

"오른팔을 못 쓰게 되지만……. 이러면 검으로 싸울 수 있어. 이제 『드 리피두』라는 녀석과 『테리아리아』라는 녀석이 동시에 덤벼들어도 걱정 없어."

"미, 미쳤군요……!!"

"모두 다, 너를 이기기 위한 일이다! 아이드!!"

그렇게 외치고, 시조 카나미는 나를 향해 검을 휘둘렀다.

나에게 맞서, 조금의 방심도 없이, 자신이 가진 모든 재능을 활용해서, 온 힘을 다해 싸운다.

기쁘기도 슬프기도 한, 화나기도 하고 황당하기도 한, 도무지 이해할 수 없는 감정이 가슴속에서 치밀어 올랐다.

그리고 어느새, 주위에 있는『드 리피두』들의 움직임이 둔해져 있었다.

어떤 수단을 쓴 건지는 모르지만, 시조 카나미는 나를 흉내 내서, 나보다 먼저 식물들에게 마력을 보급해 주고 있는 것 같았다. 순수한 식물들은 많은 먹이를 주는 적의 태도에 어쩔 줄 몰라 하고, 나아가 조금씩 그를 따르기 시작했다.

조금만 더 가면, 식물을 통한 공격은 쓸 수 없게 되리라.

노스휘 님이 마련해 준 우위도 무너졌다.

독은 우격다짐으로 중화되고, 검과 마법도 쓸 수 있게 되었다.

──이제 거리를 벌리는 수밖에 없어.

기죽지 말자. 내『아류 체술』이 통하지 않을 가능성은 처음부터 예측하고 있지 않았던가.

당초의 예정대로 다음 작전으로 이행하면 된다.

"──우, 〈우드 스피어즈〉!"

『비아이시아 성』중앙 계단 앞에 준비해 두었던 비장의 카드를 사용하기로 했다. 국가 최고봉의 마석을 깨서, 최고의 나무 속성 대마법을 발동시켰다.

목제 계단이 길고 날카로운 무수한 바늘로 바뀌어 적을

꿰뚫어 버리는 마법이었다.

하지만 시조 카나미는 그 가시 틈새를 누비며 가볍게 회피했다. 비장의 카드가 내게 벌어 준 시간은 1초나 될까 말까 한 정도에 불과했다.

시조 카나미의 검은 조금의 흐트러짐도 없이 원거리에서 나에게 덮쳐들었다.

건틀릿으로 힘겹게 막아내긴 했지만, 그 건틀릿도 조금씩 깎여 나가고 있음을 알 수 있었다.

이대로 가다가는, 아무리 유그드라실로 만든 장비라도 버텨내지 못할 것이다.

——검의 사정거리가 너무 길어.

도망치지도 다가가지도 못한 채, 맥없이 저며져 버릴 것이다.

나는 주저 없이, 변형해 나가는 중앙계단을 뛰어 올라갔다. 미리 준비해 둔 값비싼 마석들을 틈틈이 깨 가면서 시간을 벌고, 온 힘을 다해 시조 카나미에게서 거리를 벌렸다.

다만, 그것은 내 계책이 고갈됐다는 것을 시조 카나미에게 알려주는 거나 다름없었다.

이제 별다른 함정은 없을 거라 확신한 듯, 적은 힘차게 검을 휘둘렀다.

나무 속성의 대마법들이 종잇조각처럼 쓸려나갔다. 적을 집어삼키려 하던 굵은 나무줄기도, 무수한 뿌리의 촉수도, 살점을 찢어발기는 나뭇잎의 폭풍도, 모든 것을 녹여 버리

는 수액도, 모조리 쓸려나가고, 쓸려나가고, 쓸려나가고,
또 쓸려나갔다.

그뿐만이 아니었다. 내가 공들여 준비한 『비아이시아 성』이
라는 전장마저도, 이 정신 나간 검사의 사정거리 안이었다.

성의 대형 홀에 있던 기둥이, 대형 나선계단이, 두꺼운 벽
이, 3층과 4층을 나누는 천장이, 바닥이, 그 모든 것들이, 거
리와 크기를 불문하고 시조 카나미의 검에 베여 나갔다.

끝 모를 공허와도 같은 두 개의 칠흑색 눈동자를 일렁이
며, 시조 카나미가 나를 쫓아온다. 자신 있게 준비했던 성
이 맥없이 베어져 나가는 가운데, 나는 씁쓸한 표정으로 도
망만 칠 수밖에 없었다. 위를 향해, 모든 수단을 구사해서,
도망치고 도망치고 또 도망쳤다.

그런 끝에 다다른 곳은, 『비아이시아 성』 옥좌의 방.

창문에서 몰아치는 바람에, 벽에 걸린 국기가 펄럭였다.

이곳이 바로, 내가 예정했던 결투의 종착점.

그런 의미에서는, 예정대로 됐다고 할 수도 있었다. 하지
만 내 표정은 일그러지기만 할 뿐이었다.

나는 다다른 것이 아니라, 궁지에 내몰려서 여기에 온 것
뿐이다.

옥좌의 방까지 도망쳐서, 돌아섰다. 그러자 시조 카나미
는 휘두르던 검을 갑자기 멈추었다.

이 옥좌의 방에 뭔가 애정이라도 있는 듯, 뻗었던 칼날을
줄이고, 주위를 둘러보기 시작했다. 시조 카나미도 여기를

결투의 종착점으로 예정하고 있었던 건지도 모른다.

그런 생각이 들 만큼, 시조 카나미는 고요히 전의를 거둔 채 이쪽을 쳐다보았다.

그 여유에 울화가 솟구쳐서, 나는 나도 모르게 가슴속 깊은 곳에 있던 것을 토해냈다.

"――시조 카나미! 왜 그렇게까지 해서 저와 싸우려는 겁니까?! 혼을 건드려 가면서까지! 그렇게 저를 패배로 몰아넣고 싶습니까?! 비아이시아와 아무런 관계도 없는 주제에! 이 세계 사람조차 아닌 주제에! 왜 저희들 일에 끼어드는 겁니까?!"

뒤늦어도 한참 뒤늦게, 마음속 뿌리 깊이 박혀 있던 원한을 퍼부었다.

그 말을 들은 시조 카나미는, 기다렸다는 듯 주저 없이 대답했다.

"그야……, 너희 남매를 도저히 잠자코 보고만 있을 수가 없으니까 그렇지! 너희 둘의 모든 게, 남 일처럼 보이지 않아! 그래서 그냥 내버려 둘 수 없는 거라고!!"

"남 일처럼 보이지 않는다고요……? 고, 고작……, 그런 이유 때문에……?!"

내가 말을 던지면 말만으로 대응하기로 처음부터 마음먹고 있었던 것이리라. 눈에 띄게 동요하는 나를 상대로, 시조 카나미는 검을 내리고, 발을 멈추고, 나의 다음 말을 기다리는 자세를 취하고 있었다.

그 태도를 통해, 나와는 달리 시조 카나미에게는 아직 얼마든지 여유가 남아있다는 것을 통감하고, 아랫입술을 깨물었다.

내가 할 수 있는 일은 다 했다.

세계에서 가장 나에게 유리한 필드에서 결투를 시작했다.

독이며 함정도 썼다. 사도님과 노스휘 님에게서 많은 지원도 얻었다.

적이 가진 비장의 카드인『과거시』와『미래시』도 이 성에서는 쓸 수 없었다.

그런데도 이렇게 압도적인 위력이라니…….

싸우면 싸울수록 강해진다는 건 알고 있었다.

하지만 아무리 그래도, 이건 너무 비겁한 것 아닌가…….
너무 강한 것 아닌가…….

이제 아예, 내 마음속 모든 것을 눈앞의 남자에게 간파당하는 것 같은 기분이었다.

실제로, 전투 중에는 내가 움직이기도 전에 움직이는 장면도 많았었다.

이 예습 능력의 결정체 같은 남자를 공격하자면, 찰나의 순간에 모든 것을 걸고 숨통을 끊어 버렸어야 했다. 하지만 『미래시』마법이 있기에, 그 작전마저 전투 전에 예방할 수 있다. 애초에 투명화와 차원 비껴내기 마법이 있는 이상, 필살의 사정거리로 들어가는 것부터가 쉽지 않았다.

게다가『검술』은 로웬과 동등한 레벨에 다다랐고, 싸우는 도중에 적의 스킬을 흡수하는 데다, 저 오른팔에는 닿기만 해도 즉사?

어떻게 죽여야 한다는 것인가…….

어떻게 싸워야 한다는 것인가…….

아아, 말도 안 된다. 말도 안 된다. 말도 안 된다. 말도 안 된다…….

──이것이, 강자.

이쯤 되니 분노를 넘어서, 먹물 같은 절망감이 마음속을 채워 나갔다.

마음이 꺾이기 시작했다.

"아이드!! 아까 티티가 했던 말을 떠올려 봐! 이번에는 네 눈으로 누나의 모습을 똑똑히 봤잖아?! 그게 다른 사람의 손에 조종당하는 것처럼 보였나?!"

그리고 그 강자가 던진 말은, 인정사정없이 약자의 마음을 때리고, 유린했다.

과거에 자신을 비롯한 북부 백성 모두를 매료시켰던 『로드』가 그랬던 것처럼.

"티티는 비아이시아라는 나라 따위는 필요로 하지 않았어! 그 녀석은 『로드』 따위가 되고 싶지 않았어! 녀석이 필요로 했던 건, 오로지 『남동생』인 너뿐이었어!!"

나라를 필요로 하지 않았다……?

그, 그건…….

──아냐!

말려들지 마라! 받아들이지 마라! 아직 끝난 게 아냐!!

시조 카나미의 말은 나를 죽이는 나이프 그 자체다.

그 말을 인정하면——『나』는 정말로 죽는다!!

죽어 버리는 것이다! 죽기 싫으면 반박해라!!

"그, 그럴 리 없습니다!!『로드』는 선택했습니다! 국가를! 북부 백성들을 구하겠다고 맹세했습니다! 모두 구하겠다고, 백성들 앞에서 선언했습니다! 저는 그 시작을 똑똑히 봤습니다! 처음부터 끝까지, 모두 지켜보았단 말입니다!!"

"아냐! 티티가 선택한 건 국가가 아냐! 비아이시아 같은 거창한 게 아냐! 그 녀석이 선택한 건, 이름 없는『마인』남자아이. 아이드! 너의 기대였어! 단지 그것뿐이었어!!"

"아무것도 모르는 주제에 아는 척하지 마시죠!『로드』는, 그 고결한 의지로! 그 강하고 현명하신 모습으로! 모든 걸 바쳐서 이루어내겠다고 맹세하셨습니다! 저는 그 뒷모습을 똑똑히 지켜보았습니다!!"

"그 녀석은 그저, 그렇게 언제나 뒤에서 지켜보고 있던 너 때문에 허세를 부렸던 것뿐이야! 너의 기대를 받아 왔으니까, 거기에 부응해 온 것뿐이란 말이야! 왜 그걸 몰라주는 거지?! 그『로드』는 누나로서 부리던 허세가 만들어낸 환상일 뿐이라는 걸, 네가 알아채 주지 못하면, 아무도 알아채 줄 수 없잖아?!"

"아닙니다……!『로드』는 그렇게 그릇이 작은 분이 아닙니다……! 전설입니다! 저희들은 그 북부의 전설을 되살려

냈습니다! 그러니까, 그 무적의『로드』가 허세일 뿐이었다는 건, 말도 안 되는 소리입니다!!"

"말이 안 되긴 뭐가 안 된다는 거야?! 그 녀석은 나약해! 그릇도 작고, 겁쟁이야! 그래서 천 년 전에도 도망쳤었잖아?! 모든 걸 버리고, 네 기대가 닿지 않는 곳으로 도망쳤었잖아?! 그 사실을 네 멋대로 잊어버리지 마! 아이드!!"

……그래, 그랬다.

천 년 전,『로드』는 시조 카나미와 함께 도망쳤었다.

일부러 생각하지 않으려 애써 왔던 일이었다.

못 본 척하려 애써 왔던 일이었다.

지금까지 외면해 왔던 모든 사실을 다시 눈앞에 들이대는 그 말에, 부러지지 않으려고 버텨 왔던 마음이 뜯겨 나갈 것만 같았다.

"그건 당신이 있어서 그랬던 것 아닙니까?! 당신만, 당신만 당신만당신만, 없었더라면!! 그런 결말로 끝날 일은 없었을 겁니다! 저라는『재상』은 계속『로드』를 보좌할 수 있었을 테고, 천 년 전의 싸움으로 세계는 평화로워졌을 겁니다! 우리는 꿈을 이루어내기 한 발짝 앞까지 다가갔었던 말입니다!!"

"내가 없었더라도 같은 결말로 끝났을 거라는 건, 너도 이미 알고 있잖아!! 그 꿈이 자기 누나를 짓밟았다는 것도 이미 알고 있잖아!! 자기 자신을 속이지 마!!"

"아아, 시끄러워! 알면 뭐 어쨌다는 겁니까!!"

알고 있단 말이다! 그런 것쯤은!

똑똑히 알고 있으니까 이렇게 된 것 아닌가!

"네, 누님은 『로드』가 됐습니다! 대업을 이루기 위해서라면 어느 정도 무리도 하긴 했겠죠! 그게 무슨 잘못이란 겁니까?! 『로드』는 그 누구보다도 이 나라를 사랑했단 말입니다! 『로드』는 그 누구보다도 이 나라를 지키려 애썼습니다! 『로드』는 그 누구보다도 이 나라를 『낙원』으로 바꾸기 위해 노력했습니다!!"

보기 괴로운 것을 외면하려 하는 게, 뭐가 잘못이란 말인가!

내가 보고 싶은 것만 보는 게, 뭐가 잘못이란 말인가!

내가 『재상』인 게 뭐가 잘못이란 말인가! 누님이 『로드』인 게 뭐가 잘못이란 말인가!

"누님은 『로드』가 되기를 선택하신 게 분명합니다! 그렇지 않았다면 그렇게까지 싸울 수 없었을 겁니다! 그렇게, 그 누구도 따라올 수 없는 영역까지, 혼자서 갈 수 있을 리가 없었을 겁니다!!"

"그러니까! 그걸 되돌리는 게 네 역할이었다는 얘기야! 『남동생』인 네가!!"

이제 와서 무슨 소리를 하는 거냐……! 그럼 그때 말했어야지, 왜 이제 와서 그런 소리를 하는 거냔 말이다!

이제 와서 얘기해 봤자 소용없는 소리다! 벌써 천 년이나 지났다!! 천 년이나 지나서 여기까지 온 거란 말이다!! 그런데! 이제 와서 모든 게 잘못이라니, 그런 소리는…….

"아닙니다! 제 역할은 『재상』으로서, 같은 『이치를 훔치는 자』로서, 뒤에서 따르는 것이었습니다!! 다른 역할 같은 게 있을 리 없습니다!!"

하지 말아 줘. 이제 와서, 그『로드』가——

항상 괴로워했었다니.

항상 무리해 왔었다니.

항상 도움을 원했었다니.

그랬는데, 나는 항상 내 생각만 하기에 바빠서 알아채지 못했었다니.

그런 소리는 하지 말아 줘……! 제발 부탁이야……!

"저는『재상』아이드!!『나무의 이치를 훔치는 자』아이드!! 그게 잘못이라니, 그런 소리는 용납 못 합니다!! 그딴 건, 절대로 인정 못 한단 말입니다아아아아——!!"

나는 스스로가『재상』이라고 절규했다.

품속에 간직한,『로드』와 나의 역사서를 꽉 움켜쥐고 필사적으로 외쳤다.

그 영웅담의 문장 속에 찬란하게 빛나는 다섯 글자는,『재상』아이드.

오직 그 긍지에만 매달려서 지금까지 버텨 왔다—— 하지만, 그것도 한계가 얼마 남지 않았다. 바로 조금 전에 사력을 다한 육박전을 벌였을 때 보다, 지금 벌이고 있는 설전이 훨씬 더 **아팠다**.

"아이드……. 지금도 네 누나는『남동생』을 찾고 있어. 끔찍하게 오랜 시간을 찾아 헤매고 있어. 그 녀석은『재상』아이드 따위는 바라지 않아. 아주 오랜 세월 동안, 『남동생』아이드를 찾아 헤매고 있어…….”

“그렇다면, 『재상』아이드의 싸움은 모두 헛수고였다는 겁니까……? 누구에게도 도움이 되지 않았다는 겁니까……? 지금 그걸 인정하라는 겁니까?『로드』를 위해 노력해 온 일들은 아무런 가치도 없는 일이었다고? 그걸 인정하란 말입니까?!”

“그래. 그 수십 년을 가치 없는 세월로 만드는 한이 있더라도, 네가 해야 할 일이 있어. 나는 그렇게 생각해.”

“——윽!!”

내 사활 정도가 아니라, 혼과 인생의 의미까지 담긴 나의 질문에, 시조 카나미는 주저 없이 대답했다.

그리고 말문이 막힌 나를 향해 말을 이었다.

“넌 고작 수십 년이야. 하지만 네 누나는 천 년을 괴로워했어……. 그걸 잃는다고 해도, 너는 모든 걸 다 잃는 건 아냐. 소중한 것만은 남잖아.”

“로드 티티의『남동생』이라는 사실이 남는다는 얘기를 하려는 겁니까?”

“그래.”

“터무니없는 소리. 이제 와서『남동생』시절로 돌아갈 수는 없습니다……. 티티 누님의『남동생』은 너무나도 무력했습니다. 아무런 가치도 없었습니다. 그 누구에게도 힘이 되어 주지 못하는, 있으나 마나 한 약해 빠진 존재……. 한심하기 짝이 없는……, 생각만 해도 짜증이 솟구치는 존재……!!"

미세하게 남은 과거를 떠올리려다가, 분노한 나머지 언성을 높였다.

기억에 남아있는 것은, 짜증 나는『나』의 모습뿐.

『남동생』아이드는 생각하기조차 싫은 어리석은 아이였다.

『남동생』이라는 자리에 안주해서, 아무런 힘도 되어 주지 못했다.

……그 정도는 그나마 낫다.

북부의 위기에서, 겁에 질려 떨기만 할 뿐, 모든 걸 누나에게 떠맡기고 말았다.

……그것도 용서할 수 있다.

그 뒤로도, 누나 뒤에서 발목만 잡을 뿐, 폐만 끼쳐 댔다.

……그 정도는 상관없다.

내가 가장 짜증스럽게 느끼는 점은……, 그보다 훨씬 전에 있었던 일.

모든 것이 시작된 날에, **누나의 시체에 침을 뱉는 자들을 보고도, 아무것도 하지 못했던 나 자신.**

누나가 죽었건만, 아직도 누나에게만 의존하던 한심한 아이가 있었다.

아아, 그랬다. 모든 것을 잃고, 진정한 의미에서『로드』의 이야기가 시작된 바로 그날, 한 발짝도 움직이지 못하던 나 자신을 용서할 수 없는 것이다.

그 기억을 떠올리기만 해도! 그『남동생』아이드라는 철없는 꼬마 녀석을 죽이고 싶은 충동을 참을 수가 없다! 평생이 가도 나 자신을 용서할 수 없다!!

"시조 카나미, 그 『남동생』이 누님을 죽였습니다! 한심하고 나약하고, 어리석기 짝이 없는 『남동생』이 죽인 겁니다…….
그 『남동생』은 살아있을 이유 자체가 없었습니다……. 그런 주제에 누님을 죽였습니다. 아예 살아있는 것 자체가 해악……. 그게 누님의 『남동생』 아이드였단 말입니다!!"

그런 자는 받아들일 수 없다…….

없었던 존재로 만들고 싶다…….

그건 『나』가 아니다…….

"하지만 『로드』의 『재상』으로 일하던 동안은 달랐습니다……. 유일하게 인정할 수 있는 『나』였죠. 저 자신이 가치 있고 의미 있다고 느낄 수 있었던 건, 오직 『재상』으로의 저 뿐이었습니다……."

"네가 『재상』에 집착하는 이유가 그거였군……."

"그때는 누님에게 힘이 되어 드릴 수 있었으니까요! 저에게 가치가 있었습니다! 의미가 있었습니다! 그게 기뻤습니다! 저는 어떻게 사는 게 옳은 건지 모르고 살았지만, 『로드』를 위해 몸이 가루가 되도록 일할 때면, 그것만으로도 스스로가 살아있다는 것을 느낄 수 있었습니다!"

"그러니까 티티는 영원토록 『로드』 역할을 해 주길 바라는 거냐?! 죽을 때까지 그럴 작정이야?! 죽은 뒤까지 계속하려는 거야?! 앞으로도 계속 그 녀석이 모든 걸 짊어지게 하려는 거냐?! 대답해, 아이드!!"

"시, 시끄러워! 입 닥쳐, 카나미!!『로드』가『로드』가 아니게 되면! 그럼 저는 어떻게 되는 겁니까?! 이『나』는!!"

시조 카나미의 지속적인 부정에, 나는 참지 못하고 상대방에게 욕지거리를 퍼부었다.

이렇게 흥분하는 게 얼마만일까. 고아원 시절보다도 더 옛날, 부정당하고, 부정당하고, 부정당하고, 괴로운 세계를 떠돌기만 하던 기억이 뇌리에 되살아나서, 마음이 흐트러졌다.

"자기만족을 위해 누나를 이용하지 마! 네가 하는 짓은 티티에게 아무런 도움도 안 돼! 그런 건 헌신도 뭣도 아냐!"

"그럼 저 보고 어쩌라는 겁니까?! 저는 두렵습니다!『재상』아이드가 아니게 되면, 저는 제가 아니게 됩니다! 뭘 하면 좋을지 알 수가 없게 됩니다! 제 가치가 없어집니다! 이름을 잃습니다! **노예보다 못한 존재였던 그 나날로 돌아가고 맙니다!** 나는 누구냐고 끝없이 고뇌해야 했던 그 시절이 돌아올 겁니다! 나는 뭘 위해 사는 건지를 물어야 하는 시간이 덮쳐올 겁니다! 싫어요! 그런 건 죽어도 싫으니까, 저는 누님을『로드』로 만들어야만 한단 말입니다!"

"그게 네 마음속 깊은 곳에 있는 본심이냐?!"

지금껏 적인 나까지도 염려해 주었던 시조 카나미의 표정에, 지금은 노기가 서려 있었다.

──보, 본심?

지금 내가 뭐라고 한 거지? 누님을 이용해서 공포로부터 벗어나는 게 나의 진심이었던 건가? 아니라고 믿고 싶다……. 하지만 마음속 한구석에 그런 음침한 생각이 있었던 건 부정할 수 없었다.

만약에 그게 본심이라면, 어리석어도 너무 어리석은 짓이다.

어찌 이렇게 추악하고, 어찌 이렇게 나약하단 말인가.

최후이자 최약의 가디언이 가진 한계가 조금씩 다가오고 있음을 실감할 수 있었다.

그렇기에, 그것은 방어본능이나 생존본능과도 닮아 있었다. 살기 위해, 나는 절규했다.

"카나미, 카나미이이이! 이 자식, 그만 좀 지껄여대!! 그 거들먹거리는 소리 좀 집어치우란 말이다아아아아아아아아아아아아───!!!!"

말다툼에 패배해서, 정신력으로 버티고 있던 몸이 붕괴되어 가는 것을 느꼈다.

내 몸을 지탱해 주고 있었던 나무들이 오히려 몸을 침식하고 있었다. 하얀 뼈가 녹고, 그 대신 나무의 심이 몸을 꿰뚫었다. 그 나무는 내 제어 능력을 벗어나서, 살점과 피부를 찢어발기고, 몸 여기저기서 튀어나온『인간의 민감한 신경』이『식물의 둔감한 신경』으로 바뀌고, 동시에 근육이 식물화되어 갔다. 감각기관까지 변질되어 가서, 눈동자 색이 흰색으로 물들었다. 마지막으로, 착용하고 있던 목제 장비들과 몸이 동화되었다. 그 장비에서 가지가 자라고, 갈라지고, 선명한 녹색 잎사귀가 돋아났다. ——그것은 가디언 특유의, 『하프 몬스터(반사체, 半死體)』로의 변질.

바꿔 말하자면 나는 오직 말에 의해 반쯤 죽고 만 것이다.

그리고 이『비아이시아 성』옥좌의 방에, 『재상』이 아닌, 그 이름도 없던 나약한 드리어드 종『마인』이 돌아온다. ——진짜『나』가 돌아오고 말았다.

"네, 맞습니다! 저는 나약하고, 겁 많고, 한심한 겁쟁이! 그래서 언제나 『로드』라는 빛을 잃는 게 두려워서 견딜 수 없었습니다! 『나무의 이치를 훔치는 자』가 되기 전의 저는 성안 모든 이들의 비웃음거리였습니다! 『로드』의 동생이라는 이유로 출세한 비겁한 놈이라고 손가락질 받았습니다! 그리고 그건 사실이었죠! 저는 무관으로서나 문관으로서 미숙한, 아무짝에도 쓸모없는 인간! 그 쑥덕거리는 소리를 뒤집어엎을 재능 같은 건 하나도 없었습니다! 당신이 그런 저에 대해 뭘 안다는 겁니까! 재능 넘치는 인간인 당신이! 모두의 호감을 받는 당신이! 약자의 기분을 어떻게 알겠습니까! 알긴 뭘 안다는 거냔 말입니다아아아아——!!"

그『마인』꼬마는 세상의 불평등을 저주하며 절규를 토해 냈다.

"제게는 아무런 재능도 없었습니다! 아무런 매력도 없었습니다! 강한 마음도 갖지 못했습니다! 그래서 홀로 어둠 속에서 지내는 게 일상이었습니다! 살아가는 게 두려워서 견딜 수가 없던 그 나날! 재능 없는 자가 세상을 걸어가는 건, 어둠 속의 낭떠러지를 등불도 없이 걷는 거나 마찬가지! 그래서 『로드』라는 빛을 잃지 않기 위해 애쓴 것뿐입니다!! 그저 살아가기 위해 필사적으로 애쓴 것뿐이란 말입니다!!"

"정말 그러냐?! 네가 빛이라고 느꼈던 건, 정말 『로드』였나?! 네가 『재상』 자리에 앉아있어야만 한다고 생각한 건, 옛날이야기 속 『로드』 따위를 위한 거였나?! 너는 『누나』를 위해 도움이 되고 싶었던 것 아니었나?! 아이드, 너는 『이치를 훔치는 자』가 되기 위한 『대가』로, 『남동생』이었던 시절의 모든 기억을 잃은 것뿐이야! 너에게는 『누나』가 있어! 너라는 『남동생』을 필요로 하는, 세상에 하나뿐인 『누나』가!!"

"시끄러워!! 입 닥쳐, 카나미이이이! 닥쳐닥쳐닥쳐! 더 이상 우리를 화나게 만들지 마아아아아——!!"

말 안 해도 알고 있단 말이다! 『이치를 훔치는 자』가 된 『대가』로, 행복했던 남매의 기억이 쏙 빠져 버렸다는 것쯤은! 처음부터 알고 있었어!!

그래도 남아있단 말이다. 어째선지 기억 속에 남아있다.

그 한심했던 『남동생』의 모습만이. 아무리 시간이 지나도 뇌리에 달라붙어서 떨어져 주질 않는다.

침 세례를 받던 누나 앞에서 어쩔 줄 몰라 하고만 있던 나 자신의 한심한 모습만은 또렷하게 기억하고 있었다. 수십 년 동안, 매일같이 그랬다. 매일, 잠들 때마다, 눈을 감으면 나도 모르게 그 기억이 떠올랐다.

생각만 해도 죽고 싶어지는 내 본질을 마주해야 했다. 그렇다면, 그렇게 된 이상, 그 일생을 없었던 것으로 만들 수밖에 없지 않은가?!『남동생』이라는『나』를 죽이는 수밖에 없지 않은가?!

그『나』를 죽이면, 남는 건『재상』밖에 없다!『나』가 가치와 의미를 갖고 이 캄캄한 세상을 살아갈 수 있는 방법은,『로드』의『재상』밖에 없는 것이다!!

그것이 강한『아이드』란 말이다!!

"닥치긴 뭘 닥쳐, 이 멍청아! 차마 잠자코 보고 있을 수가 없다고 말했잖아! 너와 티티는, 세상에 오직 둘뿐인 남매야! 다른 가족은 없어! 한 번 잃으면, 두 번 다시 돌아올 수 없단 말이다! 그러니까 티티도 너도, 이제 서로를 외톨이로 만들지 마!! 그러면 두 사람 모두 너무 불쌍하잖아!!"

그것이 말다툼의 마지막이었다.

서로를 향해 외치면서, 둘은 동시에 움직였다.

나는 더 이상 아무것도 생각하지 않았다. 적의 사정거리고 뭐고 고려하지 않고, 오로지 눈앞에 있는 남자를 이기는 것만을 생각하며 내달렸다. 어차피 이런 내가 필사적으로 생각해 봤자 아무런 보탬도 안 될 게 뻔하다. 그러니, 이제 똑바로 돌진해서, 한계를 넘어 싸우는 수밖에 없다.

내달리면서, 내가 가진 모든 마력을 내쏠 준비를 마쳤다.

시조 카나미는 검으로 그에 맞섰다.

상식적으로 닿을 리가 없는 거리에서, 검은 내 팔을 쳐내고,『하프 몬스터』가 된 이 몸의 허리를 찢어발기고, 허파에 구멍을 내고, 두 다리를 관통했다.

그래도 나는 개의치 않고 돌진했다.

제정신이었다면 멈춰 서는 게 정상인 부상과 고통이었지만, 나는 결코 움츠러들지 않았다.

"이기겠습니다!! 저는 당신을 이기고, 이제 진정한『재상』이 될 겁니다! 되어야만 합니다! 무슨 수를 써서라도!!"

그것이 나의 인생.

그 인생을 걸고,『영창』을 읊었다.

"──『나는 외톨이, 이름도 무엇도 없는 나의 혼』──!"

양손에 온 마력을 집중시켰다.

발을 힘차게 딛고, 지면에 마력을 전달했다.

그리고, 달려라. 스스로 선택한 이 길을 달려서, 양팔을 내뻗어라.

"──『길 잃은 아이는 세계에 이끌려』『역광의 끝까지 달렸다』──!!"

똑똑히 봐라, 카나미.

내 고향이 당했던 것처럼 불사르고, 떨어뜨리고, 짓부수고, 없애 주마──!

"──**마법 〈로스트 비 아이시아**(왕■낙토)**〉아아아아!!**"

모든 것을 끝내 버리는 이 **진정한『마법』으로──**!!

"그게 네 모두 것을 실은 마법이냐! 하지만, 느려! 그런 미완성에 빈틈투성이인 비장의 카드가 나에게 통할 거라고 생각하지 마──!!"

**당연히**, 예비 동작이 지나치게 큰 그 마법은, 내 양팔과 함께 잘려나갔다.

허무하게, 〈로스트 비 아이시아〉는 실패하고, 흩어졌다. 즉, 내 어리석은 인생은 시조에게 통하지 않은 것이다. 하지만 그 정도는 처음부터 알고 있었기에, 허공으로 나가떨어지는 내 양 팔에는 눈길도 주지 않은 채, 쉬지 않고 돌진했다.

"──어?!"

팔을 잃은 와중에도 앞으로 달려드는 나를 보고, 시조 카나미는 놀라서 오늘 보인 것 중 가장 큰 빈틈을 노출했다. 반면에, 나는 마법이 막힐 것을 처음부터 예측하고 있었기에 망설임 없이 움직일 수 있었다.

세상에 나 자신만큼 믿기 힘든 존재는 없으니, 당연한 일이다.

즉, 지금까지의 나는 모두 다 미끼.

『나무의 이치를 훔치는 자』의 힘. 꾸준히 단련해 온 육체와『체술』.『빛의 이치를 훔치는 자』가 술식을 새겨준 장비. 한계를 넘어선 투쟁심. 인생을 건 진정한『마법』.

모두 다 격파당할 것을 알고 있었기에, 마지막 비장의 카드는 내가 아닌, 외부에 맡겨 두었다. 그것은 바로, 이『비아이시아 성』을 통째로 활용해 새긴 대마법진. 성에서 꿈틀거리는 식물들 그 자체가 문자가 되고, 선을 이루어,『세계봉환진』에도 밀리지 않는『대 시조 봉인마법진』을 그리고 있다. 천 년 전부터, 이 순간을 위해 준비해 왔던 마법진이다——!

"그래요, 저는 시조 카나미를 이길 수 없겠죠! 그래도 이 마법진만은 성립시키고 말겠습니다! 제게는 이 마법을 완성시켜야 할 의무가 있습니다! 당신에게는 이 마법을 받을 의무가 있습니다! 받아라, 배신자!! 북부 모든 백성들의 분노르으으으으으을——!!"

지면에 퍼부은 마력이 비취색 빛을 내뿜었다.

주위의 모든 식물들이 빛을 내뿜고, 빛의 선이 입체적인 마법진을 그려나갔다.

빛나는 천장과 벽을 보고, 시조 카나미의 몸이 경직되었다.

그 마법진에서 벗어날 방법은 없다는 걸 깨달은 것이리라.

지금 빛나고 있는 것은 이 옥좌의 방뿐만이 아니다.『비아이시아 성』에 살고 있는, 1억이 넘는 식물들이 모두 힘을 모아서, 최후의 마법을 발동시키려 하고 있는 것이다.

이것이 바로, 천 년 전에 사도 디프라클라를 웃돌았던 봉인 술식.

——『대 시조 봉인마법진』.

오직 이 술식을 성공시키겠다는 일념으로, 나는 오늘 이 결투에 임했다.

"모든 것은 이 순간을 위한 포석! 우리 모두는, 바로 이곳에서, 이 마법을 성립시키기 위해 살아왔다!! 이 성과 함께——아니, 내가 만든 이 비아이시아 국과 함께 통째로 떨어뜨려 주마!! 아이카와 카나미이이이이!!!"

『대 시조 봉인마법진』이 발동하고, 성이 거인이라는 가짜 모습에서 본래 모습으로 돌아가려 했다.

그 변화는 옥좌의 방에도 현저하게 나타났다.

우선, 옥좌의 방을 지탱하는 기둥 역할을 하던 굵은 나무가 움직였다. 병에 달라붙어 있던 뿌리가, 덩굴이, 넝쿨이, 잎이, 모든 식물들이 시조 카나미를 향해 움직였다.

『드 리피두』처럼 마력을 노리고 움직이는 게 아니다. 지금이 마법진은, 시조 카나미라는 혼만을 대상으로 움직이고 있다.

그렇기에, 이제 무슨 짓을 해도 벗어나는 건 불가능.

모든 식물들이 움직이는 벽처럼 포위해 들어오는 것을 본 시조 카나미는, 곧바로 도망치려 했다. 하지만 죽음을 각오한 내가 온몸으로 달려들어서 그의 발을 묶었다.

팔꿈치 이하의 부분이 잘려나갔지만, 몸속에서 키워 온 나무들의 뿌리를 상처 단면을 통해 내보내서, 카나미의 몸을 옭아맸다. 특히 검을 쥔 팔을 집중적으로 물고 늘어졌다.

"이 자식! 나와 함께 봉인될 작정이냐?!"

"아뇨! 제가 원하는 건 무승부가 아닌 승리입니다! 이 봉인은 나무들에 의한 물리적인 결박과 마법에 의한 혼의 결박! 거기에 마력 및 체력의 영속적 흡인! 그 어떤 존재라도 탈출은 불가능! 다만, 『나무의 이치를 훔치는 자』인 저만은 예외죠!!"

"큭, 이 자식이——!!"

모든 게 계산대로 돌아가고 있다. 지금까지 이어진 일련의 흐름, 상황, 모든 것이 완벽했다.

『이치를 훔치는 자』의 진정한 『마법』만은, 제아무리 시조 카나미라 해도 발동 전에 분쇄해야만 대처할 수 있다. 그리고 그 비장의 카드를 분쇄했다는 시조 카나미의 방심만이, 내가 파고들 수 있는 유일한 빈틈이었다. 그 틈을 완벽하게 찔러서, 마법진을 발동시키는 데 성공한 것이다.

"후, 후홋, 후하하하하하——!! 『빛의 이치를 훔치는 자』의 마력봉인술식에! 『나무의 이치를 훔치는 자』의 결박 수목에! 『물의 이치를 훔치는 자』의 빙결마법까지 더해져 있습니다! 이 3중의 봉인이라면, 아무리 당신이라도오오오오오오——!!"

이제 시조 카나미는 외통수에 몰렸다.

적의 강력함에 마음이 꺾일 뻔한 게 한두 번이 아니었다.

하지만 적이 강하다는 건 처음부터 알고 있었다.

이것이 약자인 내 나름의 전투법이다. 『재상』답게, 사전에 준비를 거듭하고 또 거듭해서, 싸우기 전부터 승부를 결정 짓는 것. 비열한 싸움이라고 욕하려거든 욕하라——!

"끄, 으으, 으으으으윽——!!"

신음하는 시조 카나미의 몸을 주위의 빛나는 식물들이 옭아맸다.

영원히 봉인해 버리기 위해, 수없이 많은 사슬이 되어 휘감고 또 휘감았다.

성에 있는 모든 식물들이 옥좌의 방으로 밀려들어서, 방은 조금씩 비좁고 어두워져 갔다.

"드디어 이 배신자를 처단했다! 지금 이 순간, 드디어 나의『염원』이——!!"

나무들에 둘러싸이고 둘러싸이고 또 둘러싸이면서, 나는 승리를 확신했다. 하지만 이 인생 최고의 순간에, 스스로가 무심코 흘린 말이 내 마음을 찔렀다.

——『염원』?

불현듯 뇌리를 스치는 것이 있었다.

그것은 과거의 광경. 천 년 전, 비아이시아 성에서, 나는 시조 카나미와 함께 웃고 있었다. 막역한 친구처럼 농담을 주고받으면서, 함께 나라를 위해 싸우자고 맹세했다. 하지만 그 친구는 배신해서『로드』를 데리고 떠났고, 나는 홀로 남았다. 원망하지 않을 수 없었다.

이 거짓말쟁이라고, 욕하는 것 말고, 다른 길은

"——, ————!!"

없었으니까…….

방금 그건 뭐지……? 왜지? 머릿속이 뒤죽박죽이다…….

215

무엇보다, 이 감정은 뭐지……?

오랜 세월 동안 꿈꿔 왔던 소원이 이루어지기 직전이건만……, 왜 이렇게 숨 쉬기가 힘든 거지……?

영문을 알 수 없었다. 『염원』이 이루어지는 순간인데도, 쏟아져 나오는 것은 의문뿐이고, 대체 뭐가 어떻게 된 건지

"선새――, ――――!!"

알 수가 없고, 눈앞의 세상이 깜박거리는 것처럼 느껴졌다. 세계가 뒤흔들리고, 시간이 흘러가고, 현실과 허구가 뒤섞여서 『나』를 잃어 가고 있을 때――

"――『선생님』!!!!"

그 목소리가 닿았다.

그것은 며칠 전, 바로 이곳에서 들었던 것과 똑같은 목소리였다.

그리고 당장이라도 나와 시조 카나미를 집어삼키려 하는 식물 고치에 구멍이 뚫렸다.

『나무의 이치를 훔치는 자』이면서도 아무런 재능도 타고나지 못한 나였기에, 그 현상의 원인을 잘 알 수 있었다. 나와는 달리 재능을 타고난 마법사가 나무들을 조작해서, 봉인에 구멍을 낸 것이다.

"나무……, 마법?"

제아무리 시조 카나미라 해도, 본인의 주 속성이 아닌 나무 마법을 이렇게 강력하게 쓸 수는 없을 것이다.

그렇다면 대체 누가……?

그런 내 의문에 대한 해답이, 뚫린 구멍 너머에서 나타났다.

내 눈에 들어온 것은, 빨간 장비와 빨간 머리칼을 가진 소녀.

『재상』이 된 이후로 만나는 일이 부쩍 줄어들었던 『주얼 크루스』였다.

하지만 그녀는 바로, 내가 가장 처음으로 구해준 『주얼 크루스』. 그리고 가장 친했던 『주얼 크루스』이며, 가장 그리움을 느끼는 『주얼 크루스』.

그렇다. 그녀의 모습은, 나에게 있어 너무도 그립게 느껴졌기에——

"루, 루즈……?!"

이름을 기억하지 못하는 일은 없었다.

그리고 그 루즈의 양팔이 빨간 연체동물로 변해 있는 것을 보았다.

그녀는 그렇게 질색하던 『마인화』를 강행함으로써 스스로의 한계를 넘어, 『대 시조 봉인마법진』에 구멍을 내고 여기까지 찾아온 것이다.

자세히 보니 얼굴이 상처투성이였다. 위험한 식물들을 물리치면서, 험난한 길을 걸어온 것이리라. 팔다리는 물론이고, 몸통까지 피투성이가 되어 있었다.

아무리 상대가 최악의 『이치를 훔치는 자』라 해도, 이것은 천 년 전의 신화를 재현하는 결투. 양산된 『주얼 크루스』 가운데 하나에 불과한 그녀가 끼어들었다가는, 맥없이 생명의 등불이 꺼지기 마련이다.

　──그런데도, 그녀는 찾아왔다.

　밖에는 히타키 님의 빙결마법이 전개되어 있을 터였다.

　루즈의 몸으로는 도저히 버텨낼 수 없는 마법이었을 텐데, 도망치지 않은 건가?

　빙결마법에 시달리면서도, 움직이는 『비아이시아 성』에 구멍을 내고 쳐들어온 건가?

　마력을 빨아들이고, 광물을 쪼아 먹고, 인육을 뜯어먹는 식물들 속을 돌진해 온 건가?

　"루즈, 왜 여기 있는 겁니까?! 여기는 당신이 올 곳이 아닙니다──!!"

　그녀의 처참한 몰골을 보니, 싸늘한 불안감이 등줄기를 타고 흘렀다.

　지금 당장 도망치라고 말을 이으려 했지만, 루즈의 목소리가 내 말을 차단했다.

　"──**갈 수밖에 없잖아!** 선생님의 몰골을 눈 뜨고 볼 수가 없는걸! 선생님, 자기 표정을 좀 봐! 당장이라도 울 것 같은 그 얼굴! 염원이 이루어질 때면 좀 더 기쁜 표정을 보이는 게 정상 아냐?! 『미련』은 웃으면서 해소하는 거 아냐?! 웃으면서 다 함께 『낙원』에 가야 하는 거 아냐?! 나는 선생님한테 그렇게 들었는걸! 다른 건 다 필요 없으니까, 그 약속만은 꼭 지키란 말이야! 선생님!!"

　"나, 『낙원』……? 아니, 지금은 그럴 때가──."

그렇게 말귀를 잘 알아듣던 루즈의 노성에, 나는 움츠러들고, 당황하고, 혼란에 빠졌다.

당연한 일이지만, 모든 것이 느슨해졌다.

그리고 나의 결투 상대는, 그 틈을 놓칠 만큼 허술하지 않았다.

**이렇게 될 줄 알고 있었던 것처럼**, 시조 카나미는 주저 없이, 느슨해진 결박을 뿌리치고, 자유를 되찾은 오른손으로 검을 휘둘러서, 엉겨 붙는 식물들을 찢어발겼다.

"아이드! 이 순간, 이 장소, 이 거리를 선택한 건 나 역시 마찬가지야!!"

결박에서 벗어난 시조 카나미는, 빈손인 왼손에 마력을 집중시키고, 도망치기는커녕 나를 향해 다가왔다. 그리고 무방비상태가 된 내 몸을 향해, 마력을 가득 담은 왼손을 뻗으려 했다.

그 의미를, 나는 알고 있었다.

그 마법에 뚫리면, 혼을 직접 공격당한다.

방어 따위는 불가능하니, 패배를 피할 수 없다. 그 공격만은 절대로 얻어맞으면 안 된다.

"이제 끝이다아아아아!!"

"아직 아닙니다!! 아직 제가 더 빠릅니다! 당장 봉인을──."

『대 시조 봉인마법진』은 이미 구축이 끝난 마법이다.

당장 시조 카나미를 재봉인할 생각에, 눈앞에 있는 적을 노려보았고── 서로의 시선이 교차했다. 그렇게 검은 눈동자와 하얀 눈동자가 마주쳤고, 나는 보고 말았다.

——시조 카나미의 눈동자에 비친 나의 표정을 보고 만 것이다.

그와 동시에 머릿속에는, "눈 뜨고 볼 수 없다"던 루즈의 목소리가 반복적으로 울려 퍼졌다. 시조 카나미도 그런 말을 했었다. 그런 의미에서, 나는 깨달았다. 기어이 깨닫고 말았다.

"——어?"

나도 모르게 목소리가 흘러나왔다.

한창 전투가 벌어지는 와중에, 1초의 찰나를 다투는 가운데, 넋을 잃었다.

내 표정은 그 정도로 처참했다.

숨을 쉬기도 힘든 듯 이를 악물고, 그 눈매에는——

"대체, 왜…….."

눈물이 흐르고 있었다.

내가 왜 울고 있는 거지?

지금은 염원이 이루어지려는 순간이다. 숙적 시조 카나미에게 승리를 거두고, 스스로가 『재상』이라는 것을 증명하게 되니, 이보다 더 기쁜 일은 없을 터였다. 드디어 뱃속 깊은 곳으로부터 웃을 수 있는 상황을 맞이했는데, 왜 이렇게도 입술을 악물고, 숨을 멈추고, 얼굴을 일그러뜨리고, 울면서 싸우고 있는 거지?

『재상』은 근사한 것 아니었던가?

살아갈 가치가 있고, 의미가 있고, 안심할 수 있게 된 것 아니었던가?

——이건 마치, 그때 그 시절 같잖아.


학대당하던 『마인』일 뿐만이 아니라, 노예로서도 낙제였던 시절.

가까스로 지옥에서 도망쳐서, 난생처음 보는 낯선 세계로 뛰쳐나가서, 홀로 『낙원』을 향해 걷던 『이름도 없는 아이』가, 여기에 있었다.

나락의 밑바닥에 빠져 울면서 끝없이 방황하던 어린 드리어드.

그 아이가, 이런 곳에서, **아직 울고 있다**.

기나긴 시간 동안 끝없이 울면서, 눈을 감고 『무언가』를 찾아 헤매고 있다.

그건 대체 왜……? 왜냐……?!

"아, 아아……. 대체 왜, 아아……, 대, 대체, 왜애애애애애, 애애애……!!"

나는 언제부터 이런 곳에서 소중한 것을 찾고 있었던 거지?

어디에 떨어뜨렸고, 어디에서 왔고, 언제까지 찾고 있는 거지?

"아아, 대체 왜……. 왜 이렇게……, 이런 지경에……."

왜 이런 지경에 빠진 것인가.

그 의문에 대한 해답은, 이미 잘 알고 있었다.

방금 전에 지적당한 것이다.

그『미련』을 외면했기에, 나는 한 발짝도 앞으로 나아가지 못했다.

그것은 정말 작은 망설임이었다.

하지만 나는 분명, 마법으로부터 애써 의식을 외면해 왔다.

"아, 아아, 아아아……."

넋을 잃고 탄식하고만 있는 나.

그 틈을 놓치지 않고, 시조 카나미가 손을 뻗었다.

울먹이는 미아의 목덜미를 끌고 가듯, 그 손을 내 가슴 속에 집어넣었다.

"아이드으으으으――!!"

시조 카나미는 고함을 지르며, 그 사기적인 마법으로 **나의 혼을 틀었다.**

아니, 정확히 말하자면 오랜 시간 동안 틀어져 있던 인생을 원래 자리로 되돌렸다.

그리고 몸에서 마력을 생성할 수 없게 되었다. 뿐만 아니라, 발동 중이었던 『대 시조 봉인마법진』이 해제되었다. 주위의 식물들에 마력을 줄 수 없게 되고, 우리를 둘러싸고 있던 식물 덩굴들이 시들고, 쓰러진다. 착용하고 있던 목제 장비도, 그저 무겁기만 한 나무 조각으로 전락했다.

『하프 몬스터』로 변했던 몸도 원래 상태로 돌아왔다. 경질화되었던 피부는 부드러워지고, 나뭇가지는 밑동부터 부러지고, 잎은 떨어졌다. 동시에, 나는 뒤로 자빠졌다.

옥좌의 방 바닥에 등으로 떨어져서, 큰 대자로 누워 꼼짝도 할 수 없었다.

싸움을 계속하기 위해 어떻게든 일어서 보려고 애썼다. 하지만 이미 체력도 마력도 바닥난 상태였나. 모든 것을 쏟아낸 탓인지, 일어설 수조차 없었다.

지금 내가 할 수 있는 것은, 목구멍을 움직여서 현실을 인정하는 것뿐.

"패, 패배……?『재상』인 제가……, 패배한 겁니까?"

두말할 여지조차 없는 패배였다.

나는 그 사실을 냉정하게 분석할 수 있었다.

결투의 마지막 순간에, 나는 집중력을 잃었다.

하지만 시조 카나미는 마지막 순간까지 집중하고 있었다.

눈을 돌리지 않고, 결투 상대인 나와 싸움을 계속했다.

그 차이였다.

그 결과, 시조 카나미는 지금 꼿꼿이 서 있고, 나는 눈물범벅이 된 얼굴로 쓰러져 있다. 이것이 패배가 아니라면, 무엇을 두고 패배라 하겠는가.

——이제, 두 말의 여지조차 없이『증명』되었다.

나는『재상』이 아니다. 그 이전에, 재상이 무엇인지조차 모르는 어린아이. 그저 쓰러져 있을 뿐인 어린아이였다.

사실은 처음부터 알고 있었던 해답이었다. 하지만 그 사실이『증명』될 때까지는, 도무지 믿고 싶지 않았다. 오히려, 누나를 괴롭히던『나』같은 건 없었다고『증명』하려 들었다.

그 투정의 결과가 이 몰골이었다.

나는 큰 대자로 뻗은 채,『대 시조 봉인마법진』때문에 뻥 뚫려 버린 천장을 올려다보았다. 눈물 때문에 시야가 흐려져서, 파란 하늘과 하얀 구름이 번져 보였다.

눈을 찌르는 것 같은 태양광 때문에, 당장이라도 눈꺼풀을 닫고 싶었다.

하지만 나는 계속 하늘을 우러러보았다.

눈부셔서 눈물을 흘리면서도, 시야를 가득 채운 새하얀 빛을 계속 응시했다.

눈부시다.

어린 시절부터 줄곧, 이 옥좌의 방을 비추는 빛을 향해 달려 왔다.

눈이 아리도록 찬란한 이 빛을 쫓아, 오랜 세월 애써 왔다.

"아아, 패배……. 저의, 패배군요……."

하지만 지금 나는 아무도 아니게 되었으며, 오늘까지 살아온 인생은 모두 무의미해졌다.

내가『이름도 없는 아이』였다는 것을 인정하고, 천 년 동안 참아 왔던 눈물을 이 옥좌의 방에 흘렸다. 그것이『재상』인 양 굴던 아이가 몸 바쳤던 싸움의 종말이었다.

눈물을 흘리다 보니, 조금씩 마음이 진정되어 갔다.

주위를 둘러보니, 멀찍이 떨어진 곳에 숨을 몰아쉬는 카나미가 서 있었고, 내 옆에는 눈물이 그렁그렁한 얼굴의 루즈가 있었다.

결투의 마지막 순간까지, 나는 루즈의 존재를 알아채지 못했다.

나는 『나무의 이치를 훔치는 자』로서, 이 『비아이시아 성』을 파악하는 능력을 갖고 있다. 그럼에도 마지막까지 알아채지 못한 것이다.

그 의미는 이미 알고 있다.

루즈가 나를 걱정하는 모습을 보았으면서도, 못 본 척해 왔다.

천 년 전, 항상 알고 있었으면서도 모른 척하려 했던 것과 마찬가지였다.

자신이 많은 것들을 외면해 가면서 결투를 벌였다는 것을, 결투가 끝난 뒤에야 깨달았다.

항상 그래 왔던 탓에……, 언제나 중요한 순간에 중요한 것을 놓치고 마는 것이다…….

정면승부에서 변명의 여지가 없는 패배를 당한 탓인지, 이상하리만치 온화한 기분이었다.

결투 상대에게 나의 추태에 대해 물어볼 여유까지 있었다.

"시조 카나미……. 제가 언제부터 울고 있었던 겁니까……?"

이 상황에서 내가 말을 걸 거라고는 예상하지 못했던 것이리라.

시조 카나미는 놀라면서도 솔직하게 대답해 주었다.

"싸우기 시작하면서, 조금씩 울기 시작했어."

"그랬군요……. 그나저나, 참 많이 강해지셨군요, 시조 카나미. 무엇보다, 마음이 굳세지셨습니다. 적을 걱정하느라 얼굴을 찌푸리고, 망설였다가 후회하고, 마지못해 싸우던 옛날과는 한참 달라지셨습니다."

과거를 회상하면서, 나는 승자를 칭찬했다.

그러고 싶은 기분이었다.

"조금의 망설임도 보이지 않더군요. 참 훌륭한 싸움이었습니다."

"그래. 이제 망설이지 않고, 내가 해야 할 일을 해야만 한다는 걸 깨달았으니까. 그래서 하나씩 차근차근, 후회가 남지 않도록 노력하고 있어."

"하지만 살다 보면 그러기도 쉽지 않은 법이에요. 아아, 역시 강하다는 건 비겁하네요……. 약한 인간에게는 불가능한 일을 그렇게 쉽게 해내다니 말이죠."

시조 카나미는 당연한 일이라는 듯이 말했지만, 그게 그렇게 쉽게 할 수 있는 일이라면 천 년 전에 그렇게 많은 사람이 슬퍼할 일도 없었을 것이다. 나는 쓴웃음을 지으며 그 발언에 고개를 가로저을 수밖에 없었다.

그런 내 반응이 불만스러웠는지, 시조 카나미는 살짝 울컥한 기색으로 대꾸했다.

"내 생각에도 내가 강해진 것 같기는 해. 하지만 처음부터 강했던 건 아냐. 지금까지 수도 없이 실수하고, 수도 없이 패배하고, 수도 없이 좌절했어. 진부한 소리일지도 모르지만, 진정으로 강하다는 건 한 번도 쓰러지지 않는 게 아니라, 몇 번을 쓰러져도 다시 일어날 수 있는 힘이라고 생각해."

"제가 그런 유치한 말장난에 넘어갈 것 같습니까? 세계는 불공평합니다. 강한 자는 한 번도 쓰러지지 않고, 죽을 때까지 승리만 거듭하죠. 다 그런 겁니다. 지금만 해도, 저는 더 이상 일어날 수 없는 지경이고, 당신에게는 생채기 하나도 없죠."

압도적인 재능에 의해 패배한 나로서는, 도저히 받아들일 수 없는 말이었다.

시조 카나미 스스로도, 이번 싸움에 있어서 타고난 재능의 차이가 있다는 건 알고 있는 것 같았다. 아무런 대꾸도 못 하고, 약간 입이 삐로통해졌다. 하지만 그 빠른 두뇌 회전으로 이내 반론을 생각해 낸 모양이었다. 쓰러진 채 의기양양해 하고 있는 나를 향해 말을 건넸다.

"이봐, 아이드. 네가 그렇게 강하다고 믿어 의심치 않는 티티는 한 번도 쓰러지지 않았어?"

그것은 나의 근본을 파고드는 질문이었다.

그 난제 앞에서 쩔쩔매는 나를 향해, 그는 또 하나의 질문을 던졌다.

"네 말대로, 티티의『남동생』은 약했을지도 모르지. 하지만, 지금도 그럴까?"

좀처럼 대답이 나오지 않았다.

그리고 떨떠름한 표정의 나를 보며, 시조 카나미는 미소 띤 얼굴로 탄식했다. 이어서 발걸음을 돌리고, 시든 나무들로 가득한 옥좌의 방에서 빈틈을 찾아내더니, 밖으로 나가려 했다.

"시조 카나미, 어디 가려는 거죠?"

"결투는 이제 끝났어. 나는 밖으로 나갈 거야."

등을 돌린 채 대답했다. 나와는 달리, 그의 대답은 거침이 없었다.

"나는, 하나뿐인 내 가족을⋯⋯, 여동생을 외톨이로 두진 않아."

그것은, 이제부터 밖에 있는 『로드』를 쓰러뜨리러 가겠다는 선언이나 마찬가지였다.

"아이드, 너는 어떻게 할 거지?"

이어서 적인 나에게 물었다.

나를 바라보는 그 눈은, 어째선지 신뢰감으로 가득했다.

"저를 이대로 두면⋯⋯. 회복한 뒤에 그 등을 덮칠지도 모릅니다만?"

"너는 그런 짓 안 해. ⋯⋯이제 너는 더 이상 『재상』이 아냐. 이 결투는 그 『증명』을 위한 거였잖아?"

"하, 하아?"

요 며칠 동안 한 번도 생각한 적이 없었던 말을 언급하는 바람에, 나는 나답지 않은 목소리를 내고 말았다.

방금 그 결투가, 내가 『재상』이 아니라는 걸 증명하기 위한 것이었다고……?

과대평가도 이런 과대평가가 없었다. 나는 어린아이 같은 질투와 나 자신의 안위를 위해, 시조 카나미에게 패배를 안겨주려고 버둥거렸던 것뿐이다.

"무슨 말도 안 되는 소리를……."

하지만 시조 카나미에게 그런 말을 듣고 나니, 정말 그런 것 같다는 생각이 드는 것도 사실이었다.

시선을 외면하는 나를 향해, 시조 카나미는 말을 남겼다.

"아이드, 여기 오는 동안, 네가 남긴 것들을 보고 왔어. 그러니까 너에 대해서도 알고 있어."

나 자신은 알리고 싶지 않다고 그렇게 절규했었건만, 시조 카나미는 별것도 아니라는 듯 다 안다고 말했다. 그런 승자의 여유에 황당해하면서도, 한편으로는 감회가 밀려왔다.

"티티도 얘기했었어. 분명 네 안에도, 할아버지와 할머니의 마음이 계승되어 있을 거라고."

"할아버지와……, 할머니……?"

그 말을 들은 순간, 머릿속이 약간……, 새하얗게 변했다.

단어 자체는 알고 있었다. 조부와 조모를 가리키는 말이다.

다시 말해, 가족. 나에게는 없지만, 다른 이들은 누구나 갖고 있는 가족.

……아니, 나에게는 없다고? 그랬었나? 분명히 나에게도——

"아, 아앗, 또 이러잖아! 선생님! 정신 좀 차려 봐, 선생님──!!"

나의 조부모를 떠올린 순간, 옆에 있던 루즈가 당황한 기색으로 내 어깨에 손을 얹고 살짝 흔들었다. 어깨에 올린 그 손을 보니, 새하얗게 바랬던 머릿속에, 그리운 사람의 모습이 보이기 시작했다.

아아, 그랬다. 그 사람의 손도 이렇게 붉고, 그리고──

"뒷일은 루즈에게 맡길게. 이번에 나는 적 역할이었던 것 같으니까──."

루즈를 쳐다보는 나를 보고, 시조 카나미는 안도한 듯 웃었다.

그리고 시조 카나미는 옥좌의 방을 떠나 자취를 감추었다.

"카, 카나미 님! 잠깐만──!!"

나는 황급히 제지하려 했지만, 더 이상은 아무런 대답도 돌아오지 않았다.

이렇게, 비아이시아 성 옥좌의 방에는 나와 루즈만이 남겨지게 되었다.

시조 카나미가 없으니 정말 고요하기 그지없었다.

나와 루즈의 숨소리만이 들려왔다.

아까 시조 카나미도 물었었지만, 이제 나는 어떻게 해야 하는 걸까?

인생의 전부를 건 결투에 패배했고, 몸은 당장이라도 소멸할 것 같은 상태다.

할 수 있는 일은 그리 많지 않다.

그럼에도 시조 카나미는, 어딘가 기대 섞인 눈초리로 나를 쳐다보고 있었다.

신뢰감이 담긴 "알아"라는 한 마디로 모든 것을 마무리해 버렸다.

내 안에 할아버지와 할머니의 마음이 계승되고 있다는 말도 했다.

하지만 아무리 과거의 기억을 뒤져 봐도, 그런 가족은 떠오르지 않았다.

머릿속에 떠오르는 것은, 북부를 함께 지키기로 맹세했던 동료들의 경멸 어린 목소리.

그리고 아무것도 하지 못하던 내 모습.

살아있는 느낌이 전혀 없는 인생이었다.

평생 안식처만 찾아 헤매던 인생이었다.

결국, 무엇 하나 찾지 못한 인생이었다.

괴로웠다…… 아니, 지금도 괴롭다…….

호흡은 점점 가냘파져 가서, 숨이 멎을 것만 같았다.

아니, 이제 상관없지만…….

나는 졌다. 오늘까지 살아온 인생은 가치를 잃었고, 살아갈 의미도 잃었다.

그러니 그냥 이대로 숨이 멎어도 상관없다. 죽어도 상관없다.

이제 편해질 수 있다. 그렇게 생각했을 때,

"──선생님! 정신 차려, 선생님!!"

루즈가 내 손을 꼭 움켜쥐고, 다시 그 단어를 되풀이했다.

"서, 선생님……?"

"응. 선생님은 우리의 선생님이에요. 그걸 잊지 말아요. 제발 부탁이에요……."

"아니──."

반사적으로 "그건 틀렸어. 나는 『재상』이다"라고 대답하려 했지만, 몸도 제대로 일으키지 못하는 나 자신을 돌아보고, 그 말을 되삼켰다.

"괜찮아. 선생님은 우리의 자랑스러운 선생님이니까. 누나를 잃더라도, 『재상』이 아니더라도, 그 점만은 변하지 않아──."

루즈는 내 손을 잡은 손에 한층 더 힘을 주었다.

그리고 『주얼 크루스』들이 항상 입을 모아 했던 말을 되풀이했다.

"1년 전, 선생님은 연구원에서 나를 구해줬어. 우리 가족들도 모두 구해줬어. 약한 우리의 몸을 열심히 고쳐 주고, 살아갈 수 있는 터전까지 마련해 줬어! 선생님이 있었던 덕분에, 『주얼 크루스』들이 비아이시아 주민들에게 환영받을 수 있었어! 선생님이 없었더라면, 우리는 안식처를 찾지 못한 채, 벌써 한참 전에 개죽음을 당했을 거야. 자신들의 이름도 모른 채 죽었을 거야! 그러니까 모두 감사히 여기고 있어! 선생님이 있어서 정말 다행이라고 말야!!"

루즈는 절박하게 목소리를 쥐어짜 가며 호소했다. 하지만 매정하게도, 그 필사적인 표정을 본 내 머릿속에 가장 먼저 떠오른 것은 "왜 지금 그녀가 여기에 있는 거지?"라는 의문이었다.

그녀의 얘기에 따르면, 1년 전에 내가 『주얼 크루스』들을 구해주었다고 한다.

애초에 나는 왜 그녀들을 구해준 거지?

인재가 필요했던 거라면, 굳이 처음부터 키우지 말고, 완성된 인재를 다른 곳에서 포섭하면 그만이었다. 실제로도 나는 남부로부터 많은 인재를 빼돌리기도 했다. 그렇건만, 존재 자체가 성가시고, 단명하고, 불안정한 그녀들을 끌어들인 건 왜였을까?

『주얼 크루스』는 나와는 아무런 관계도 없는 존재다. 그들은 천 년 전의 『남연맹』이 낳은 부채일 뿐, 『북연맹』 소속인 우리와는 아무런 인연도 없었다.

──그런데 대체 왜?

연신 "왜?"를 되풀이하다가, 문득 시선을 움직여 보았다.

아플 정도로 꽉 붙잡혀 있는 팔 쪽으로 눈길을 돌렸다. 나뭇가지가 섞인 드리어드의 손을, 루즈의 변형된 손이 붙잡고 있는 모습이 보였다.

나와 마찬가지로 상처투성이였다. 게다가 『마인화』에 의해 빨갛게 변색되고, 연체동물처럼 부드러워져 있었다.

──참으로 그리운 손이었다.

"그, 그리운 손……?"

그렇다. 아주 오랜 옛날, 이렇게 내 손을 잡고, 광기에 빠져 가고 있던 나를 되돌려 준 사람이 있었다.

다만, 아득히 오래된 그 기억은 정말 새하얗게 바래 버려서, 그 사람의 얼굴조차 제대로 떠오르지 않았다.

하지만 분명히 있었던 건 사실이었다. 여기 있는 루즈가 연구원에서 도망쳤을 때처럼, 『이름도 없는 아이』였던 내가 이름도 안식처도 없이 방황하던 때, 그 사람이 내 손을 잡아 준 것이다.

그 시절, 나는 철이 들었을 때부터 이미 노예였다. 아니, 당시 남부에서 『수인』의 존재는 금기시되고 있었으니, 노예이하의 존재였다고 표현하는 게 옳을 것이다. 그리고 몸이 약했던 나는 혹사당한 끝에, 쓰레기 더미에 버려지는 신세가 되었다. 그 후, 살아남기 위해 쓰레기 더미에서 기어나와서, 도망치듯 북쪽을 향해 걷기 시작했던 기억이 남아 있다.

걷고 걷고 걷고 또 걸어서……, 나는 어떻게 살아남았었지?

혼자서 살아남았을 리는 없다. 그 도주의 끝에 누군가의 도움을 받았을 것이다.

그 누군가가 바로, 아까 시조 카나미가 얘기한──

"할아버지와……, 할머니……?"

자신은 없지만, 할아버지 할머니와 만난 건 사실이었을 것이다.

도망친 곳에서 어느 소녀의 권유를 받아, 맞배지붕 집에 도착하고, 침대를 얻어 썼다. 노부부는 그 침대에 누워있던 자신의 손을 잡고, 격려해 주었다. 이제 걱정할 것 없다고, 이제 무서운 건 없다고, 내게 말해 주었다.

지금의 루즈처럼, 손을 잡고 격려해 준 것이다. 그런 다음, 잠시 기절했던 나를 위해 데워 온 수프를 가져오며, 할아버지는 말했다.

『――애야. 티티의『남동생』이 되어 주지 않으련――? 우리는 둘 다 노인네들이야. 영원토록 함께 살 수는 없어. 그러니 비슷한 또래인 네가 티티 곁에 있어 주면 마음이 놓이겠구나』

이름도 없는 노예 이하의 존재였던 나에게, 그런 다정한 제안을 해 주었다.

『부디 우리의 가족이 되어 주었으면 좋겠구나. 티티의『남동생』으로 살아 줬으면 좋겠어. 안 되겠느냐?』

그 말에, 나는 대답했다.

『아……, 네. 저를 구해주신 은혜를 갚을 수 있도록, 기꺼이 누님의『남동생』이 될게요. 여러분을 지켜드리겠다고, 이 혼을 걸고 맹세할게요』

그렇게 대답했다.

그래……. 나는 분명히 그렇게 대답했다…….

『으음, 그렇게 딱딱하게 굴 것 없어. 너는 티티보다 더 고지식한 녀석이구나. 하지만, 생각해 보면 내 말부터가 너무 딱딱하긴 했어. ……그렇게 거창한 맹세 같은 건 없어도 된다. 아마, 티티는 앞으로의 인생을 티티답게 살아가겠지. 그러니 너도 그 곁에서 너답게 살아 주거라. 곁에 있어 주기만 하면 돼』

『저도 저답게, 곁에……?』

『그래, 그거면 충분하다』

그 말에, 나는 다시 대답했다.

그날, 어린 내가, 내 의지로 맹세했다.

『네. 할아버지, 할머니……. 저는 반드시, 항상 누님 곁에 함께하겠습니다』

다시 눈물이 번졌다.

슬퍼서가 아니다. 고통도 이제 없다.

단지, 그리워서, 눈부셔서, 사랑스러워서, 미간 안쪽으로부터 눈물이 샘솟는 것이다.

기억해 내야 할 말은 아직 더 남아있다. 소중한 사람은 할아버지와 할머니만이 아니었다.

그 뒤에, 나는 어디에나 흔히 있는 평범한『마인』소녀에게서 소중한 것을 받았었다.

『──왜 따라오는 게냐? 이건 내 일이야. 따라오지 마라!』

뿌로통한 표정의 하피(반조인, 半鳥人) 혼혈 소녀는, 묘한 말투로 말하며 어깨를 부르르 떨었다.

『그, 그렇지만, 할아버지와 할머니가 따라가라고 하셔서……』

이 소녀 곁에 있는 게 내 역할이라는 얘기를 들은 이상,
곁에서 떨어질 수는 없었다.

겁에 질리면서도, 나는 끈기 있게 소녀 뒤를 따라 걸었다.

하지만 머지않아 나는 사명감 때문이 아닌, 나 자신의 의
지에 따라 그녀 곁에 있기를 원하게 되었다. 그리 오래지 않
아 친해지고, 이후 천 년 넘게 사용할 이름을 받게 되었다.

『——그럼, 네 이름은 『아이드』! 『아이드』다! 좋은 이름이
지 않으냐?!』

『아, 『아이드』……? 왜 제 이름이 『아이드』인가요……?』

『으음, 저기……, 『아이드』는 여기 있는 동물들의 선배 중
의 하나였다. 얼마 전에 늙어서 죽고 말았는데, 혹시 괜찮다
면 네게 그 이름을 물려주고 싶어서 그런 거였다만…….』

『여기 있는 동물들의 선배였다고요? 그 『아이드』는 어떤
동물이었나요……?』

딱히 동물의 이름이라고 해서 불만을 느끼지는 않았다.

다만, 그 이름이 의미하는 것이 무엇인지 궁금했다.

그도 그럴 것이, 처음으로 얻는 이름이었으니까…….

『어떤 동물이었냐고?』

『네. 누님에게 있어서 어떤 존재였는지, 그 점을 알고 싶
어요.』

『『아이드』는 내가 여기 처음 온 1년 전부터……, 매일같이
함께 놀던 친구였다. 그리고 이 『로드』의 첫째가는 신하이
기도 했지. 처음으로 협력자의 수준을 넘어 『마인』인 나를

따라 준 녀석이었어······』

『친구이자 첫째가는 신하······』

『그렇다.『여기』서『흉내 놀이』를 시작했을 때, 어리던 나의 든든한 아군이 되어 주었지······. 그리고 죽을 때까지 줄곧 내 곁에 있어 주었어······』

『죽을 때까지······.『아이드』······. 나쁘지 않네요. 아니, 아주 멋있어요』

죽는 순간까지 항상 소녀 곁에 있었던 충신『아이드』.

어린 마음에 멋지다고 느꼈다. 동시에, 그『아이드』처럼 되고 싶었다.

재능은 넘치지만 위태로운 이 소녀를, 언제까지나 곁에서 지켜주기 위해.

"──아뇨, 제가『재상』을 하겠어요! 하고 싶어요!!"

스스로의 의지로 지원했다.

그건 분명히,『나』라 할 수 있는 나였다.

"아아······, 그랬었죠······."

의식이 비아이시아 성 옥좌의 방으로 돌아왔다. 그리고 아직 문어『마인』에게 손을 맡긴 채 격려 받고 있는『나』를 새삼 바라보았다.

내가『재상』이 되고자 했던 이유는,『남동생』으로서 곁에 있고 싶었기 때문이었다.

『남동생』임을 부정하기 위한 것이 결코 아니었다. 노예 이하의 존재로 돌아가는 게 두려워서, 이렇게 소중한 초심을 잊고 있었다니…….

"나는 대체, 어찌 그리 어리석은 짓을……."

그렇게 중얼거리지 않을 수 없었다.

그리고 내 손을 부여잡은 루즈를 보고 모든 해답을 이해했다. 나는 그동안, 『이치를 훔치는 자』가 되기 위해 맺은 『계약』의 『대가』로, 『나』를 전부 팔아치운 거라고 생각했었다. 이제 내게 남은 건 『재상』과 『이치를 훔치는 자』의 힘뿐이라고 생각했었다. 하지만 그렇지 않았다. 힘을 얻는 대가로 많은 것을 잃은 건 사실이었다. 하지만 우리 남매가 할머니 할아버지에게서 물려받은 마음만은 항상 남아있었다.

사도 레거시와 맺은 『이치를 훔치는 자』의 『계약』은 원래 그런 것이었다. 그때의 기대는 그런 의미였던 것이다.

그렇기에, 1년 전에 연구원에서 도망쳐 온 『주얼 크루스』루즈 일행을 보았을 때, 그녀들을 구하고 싶다는 생각이 들었다. 천 년 후의 세계에서 학대받는 『주얼 크루스』들은, 천년 전에 학대받던 『마인』들의 모습 그대로였기에, 나는 그녀들에게 말했었다.

할아버지와 할머니에게 받은 은혜를 갚듯이.

『──그 작은 몸으로, 용케도 연구원에서 도망치셨네요. 하지만 이제 안심하셔도 좋습니다. 여러분을 괴롭히는 인간들은 사라졌으니까──』

이렇게 따라 한 것은,

『그 작은 몸으로 용케도 북쪽 변경까지 도착했구나…….

이제 안심해도 좋아. 여기에는 너를 위협할 인간은 아무도 없으니까……』

라고, 할아버지, 할머니가 나와 티티 누님에게 얘기해 준 적이 있었기 때문.

『──『마석인간』이라는 건 상관없습니다. 자신들의 가족은 스스로 결정해도 됩니다. 참고로, 저의 법에 따르면 여기 있는 모두가 한 가족이라고 생각해요──』

그렇게 받아들인 것은,

『혈연관계 같은 건 상관없어. 우리는 우리의 법에 따라 가족을 정한다. 그 법에 따르면 너는 이미── 우리의 가족인 게야』

라는 말과 함께 받아들여진 적이 있었기 때문.

『──절대 포기하지 마세요. 다 함께 웃으며 『낙원』으로 가는 겁니다』

마지막으로, 루즈 일행에게 그렇게 권했었다. 할아버지 할머니가 있었다면 이렇게 권할 것을 알고 있었기에, 나는 온 힘을 다해 『주얼 크루스』들을 구했다. 즉, 아무리 기억을 빼앗겨도, 그 마음만은 누구에게도 빼앗기지 않았던 것이다.

스스로가 이렇게 평범하면서도 훌륭한 것을 물려받았다는 사실을 깨닫고, 나는 후회했다.

"아, 아아……. 죄송합니다, 할아버지, 할머니……. 저는 정말 못난 자식이고, 못난 『남동생』입니다. 아니, 못난 『남동생』조차 되지 못했습니다……!"

할아버지 할머니와 한 약속을 지키지 못한 자신의 모자람을 참회했다.

"두 분에게서 정말로 훌륭한 가르침을 받았으면서도, 저는 그 은혜를 갚지 못했습니다……. 티티 누님을 익톨로 만들었습니다……! 아득하게 오랜 시간 동안, 곁에 있으면서도 곁에 있지 않았습니다……! 길을 잘못 들고, 자기 자신을 잃고,『남동생』이 아닌『재상』이 되어 버렸습니다……!!"

재능이 없다고 한탄할 이유 따위는 없었다.

그 훌륭한 양부모님 덕분에, 나는 자랑할 만한 마음을 손에 넣은 것이다.

그 훌륭한 누나 덕분에, 자랑할 만한 이름을 갖게 된 것이다.

"모든 걸 다 잘못 생각했었습니다……. 아주 오랜 시간 동안 잘못 생각해 왔습니다……. 하지만 그 사실을 인정하기 싫었던 거죠. 그래서 이 지경이 된 겁니다……."

자조하면서, 내 인상을 되돌아보았다.

『대가』때문에, 누나와 함께했던 세월은 이제 기억할 수 없었다. 하지만 그 새하얀 곳에서 소중한 것을 맹세했다는 것만은 알 수 있었다. 맞배지붕 집 옆에 있는『피에리스 아이시아』나무 아래서, 나는 아주 소중한 다짐을 했었다.

나는 무엇을 다짐했었지? 무엇을 생각하고, 무엇을 꿈꾸고, 무엇을 원한다고 말했었지?

무엇을 위해 강해지고 싶다고 생각했지?

일국의 『재상』이 될 수 있을 거라고 진심으로 믿었던가?

아니다.

나는 『재상』으로서 강해지고 싶었던 게 아니다.

그저, 누님의 『남동생』으로서 강해지고 싶었다.

깜깜한 어둠 속에서 길을 잃더라도, 내게 길을 가르쳐줄 거라 생각했던 빛.

진정한 『나』.

"하, 하핫……. 하하하하하."

나는 웃었다. 드디어 정답에 다다른 것에 대한 후련함도 있었지만, 대부분은 나 자신의 한심함에 대한 실소였다.

눈물을 흘리고, 어깨를 들썩이고, 가슴 깊은 곳에서 우러나온 웃음을 터뜨렸다.

그런 나를 보고, 곁에 있던 루즈가 걱정 어린 표정으로 외쳤다.

"서, 선생님……!"

그녀의 목소리 덕분에, 나는 지금이 웃고 있을 때가 아니라는 걸 깨달았다.

소중한 것을 가르쳐준 루즈에게 감사하면서, 조금 전까지는 꿈쩍도 할 수 없었던 몸에 힘을 주었다. 근육과 신경이 짓이겨지고, 절단돼서, 뜻대로 움직여 주지를 않았다. 하지만 개의치 않고 우격다짐으로 몸을 일으키려 했다.

그런 내 생각을 알아챈 루즈는, 붙잡은 손으로 나를 끌어올리려 했다.

나는 제자의 힘을 빌려서 비틀거리며 일어섰다.

"네, 저는『선생님』입니다……. 선생님은 이제 괜찮아요. 방금은, 그저 당신의 조상님에게 감사를 표하고 있었던 것뿐이었습니다."

더 이상 걱정을 끼치기 싫어서, 결투 패배 후라고는 생각할 수 없을 만큼 가벼운 웃음까지 지어 보였다. 당연하지만, 루즈는 그런 나의 변화에 당황했다.

"네……? 제 조상님……?"

"다시 말해, 가족이죠."

"조, 조상님이 아니라 지금을 보셔야죠, 선생님! 선생님의 가족은 여기 있잖아요! 이 루즈가 선생님의 가족이니까!"

아직도 과거에 사로잡혀 있는 거라고 생각했는지, 루즈는 손을 움켜쥔 채 외쳤다.

"네, 맞아요. 저는『재상』이 아니라, 그렇게 염원했던『선생님』이 됐습니다. 지난날의 할아버지 할머니 같은『어른』이 된 거죠. 그거면 충분합니다."

여전히 기억은 구멍이 나 있는 상태였지만, 그래도 이제나 자신에 대해 똑똑히 알 수 있다.

──괜찮아, **나는 강하니까**.

한탄하고, 투덜거리고, 분풀이할 필요 따위는 없었다.

그렇게 존경하던 할아버지 할머니와 같은 마음의 힘을, 예전부터 갖고 있었으니까.

"그래요, 이제야 깨달았습니다. 지금 제가 해야 할 일은 오직 하나뿐……."

카나미 님의 말마따나, 내가 해야 할 일을 하는 수밖에 없다.

두 번 다시 길을 잘못 들어서는 안 된다.

"이제 이건 필요 없겠죠……."

일어선 나는, 발걸음을 옮기며, 품속에 간직하고 있던 책을―― 기나긴 세월 동안 지켜온『로드』의 영웅담을, 아무도 없는 옥좌의 방에 내려놓았다.

더 이상 감상에 젖어 있을 여유는 없다. 서두르지 않으면 그를 따라잡을 수 없을 테니까.

"고맙습니다. 친애하는 가족, 루즈. 당신을 만나서 정말 다행이에요."

우선 나를 일으켜 세워준 가족에게 감사를 표했다.

"가족……. 다행이야! 선생님이 선생님으로 돌아왔어!"

그제야 루즈는 얼굴을 떠나지 않던 불안감을 모조리 떨쳐내고, 얼굴 가득 환한 미소를 보였다. 그동안 걱정해 준 그녀의 미소를 본 나는, 안심하고 성 밖으로 향하려 했다.

"후후. 그럼 루즈……. 선생님은 이제 다녀올게요."

"어, 다녀온다고……? 안 돼, 선생님! 더 이상 싸우면 죽을 거야! 선생님은 이제 싸우지 않아도 돼! 나랑 같이 모두가 있는 곳으로 돌아가자!"

"죄송해요. 전 가야 합니다……. 저는『과거』에 죽은 자입니다. 그러니『지금』을 사는 여러분을 이끄는 건, 여기까지입니다."

루즈의 말에서는, 다시 성 사람들과 함께 모든 것을 다시 시작하자는 마음이 전해졌다.

하지만, 나는 그럴 수는 없다고 대답했다.

나는 돌아가야 할 곳이 있다. 그리고『주얼 크루스』들을 거기에 데려갈 수는 없다.

"여러분은 모두 함께 힘을 모아서 계속 앞으로 나아가세요. 저는 함께할 수 없지만, 여러분이라면 분명 해낼 수 있을 겁니다. ──왜냐하면, 여러분은 제 자랑스러운 제자들이니까요. 어디서든 살아갈 수 있습니다. 원하는 건 뭐든 다 될 수 있습니다. 자기 자신을 잃을 사람은 이제 아무도 없습니다.『여기』에 고향이 있는 이상, 아무리 세계의『대가』가 여러분을 공격한다 해도, 소중한 것만은 결코 사라지지 않습니다……. 그게 제가 꿈꿨던『낙원』이었습니다."

『낙원』은 이미 완성되어 있었다. 결국, 나는 너무나 먼 미래에나 만들 수 있었지만……, 그래도 이 나라는 분명『낙원』이다.

즉,『로드』에 기대지 않고도, **나 혼자서 북부를 구한 것이다.**

마음만 먹으면, 나는 언제든지『로드』를 넘어설 수 있었다.

그리고 내가 만든 이『낙원』에서, 내가 구해낸『주얼 크루스』들이 살아간다.

천 년 전의『마인』들은 늦고 말았지만, 그 아이들은『낙원』에 도착했다.

"선생님……! 이제야 웃었어……."

루즈는 성취감에 잠겨 있는 내 얼굴을 보고 놀란 기색이었다.

이렇게 티 없이 맑게 웃은 적은 별로 없었는지도 모르겠다. 마지막으로 보여준 표정이 미소라 다행이라 생각하면서, 나는 루즈에게서 돌아섰다. 옥좌의 방 출구로 향하면서, 유언을 남겼다.

"루즈, 뒷일을 부탁해요. 이『북연맹』의 앞날은 여러분의 의지로 결정하세요. 이 비아이시아라는 나라는, 학대받는 자들의 힘에 의해 태어났습니다. 그러니 그 후계자로 여러분보다 적합한 분들은 없겠죠. ……제가 사라지고 나면, 세계 각국은 일제히 움직일 겁니다. 가능하면 뒷처리도 제가 맡아 하고 싶지만, 그럴 수는 없습니다. 너무 이기적인 소리지만, 지금부터 저는 해야 할 일을 하고, 사라질 겁니다."

단호하게 전달했다. 더는 뒤돌아보지 않았다.

루즈의 표정은 보지 않고, 대답만을 들었다.

"으, 응! 걱정하지 마! 우리는 괜찮아! 그야, 선생님이 구해줬으니까! 우리를……, 아니, 북부의 모두를 구해줬으니까! 그러니까 이제 뒷일을『지금』을 사는 우리들에게 맡겨도 돼! 우리 일은 우리가 알아서 해결할게! 전설의『로드』님이나『재상』님 같은 건 없어도 괜찮아!!"

그 목소리는 약간 떨리긴 했지만, 마지막까지 말이 막히는 일은 없었다.

"정말이지, 당신은 자랑스러운 제자네요……. 덕분에 저는 아무런 걱정 없이, 제가 해야 할 일을 할 수 있을 것 같습니다."

"그건, 밖에 있는 사람들이랑 싸우러 간다는 얘기야……?"

"네. 상당한 강적이지만, 이 손으로 처치해야만 하는 상대가 있으니까요."

"난 걱정 같은 거 안 해. 왜냐면, 선생님은 강하다는 걸 알고 있으니까."

"물론, 여러분의 선생님은 강하고말고요. 무적이죠."

루즈는 망설임 없이 배웅해 주었다. 나도 그에 화답했다.

"당신은 여기서 기다리세요. 여기는 안전합니다. 봉인마법의 술식은 이제 해제돼 버렸지만, 그래도 여전히 튼튼한 건 틀림없으니까요."

"응, 그렇게 할게. 선생님이 남긴 『성』에서, 싸움이 끝나기를 기다릴게……."

그리고 작별의 순간이 찾아왔다.

뒤를 돌아보지 않아도, 루즈가 손을 흔들고 있는 걸 알 수 있었다.

우리는 작별의 말을 주고받았다.

"안녕, 선생님. ──**잘 다녀와.**"

"──**다녀오겠습니다.**"

옥좌의 방 출구를 지나, 바깥의 회랑으로 나섰다.

내『대 시조 봉인마법진』의 영향으로, 회랑에는 대량의 식

물이 들어차 있었다. 내가 한 짓이지만, 이 넝마가 되다시
피 한 몸으로 걷기에는 좀 힘겨운 여정이었다.

카나미 님의 칼에 잘려나간 팔은 식물로 봉합했지만, 뼈
와 신경은 아직 연결되지 않았다. 걸을 때 생기는 진동만으
로도 끔찍한 고통이 몰아치고, 몸이 굳어졌다. 골절과 타박
상은 헤아릴 수도 없이 많아서, 어디가 아픈 건지 가늠하기
도 힘들었다. 상처에서 흘러나오는 피가 그치지 않으니, 노
출되어 있는 살점을 나무들로 덮어서 막무가내로 지혈하는
수밖에 없었다.

──당장이라도 쓰러질 것만 같다.

솔직히 이 정도면 싸우는 건 고사하고, 걷는 것조차 버거
운 몸이었다.

짧은 시간이지만 의사 흉내도 낸 적이 있는 입장에서 보
아도, 절대안정을 취해야 할 상황이라 확신할 수 있었다. 아
니, 어떻게 아직 살아있는 거냐고 놀라야 할 상태였다.

하지만 몸이 가벼웠다. 며칠 전에 성을 걸을 때보다도, 천
년 전에 성을 걸을 때보다도, 발걸음은 훨씬 가벼웠다.

머릿속에 들어있는 성안 지도에 의지해서, 우거진 초목을
헤치며, 외벽으로 가는 최단 경로에 따라 회랑을 걸었다.

빨리 카나미 님을 따라잡아서── 아니, 그 정도로는 부
족하다. 앞질러야만 한다.

나에게는, 카나미 님보다 먼저 도착해야 할 의무가 있다.

이제는 카나미 님이 했던 말의 의미를 이해할 수 있었다.

절대로, 소중한 가족을 외톨이로 만들어서는 안 된다. 그리고 가족을 향한 이 마음에서는 카나미 님에게도 지지 않는다는 것을 『증명』해내야만 한다.

나는 할아버지와 할머니의 유지를 이어받은 강한 이들이다.

누님의 자랑스러운 『남동생』아이드다.

"기다리십시오……!!"

발을 질질 끌고, 때로는 자빠질 뻔하고, 그러면서도 나는 쉬지 않고 앞으로 나아갔다.

누님의 귀환을 기다리는 게 아니라, 스스로 맞이하러 간다.

그리고 이번에야말로 당신을 구해내고 말 것이다.

당신의 『남동생』은 결코 나약하지 않았다.

쓰러지는 당신 앞에서, 양팔을 벌리고 막아설 수 있는 강한 남자였다.

이제부터는 제가, 상대가 그 어떤 강적이라 해도, 반드시 당신을 지켜 드리겠습니다.

그러니까, 조금만 더──!

조금만 더 기다려 주세요, 누님──!!

## 4. 두 아이가 40층으로 돌아왔습니다.
## 그 긴 이야기가, 지금 여기서 하얗게 물들다.


온통 하얀색.

움직임을 완전히 멈춘 나무 거인이 들어앉아 있는 왕도에, 폭설이——아니, 폭풍설이 쏟아졌다.

세계가 한겨울로 변했다. 한겨울이라는 표현조차 부족해 보일 만큼의 살인적인 냉기가 비아이시아 전역을 지배하고 있었다.

카나미가 성안에서 결투를 벌이는 동안, 그 밖에서는 새로운 흑발의 『로드』 히타키와 나의 싸움이 벌어지고 있었다. 그리고 그 히타키가 내쏜 빙결마법에 의한 폭풍설이, 세계를 끝도 없이 얼려 나갔다.

왕도를 둘러싸듯 펼쳐진 얼음의 결계에서, 티아레이(하얀 마력)와 눈이 끝없이 쏟아졌다.

도시의 지붕에, 길에, 나무들에, 모든 것에 눈이 쌓여서, 푸르른 신록이 특징이었던 나라가 새하얗게 물들어 버렸다.

그것을 확인하는 눈조차 제대로 뜨기 힘들 지경이었다.

눈보라가 얼굴을 후려쳐서, 안구가 얼어붙어 버릴 것만 같았다.

속눈썹은 이미 완전히 얼어 있었다. 숨을 내뱉기만 해도 잔얼음이 반짝이고, 숨을 들이쉬면 냉기 때문에 허파가 아팠다. 발에는 눈이 엉겨 붙어서, 가도의 지붕 위를 밟을 때마다 물보라 같은 눈가루가 흩날렸다.

이것이 카나미의 여동생,『물의 이치를 훔치는 자』아이카와 히타키의 힘.

너무나도 이단적인 그 스킬과 너무나도 특이한 그 마력성질 때문에,『물의 이치를 훔치는 자』이면서도 물 마법은 전혀 쓰지 않고, 오로지 모든 것들을『정지』시켜 나갈 뿐이었다.

초목과 같은 자연물들이 추위 때문에 멈추었다.

『동사』가 아닌『정지』.

나는 숙련된 마법사이기에, 그 마법의 구조를 알아볼 수 있었다.

천 년 전에는 한 번도 싸울 기회가 없었지만, 틀림없이, 이『바람의 이치를 훔치는 자』티티에게도 맞먹을 수 있을 만큼의 힘이리라.

하지만 한 발짝이라도 물러설 생각은 없었다.

적이『정지』시키는 힘을 갖고 있다 하더라도, 나는『자유의 바람』.

"나를 얕잡아보지 말거라! 새로운『로드』! ――〈와인드 엄브렐러〉!"

왕도 중앙.

이 나라에서 가장 넓을 것으로 여겨지는 대로에서, 나와 적은 마주선 채 포효했다.

253

지금 히타키는 가도에 설치되어 있는 얼어붙은 대형 분수를 발판 삼아 서 있고, 나는 그 정면에서 날개를 이용해 떠 있다.

나는 마법으로 고밀도의 둥근 방패 같은 바람을 생성하고, 그것을 바람막이 삼아 몸통박치기를 하듯 돌진했다. 마법에 의한 실드 배쉬(방패 구타)였다.

등에 달린 날개로 차가운 공기를 휘저어서 공중을 내달렸다.

이에 맞서, 히타키는 나른하게 한 마디를 뇌까릴 뿐이었다.

"──⟨아이스 패럴랙스블루⟩."

얼어붙은 분수 위에 서 있던 그녀의 온몸에서 파란 마력이 흘러나와, 나의 ⟨와인드 엄브렐러⟩와 비슷한 둥근 방패를 구축했다.

분수 앞에서 거대한 마력의 방패와 방패가 충돌하고, 마력의 힘겨루기가 시작되었다.

나는 이런 힘겨루기에서는 절대로 지지 않을 자신이 있었다. 실제로, 정석적으로 맞부딪치면 몇 초도 되지 않아 내가 이길 것이다.

하지만, 적은 정석적인 힘겨루기 같은 건 하지 않았다.

그녀는 잔재주가 뛰어난, 요령 좋은 『이치를 훔치는 자』였다.

방패와 방패의 충돌에 의해, 파란색과 비취색의 마력 입자가 하늘에 흩날렸다.

히타키는 곧바로 그 입자를 조종해서, 마법을 내쏘고 있는 나를 옆으로부터 공격했다.

앞으로 내뻗고 있던 내 양손이, 손가락부터 얼기 시작했다. 펄럭이던 날개가 끼익끼익 소리를 내며 돌처럼 무거워져 갔다.

"크윽──."

이러다가는 추락할 거라는 위기를 느낀 나는, 마력의 힘겨루기를 단념하고 옆으로 뛰뛰듯이 날았다. 힘겨루기에 승리한 파란 방패가 내 비취색 방패를 집어삼키고 직진해서, 왕도를 더 차갑게 얼려 나갔다. 공중의 수분이 얼어붙고, 시가지 곳곳에 고드름이 발생했다. 여파만으로도, 하늘까지 닿을 듯한 얼음조각이 수없이 생겨났다.

아이드의 도시가 한층 더 얼어 버렸다는 사실에 마음 아파하면서, 나는 적과의 상성에 대해 생각했다.

아까부터 똑같은 패턴이 반복되고 있는 것이다.

히타키는 마법을 동시에 사용하는 경우가 잦았다. 대규모 마법을 사용하는 게 아니라, 전혀 다른 마법을 동시에 사용했다. 다른 『이치를 훔치는 자』들은 갖지 못한 재주였다.

방금 전의 방패 마법처럼 큰 기술을 쓸 때조차도, 숨 쉬듯 자연스럽게 또 하나의 마법을 생성해 냈다. 개별적인 마법에서는 내가 이기지만, 그 두 번째 마법이 교묘하게 허를 찔러 대는 통에 제대로 몰아붙일 수가 없었다.

조바심을 느끼면서, 나는 바람을 이용해 오른손에 만든

바요넷(총검)으로 마법의 탄환을 발사했다.

"날아가 버려라!"

"──〈앱솔루트 윈터〉."

하지만 한겨울의 세계를 찢어발기는 탄환은, 히타키의 몸에 닿기 직전에 저지당하고 말았다.

히타키의 눈앞에서 뚝 『정지』했다.

『카운터 매직』처럼 탄환이 사라지는 게 아니라, 단순히 탄이 중간에서 멈추는 것이다.

혀를 차고, 또 다른 마법을 구축하며 날개를 움직이려 했다.

"──윽?!"

묵직한 무게감에 눈을 부릅떴다.

아니, 정확히 말하자면, 무게가 아닌, 무언가에 걸린 듯한 느낌.

움직이려 했던 날개가 무언가에 걸려서 제대로 움직이지 않았다.

물론, 지금은 공중이니만큼 실제로 물건에 걸릴 리는 없었다. 존재하는 것은, 이 한겨울의 눈뿐이었다.

"──〈아이스 애로우〉."

"큭! 〈윈드 애로우〉!!"

위화감 때문에 움직임이 둔해진 나를 향해 얼음 화살이 날아들었다.

그 얼음 화살을 바람 화살로 요격하려 했을 때, 마법을 생성하는 과정에서도 뭔가가 걸리는 것을 느꼈다.

"이, 이건……!!"

몸뿐만이 아니라, 마력마저 무거워진 건가?

그런 생각이 들 정도의 위화감이었다.

그리고 이내 그것이 진실임을 확신했다.

재빨리 내 양손을 쳐다보았다. 『이치를 훔치는 자』가 된 이후로 한 번도 언 적이 없었던 육체가, 추위 때문에 떨리고 있었다.

육체뿐만이 아니었다. 양손에 휘감겨 있는 마력까지도 떨리고 있었다.

동시에, 조금 전까지 '제대로 밀어붙이지 못했다'라고 생각했던 것이 착각이었음을 확신했다.

반대였다. 나도 모르는 사이에, 계속 나만 일방적으로 밀리고 있었던 것이다.

아마, 지금 벌어지고 있는 마법의 상쇄 대결을 통한 시간 벌기가, 바로 히타키의 『공격』.

싸움을 오래 끌어서, 필드를 야금야금 냉기로 감싸고, 적의 몸으로부터 조금씩 열기를 앗아가는 것이 바로, 이 새로운 『로드』의 전술.

화려하게 적을 물리치는 『바람의 이치를 훔치는 자』로드와는 정반대의 힘.

그것이 『물의 이치를 훔치는 자』 히타키의 힘.

"크윽……!"

떨리는 몸에 다시 힘을 주어서, 일단 거리를 벌리기로 했다.

하지만 그 움직임 하나하나가 무겁고, 괴로워서, 견딜 수가 없었다. 지나치게 많은 마력과 체온을 한겨울의 세계에 빼앗긴 탓이었다. 1초가 흐를 때마다 승산이 줄어드는 것을 실감할 수 있었다.

단기전이었다면 나의 압도적인 승리였겠지만, 싸움은 이미 지나치게 장기화된 상태였다.

완전히 히타키의 독무대가 된 왕도에서 이를 갈며 비행하는 동안, 단기전으로 승부를 내지 못한 이유를 반추해 보았다.

우선, 이 왕도 비아이시아를 지키면서 싸우고 싶다는 마음이 걸림돌이 되었다. 아무리 내가 알던 비아이시아와는 다르다고 해도, 여기가 옛 고향의 미래라는 점은 의심의 여지가 없었다. 무엇보다, 가능한 한 파괴하지 않고 싸우겠다고 루즈 녀석과 약속했던 것이다. 그것 때문에 큰 기술을 아끼고 있었다.

그리고 또 하나. 후방에서 무속성 진동마법으로 추위를 견디고 있는, 여동생 같은 소녀의 존재도 있었다. 스노우를 보호해 가면서 싸우다 보면, 당연히 전투 방식에 제한이 생길 수밖에 없었다.

"스노우!! 괜찮으냐?!"

후방으로 물러선 나는, 설원에 쪼그려 앉아있는 스노우에게 말을 걸었다.

하지만 돌아온 것은 연약하게 떨리는 목소리.

"미안, 언니……! 방어하기에도 벅차……!"

입술이 새하얗게 변한 스노우는 지금, 마법의 구체 안에 틀어박혀 있다. 그 구체는 내 바람과 스노우의 마력으로 만든 튼튼한 방어결계였다. 그런데도 이 지경인 것이다.

세계에서 가장 추위에 강한 종인 드래고뉴트(용인, 龍人)조차도, 이 한겨울에는 적응하지 못하고 있었다.

"괜찮다! 막아내는 것만도 대단한 게야!!"

스노우가 무사하다는 것을 확인한 나는, 곧바로 적인 히타키 쪽으로 돌아섰다.

더불어, 그런 그녀가 서 있는 분수대 우측 후방에서 웃고 있는 사도도 노려보았다.

싸움이 시작됐을 당시에는, 스노우와 시스가 싸우고, 나와 히타키가 1대1로 싸우는 상황이었다. 하지만 지금은 2대1. 상황은 시시각각 악화되고 있었다.

하지만 불행 중 다행으로, 사도 시스는 히타키에게 싸움을 일임하고, 자신은 관전 태세만 취하고 있었다.

듣자하니 자기가 마련한 새로운 『로드』가 옛 『로드』를 쓰러뜨리는 모습을 보고 싶다는 모양이었다.

"후훗. 소용없어, 천 년 전의 임금님. 당신은 나의 히타키를 이길 수 없어. 하지만 부끄러워할 필요는 없어. 왜냐면, 처음부터 아무도 이길 수 없게 돼 있었으니까! 세계가 그렇게 정했으니까! 어차피 당신은 우리가 없는 곳에서 최강을 뽐냈던 것뿐이야! 원래의 최강자는 바로 이 히타키! 사도 시스가 마련한 히타키야!"

자기가 나서서 싸우지는 않는 주제에, 뒤에서 의기양양하게 거들먹거리고 있다.

어떻게든 저 사도의 코를 납작하게 만들어 주고 싶었다.

하지만 몸이 너무나도 무겁고, 마력의 출력도 나빴다. 내가 지금 지하에서의 싸움을 통해『미련』을 반쯤 해소한 탓에 약화된 상태인 건 사실이지만……, 그래도 이건 너무 이생했다.

히타키도『이치를 훔치는 자』인 이상, 강하다. 그건 당연한 일이다. 당연한 일이긴 한데——

"——〈익스 와인드〉!!"

자잘한 기술로는 답이 안 나올 거라 판단하고, 며칠 전에 미궁에서 카나미를 상대로 사용했던 마법을 구축하려 했다. 이 몸 그 자체를 탄환으로 바꾸어 세계를 꿰뚫는 마법이었다.

말밑에 비취색 마법진을 전개해서, 왕도를 넘어설 만큼 확대시키려 했다.

하지만, 마법 구축은 완성되기도 전에 방해에 막히고 말았다.

"——〈프리즈 니블헤임〉."

히타키가 가만히 한 마디를 중얼거리자, 주위의 냉기가 순간적으로 증폭되었다. 전개하던 마법진이 빙결속성 마법에 짓눌려서『정지』당한 것이다. 그 완벽한 반응에, 나는 미간을 찌푸렸다.

──가장 먼저 머릿속에 떠오른 것은, 『물의 이치를 훔치는 자』아이카와 히타키는 정말 잠들어 있는 건가?"라는 의문.

잔기술은 상쇄하고, 큰 기술은 발동 단계부터 막힌다. 그 판단과 전술이, 마치 처음부터 답을 알고 있었던 것처럼 완벽하기 그지없었다. 잠들어 있는 상태이니 내 마법에 반응해서 요격마법을 사용하고 있는 것뿐이라고 생각했는데, 전혀 그렇지 않았다.

가늘게 살짝 뜨여 있는 그 눈에서 흘러나오는 안광이, 조금의 빈틈도 놓치지 않겠다는 듯 형형히 빛나고 있는 것 같은 느낌이었다. 잠들어 있기는커녕, 총명하기 그지없는 군사를 상대하고 있는 것 같았다.

전장에서 백전백승이었던 나였기에 알 수 있는 것이 있었다. 『물의 이치를 훔치는 자』에 대해 스스로가 근본적인 무언가를 착각하고 있는 것 같은……, 그런 느낌을 지울 수가 없었다.

방금 사도 시스는 "처음부터 아무도 이길 수 없게 돼 있었으니까"라고 말했다.

카나미와 같은 『이방인』이며, 소환 조건은 『이 세계의 그 누구보다 마음이 강한 아이』라고 했었다. 하지만 그건 『이치를 훔치는 자』의 조건에서 너무 벗어나 있는 것 아닐까.

아이카와 히타키는 정말로 우리와 같은 『이치를 훔치는 자』인가?

전혀 다른 『무언가』가 아닐까?

하지만 그 의문에 대해 고민하는 동안에도, 적의 냉기는 인정사정없이 왕도의 결계 안을 가득 채웠다.

몸과 마력이 점점 더 거세게 떨려서, 체술과 마법의 완성도가 조금씩 떨어져 갔다.

반면에 적의 마법은 점점 더 강해지니, 버틸 수가 없는 상황이었다.

열세로 몰려가는 나를 보며, 사도 시스는 소리 높여 웃었다.

"아핫, 아하하하하! 역시 나의 히타키! 그래, 당연한 결과야! 오래된 자가 새로 준비된 자를 이길 도리가 없으니까!! [아이카와 히타키에게는 누구도 이길 수 없다]는 건 세계의 이치야! 존재의 레벨이 다르단 말야! 하핫, 자, 히타키! 이제 승부를 끝내도 좋아! 그 먼지투성이 옛날 전설을 얼음에 가둬 버려!!"

이제 한계다. 나는 주위에 입힐 피해에 대해 고려하는 걸 그만두었다.

내 [자유의 바람]으로, 시스가 얘기한 세계의 이치까지 모조리 부숴 버릴 각오로, 온 힘을 끌어모아 마법 구축을 시도했다.

"──마법 〈로드 오브──."

"멈춰라. ──〈프리즈 니블헤임〉."

하지만 그것은 냉기에 막히고 말았다.

상쇄 당한 건 아니었다. 하지만, 구축 속도가 너무나도 둔해졌다.

하는 수 없이, 나는 오른손 주먹에 마력을 모아서, 왕도 전체와 함께 적을 파괴해 버리기로 마음먹었다.

"부서져라아아아——!!"

"멈춰라. ——⟨프리즈 니블헤임⟩"

하지만 오른손 주먹에 모인 마력도 얼마 되지 않았고, 치켜든 주먹의 움직임도 둔하기 그지없었다.

나라 전체를 파괴해 버릴 작정으로 온 힘을 다해 휘두른 주먹이었지만, 결과적으로는 상위 바람마법 정도의 힘밖에 발생하지 않았다.

주위 시가지의 가옥 수십 채가 지붕을 잃고, 가도에 미세한 금이 가고, 하늘의 결계에 권압이 부딪친 정도가 고작이었다. 본래 위력의 100분의 1도 안 되는 힘에, 나는 사태의 중대함을 깨닫고, 이제 힘을 가득 실은 바람을 쉴 새 없이 연속으로 퍼붓는 수밖에 없다고 판단했다. 그러나——

"멈춰라. 멈춰라멈춰라멈춰라. **모두, 멈춰라**. ——⟨프리즈 니블헤임⟩."

히타키가 내쏘는 냉기가 한층 더 거세어졌다. 지금까지 일부러 힘을 빼고 있었음을 알 수 있을 만큼 큰 폭으로 냉기가 증가했다. 내 표정과 반응을 보고 전투 방식을 바꾼 게 틀림없었다.

"크, 으윽, 팔다리가——!!"

내가 힘을 아껴 두고 있었던 것처럼, 적도 힘을 아껴 두고 있었다.

순식간에 몸속 깊은 곳부터 얼어붙어서, 손가락이 움츠러들기 시작했다.

한 번 더 휘두르려던 주먹에서 힘이 빠져나가는 것을 알 수 있었다.

"어때? 예전의『로드』님! 이게 진정한『로드』히타키의 진짜 힘이야! 그래, 그 실수만 없었다면, 세계에서 제일 강한 건 히타키! 나의 히타키야말로 인류 사상 최강의 존재! 완벽한 여자아이였던 거야! 아하하하하!"

시스는 방금 전의 전력을 다한 공격 때 위치를 이동한 상태였다.

분수 뒤가 아니라, 멀리 있는 지붕 위에서 소리 높여 웃고 있었다.

그 말에 맞대꾸해 주려다가, 입술과 목구멍의 움직임이 둔해진 것에 아연실색했다.

시스가 자랑스러워하는 것도 이해가 갈 만큼의 냉기가, 내 온몸을 옭아매서, 목소리를 내는 것조차 힘겨워졌다. 위아래의 이가 와들와들 부딪칠 뿐, 목소리는 나오지 않았다.

"──〈아이스 애로우〉."

그 떨리는 몸에 결정타를 날리듯, 히타키에게서 얼음 화살이 발사되었다.

나는 가까스로 바요넷을 휘둘러 그 얼음 화살을 쳐냈다.

단순한 빙결속성의 초급 주문이건만, 무시무시하게 빠르고 묵직하게 느껴졌다.

이 한겨울의 세계 때문에 얼음 화살이 강화된 탓도 있지만, 무엇보다 나 자신의 약체화가 컸다. 그리고 그 약체화를 성공시킨 것은, 눈앞에 있는 소녀의 적절한 마법의 취사선택, 유려한 전술 운용.

──강하다.

분명히, 『물의 이치를 훔치는 자』는 강하다.

아무리 내가 50층의 가디언으로서 힘을 제한당하고, 『미련』 해소 때문에 약화된 상태라고는 하지만, 상대방 역시 같은 제한을 받고 있을 것이다.

근본적으로 압도당하고 있다. 천 년 전, 사도 시스가 중간에 실수로 괴물화시키지 않았더라면 역사가 통째로 뒤바뀌었을 거라고 확신할 만큼, 강하다.

"으, 으으윽……."

히타키야말로 진정한 『로드』라는 사도의 말도 이해가 갔다.

힘이 『로드』의 『증명』이라면, 더 이상 의문의 여지조차 없었다.

같은 전설인 사도를 배후에 둔 채, 그 누구의 접근도 용납지 않는 전설의 왕.

『흉내 놀이』의 연장 선상에서 그 자리까지 갔던 나 같은 가짜와는 달랐다.

지금 비아이시아 왕도 중앙의 고드름 위에 서 있는 그녀는── 진짜다.

가짜가 진짜를 이길 리가 없었다.

제아무리 힘에 자신이 있다 해도, 압도적인 힘 앞에서는 무력한 법.

무력한 것이다. 어차피 나는 어린아이……, 무력한 어린아이.

그 점은 이미 미궁에서 인정한 사실이다.

『로드』라는 존재를 감당하지 못하고, 보잘것없는 소녀라는 사실을 받아들였다.

그렇게 약한 내가, 이렇게 강한 적을 이길 수 있을 리가 없다. 이길 수 없으니까, 이렇게 나는 무릎을 꿇고, 손을 바닥에 짚고, 당장이라도 쓰러질 것만 같이——

"——아, 아냐!!"

쓰러지려는 순간, 황급히 부정하며 고개를 가로저었다.

어느 틈엔가 양손을 바닥에 짚고 있었다.

눈을 침대 삼아 몸을 맡기고 잠들려 하고 있었다.

아직 싸울 여력이 있는데도, 싸우기도 전에 포기하려 하고 있었다.

그 비정상적인 정신상태에서, 이 한겨울의 마법 〈프리즈 니블헤임〉의 진정한 위력을 알 수 있었다.

냉기가 내 마음의 온도까지 앗아가고 있다. 이 빙결공간은 눈에 보이지 않는 마력까지 얼려버리는 게 전부가 아니었다. 어떻게 된 건지, 마음속 깊은 곳까지 영향을 주고 있었다.

나는 시들어 버렸던 투지에 다시 불을 붙이려 했다.

"크윽, 끄응……!!"

전설의 왕이니 뭐니 하는 건 상관없다! 지금 여기에 있는 건 티티라는 인간과 히타키라는 인간, 이렇게 둘뿐. 둘 다 다를 건 없다! 가짜라고 해서 진짜를 이길 수 없다는 법칙은 없다!

상대가 압도적인 힘을 갖고 있다 해도, 전법에 따라서는 뒤집을 수 있다──!!

그렇게 나 자신을 타이르고 투지를 불태우려 했다. 하지만──

"아, 아아…….."

내 결의를 비웃기라도 하듯 어마어마한 추위가 덮쳐들었다.

피부에 달라붙어 있던 쓰라릴 정도의 냉기는 조금씩 사라져 가고, 오히려 따스함이 느껴졌다. 감각이 『정지』했음을 알 수 있었다.

몸은 떨리는 정도를 넘어, 움직임을 멈추었다. 이제 추위를 느끼는 것은 두뇌 속 깊은 곳뿐.

사고력은 떨어지지 않았다. 다만, 열기를 잃어서 부정적인 생각만이 끝도 없이 샘솟았다. 이게 적이 사용한 마법의 위력 때문이라는 걸 알고 있으면서도, 패배감을 억누를 수가 없었다.

이대로 가면 모든 게 얼어붙어서 『정지』해 버릴 것만 같았다. 하지만 위기감이라는 기능도 이미 『정지』해 버린 지 오래였기에, 거기 맞설 생각조차 들지 않았다.

춥다.

아아, 춥다.

못 견디게 춥다.

그냥 잠들어 버리고 싶다.

생각하는 것도 귀찮으니까, 아무 생각 없이 잠들고 싶다.

잠들어서, 아무것도 생각 말고, 따뜻한 곳에서 영원히 쉬고 싶다…….

"──다 끝나 가네요."

눈이 감겨 오기 시작했을 때쯤 들려온 목소리.

친구인 노스휘의 목소리였다.

감기기 직전인 눈을 목소리가 난 쪽으로 돌렸다. 사도 시스 근처에서 투명화를 해제한 노스휘가 서 있었다. 어쩌면 이 싸움을 계속 관전하고 있었던 건지도 모른다.

노스휘는 나에게로 눈길을 보내며 사도 시스와 이야기를 주고받았다.

"이 『로드』간의 대결은 히타키 님의 승리예요. 틀림없이, 히타키 님이야말로 세계를 통치하는 임금님이라 부를 만한 분이세요. 제가 인정할게요."

"당연하지. 후훗, 솔직히 굳이 대결할 가치도 없었어."

사도 시스는 거침없이 대답했다.

하지만 그 대답을 들은 노스휘는, 동정 어린 시선으로 사도 시스를 바라보았다.

"사도님은 여전히 모든 것을 얕잡아보고, 자신의 발 받침으로만 여기시네요. 한 번 죽기까지 했으면서, 그 성격은 여전히 고쳐지지 않았나 보네요."

노스휘답지 않은 독설이었다. 적어도 생전의 그녀였다면 사도를 상대로 그런 말은 절대로 하지 않았을 것이다.

"얕잡아보는 게 아니라 현실을 얘기한 것뿐이야. 애초에 저 바람술사 여자아이가 나의 히타키를 이길 수 있을 것 같아? 그런 기적은 일어날 리 없어."

"네. 로드 혼자 힘으로는 힘들겠죠. 하지만 저분들이 힘을 모으면 불가능한 일도 아닐 거라고 생각하는데요."

나와 내 뒤에 있는 스노우 쪽을 쳐다보며, 노스휘는 아직 승산이 남아있다고 얘기했다. 그것은 사도 시스와 나누는 대화였지만, 힘없이 패배에 내몰린 우리에게 "아직 해볼 만하다"라고 격려하는 말처럼 들렸다.

"저분들? 아아, 『성』안에 있는 맹우를 얘기하는 거야? 너는 아이카와 카나미를 너무 맹신하는 게 탈이야. 지금 당장 맹우가 합류한다 해도 달라질 건 없어. [아이카와 카나미는 아이카와 히타키를 이길 수 없다]고, 세계의 이치로 정해져 있는걸. 그래도 기적이 일어난다는 거야?"

"그런 이치를 정면으로 깨부술 수도 있으니까, 인간이 인간인 거예요. 『이치를 훔치는 자』들은 마음이 약한 이들 중에서 선정되지만, 원래는 인간. 모든 것을 깨부술 수 있는 가능성도 간직하고 있죠. 우리 같은 『열화된 모조품』과는 달리……."

모조품이라는 말에, 그렇게 말이 많던 사도 시스가 입을 다물었다.

　방금 노스휘가 한 말 속에, 반론할 수 없는 무언가가 있었던 것이리라.

　대화가 중단된 것을 계기로, 노스휘는 고개를 숙이고 작별의 인사를 건넸다.

　"시간이 없으니까, 저는 이만 실례해야겠어요."

　"그래, 돌아가도록 해. 네가 있을 곳으로."

　시스는 그런 노스휘를 보내 주었다. 더 이상 노스휘와 얘기하는 것 자체를 불쾌하게 느낀다는 것이, 그 표정에 또렷하게 엿보였다.

　그리고 마지막으로, 노스휘는 나를 향해 작별의 말을 남겼다.

　"안녕히 계세요, 로드. 저의 호적수―― 그리고 친구였던 귀여운『마인』님. 걱정하실 것 없어요. 괜찮아요. 이제 더 이상 당신은『왕』이 아닌, 자신의 삶을 보상받아야 할 다정한 『사람』이니까……."

　"노, 노스휘……?! 기, 기다리거라……."

　"――차원마법〈커넥션〉."

　하지만 노스휘는 내 목소리에 대답하지 않은 채, 근처에 빛나는 문을 만들어서 그 안으로 들어갔다. 저 문은 먼 곳으로 이동하는 데 쓰는 차원마법일 것이다.

　노스휘의 모습이 사라지고, 그 빛나는 문도 사라졌다.

　"저 녀석……."

떠나간 친구의 뒤에 대고, 내뱉듯이 뇌까렸다.

카나미가 없는 곳이라면, 노스휘는 이성적이다.

친구인 내게 괴로워하는 모습을 보여주기도 했다.

이제야 조금씩 알 것 같았다. 노스휘도 나와 닮았다는 것을.

"큭, 그나저나 큰일이구나…… . 추위 때문에 몸이…… ."

하지만 이제 와서 노스휘의 속내를 알았다고 해서 달라질 건 없었다.

팔다리를 움직여 보려 해도, 갓난아기가 된 양 힘이 들어가지 않았다. 노스휘의 격려 덕분에 마음이 조금 따스해진 건 사실이었다. 하지만 그 열도 몇 초 만에 다시 빼앗기고 말 것이다.

"누, 눈꺼풀이 무겁구나…… . 이대로 가면…… ."

견디지 못하고, 끝내 눈을 감고 말았다.

맹추위가 몰아치는 새하얀 세계에서, 따스하고 검은 세계로 떨어져 갔다.

팔다리의 감각이 사라지고, 몸이 땅바닥에 고꾸라졌다. 푹신한 침대에 뛰어든 것 같은 부드러운 감각에 휩싸였다. 그것이 눈의 감촉이라는 것을 눈으로는 알고 있었지만, 저항하기에는 너무 강렬한 유혹이었다.

따뜻한 눈에 감싸인 채, 잠 속으로 빠져들었다.

더불어, 졸음을 재촉하듯이, 본능이 눈꺼풀 안에 꿈을 보여주었다.

그 꿈은 불과 며칠 전에 필사적으로 되찾은 기억이었다.

카나미 덕분에 다시 찾은 소중한 보물.

옛날의 비아이시아——따스한 햇살 속에 초원이 펼쳐져 있고, 그 초원을 달리는 두 아이와, 그 아이들을 지켜보는 노부부——더없이 따스한 가족의 기억.

그 두 아이의 이름은 티티와 아이드.

"아아······. 그랬었지······. 나는 아이드 녀석에게······, 전해야 할 것이, 아직 남아있어······. 『남동생』을 만날 때까지, 쓰러질 수는······, 없어——."

의식이 멀어져 간다. 하지만 아이드에 대한 생각만은 머리를 떠나지 않았다.

아이드······.

나의 소중한 『남동생』······.

미궁 66층에서 벗어난 덕에, 아이드와 함께 지냈던 기억을 되살릴 수 있었다.

마치 바로 어제 일처럼 떠올릴 수 있다.

참 많은 일들이 있었다······.

어린 시절, 하얀 머리의 꼬마였던 아이드는 항상 열심히 내 뒤를 따라다녔다.

남자인 주제에 발걸음이 느리고, 언제나 숨을 헐떡거리곤 했다. 그래도 불평 한 마디 없이 따라다닌 건, 그 녀석의 고집이었을까.

그 의지 덕분인지, 그 녀석의 몸은 조금씩 자라기 시작했다.

아이드의 키가 내 키에 육박한 것이 억울해서, 건방지다는 생트집을 잡았던 적도 있었던 것 같다.

그런 막무가내 누나였지만, 아이드는 항상 말없이 따라 주었다.

초원에서 놀 때도, 강에서 놀 때도, 산에서 놀 때도, 항상 곁에 있어 주었다. 함께하지 않은 날은 하루도 없었다. 강의 왕을 낚으려 했을 때도, 비룡을 보러 갔을 때도, 다 같이 북쪽 도시에 갔을 때도, 항상 함께였다.

언제나 변함없이 함께였다.

즐거웠다…….

나는 정말 즐거웠다.

그 녀석이 있어 주어서, 정말 기뻤다.

──하지만, 아이드의 생각은 어땠을까?

웃고 있기는 했던 걸로 기억한다.

내 뒤에서 조용히 미소를 짓고 있었던……**것 같은 느낌이 든다.**

아아, 마음이 춥다.

너무나도 추워서, 불길한 예감을 주체할 수 없다.

그 시절의 나는 나밖에 모르던 녀석이었다. 이런 어리석은 누나에 휘둘렸으니, 사실 아이드는 그리 즐겁지 않았을지도 모른다…….

함께 웃었다는 건 내 착각이었는지도 모른다…….

실은 내『남동생』노릇 따위는 하기 싫었을지도 모른다…….

그래서 그렇게 변해 버린 건지도 모른다…….

나 때문에, 『남동생』이 아닌 『재상』이 되어 버린 건지도 모른다…….

『재상』 아이드…….

몸에 안 맞는 힘을 손에 넣고, 몸에 안 맞는 꿈을 이루고, 몸에 안 맞는 옷을 입고, 몸에 안 맞는 안경을 끼고, 몸에 안 맞는 일을 했었지…….

마치, 내 어리석음을 나무라기라도 하는 것처럼…….

"아, 아아, 아아아…….."

이제 다 끝인지도 모른다.

마음이 추워서, 이유도 없이 불안하고, 외로워서 견딜 수가 없다.

사람의 체온이 그립건만, 손을 내밀어도 아무도 없다.

깜깜한 꿈속에, 나 혼자.

여기에 『남동생』 아이드는 없다.

카나미도 노스휘도 없다.

아무도 없건만, 『로드』의 압도적인 마력만은 느껴졌다.

한때 내가 참칭했던 전설의 왕만이 내 앞에 버텨 서 있다. 분명 한 번 버린 자리였건만, 마치 죗값이라도 치르게 하려는 듯, 적이 되어 끝까지 나를 물고 늘어졌다.

결국 마지막에 남은 것은, 친구도 가족도 아닌 『로드』.

그 사실에 마음이 무너질 것만 같았다.

다 틀렸다……. 마음이, 무너진다…….

누가 나를 좀 구해다오……. 카나밍……. 노스휘…….

베스……, 윌스 할아버지……, 북부의 백성들…….

아아……. 할아버지……, 할머니…….

"『아이드』……."

『남동생』의 이름.

그 이름의 의미는 단순했다. 천 년 전에 전해져 오던『로드』이야기에 나오던 이름을 빌린 것이었다. 아니, 정확히 말하자면, 그 이름을 따서 숲의 친구에게 붙여주었던 이름을 계승시킨 것이었다. 뭐, 어느 쪽이건 상관없지만.

그래, 어느 쪽이건 상관없다. 왜냐하면, 어찌 됐건, 그 이름의 의미하는 바는 하나뿐이니까. 언제나, 그 의미는 오직 하나.


──**함께 있고 싶다.**


그런 염원을 가지고 붙인 이름이었다.

그렇기에 나는 남동생을 『아이드』라 부른다.

돌이켜보면, 벌써 오랫동안 아이드의 얼굴을 보지 못했던 것 같다. 지상으로 나온 뒤에 아이드와 얘기를 나눈 적은 있지만, 얼굴을 마주한 적은 없었다.

언제나 멀리서, 무언가에 가로막힌 상태에서 얘기했었다.

그래서 그런지, 더욱 간절하게 느껴졌다.

단 한 번이라도 좋다. 마지막으로 단 한 번만, 아이드를 만나고 싶다.

그도 그럴 것이, 나는 벌써 천 년 넘게 만나지 못한 것이다.

세상에서 가장 소중한 가족이건만, 만나지 못했다.

지옥에 곤두박질쳐서 나뒹굴고, 헤아릴 수도 없이 울부짖은 끝에, 겨우 여기까지 왔다.

돌아왔으니까, 마지막으로…….

마지막으로, 단 한 번이라도 좋으니까, 만나고 싶다…….

하지만 싸늘한 암흑 속에서 의식은 점점 아득해져 갔다. 아무것도 생각할 수가 없었다.

이제 느낄 수 있는 것은, 마음속의 냉기뿐.

춥다.

춥다춥다춥다.

추워서 멈출 것 같다. 모든 게 멈춘다. 목숨이 멈춘다.

얼어 죽을 것만 같다.

하지만, 죽기 전에 제발 만나고 싶다…….

아이드를 만나고 싶어.

『남동생』을……, 만나고 싶어…….

만나고 싶어, 만나고싶어만나고싶어만나고싶어…….

……만나고 싶어.

다시 나락에 떨어지는——찰나.

"**티티 누니**이이이이이이이이이이이이이이이이이이이이이이이이이이이이이이이이이이이이이이이이이이이이이이이임————!!!!"

모든 것을 찢어발기는 듯한 외침이, 얼어붙기 직전이던 내 귀에 들려왔다.

순간, 따스한 마력이 온몸에 휘몰아쳤다.

아니, 따뜻한 정도가 아니리 뜨거웠다. 부글부글 끓는 듯한 마력이 차올랐다.

그 열기에 의해, 아득히 멀어져 가던 의식이 단숨에 돌아왔다.

『정지』해 있던 사고능력이 돌아가기 시작했다.

"어, 어? 어, 라……?"

방금 무슨 목소리가 들린 것 같은데…….

더없이 소중한 목소리가, 내 귀에…….

어느새, 그렇게 무거웠던 눈꺼풀이 가벼워져 있었다.

그 덕분에 이제야 외부의, 하얗게 덮인 왕도를 다시 볼 수 있었다.

"──아!"

그리고 눈을 번쩍 뜬 내 앞에는, 기억에 없는 한 남자의 뒷모습이 있었다.

의복은 넝마쪼가리.

소매 밖으로 나온 팔다리는 멍과 찰과상으로 뒤덮여 있었다.

수많은 격전을 헤쳐 나온 것 같은 넓은 등.

그 목덜미에서 나뭇가지와 잎사귀가 뻗어 있는 것으로 보아, 그가 드리어드라는 걸 한눈에 알아볼 수 있었다.

그리고 그 나뭇가지와 잎사귀에 하얀 머리칼이 얽혀 있는 것을 보고, 그 뒷모습이 자신이 그렇게 갈망하던 존재임을 깨달았다.

아, 아이드——?

내 앞에 아이드가 서 있다는 것을 깨닫고, 넋이 나갈 뻔했다. 환상이 아닐까 하는 생각도 잠시 들었지만, 『이치를 훔치는 자』의 이름에 걸맞은 그 마력은 틀림없이 실재하는 것이었다.

아이드가 있었다. 그 성을 빠져나와서, 맨몸으로 내 앞에 서 있다.

그건, 다시 말하자면—— 이제 기대해도 된다는 뜻일까?

천 년의 세월이 지난 지금, 국가의 『재상』이라는 지위에 얽매여 있던 『남동생』이 드디어 돌아왔다고——, 우리 남매가 드디어 재회할 수 있게 됐다고——, 얼굴을 마주하며 기뻐해도 된다고——, 이 뒷모습에 기대를 걸어도 되는 걸까?

나보다 훨씬 넓은 등을 보며, 다시 망설였다.

확인하기가 두려웠다.

말을 걸기가 두려웠다.

마주했을 때, 아이드가 아직 『재상』의 모습으로 나를 『로드』라 부를까봐 두려웠다.

지금 남매라는 것을 부정당하면, 추위에 약해진 마음이 무너져 버릴 테니까——

"——**누님**. 다행입니다, 이번에는 늦지 않았네요."

하지만 힘찬 목소리가 그 걱정을 떨쳐내 주었다.

먼저 말을 건 것은, 아이드.

나를 『누나』라고 부르면서 이쪽을 돌아보았다.

내 기억 속에 있는 『재상』 아이드와 같은 얼굴이 보였다. 하지만 표정은 전혀 달랐다.

"죄송합니다. 너무 오랜 시간 동안……, 네, 정말 오랜 시간 동안 기다리게 했습니다. 하지만 이제 누님 곁으로 돌아왔습니다. 당신의 『남동생』은, 이제 두 번 다시 당신을 외톨이로 두지 않습니다."

『남동생』은 또박또박 사죄의 말을 자아냈다.

강적 『로드』로부터 나를 보호하듯 내 앞을 막아서고, 자신을 나의 『남동생』이라 말해 준 것이다.

"아, 아이드……."

오랜 세월 동안, 나는 이 순간을 기다려 왔다.

천 년도 넘는 아득한 세월을, 항상 기다려 왔다.

미궁 속, 그 가짜 비아이시아에서, 지옥 같은 속죄를 거듭하고, 마음을 부숴 버려도 끝나지 않은 삶에 절망하고, 나락의 밑바닥에서 수도 없이 울고──그러면서도 나는 이 『남동생』을 기다려 왔다.

"네. 여기 있는 저는 당신의 『남동생』 아이드입니다."

"아, 아아, 아이드!! 드디어 제정신으로 돌아왔──."

"아뇨, 그건 아닙니다. 그런 게 아닙니다, 누님."

환희에 가득 찬 나는, 당장 일어서서 끌어안으려 했다.

하지만, 아이드는 고개를 저어 그런 나를 제지했다.

그리고 나와 얼굴을 마주하는 것을 피하듯, 앞쪽을 응시했다.

이, 이럴 수가……. 설마, 아직 제정신이 돌아오지 않은 건가……?!

그런 불안이 뇌리를 스쳤다. 기껏 마음속에 불을 지폈던 온기가 다시 식어 버릴 것만 같았다.

"지금까지 저는 항상 제정신이었습니다. 제정신으로, 모든 걸 계산한 끝에 당신을 『로드』로 만들어서, 이용하려고 했습니다. 당신이 괴로워하는 걸 알고 있었으면서도, 자기밖에 모르는 아이드라는 남자는 모른 척만 했습니다. 저는 변명의 여자가 없는 비겁자입니다……. 정말, 죄송합니다……."

천 년 전뿐만 아니라, 태어나서 오늘 이 순간까지 항상 제정신이었다고 아이드는 말했다.

그가 그 사실을 부끄러워하고 있다는 건, 움켜쥐고 있는 두 주먹에서 흐르는 피를 통해 알 수 있었다.

지금 아이드는 나를 볼 면목이 없어서 앞을 향하고 있다.

"네, 저는 고집스럽고 어리석은 비겁자였습니다! 하지만, 이제는──!!"

하지만, 그래도 아이드는 마음이 꺾이지 않은 채 외쳤다.

"이제 두 번 다시 비겁한 짓은 하지 않겠습니다! 절대로, 당신을 『로드』라 부르지 않겠습니다! 짐이 될 수 있는 기대는 하지 않겠습니다! 물론『재상』이라는 지위에 기대지도 않 겠습니다! 당신을 이용하며 살아가는 부끄러운 짓은, 두 번 다시 하지 않겠습니다! 그러니까──!! 그러니까, 모쪼록 부탁드리겠습니다──!!!!"

그리고 조금의 주저도 없이, 몸에 두르고 있던 넝마쪼가 리 상의를 벗어 던지고, 드리어드인 자신의 모든 것을 이 세 상에 드러냈다.

"티티 누님의『남동생』노릇을 해도 괜찮겠습니까?! 이렇 게 한심하고 또 한심하고 못 미더운 제가 그래도 되겠습니 까?! 그래도, 앞으로는 더 강해지겠습니다! 무슨 일이 있어 도, 꼭 강해지고 말겠습니다!!"

이어서, 아이드는 눈에 쓰고 있던 안경도 벗어서 부수고, 새하얀 땅바닥에 내버렸다.

그 외침과 함께, 아이드의 열기와 감정이 내 마음에 와닿 았다.

지금이라면, 그렇게 멀게만 느껴졌던『남동생』의 마음도 이해할 수 있었다.

"한 번만 더!! 당신의『남동생』아이드로서 곁에 두어 주 십시오!!"

내 남동생이,『남동생』으로 있게 해 달라고 부탁했다.

그 부탁을 듣고, 나는 옛 기억을 떠올렸다.

그리워서 눈물이 날 것만 같았다.

남매가 된 순간의 기억이 머릿속에 휘몰아쳤다.

지금 아이드는 그때와 같은 모습이었다. 옷이라고는 넝마가 된 아랫도리 한 장, 만신창이가 되어 제대로 걷지도 못했다. 자기 자신의 존재에 대한 자신감이 없어서, 그저 이름을 찾아 방황하고 있었다.

하지만 그 시절과 다른 점이 하나 있었다.

그것은 바로, 우리가 천 년의 세월을 거쳐 조금 『어른』이 되었다는 것.

그렇기에, 나의 대답도 천 년 전과는 조금 달랐다.

"무, 물어볼 것도 없는 것 아니냐! 너는 내 『남동생』이다! 오래전부터! 아주 오랜 옛날부터 아이드는 나의 『남동생』이었다아아아아아아아아아아───!!!!"

나와 아이드는 이제 더 이상 어린애가 아니다.

너무나도 기나긴 시간을 살아오면서, 키가 자라고, 『어른』이 되었다.

그러니까 달라진다. 남매가 맺은 약속의 의미가, 지금 이 순간, 달라진다──!

"그 관대한 마음에 감사드립니다! 티티 누님, 뒷일은 제게 맡겨 주십시오!!"

천 년 전에는 항상 내가 아이드 앞에 서 있었다.

누나인 내가 남동생인 아이드를 이끌고, 지켜주겠노라고 맹세했었다.

아이드의 손을 잡아끌며 앞서 달리고, 몰려드는 고난들을 모조리 떨쳐내 주려 했다.

하지만, 천 년이 지나서, 둘의 위치는 완전히 뒤바뀌었다.

지금 앞에 서 있는 것은 아이드고, 뒤에서 보호 받는 것은 나──!

기뻤다. 누나로서 기쁨을 감출 길이 없있다.

천 년 후의 미래에 다다라서야, 아이드가 나를 넘어서려 하고 있다.

그 어리던 아이드가 이렇게 많이 달라졌다.

아직 수척하고 썩 건강해 보이지는 않는 몸이지만, 나보다 크다. 훨씬 더 크다.

무엇보다, 그 등에 있는 드리어드 특유의 푸른 잎사귀를 더 이상 감추려 하지 않았다. 남에게 의지하고 성장시키는 마력에서, 자기 자신을 믿고 성장하는 마력으로 변한 것이다.

그 마력의 열기가 적의 차가운 마력을 밀어내고 있었다.

한겨울의 맹추위 속에 잠긴 세계에서, 아이드는 한 발짝씩 앞으로 나아가며 외쳤다.

그것은 적을 향해 외치는 목소리가 아닌, 아군을 향해 외치는 목소리도 아닌, 마치 세계를 향해 퍼붓는 것 같은 맹세였다.

"──들어라! 나는 경애하는 티티 누님의『남동생』, 아이드!『아이드』다!! 나약하던 나는 이제 없다!!"

이 세계에 퍼부은 것은, 내가 붙여준 이름. 아이드는 자신이『아이드』임을 천명하고, 그 커다란 등으로 나를 보호하며 한 발짝씩 전진했다.

"티티 누님! 이번에는 누님이 저에게 기대를 걸어 주십시오! 이 아이드에게 맡겨 주십시오! 이 아이드의 등에 기대어 주십시오!!"

아이드가 한 마디 한 마디 외칠 때마다, 내 마음에 느껴지던 한기가 사라져 가고, 몸의 떨림도 잦아들었다. 어린 시절에 느꼈던 고향의 따스함이 가슴속 깊은 곳에서 샘솟았다.

"이제야 『나』의, 가디언 아이드의 『미련』을 깨달았다! 그건 바로, 오랫동안 누님 곁에 함께하지 못했던 것! 누님을 괴롭히는 것들을 하나도 없애 주지 못했던 것! 그 할아버지 할머니와 나누었던 약속을 지키지 못한 것! 그래, 그게 나의 『미련』이었다아아아아아아아아──!!!!"

그 아이드가, 그 『로드』를 향해 노골적인 적의를 드러내면서 삿대질하고, 나를 위해 고함쳐 주고 있다! 그 사실만으로도 마음이 뜨겁게 달아오른다!

"누님! 지금 제가, 당신을 괴롭히는 것들을 모조리 물리쳐 드리겠습니다! 『나무의 이치를 훔치는 자』도 『비아이시아 국 재상』도 아닌, 그저 티티 누님의 『남동생』으로서! 이 아이드가, 티티 누님을 괴롭히는 『로드』를 물리치겠습니다!! 물리치고 말겠습니다!!"

항상 듣고 싶었던 말이었다.

나락의 바닥에서 홀로 천 년 동안 울면서, 항상 기다려 마지않은 말이었다.

"아아, 이제야 알았다! 내가 가디언으로서 가진 의의! 태어난 의미도! 지금 이 순간, 확실히 알았단 말이다아아아──!!"

『남동생』은 선언했다.

그렇다. 조건이 갖추어진 『지금』에 이르러서, 아이드는 세계를 향해 외친 것이다.

**『여기』가, 천 년 후의 비아이시아가 바로 40층!『나무의 이치를 훔치는 자』의 층! 내 마음의 나약함을 깨부수기 위한 전장이다!! 그 40층에, 드디어 도전자가 도착했다!! 그건 바로『나』! 내가 마련한『시련』을 받는 것은 카나미 님도 티티 누님도 아니다! 바로『나』였다! 그래, 사실은 처음부터 알고 있었어! 이『시련』만은 다른 누구에게도 맡겨서는 안 된다는 걸! 바로 나 자신이, 이『시련』을 이겨내야 하는 도전자였으니까!!"**

자신은 가디언이면서, 동시에 미궁의 도전자이기도 하다는 것을 선언했다.

그리고 다른 이에게 맡기지 않고 자기 힘으로 극복하겠다는 도전장을 세계에 내던졌다.

"내 힘으로『로드』를 넘어서겠다! 나 스스로『나』를『증명』하겠다! 다른 누구도 아닌 내가 하는 수밖에 없어! 당연히 그래야 해──!!"

아이드는 눈앞에 있는 인생 최강의 적을 상대로도 조금도 움츠러들지 않고 나아갔다.

"내가 만든『로드』를 없앨 수 있는 건! 오직 나뿐이니까──!!"

단 하나밖에 없는 누나인 나를 지키기 위해서.

아이드는 자신의 이상 그 자체인『로드』에게 맞서려 하고 있다――!

"아, 아아, 아아아아아……! 아이드……!"

그 뒷모습을 지켜보는 나는, 눈물이 앞을 가려 아무것도 보이지 않을 지경이었다.

흐르는 눈물을 주체할 수가 없었다.

하지만 이내 울고만 있을 때가 아니라는 것을 깨닫고, 그 눈물을 떨쳐냈다.

이제 똑같은 실수는 두 번 다시 되풀이하지 않을 것이다. 되풀이해서는 안 된다. 이 믿음직한『남동생』의 등을 넋 놓고 쳐다만 보고 있는 건 누나 자격도 없는 짓이다.

우리는『남매』.

남매니까, 둘이 함께 걸어가야만 한다.

그것이 얼마나 소중한 것인지, 나는 천 년의 세월을 들여 배웠다. 목숨을 걸고, 마음이 망가지고, 북부 백성들에게 피해를 끼쳐 가면서까지 배운 것이다. 여기서 움직이지 않으면, 나를 배웅해 준 이들에게 면목이 없다. 오늘까지 키워 준 모든 사람들을 볼 낯이 없다――!!

결코 아이드가 혼자 싸우게 하지는 않을 것이다. 덮어놓고 맡겨만 놓지는 않을 것이다.

우리는 둘이다. 이제 혼자가 아닌 둘인 것이다!

앞으로, 죽는 그 순간까지――!

아니, 죽은 뒤로도 영원토록──!

우리 남매는 둘! 둘이었으니까!

둘이 같이 싸우자, 아이드──!!

◆ ◆ ◆ ◆ ◆

나는 그런 남매의 재회를 지켜보았다.

원래는 내가 먼저 비아이시아 성을 나서려 했지만, 놀랍
게도 아이드에게 역전당하고 말았다. 그리고 아이드는 나
보다 먼저 티티 앞을 막아서기까지 했다.

결투에는 이겼지만, 승부에서는 진 기분이었다.

하지만 져서 다행이었다. 질 수 있어서, 정말 다행이었
다──.

남동생의 기대에 부응하기 위해 오랫동안 자신을 꾸며 왔
던 티티.

누나 곁에 있기 위해 오랫동안 자신을 꾸며 왔던 아이드.

두 사람은 자아를 잃고 나락의 밑바닥에서 오랜 시간 방
황했다. 하지만 이제 누나가 『로드』 노릇을 하는 일도, 남동
생이 『재상』 노릇을 하는 일도 없을 것이다. 천 년 후의 마
지막 적『로드』 앞에서, 가까스로 재회에 성공한 것이다.

"으으……. 삭신이 다 아파아아아……. 쓰다듬어 줘, 카
나미이……."

나는 그토록 염원하던 재회를 멀리서 지켜보며 살짝 감동

에 젖어 있었는데, 그런 나의 감동은 옆에서 눈물을 글썽거리고 있던 스노우에 의해 깨져 버렸다.

"좋아. 말을 할 수 있는 걸 보니, 이제 괜찮은가 보네."

보아하니 동상 이외의 별다른 부상은 없었다.

나는 스노우의 머리를 툭 치고, 그녀에게 걸어 주고 있던 회복마법을 중단시켰다.

"아우."

"이제 스노우는 물러나도 돼. 뒷일은 나에게 맡겨."

그리고 스노우를 뒤로 물린 다음, 진정한 적 앞에 섰다.

히타키 쪽은 아이드 남매에게 맡길 생각이다.

그 남매에게 맡겨 두면, 내 동생의 『로드』라는 역할은 끝날 거라는 확신이 있었다.

그렇다면 내가 해야 할 일은 하나.

새하얘진 가도 저편에 서 있는 한 명의 사도.

엷은 황금색으로 빛나는 마력을 휘감은 시스. 그녀의 발을 묶는 일이다.

"아이드 남매에게 손은 대지 마. 네 상대는 나니까."

내가 막아선 것을 보고, 시스는 여유로운 표정으로 말을 걸었다.

"아핫. 역시 레거시가 마련한 『나무의 이치를 훔치는 자』로 맹우를 잡아내는 건 힘들었나 보네. 하지만 내가 마련한 『물의 이치를 훔치는 자』가 있는 한, 맹우의 승리는 있을 수 없을 텐데?"

히타키의 힘에 대해 절대적인 자신감이 있는 것이리라. 아이드 남매와 히타키의 대결을 방해하려는 기색은 없었다. 오히려 이대로 나와 같이 관전하려는 듯한 태도였다.

이해관계가 일치하는 걸 확인한 나는, 전의를 누그러뜨렸다. 그리고 시스는 히타키에게, 나는 아이드와 티티에게 도박을 건 관전이 시작되었다.

"아이드는 히타키를 이길 수 없어. 아니, 애초에 『이치를 훔치는 자』가 몇 명이 덤비든 히타키를 이길 수는 없어. 세계의 규칙으로 그렇게 정해져 있으니까."

"그렇겠지. 저 히타키는 강해 보이니까. 나머지 전원이 덤벼도 이길 수 없을지도 모르지."

나도 시스와 같은 방향을 바라보며 동의했다.

『물의 이치를 훔치는 자』이자 『로드』이기도 한 히타키의 마력은 어마어마했다. 왕도를 자신의 필드로 바꾸었으니, 이 공간 안의 온도도 마력도 자유자재로 다룰 수 있을 것이다.

이 빙결결계 안에서 마법 전투를 벌이는 한은 무적이라는 것을, 〈디멘션〉을 통해 얻은 정보로 미루어보아 알 수 있었다.

"…………? 그 몸에 있는 마석을 넘길 마음이 든 거야?"

순순히 히타키의 힘을 인정하는 나를 보고, 시스는 어리둥절해서 고개를 갸우뚱거렸다.

"아니, 그럴 생각 없어. 다만, 그래도 이기는 건 아이드라는 얘기를 하려는 거야."

나는 미소 띤 얼굴로 고개를 가로저었다.

결투 전에 느꼈던 걱정은 이제 조금도 남아있지 않았다. 지금 이 상황이야말로 최고의 미래라는 것을 알고 있기에, 웃으며 지켜볼 수 있었다.

"뭐? 그래도 아이드가 이긴다고……?"

시스는 내가 하는 말을 이해하지 못하는 것 같았다.

하지만 내 안에서 그건 이미 확정된 일이나 다름없었다.

〈디멘션〉으로 살펴본 결과, 아이드는 만신창이. 피범벅에 상처투성이. 근육뿐만이 아니라 인대까지 파열되고, 뼈도 여러 군데 부러져 있었다. 마력이 흘러나오는 발원지의 출구가 내 마법에 의해 틀어져 버리는 바람에, 마법도 제대로 쓸 수 없는 상황이었다.

게다가 이 겨울의 세계에서 지속적으로 체온을 빼앗겨서, 당장이라도 온몸이 얼어붙을 것만 같았다.

냉정하게 말해서, 죽어도 이상할 게 없는 상황이었다.

──그래도, 아이드는 지지 않겠다고 맹세했다.

그렇다면 그 말이 맞을 것이다.

나는『무투대회』결승 때 로웬의 모습을 떠올렸다.

결국, 지금까지 싸워 온 가디언들과 지금의 아이드는 똑같았다.

사람이 목숨을 바쳐서 싸울 때는, 그런 순간이 있다. 몸의 컨디션 따위는 상관없다. 죽음과 직면한 상태라도 상관없다. 그 마음이 꺾이지 않는 이상은 움직일 수 있을 거라 믿고── 실제로도 움직인다. 마음이 모든 것을 초월해서, 최악의 상태임에도 최고의 상태라 우길 수 있는 순간.

이 순간만큼은, 아이드는 누구에게도 지지 않는다.

나에게도, 사도이게도, 누나에게도, 자기 자신에게도, 물론 『로드』에게도 지지 않는다.

그렇기에 나는 안심하고 지켜볼 수 있는 것이었지만, 시스는 맹렬하게 반론했다.

"무슨 말도 안 되는 소리를……. 『나무의 이치를 훔치는 자』는 『이치를 훔치는 자』 전체를 통틀어서도 최약체야. 레거시 녀석이 그렇게 정했어! 『대가』를 통해서 이미 확정됐어! 그런 아이드가 난입했다고 해서 달라질 건 아무것도 없어!"

"그래, 알아. 하지만 사도 레거시 녀석은 아이드에게 엄청 큰 기대를 하고 있었던 모양이야."

"뭐, 뭐야? 기대?"

"이봐, 시스. 나는 『이치를 훔치는 자』들의 진정한 『마법』을 본 적 있어?"

시스는 그녀 나름의 근거를 바탕으로 고개를 가로저었다.

그에 맞서, 나는 내 나름의 근거를 바탕으로 내 자신감에 대해 설명해 나갔다.

"남에게 빌린 인생을 살고, 독선에만 빠져 살아가는 너는 절대로 이해할 수 없는 힘이야. 똑똑히 지켜봐. 이것이 진정한 『마법』이야. 분명, 이게 바로 나와 성인 티아라가 둘이서 꿈꾸었던 **진정한——**."

시스는 내 얘기에 거짓이 없다는 걸 느낀 건지, 얌전히 입을 다물었다. 그리고 나와 같이 아이드를 주시하기 시작했다. 내가 그렇게 말한 이상 조금도 놓치지 않겠다는 듯, 멀리서 벌어지고 있는 싸움을 다시 관전하기 시작했다.

이 싸움이 끝난 후, 아마 나와 시스는 실감하게 될 것이다. 『마법』이란 무엇인가. 그 본질을.

티티의 기억으로 미루어보아, 『마법』의 시작은 옛날이야기였다. 그것을 모방해서 『이치를 훔치는 자』들이 기적을 일으켰다. 다음으로 시조 카나미가 전세계에 『주술』을 침투시키고, 이어서 성인 티아라가 그것을 누구나 쓸 수 있도록 개량했다.

현대의 사람들은 그 모든 것들을 뭉뚱그려서 『마법』이라 부른다.

하지만 진정한 『마법』은 따로 있다는 게 내 생각이었다.

이제 곧 사라질 남매를 통해, 나는 그 실체를 볼 수 있을 것이다.

아이드와 티티, 그 둘이 인생의 모든 것을 걸고 얻어낸 해답이 바로 『마법』.

그것을 놓치지 않기 위해, 나는 〈디멘션〉을 전개했다.

"──『로드』ㅇㅇㅇㅇㅇㅇㅇ!!"

나와 시스의 시선 너머, 『이치를 훔치는 자』들 간의 전투

중에, 아이드의 포효가 울려 퍼졌다.

오른팔에 나무를 휘감아서 팔을 비대화시키고, 눈 쌓인 가도 위를 질주했다.

이에 맞서, 히타키는 얼어붙은 분수 위에서 조금도 움직이지 않고 냉정하게 마법을 영창했다.

"——〈아이스실드 라운드〉."

히타키와 아이드 사이에 거대한 마법진이 전개되고, 그것이 그대로 얼음 방패로 변했다.

히타키가 생성한 그 거대한 방패에, 집 한 채 정도는 넉넉히 짓이겨 버릴 수 있을 법한 아이드의 거대한 팔이 날아들고, 직격했다.

어마어마한 두 질량의 충돌에 의해, 왕도 전체가 뒤흔들렸다.

땅이 쪼개져도 이상할 게 없을 만큼의 대지진이었지만, 아이드의 주먹이 방패를 파괴하는 일은 발생하지 않았다. 금 하나 가지 않은 얼음 방패를 향해, 아이드는 다음 카드를 사용하려 했다.

"역시 전설의 『로드』! 힘만 가지고는 꿈쩍도 안 하는군요!! 그럼 이번에는——!!"

"아이드야! 나도 도와주마!!"

하지만 그 전에 티티가 따라붙었다.

아이드 옆에서 바요넷을 움켜쥐고 함께 싸울 의사를 표했지만, 남동생은 그 제안을 거부했다.

"누님은 물러서 계십시오! 제가 맡아 싸우겠습니다!"

아까 선언했던 대로,『로드』를 상대로 누나를 지키고 말겠다고 호언장담했다.

하지만 티티는 기쁜 표정으로 고개를 가로저었다.

"아니, 이제 괜찮다, 아이드. 너는 이미 자기 자신을 이겨 냈어. 여기 있는 건 바로 내『남동생』아이드다. 아주 강하고 믿음직한, 자랑스러운『남동생』이야. 그러니까——."

티티는 앞으로 아이드가 걷게 될 길을 알고 있다.

더 이상 아무것도 모르는 어린아이가 아니기에, 다정하게 타일렀다.

**"혼자서 싸워서는 안 된다.** 허세를 부리느라 혼자서 싸우다가는, 이 누나처럼 후회하게 될 게야. 혼자 싸우는 건 외로워. 아주 끔찍하게 외로운 일이야. 그러니까, 둘이 같이 걷자꾸나."

"누, 누님……?"

"무엇보다, 저『로드』는 우리 둘이 만들어낸 물건이다. 그러니, 우리 둘이서 물리치는 게 도리지. 그렇지 않으냐?"

티티답게 빙긋 웃으며, 힘을 모아 싸울 것을 제안했다.

그 말에 아이드는 잠시 내키지 않는 듯한 표정을 보였다. 사랑하는 누나를 위험에 처하게 하고 싶지 않다는 그 심정은, 멀리서 지켜보고 있는 나도 알아볼 수 있었다.

그런 아이드의 태도에, 티티는 화내거나 황당해하지 않고 차분하게 말을 이었다.

"아이드……, 둘이 같이 돌아가자꾸나……."

"둘이 같이, 돌아간다……?"

"그래, 그 고향으로 돌아가는 게다……. 나는 돌아가고 싶어! 너와 둘이서, 둘이서 돌아가고 싶단 말이다……! 그러기 위해서, 이렇게 너를 데리러 온 게야!!"

진심 어린 소원을 털어놓았다.

이제 더 이상 아이드가 홀로 싸우는 것은 불가능했다.

순순히 고개를 끄덕여 대답하고, 누나와 같은 소원을 얘기했다.

"……네!! 저도 같이 돌아가고 싶습니다! 같은 『귀로』를 걷고 싶습니다!!"

"그렇다면, 함께 싸우자꾸나! 내 동생, 아이드야!"

"함께 가시지요! 티티 누님!!"

이렇게 해서, 『나무의 이치를 훔치는 자』와 『바람의 이치를 훔치는 자』가── 혼자 힘으로도 나라 하나쯤은 기울게 만들 수 있다고 일컬어지는 가디언이── 적을 물리치기 위해 나란히 섰다.

『로드』는 상대의 수가 늘어난 것을 확인하고, 공기중에 헤아릴 수 없이 많은 얼음 화살을 생성했다. 적이 늘어났다 해도, 모조리 처치해 버리면 그만이라는 듯한 연속적 마법 구축이었다.

"──〈아이스애로우 펄플라워〉."

하늘에서 내리는 눈에 맞먹는 숫자의 얼음 화살이 순식간에 공중을 채우고, 남매에게로 쏟아졌다.

"그럼 누님! 보조를 맡아 주십시오! 선봉은 제가 맡겠습니다!!"

그런 가운데, 아이드는 아무런 주저도 없이 신두에서 내달렸다.

나무로 거대화시킨 팔을 갈고리 모양으로 변형시키고, 자신이 전위를 맡겠다고 나섰다.

"그래! 원거리 공방전이라면 밀릴 일은 없다! 너의 길은 내가 만들어주마! ——마법 〈플라이슈츠〉!!"

티티는 팔의 바요넷을 하늘로 겨누고, 곧바로 바람 탄환을 연달아 발사했다.

탄환은 한 발 한 발이 다수의 얼음 화살을 파괴했다. 그리고 그 조준은 백발백중. 달리는 아이드를 놀고 날아드는 것만을 정확하게 요격해서, 화살비 속에 동굴 같은 길을 만들었다.

아이드는 누나의 힘을 믿고, 조금의 망설임도 없이 길을 내달렸다.

그 완벽한 연계 작전 때문에, 히타키는 한 번 더 마법을 구축해야만 했다.

"——〈프리즈 니블헤임〉."

"——〈짓테르트 와인드〉!"

결계의 냉기가 거세어졌다. 하지만 그 결계 안에 부드러운 바람이 휘몰아쳐서, 달려가는 아이드에게 덮쳐들려는 『정

297

지』의 냉기를 상쇄시켰다.

"역시 누님! 저는 똑바로 달려가기만 하면 되겠군요──!!"

아이드는 길을 내달려서, 적에게까지 도달했다.

하지만 적이 있는 곳은 얼어붙은 분수 위. 일단 적을 끌어내리기 위해, 얼어붙은 분수를 팔로 후려쳤다. 얼음기둥이 분쇄되고, 얼음 파편이 요란하게 흩날렸다.

얼어붙은 분수 위에서 한 발짝도 움직이지 않은 채 대응하고 있던 히타키가, 드디어 공중에 내팽개쳐졌다.

아이드가 그런 히타키에게 달려들었다.

"──〈익스 블리자드〉."

히타키는 떨어지면서도 차분하게 적절한 마법을 선택했다.

달려들던 아이드에게 눈보라가 몰아쳤다. 구축 시간이 짧았던 탓인지, 조잡하고 약한 마법이었다. 하지만 공중에 있던 아이드에게는 효과적이어서, 그는 아무런 저항도 못 하고 나가떨어졌다.

적절한 마법 선택 덕분에, 히타키는 안전하게 땅에 착지할 수 있었다.

한편, 나가떨어진 아이드는── 후방의 티티를 발판으로 착지했다.

아이드의 두 발이 티티의 양팔을 밟고, 두 남매는 호흡을 맞추었다.

누나가 양팔로 남동생을 날려 보냈고, 아이드는 트램펄린 하듯 날아갔다.

"━━윽! ━━〈블리자드〉."

재정비 속도가 워낙 빨랐기에, 히타키는 큰 마법을 구축할 수 없었다.

즉흥적으로 다시 빙결마법을 내쏘았지만, 그것은 아이드의 주먹에 의해 상쇄되었다. 그러다 보니 후퇴하면서 연속으로 빙결마법을 구축해야 하는 상황에 내몰렸다.

전황이 달라졌다.

히타키의 대응이 조금씩 늦어지고, 아이드의 주먹이 히타키에게 접근해 갔다.

완벽한 호흡을 자랑하는 남매의 연속 공격이 적을 몰아붙였다.

그리고 불과 몇 번의 교전 만에, 전황은 남매 쪽으로 완전히 기울였다. 수세에 몰린 히타키는 숨 돌릴 틈조차 없었지만, 남매는 싸우면서 얘기를 나눌 정도의 여유까지 있었다.

"━━하, 하핫, 하하핫, 할 수 있어! 할 수 있겠구나, 아이드!!"

"네! 계속 이렇게 둘이 같이 싸웠어야 하는 거였군요! 우리 남매는!!"

이 최후의 순간이 지나는 게 아쉽다는 듯, 두 사람은 전투 중임에도 지금까지의 시간을 메우는 대화를 주고받았다.

"하핫! 이보거라, 아이드야! 전투 중에 이러긴 좀 그렇지만, 실은 들려주고 싶은 얘기가 있다! 해도 되겠느냐?"

"이런 상황에서 말입니까?! 하는 수 없군요! 말씀해 보시죠, 누님!!"

그 강력한 『로드』 앞에서, 처절한 고속 전투의 와중에, 두 사람은 아예 어린아이들처럼 담소를 나누기 시작했다. 그런 모습에 나는 황당할 따름이었다. 하지만 미소를 머금은 채 그 모습을 지켜보았다.

"여기까지 오면서 말이지! 참 많은 것들을 보았다! 그 얘기를 좀 해주고 싶구나!"

"네! 알고 있습니다! 다만, 많은 것들을 보고 배운 것은 저도 마찬가지입니다!"

"나는 미궁에서 말이지! 많은 사람들의 혼을 구했다! 천 년 전에 구해주지 못했던 수만큼, 열심히 애써서 구해주었지! 어떠냐, 대단하지 않으냐?!"

"저는 지상에서 불우한 사람들을 많이 치료해 주었습니다! 천 년 전에는 손을 잡아주지 못했던 사람들에게 손을 내밀어줄 수 있었죠! 참 잘 하지 않았습니까?!"

서로 자랑을 주고받으면서도, 두 사람은 꾸준히 앞으로 나아갔다.

새하얀 가도를 따라 후퇴를 거듭하는 『로드』를, 일방적으로 밀어붙였다.

이쯤 되니 아예 전투가 덤처럼 느껴질 정도였다.

"미궁에서 나온 뒤에는 말이지! 연합국에서 마음껏 놀았어! 정말 재미있더구나!!"

"저도 연합국에서 하고 싶은 건 다 했습니다! 정말 보람있는 1년이었습니다!!"

"티아라 녀석이 남긴 대성당에서도 놀았어! 티아라 녀석이 만든 마법을 구경하고 다니기도 했지!"

"티아라 님의 유산이라면 저도 많이 보있습니다! 네, 솔직히 하나같이 근사하더군요!"

"그러고 보니 대장간 일도 좀 했었어! 월스 녀석에 비하면 보잘것없지만, 멋있는 검도 만들었지! 그걸 귀여운 여동생에게 물려주었다!!"

"저는 북부와 남부를 불문하고, 제가 가진 여러 지식을 가르쳐주고 다녔습니다! 물론 자랑스러운 학생들에게 수업도 빠짐없이 진행하면서 말이죠!"

그 담소는 워낙 빠르게 오가서 알아듣는 게 고역이었다. 하지만 그게 두 사람의 유언임을 알고 있었기에, 나는 필사적으로 귀를 기울였다. 두 사람이 『로드』와 싸우는 모습도, 두 사람이 마지막으로 나누는 담소도, 남김없이 기억해 나갔다.

"아아, 돌이켜보면 참 길었구나! 정말 괴로운 일이 수도 없이 많았어! 몇 번 눈물을 흘렸는지 헤아릴 수도 없을 정도야!"

"네, 정말 기나긴 세월이었죠! 몇 번이나 나 자신을 잃었던지! 많은 분께 참 많은 피해를 끼쳤습니다!!"

"그 심정은 나도 알겠구나! 자신을 잃는 건 참 괴로운 일이지! 숨도 쉴 수 없을 만큼 힘들었지!! 하지만, 그래도 소중한 것은 마지막까지 남아있었어! 그 덕분에, 우리는 이렇게 돌아올 수 있었던 게야!!"

"맞습니다! 모든 것을 잃는다고 해도, 변하지 않는 건 있는 법입니다! 이 마음속에! 언제나 남아있었습니다!! 감사합니다! 할아버지, 할머니!!"

"그래!『지금』『여기』에 있던 소중한 것을, 우리 둘이 온 세계에 알리는 게다!"

"네, 둘이 같이 외치는 겁니다! 우리 남매의 이야기를! 그 모든 것을, 마지막으로!!"

그때, 살랑살랑──어디선가 따뜻한 바람이 불었다.

기분 좋은 바람이었다.

마법명은 알 수 없었다. 마법 구축도 느껴지지 않았다. 아마 두 남매의 싸움과 담소 그 자체가 인생이 되고,『영창』이 된 것이리라.

그『영창』에 세계가 반응해서, 주위의『마의 독』이 바람으로 변해 갔다.

"그래, 드디어 마지막 순간이 왔구나! 그리고 지금 눈앞에 있는『로드』가 바로, 우리의 마지막 적!"

"마지막 적은 우리가 동경하던 꿈! 이상 그 자체! 하지만 지금의 우리가 더 강합니다! 훨씬 더 강합니다!"

두 사람의 유언에 맞추어 바람이 불어왔다.

그 따스한 바람이, 쏟아지는 눈을 조금씩 녹여 나갔다.

조금씩, 살갗을 얼려버리던 세계가, 살갗을 따뜻하게 하는 세계로 변해 나갔다.

땅에 가득 깔려 있던 눈이 녹고, 그 밑에서 새로운 생명이 움트기 시작했다.

새하얗던 왕도가 조금씩 비취색과 녹색으로 물들이갔다.

초목이며 꽃들이, 햇빛이며 봄바람이, 조금씩 세계를 탄생시켜 나갔다.

얼음의 세계를 침략하는 따스한 바람에, 그들을 상대하는 『로드』는 놀라는 기색이 역력했다. 거의 잠들어 있다시피 하고, 표정은 보이지 않고, 눈 속 깊은 곳은 보이지 않지만―― 틀림없이, 기적이라 할 수 있는 이 현상에 동요하고 있었다.

"가자, 내 남동생 아이드! 뒤처지지 말고 잘 읊어야 해!"

"네, 티티 누님! 이제 두 번 다시 뒤처지는 일은 없을 겁니다!"

그리고 지금, 티티와 아이드가 『로드』의 모든 것을 부숴버리겠다는 듯, 오늘 사용한 것 중에서도 가장 강력한 마력을 분출시켰다. 마지막 『영창』을 자아내면서.

"――『이 몸은 지옥도를 질주하는 혼』!

『나를 추락시킨 세계를』『이 땅의 밑바닥에서 원망해 왔다――!!"

누나가 자아내는 것은, 마법 〈로드 오브 로드(▓도낙토, ▓道樂土)〉의 『영창』.

"――『나는 외톨이, 이름도 무엇도 없는 나의 혼』

『길 잃은 아이는 세계에 이끌려』『역광의 끝까지 달렸다』──!!"

남동생이 자아내는 것은, 마법 〈로스트 비 아이시아(왕▒ 낙토, 王▒樂土)〉의 『영창』.

둘 다 스스로의 인생을 한탄하고, 후회하고, 적과 함께 나락의 밑바닥으로 떨어지는 것 같은 마법이었다. 솔직히 말해서, 그 결락된 마법명에 어울리는 미완성의 마법이었다.

""『그러나!! 지금, 두 아이의 길이 교차했다』!!""

하지만 미완성인 건 당연한 일. 그 마법의 『영창』에는 뒷내용이 있었던 것이다.

당연했다. 그렇게 기나긴 두 사람의 인생 그 자체라 할 수 있는 『영창』이, 불과 한두 문장으로 끝날 리가 없다. 외톨이가 되는 걸 그렇게 싫어했던 두 사람의 인생 그 자체라 할 수 있는 『마법』이, 혼자서 완결되는 마법일 리가 없는 것이다.

이어지는 내용이야말로, 두 사람이 살아온 인생의 진정한 외침──

"『휘몰아쳐라, 취풍(翠風)』!『우리 남매의 길을 새겨라』!!"

먼저 누나 티티가 외쳤다.

마법명은 말하지 않았지만, 마법 〈와인드〉 수준의 강한 바람이 몰아쳤다.

바람은 순식간에 왕도 일부를 빛의 입자로 분해해 나갔다.

주위의 눈이, 냉기가, 가옥이, 지면이, 성이, 세계가──산산이 분해되었다.

하지만 그 분해는 소멸을 위한 분해가 아니었다. 재구성하기 위한 분해였다.

"『흐드러져라, 백앵(白櫻)』!『우리 남매의 길을 장식하라』!!"

이어서 남동생 아이드가 외쳤다.

누나의 [자유의 바람]에 분해되었던 것들이, 남동생의 마력에 의해 순식간에 연결되어 갔다. 그 성장의 마력에 의해, 분해되기 전보다 강하고 아름답게 재구성되어 간다.

눈은 녹아서 냇물로 변하고.

감돌던 냉기는 따스한 바람으로 변하고.

늘어선 가옥들은 나무로 재탄생하고.

평평히 다져졌던 땅은 초원으로 변하고.

모든 인공물들이 재구성되어, 자연의 녹색으로 돌아갔다.

아이드의 마력에 의해 자라고, 자라고, 또 자라서, 자연은 끝을 모르고 움텄다.

순식간에 왕도에 헤아릴 수 없을 만큼의 나무들이 자라나고, 하얀 꽃이——『피에리스 아이시아』가 흐드러지게 피어나고, 세계는 만개한 꽃으로 가득해졌다.

눈이 몰아치는 것이 아니라, 꽃잎들이 꽃보라를 이루어 세계를 채웠다.

『피에리스 아이시아』의 꽃이 바람에 흩날리고, 바람을 타고, 바람과 함께, 세계를 하얗게 물들여 나갔다.

그 꽃잎은 끝도 없이 흩날리고, 흩날리고, 또 흩날려서, 세계를 흰색으로 가득 물들여 버린 다음, 딱 한 번, 눈을 뜰 수 없을 만큼의 강풍이 몰아쳤다.

세계를 가득 뒤덮고 있던 꽃잎들이 날려가서, 일시적으로 가려져 있던 세계가 드러났다. 조금 전까지는 재구성 중이었던 세계가, 어느새 완성품이 되어 눈에 들어왔다.

──그것은, 『고향』.

쾌청한 하늘. 하늘을 우러러보니, 짙고 깊은 파란색이 끝없이 펼쳐져 있었다.

공기는 기분 좋은 온도로 덥혀져서, 이제 몸에 추위는 느껴지지 않았다.

솜털 같은 하얀 구름이 떠 있고, 황금색 태양이 원을 그리고, 무지갯빛 햇무리가 펼쳐져 있었다.

끝없이 펼쳐진 대초원의 풀들이, 바람에 날려 바다의 파도처럼 일렁였다.

풀잎 스치는 소리가 자연의 선율을 연주했다. 그 선율에, 멀리 보이는 숲과 강에서도 힘이 보태졌다. 깊은 숲속에서 동물들의 울음소리가 울려 퍼지고, 반짝이는 강에서는 졸졸 물 흐르는 소리가 들려왔다.

나도 본 적이 있는 광경이었다. 마법에 말려들어서, 그저 서 있는 것만으로도 신비로운 감각에 휩싸였다. 나와는 아무런 관계도 없는 곳이건만, 따스한 기분이 차올랐다.

──아아, 바람이 상쾌하다.

분명 땅에 서 있는데도, 마치 두둥실 하늘에 떠올라 있는 것 같은 감각.

몰아치는 바람이 거세게 몸을 때리고 있지만, 몸에 힘을 줄 필요는 전혀 없었다.

찬물을 몸에 끼얹는 것 같은 바람이지만, 물보다 다정하고 부드러운 바람.

갖가지 불안과 권태감이 씻겨져 나가는 것 같은 느낌이었다.

부드러운 바람이, 발에 달린 열 개의 발가락부터——발꿈치를 지나, 무릎을 지나, 허벅지를 지나, 허리를 지나, 가슴을 지나, 어깨를 지나, 뺨을 어루만지고, 머리를 빗겨주듯 펼쳐지고, 머리카락 한 올 한 올을 흔들었다.

시원하다.

그리고 이 시원한 세계가 바로, 지난날 두 아이가 떨어뜨린 소중한 보물.

그 보물을 꼭 움켜쥐고, 두 사람은 마지막 『영창』을 함께 읊었다.

““『여기가 백취앵풍(白翠櫻風)의 세계일지니』!『흩날리는 꽃잎에, 자, 홀려라』!『자유로운 뜰의 광채에, 자, 눈이 멀어라』!!””

『여기』가 바로, 평생에 걸쳐 찾아 헤매던 곳임을 외쳤다.

『여기』가 바로, 묘지로 삼고 싶다고 염원했던 곳임을 외쳤다.

““『이것이 우리 남매가 지나온 길』!『내 인생이 다다른 그리운 고향』!『내가 나라는 증명』!!””

무엇보다, 『여기』가 바로, 둘이 같이 돌아가기로 약속했던, 두 사람을 위한 『낙원』이라는 것도, 『과거』가 아닌 『지금』의 세계에 외쳤다——!!

""『지금, 여기야말로, 우리 두 남매가 다다른 마지막 고향』!!""

그것이 곧, 두 사람의 진정한 『마법』이 되었다.

**""『공명마법 〈아이드 앤드 티티(앵동낙토, 櫻童樂土)〉』!!""**

두 사람이 자신들의 인생을 읊고, 진정한 마법명을 선언하고, 싸우면서 손을 잡고, 서로가 『여기』에 있음을 확인했다.

이것이 바로, 티티와 아이드가 살아온 인생의 모든 것.

원래는 미완성이었던 두 개의 마법. 『길 만들기』 마법인 『로드 오브 로드』와 『고향 수호』의 마법인 『로스트 비 아이시아』가 모여서, 드디어 두 남매는 고향에 돌아가기 위한 『마법』에 다다랐다.

기나긴 여행을 거친 두 사람은, 이 아득한 고향 비아이시아로 돌아왔다.

분명, 이것이 세계 최고의 귀환마법이리라.

"여기서 우리는 무적입니다! 먼저 가겠습니다! 누님!"

그리고 두 남매가 온몸에 힘을 가득 끌어올리고 전투를 재개했다. 지난날 두 남매가 『로드』를 탄생시켰던 곳에서, 『로드』라는 환상을 깨부수기 시작했다.

"그래! 이제 아무것도 두렵지 않구나! 동생아, 꽃잎처럼 흩날려라!!"

"분부 받들겠습니다——!!"

두 사람은 세계를 자신들의 고향으로 바꿔 버리고, 활기차게 전투를 재개했다.

아이드는 스스로에게 연신 강화마법을 건 다음, 물불 가리지 않고 전진했다.

『로드』의 얼음 화살이 그를 향해 날아들었지만, 그것들은 모조리 티티에 의해 격추되었다.

싸움의 양상 자체는 조금 전과 별로 달라진 게 없지만, 결과는 전혀 달랐다.

얼어붙는 세계 〈프리즈 니블헤임〉은 이제 더 이상 존재하지 않고, 두 사람의 고향 『아이드 앤드 티티』가 전개되어 있다. 그것만으로도 『로드』인 히타키의 마법은 극단적으로 약화되고, 두 남매의 마법은 극단적으로 증폭되었다.

『로드』는 지지 않기 위해 갖가지 빙결마법을 구축했지만, 두 남매는 유유히 그 공격을 이겨냈다. 승부는 이미 판가름 났다고, 나는 생각했다.

싸우고 있는 티티도 그렇게 생각한 것이리라.

싸우면서 노래하기 시작했다. 그만큼의 여유가 있었다.

싸우고, 춤추고, 웃으면서 노래하고, 즐거워했다.


"아아…….『천 년 동안, 두 아이는 삶에서 도망쳤다』…….

『길을 잃고, 서로 떨어졌던 때도 있었다』……. 하지만, 이제 두려워할 것 없다!!"

그러면서 한편으로는, 마법에 마음을 담기 위해 『영창』을 보냈다.

아이드도 그런 티티에 이어서, 한 번도 본 적 없는 해맑은 미소를 지으며 읊조렸다.

"두 사람은 깨달은 것이다. 『사람은 꿈을 위해 사는 게 아닌, 마음의 고향을 향하며 사는 것』이라고! 그 『혼 속에서 기다려 주는 집』이 사라지지 않는 한, 언제든지 돌아갈 수 있다고!!"

두 사람은 과도한 『영창』을 하는 바람에 자신의 인생이라는 『대가』를 세계에 지불했지만, 거기에는 아무런 고통도 슬픔도 없었다.

환희에 찬 채, 자신들의 인생 그 자체인 『마법』을 끝없이 강화시켜 나갔다.

기존의 그 어떤 마법과도 다른 구축이었다. 그렇기에, 나는 확신했다.

──틀림없이, 이것이야말로 진정한 『마법』.

그리고 『영창』을 마친 아이드는, 승리의 확신을 갖고 직진했다.

"쓰러뜨리겠다! 누님을 괴롭히는 『로드』를 쓰러뜨리겠다! 나는 이날을 위해 살아왔다! 태어났다! 여기서 『로드』를 쓰러뜨리는 것이 바로, 나의 사명이었다!!"

누나의 보조를 믿고, 조금의 망설임도 없이 질주했다.

빗발처럼 쏟아지는 얼음 화살들을 헤치고, 옆에서 휘몰아치는 눈보라를 견디고, 얼음 칼날을 움켜쥔 『로드』 곁까지 똑바로——

"앞으로! 앞으로! 앞으로 나아갈 겁니다——!! 닿아라아아아아아아아아——!!"

접근해 오는 아이드를 상대로, 『로드』는 후퇴를 선택했다.

맨몸으로 전진하는 남자에게 밀려서 펄쩍 뛰어 거리를 벌리고, 원거리에서 빙결마법으로 대처하려 했다.

"가거라아아아아!! 아이드으으으으으으으으으으으으——!!"

하지만 누나가 그것을 용납하지 않았다.

아이드의 등에 세계 최강의 순풍이 휘몰아쳤다.

티티의 바람이, 후퇴하는 『로드』 바로 앞까지 아이드를 날려 보냈다. 누나의 지원을 등에 업은 아이드는, 우렁차게 외치며 손을 내뻗었다.

"닿아라아아아아아아아아——!!!!"

아이드의 손이 『로드』에게 닿았다.

그리고 그 손바닥에서 발동된 것은, 그가 즐겨 사용하는 다정한 마법.

예전에 우리의 기억까지 되돌려 주었던 이상 회복 마법. 그 마법이, 고향인 〈아이드 앤드 티티〉의 힘에 의해 증폭되어, 세계 최고의 회복마법이 되어 히타키를 감쌌다.

"——〈리무브 필드〉으으으으!!"

순간, 세계에 빛이 번뜩였다.

아이드의 부드러운 마력이 왕도 전체를 집어삼키기 시작했다.

그것은, 제아무리『물의 이치를 훔치는 자』라도 막을 수 없는 일격이었다.

실이 끊어진 꼭두각시 인형처럼, 별안간 히타키의 몸에서 힘이 빠졌다.

몸에서 흘러나오던 냉기와 마력이 멎고, 이제 정말로 완벽한 잠에 빠진 것이다.

세계에서『로드』라는 존재가 소실되는 순간이었다.

그것은 곧, 아이드가『로드』를 쓰러뜨렸다는 것.

──기나긴 세월에 걸친『로드』와의 싸움이, 『남매』의 승리로 끝났다.

쓰러지는 히타키의 몸을 아이드가 받아 안았다. 뒤에서 그 모습을 본 티티는, 커다란 숨을 내쉬면서 엉덩방아를 찧었다. 승리의 확신에 찬 표정으로 만세를 부르며 외쳤다.

"후우우─! 후와아─. 하하하! 하하, 해냈구나!! 이제 한계지만, 해냈어─! 우리가『로드』를 해치웠어──!! 아─, 정말 강하구나─!!"

"네, 해냈습니다……. 그 전설의『로드』를 우리가 이겼습니다……."

아이드 역시 기뻐했다.

두 사람은 거칠게 숨을 몰아쉬면서 승리의 기쁨을 나누었다. 하지만 아이드는 아직 긴장을 풀지 않았다. 히타키를 안은 채, 관전하고 있던 나를 향해 다가왔다.

나 역시, 옆에서 넋이 나가 있는 시스를 두고 아이드를 향해 걸어갔다.

아까까지 목숨 건 결투를 벌였던 사이지만, 이제 우리 사이에 감정의 골은 전혀 없었다. 허물없는 친구처럼 아이드와 마주 보며 웃은 다음, 말없이 고개를 끄덕였다.

그리고 곤히 잠든 히타키를 아이드에게서 받아 들었다.

드디어 소중한 여동생이 내 품속에 돌아왔다.

기나긴 세월 동안 찾아왔던 여동생이, 지금 품속에 안겨 있다.

그 사실만으로도 눈가가 촉촉해지는 기분이었다.

"자, 다음은 카나미 님 차례입니다……. 이번에는 두 분의 인연을 저희에게 보여주십시오……."

아이드는 긴장이 누그러져 가던 나에게 말했다.

진짜 싸움은 지금부터니까 긴장을 풀면 안 된다고 친구로서 조언해 준 것이다. 아이드에 이어, 또 한 명의 친구인 티티도 바닥에 주저앉은 채 나를 응원해 주었다.

"카나밍! 빨리 디아를 구해주도록 해라! 우리는 이제 좀 피곤하니까, 여기서 지켜보고 있으마!"

『로드』의 상대는 아이드와 티티지만, 사도의 상대는 **우리**라는 말이었다.

그 말에, 나는 당연한 일이라는 듯 웃으며 대답했다.

"그래, 거기서 지켜봐 줘. 우리도 너희 둘에게 지지 않을 테니까. 그도 그럴 것이, 나와 히타키는 전 차원, 전 세계에서 가장 정다운 남매니까――."

누나와 동생에 지지 않는 오빠와 동생임을 주장하며, 품 속의 히타키를 힘껏 끌어안았다.

그러자 잠들어 있던 히타키가 몸을 움직였다. 자면서 뒤척이듯이 몸을 움직여서, 양팔을 내 목에 둘렀다. 지금 내가 가장 원하던 것을, 히타키는 굳이 말하지 않고도 무의식적으로 해 준 것이다.

아아, 그렇다. 우리도 아이드와 티티 남매와 마찬가지다. 세계에 단 둘뿐인 남매, 굳이 말하지 않아도 마음은 이어져 있다. 이제 두 번 다시 떨어지지 않을 것이다.

그렇게 새삼 다짐했을 때, 약간 떨어진 곳에서 넋이 나가 있던 사도가 정신을 차리고 우리를 향해 중얼거렸다.

"이게 뭐야――? 어, 어……? 못난『이치를 훔치는 자』둘에게, 나의 히타키가 진 거야……? 마, 말도 안 돼! 말도 안 되는 일이야! 이, 이치적으로 승리하게 돼 있단 말야! 그런데 이렇게 될 리가 없어!!"

히타키의 패배를 받아들일 수가 없는 모양이었다.

필승의 확신이 뒤집히는 바람에, 결투 전의 여유를 잃고 있었다.

휘청거리는 발걸음으로, 전의를 드러내며 나와 히타키를 향해 다가왔다.

"맹우, 돌려줘……! 히타키는 내 거야……!"

위협하듯이, 몸에서 나오는 마력을 증폭시켜 나갔다.

디아의 몸을 사용하고 있는 만큼, 조금 전의 히타키에 못지않은 막대한 마력이었다.

하지만 나는 동요하지 않았다.

"그럼 덤벼 봐. 사도 시스. 이제부터 내 모든 걸 보여주지. 『이방인』의 진정한 전력을, 똑똑히 보여줄 테니까——."

나는 히타키의 무릎 밑에 왼손을 넣어서 하반신만으로 안아 들었다.

히타키가 내 목에 매달려 있는 상황이다 보니, 자연스럽게 공주님을 안는 것 같은 자세가 되었다.

하지만 검을 쥐고 있다 보니 오른손으로 공주님의 등을 받칠 수가 없어서, 당장이라도 떨어뜨릴 것만 같았다.

그래도 나는 히타키가 내 품에서 떨어질 거라는 걱정은 하지 않았다.

내 목에 감겨 있는 히타키의 팔에서 확실한 힘이 느껴졌기 때문이었다. 동생도 두 번 다시 나에게서 떨어지지 않겠다고 생각하고 있음을 알 수 있었다.

그렇기에, 이대로도 충분히 싸울 수 있을 거라 확신했다.

아니, 충분한 정도가 아니라, 오히려 평소보다 더 강한 힘으로 싸울 수 있다.

"——공명마법 〈디 윈터(차원의 겨울)〉."

나에게서 흘러나온 차원속성 마력과 품속의 히타키에게

서 흘러나온 빙결속성 마력이 뒤섞여서, 예전에 즐겨 사용했던 마법을 구축했다.

아이드와 티티의 따스한 고향 세계를 빌려서, 봄바람과 조금 다른 싸늘한 바람을 일으켰다. 『여기』에는 맞지 않는 이질적인 바람이었다. 하지만 약간 싸늘한 그 바람이야말로 우리 『이방인』의 고향에 불던 바람이었으니, 잠시만 용서해 주었으면 좋겠다.

이것이 우리 아이카와 남매의 힘인 것이다.

한때 연합국을 뒤흔들었던, 차원과 빙결의 복합마법사인 것이다.

방금 전에 멋진 호흡을 선보인 두 남매에 지지 않기 위해, 나는 마력이 흘러넘치는 몸으로, 사도에게 칼끝을 겨누었다.

"나의 히타키를! 히타키를, 돌려줘――!!"

궁지에 내몰린 시스가 외쳤다. 등에서 찬란한 마력을 분출시키며, 한계 레벨인 레벨 59에 걸맞은 압박감을 과시했다.

나는 그런 시스에게 정면으로 맞섰다.

"소용없어, 시스. 아무리 마력이 많더라도, 모조리 얼려 버릴 테니까. ――마법 〈디 윈터〉."

내가 개발한 마법에 의해 시스의 마력 분출이 정체되었다.

아까 히타키가 했던 것처럼 세계 전부를 겨울로 바꿀 필요는 없다. 내 차원마법의 보조에 의해, 시스의 마력과 마법만을 정확하게 얼려 나갔다. 그 결과, 그녀는 자신의 팔을 검으로 변화시키려다가, 너무나도 느린 마력 구축 속도에 동요했다.

"——어?! 맹우의 스테이터스는 고작 그 정도밖에 안 되는 건데, 왜 내가 밀리는 거지?! 이 결계 때문인가? 더 두 사람의 마법이 문제야? 아니면 다른 마법이……?!"

결국 빛의 검을 만들어내긴 했지만, 그 완성도에 납득이 가지 않는 기색이었다.

이 실패에는 뭔가 깊은 이유가 있을 거라 판단한 시스는, 주위의 정보를 수집하려 했다. 하지만 이내 원인은 오직 내 〈디 윈터〉뿐이라는 것을 이해하고, 얼굴을 찌푸렸다.

일그러진 얼굴이 분노로 물들었다. 그건 결국, 순수하게 나와의 마력 대결에서 패배했다는 뜻이었기 때문이다.

"이, 인정 못 해!! 이렇게 부조리한 일, 나는 절대 인정 못 해애애애애애!!"

시스는 다시 절규하고, 마력 분출의 기세를 증폭시켰다.

등에서도 하얀 입자가 분수와도 같이 확산되었다. 그것은 마치 버니어(추진용 분사장치)와도 같았고, 보기에 따라서는 천사의 날개처럼 보이기도 했다.

금빛 모래 같은 머리칼에, 백옥 같은 미모에, 하얀 날개. 시스는 그야말로 하늘의 사도라는 표현이 딱 들어맞는 모습이었지만, 행동거지는 그 성스러운 모습에 어울리지 않는 추태였다.

"레, 『레벨업』하면 돼! 거기에 스테이터스를 마력으로 극대화! 스킬 『과보호』를 통해 증폭! 이렇게 하면 계산상으로는 맹우보다 열 배 이상 되는 마력이——!!"

"소용없어."

알고 있는 모든 강화방법을 발동한 시스가 돌진해 왔다.

시스가 지나온 길에 별가루의 강이 생길 만큼 짙은 마력을 내뿜으며 돌진했지만, 내『디 윈터』의 힘이 그 모든 것을 일축해 버렸다. 시스는 돌진 도중에 속도를 잃고, 눈앞에서 둔하게 오른팔을 치켜들었다.

다만, 칼을 변화시켜 생성한 그 빛의 검은 상당히 날카로웠다.

검의 찬란한 마력에 닿으면 모든 것이 인정사정없이 찢어지고, 잘려나갈 것이다.

하지만 제아무리 검이 날카로워도, 움직임이 둔하면 말짱 도루묵이다.

나는 유유히 빛의 검을 피했다. 시스는 그 즉시 왼발을 빛의 검으로 바꾸어 발차기를 날렸지만, 나는 오히려 검으로 그 허벅지를 베어 버렸다.

나의 공간 파악 능력과 적의 둔화 덕분에, 싸움의 양상은 일방적이었다.

내가 나 자신을 위해 만든 마법이니만큼, 이 마법 〈디 윈터〉의 안정감은 어마어마했다.

이게 있는 한, 그 어떤 적과도 상대할 수 있을 것만 같았다.

"대, 대체 왜……? 왜야?! 열 배 이상의 마력으로 싸우고 있는데!"

전황이 불리한 것을 깨달은 시스는, 날갯짓을 해서 멀찍이 후퇴했다.

방금 전에 수치로 표현되지 않는 『마법』을 보았으면서도, 시스는 여전히 상식적인 규칙 속에서만 싸우고 있었다. 그런 식으로는 나와 히타키의 공명마법을 절대 뚫을 수 없을 것이다.

"디, 디아블로! 어떻게 좀 해 봐!!"

그래도, 비록 논리상으로는 이해하지 못했지만, 이대로 가면 패배한다는 사실만은 알아챈 모양이었다. 시스는 몸의 본래 주인을 외쳐 불렀고, 그 즉시 몸에서 힘이 빠져 축 늘어졌다.

다음으로 고개를 들었을 때, 거기에는 디아가 있었다. 고통스러운 표정에, 눈물이 그렁그렁한 채, 내 품 안에 안겨 있는 히타키를 향해 손을 뻗고, 그대로 마법을 내쏘려 했다.

"아, 아아, 아아아……? 대체 무슨 일이……? 왜 지크가……. 지, 지크를 돌려줘……. 나에게 돌려줘! ──〈플레임 애로우〉!!"

히타키를 안고 있는 나를 본 디아는, 얼굴을 일그러뜨리며 마법을 구축했다.

순간적으로 마력이 폭발하고, 하얀 연기를 내뿜을 것 같은 화염 화살이 발사되었다.

나는 그 화살을 피하지 않았다. 〈디 윈터〉의 냉각에 의한 감쇠만으로 무효화시켰다.

철저하게 약해져서 더 이상은 화염 화살이라고 부를 수도 없게 된 열량이, 내 뺨을 가볍게 어루만졌다.

그리운 마법이었다. 한때는 그 마법 덕분에 참 많은 도움을 받았었다.

나는 지난날을 떠올리면서, 디아에게 말을 걸었다.

"아냐, 디아……. 지크는, 나야."

"아아아, 아아아, 지크……! 지크, 지크, 지크! 아아아아아악!!"

디아는 내 말에는 귀도 기울이지 않고, 불안 가득한 표정으로 히타키만을 갈구했다.

내가 그런 그녀에게 해 줄 말은 이미 정해져 있었다.

디아는 오래전부터 고민해 왔다. 처음 만났을 무렵부터, 계속.

홀로 고민을 끌어안고 있던 그녀를, 끝내 아무도 이해해 주지 못했다. 그리고 아이드와 티티처럼 마음이 꺾여서, 가짜에 매달릴 수밖에 없는 지경이 되고 말았다.

이제는 그녀의 심정을 이해할 수 있었다.

1년 전, 와이스와 펠린크론이 가르쳐준 것.

티티와 노스휘와의 싸움을 통해 배운 것.

무엇보다, 지금 아이드의 뒷모습에서 배운 것.

그 많은 경험들이, 말을 자아내 주었다.

"디아, 나는 나야. 카나미든 지크든, 뭐라고 부르든 상관없지만, 내가 나라는 사실은 잊지 말아 줬으면 해. 나는 변함없이 여기에 있으니까."

나와 히타키를 오인하지 않도록, 찬찬히 자기소개의 말을 건넸다.

"디아도 디아야. 시스 녀석이 저지른 짓은 디아와는 아무런 관계도 없어. 천 년 전 일에 대해 네가 책임질 일은 아무것도 없어. 당연한 거 아냐?"

이어서, 디아가 스스로 짊어져야 할 것을 오인하지 않도록, 디아가 천 년 전의 시스와는 다른 인물이라는 것을 똑똑히 얘기했다.

그러나 아직 부족했다. 디아의 눈은 여전히 내가 아닌 히타키를 향하고 있다.

당연한 일이다. 디아를 옭아매고 있는 짐은 이것뿐만이 아닐 것이다. 짓눌려 버릴 만큼 많을 것이다.

결국 디아는 수많은 고뇌에 시달리다 못해, 1년 전에 내 앞에서 자취를 감추었다.

그러니까, 지금 내가 해야 할 일은, 아이드가 한 것과 같은 일일 것이다.

과거에 내가 떠맡겼던 짐들을 하나씩 돌려받고, 이제부터는 둘이 함께 이겨 나가야만 한다. 그렇기에, 나는 몇 번이고 그 이름을 부르며 호소했다.

"디아, 처음 만났던 날, 아직 기억나……? 그날, 나는 비겁한 놈이었어. 생각만 해도 속이 뒤집혀 버릴 것 같은 녀석이었어. 그러니까, 이것 하나만 다시 시작하고 싶어. 단

한 마디라도 좋으니까, 이 말만은 꼭 하고 싶어——!"

아이드가 했던 것처럼, 나는 외쳤다.

그 시작의 날, 디아와 동료가 되고 싶다고 생각했으면서도, 비겁하게 그녀가 먼저 권유해 주기를 기다렸다. 이기적인 생각으로 생색을 부려서, 미궁에서 벌어지는 싸움의 책임을 디아에게 떠넘기고 말았다.

그것이 전부는 아니었지만, 단추를 잘못 채울 때처럼, 분명 첫 단추부터 어긋났던 것이다.

"디아, 나와 같이 미궁에 가자……! 다시 한번, 나와 같이 가자! 디아가 나와 같이 있고 싶은 게 아냐! 그날, 디아와 같이 가고 싶다고 생각한 건 오히려 나였어! 그러니까, 이번에는 내가 먼저 디아의 손을 잡을게! 손을 잡아줄 테니까! 같이, 동료들 곁으로 돌아가자!!"

내가 디아와 함께하고 싶다고 청했다.

그 목소리를 들은 디아의 몸이 움찔 떨렸다.

"카, 카나미……? 나, 나는……, 아니, 『나』는……."

그녀의 눈동자가 내 품 안의 히타키뿐만이 아니라, 그녀를 안고 있는 내 모습까지 비추기 시작했다.

나와 히타키를 번갈아 쳐다보는 그 표정이 조금씩 달라지기 시작했다.

괴로워 보이기만 하던 표정이 조금 누그러진 것 같은 느낌이 들었다. 이어서 뭔가를 기억해 낸 것 같은 표정을 보이고, 왼손으로 자신의 머리핀을 어루만졌다. 그것은 나와 디아가 함께한 모험의 추억. 미궁 탐색 덕분에 자금 여유가 생겼을 때 선물했던『아이리아의 머리핀』을 어루만지며, 디아는 이쪽으로 한 발짝 다가오려 했다── 하지만, 그 움직임은 디아 안에 있는 시스에 의해 저지당했다.

"──치잇!"

혀를 차며 후퇴해 버렸다.

시스가 강제로 디아의 의식을 빼앗은 것이리라.

디아에게서는 찾아볼 수 없는 표정을 보이고, 식은땀을 흘리면서 볼멘소리를 늘어놓았다.

"짜증나……! 난 맹우의 그런 점이 정말 싫어……. 그렇게 여자아이를 속여서 상처를 주고 다니다니, 정말 못됐어!!"

『아이리아의 머리핀』에서 손을 떼고, 무슨 일이 있어도 내 손만은 잡지 않겠다는 의지를 보이며 자신의 몸을 가리켰다. 잃어버린 오른팔과 왼쪽 다리, 그 의식마저도 남에게 빼앗겨 버린 몸을 가리키며 나를 비판했다.

"디아블로와 함께하고 싶다니 헛소리 마! 이 팔은 티다에게 당한 거야. 몸통은 팰린크론 레거시에게, 이 다리는 친구였던 마리아에게 당해서 잃었어. 그리고 이 허벅지의 상처는, 그렇게 사랑하던 너에게, 지금──."

"알아. 그 정도는 나도 다 알아. 다 알고 얘기한 거야."

냉정하게 일축했다.

그 정도 비판은 내가 예상하고 있던 것 중에서── 아니, 예지하고 있던 것 중에서, 가장 약한 것이었다.

나는 오히려 시스를 비판했다.

"레거시와 같은 사도지만, 너는 2류군."

"내, 내가, 2류——?!"

그 난폭한 반론은 예상하지 못했던 건지, 시스는 오늘 본 것 중에서도 가장 분노에 찬 얼굴을 드러냈다.

다른 건 다 용서할 수 있지만, 사도로서의 긍지만은 중요하게 여기는 모양이었다.

"팰린크론 레거시는 더 대단했어. 그 녀석이 인질로 삼았던 건 내 전부였어. 아이카와 카나미라는 존재 자체를 방패로 삼아서 협박하고 들었지. 여동생의 행복, 동료들과의 인연, 내 인생의 의미, 그 모든 걸 말이야. 그에 비해 너는 어떻지? 동료 한 명을 인질로 삼은 것뿐이잖아. 보잘것없는 힘을 좀 손에 넣었다고 자만했지. 모든 게 다 자기 뜻대로 풀릴 거라고 생각했어. 그 결과가 바로 이 꼴이고."

"맹우, 당신이 어떻게——!!"

격앙된 시스는, 오른팔의 검을 치켜들고 앞으로 돌진해 왔다.

팰린크론이었다면 이 정도 도발에는 절대 걸려들지 않았을 것이다.

오히려 나의 어설프기 짝이 없는 도발을 비웃으며, 더 큰 도발로 응수했을 게 틀림없다.

시스의 조잡한 칼부림을 피하고, 발을 걸어서 자빠뜨렸다.

곧바로 일어서려 하는 시스의 코앞에 칼끝을 들이대서 움직임을 제압했다. 움직일 수 없게 된 그녀는 신음하면서 나를 쏘아보았다.

"크윽……! 디아블로를 외면하고, 나를 죽이겠다는 거야……?"

"디아를 외면할 리 없잖아? 단, 필요하다면 남아있는 사지를 잘라서 너를 행동불능 상태로 만드는 정도는 할 수 있어."

몸을 빼앗겨 있는 탓에 많은 제한이 있다.

디아의 몸을 죽일 수는 없지만, 그 이외의 일이라면 망설이지 않을 생각이다.

"파, 팔다리를……? 디아의 몸을, 인생을, 뭐라고 생각하는 거야……?! 팔다리 정도는 없어도 아무 문제 없을 거라고, 맹우는 정말 그렇게 생각하는 거야……?!"

시스는 그런 내 냉정한 발언에 놀라고, 내 이성을 의심했다.

나는 고개를 가로젓고 언성을 높여 대꾸했다.

"그렇게 생각할 리가 있을 것 같아……? 디아는 검사가 되는 게 꿈이었어……. 그 팔 하나가, 다리 하나가, 그 녀석의 혼 그 자체야! 하지만, 그렇다고 해도! 나는 무슨 일이 있어도 기필코 너에게서 디아를 구해내겠다고 마음속으로 맹세했어! 네 주박으로부터 풀어주지 않으면, 디아의 인생은 시작할 수도 없어!!"

두 발을 힘차게 딛고, 돌이킬 수 없는 실수는 이제 두 번 다시 되풀이하지 않기로 다짐했다.

그 각오 앞에서, 시스는 눈이 휘둥그레졌다.

"다, 당신, 정말……, 정말 맹우 맞아?"

"그래, 나는 나야! 아이카와 카나미야! 아이카와 카나미는 이제 다시는 포기하지 않아! 고민하느라 멈춰 서지 않아!! 그렇게 마음먹었어!!"

지금 내 힘은 시스를 웃돌고 있다.

그러니 이제 나에게 남아있는 패배의 요소는 정신적인 문제뿐일 것이다.

그렇기에, 절대로 질 수 없었다.

이제 두 번 다시 약한 마음 때문에 패배하지 않겠다.

"나, 나를 행동불능으로 만드는 데 성공하더라도! 나와 디아를 무슨 수로 분리할 건데?! 우리는 완전히 일체화한 상태니까, 그리 쉽게 떨어지지는——."

시스도 이제 내가 물러날 가능성이 없다는 점을 깨달은 것이리라.

다른 방향에서 현황을 타개하려 들었다.

"정말 못 할 거라고 생각해? 내 생각에는 할 수 있을 것 같은데."

그 대응에, 나는 혼을 뽑아내는 마법 〈디스턴스 뮤트〉로 답했다.

검을 든 오른손에서 보라색 빛을 내뿜으며, 언제든지 시스만을 제거할 수 있다고 엄포를 놓았다.

"아, 아아아, 아아……. 아, 안 돼……, 그러면, 마치 맹우가……."

시스는 나를 바라보며 멍하게 중얼거렸다. 순간적으로 뭔가 소중한 것을 발견하기라도 한 것 같은 얼굴을 보였다가── 이내 표정을 분노로 물들이고, 어린애처럼 악다구니를 썼다.

"대체 왜?! 대체 왜 맹우는 아직도 나를 인정 안 하는 거야?! 미워! 세상에서 제일 미워! 나를 인정하지 않는 맹우 따위는 필요 없어! 그냥 죽어! 죽어 버려!!"

궁지에 내몰린 시스는 광란에 빠져서, 눈앞에 있는 검을 무시한 채 일어서려 했다.

그 반격을 예상하고 있었던 나는, 미리 준비해 두었던 최대의 마법을 전개했다.

"──공명마법 〈디 오버 윈터(과밀차원의 한겨울)〉."

두 명의 『이치를 훔치는 자』에 의한 공명마법을 얻어맞고, 일어서려던 시스의 움직임이 둔화되었다. 나는 검을 땅바닥에 내던지고, 천천히 시스의 가슴속에 〈디스턴스 뮤트〉를 쑤셔 넣었다.

그 빈틈투성이 몸에 팔을 집어넣는 건 식은 죽 먹기였다.

시스는 작은 신음과 함께 눈을 부릅떴다. 내 승리가 확정되었다.

"잘 가, 사도 시스."

"내가 졌다고……? 이렇게 허무하게……? 대, 대체 왜? 나는 그저 세계를 평화롭게, 모두를 행복하게 하려던 것뿐인데──."

"네가 얘기하는 『모두』라는 건, 너와 네 주인, 이 둘 뿐만을 얘기하는 거야. 내 귀에는 그렇게 들려. 그러니까, 나는 너를 인정할 수 없어."

가슴에 팔이 박히고 혼이 붙잡혀서 움직일 수 없게 된 시스는, 이 세상의 종말을 맞이한 것 같은 표정을 보였다.

아직 현실을 받아들이지 못한 것이라. 가만히 고개를 가로저으면서 중얼중얼 뇌까렸다.

"대체 왜……? 내가 마련한 히타키가 있고, 디아블로라는 완벽한 몸을 손에 넣었는데? 디프라클라 녀석이 마련한 맹우에게 졌다고? 레거시에게도, 디프라클라에게도 지고, 지고, 지고, 또 지고── 호, 혹시 내가 제일 약했던 거야……? 가장 못난 건 나였던 거야……? 아, 아아아, 아아아아아아아아──!!"

비명을 내질렀다. 그 목소리를 코앞에서 듣고 순간적으로 몸이 굳어질 뻔했지만, 나는 인정사정없이 혼을 움켜잡았다. 그러는 동안에도 그녀는 절규를 내질렀다.

"레거시──! 디프라클라아아아──! 용서 못 해! 용서 못해용서못해용서못해! 대체 왜 당신들만! 당신들마아아아아안──!!"

나는 손을 뽑아냈다. 디아의 몸에는 조금의 상처도 입히지 않고, 디아가 아닌 것만 추출해서 마석으로 변환시켰다. 당연히, 시스가 내지르는 단말마의 비명이 세계에 울려 퍼지고,

"용서 못해!! 절대 용서 못해! 용서 못——."

뚝 끊겼다.

시스는 몸을 잃었고, 이 세계에서 살아갈 권리를 상실했다.

동시에, 디아의 몸에 초원 속으로 무너졌다.

나는 마석을 든 손으로 그런 디아를 받아 들고, 조심스럽게 초원에 눕혔다.

그리고 바로 손에 든 하얀 마석을 히타키의 빙결마법으로 꼼꼼하게 얼려서, 『소지품』에 집어넣었다. 이제 그녀가 눈을 뜰 일은 두 번 다시 없을 것이다.

"끝났어……. 드디어……."

사도 시스의 종말을 확인하고, 나는 하늘을 우러러보았다.

품에 안고 있던 여동생 아이카와 히타키를 디아 옆에 눕히고, 감회에 젖은 한숨을 내쉬었다.

이 이세계에 온 이후로 줄곧 찾아 헤맸던 것들이 드디어 다 모였다.

이제 조바심에 시달리느라 잠을 설치는 밤은 더 이상 없으리라.

원래 세계의 기억을 떠올리며 마음이 찢어지는 듯한 고통에 휩싸일 일도 없다.

드디어 다다른 것이다.

땅바닥에 던져두었던 보검 로웬을 주워들고, 난잡하게 다룬 걸 사과하면서 『소지품』에 집어넣었다.

나도 모르게 입가에 미소가 지어졌다.

자세히 보니, 잠들어 있는 히타키와 디아도 나처럼 웃고 있는 것 같은 느낌이 들었다.

아직 모든 문제가 다 해결된 건 아니지만, 눈에서 눈물이 흐를 것만 같았다.

그리고 그 촉촉한 눈을, 초원에 잠들어 있는 두 사람이 아닌 다른 방향으로 옮겼다.

그리 멀지 않은 위치에서, 티티와 아이드가 어깨를 마주 기댄 채, 눈에 익은 『피에리스 아이시아』 나무에 등을 기댄 채 앉아있었다.

이 둘 역시, 히타키와 디아와 마찬가지로 부드러운 미소를 머금고 있었다.

◆ ◆ ◆ ◆ ◆

싸움은 끝났다.

나는 혼자 아이드와 티티 쪽으로 걸어갔다.

스노우는 초원에 누워있는 디아와 히타키의 상태를 지켜보고 있다. 이것이 가디언들의 마지막 시간이라는 것을 이해하고, 인연이 깊은 세 사람만 같이 있게 해 주려는 배려인 모양이었다.

내가 다가오는 것을 보고, 먼저 아이드가 웃으며 입을 열었다.

"훌륭한 싸움이었습니다. 이제 다 끝났네요. 오늘로서『로드』의 자리는 공석이 되고, 그 후견인이었던 사도도 사라졌습니다. 이 비아이시아의 싸움은 끝난 셈이겠죠."

옆에 있던 티티도 고개를 끄덕였다.

"이제 우리에게 『미련』은 없구나……. 굳이 찾자면, 노스휘 정도겠지. 다만, 그 녀석은 카나밍이 아니면 안 되는 것 같으니까 말이지. 좋아, 카나밍, 내 친구 노스휘는 그대가 반드시 행복하게 해 주거라! 부탁하마!"

"으, 으음……, 노력은 해 볼게."

마지막 순간에 터무니없는 부탁을 받는 바람에, 나는 곤혹스러운 표정을 보일 수밖에 없었다.

그런 내 태도에 티티는 불만스러운 듯 신음했다.

"으으음……. 아니, 뒷일은 카나밍 쪽의 문제겠지. 더 이상의 참견은 그만두도록 하마."

다만, 신음하면서도 티티의 표정은 해맑았다.

굳이 입으로 얘기할 만큼의 불만은 없다는 걸, 그 표정을 보면 알 수 있었다.

"나는 카나밍도 노스휘도 믿고 있으니까 말이지! 둘 다 자랑스러운 친구니까!"

내가 있으니 걱정하지 않는다고 말해 주었다.

여전히 곤혹스러운 건 변함이 없었지만, 나를 믿어 주는 그녀를 『미련』 없이 보내주기 위해, 고개를 끄덕여 대답했다. 그런 내 대답에 티티는 기쁜 얼굴로 "그래"라며 고개를 끄덕였고, 옆에 있던 아이드가 그런 티티를 축복했다.

"후후, 이제 누님에게도 친구가 생겼군요……. 살짝 부럽습니다."

"무슨 소리냐! 아이드도 카나밍의 친구 아니더냐!"

그런 누나의 말을 듣고, 나와 아이드는 놀란 얼굴로 서로를 마주보았다.

그리고 이내 그 말이 진실임을 확신했다.

우습게도, 그 말마따나 우리 사이에는 저녁노을 아래서 주먹다짐을 주고받은 사내아이들 같은 흔한 우정이 생겨나 있었다. 그 우정을 느낀 아이드는, 정말로 기뻐하는 표정으로 말했다.

"그런 것 같군요……. 생각도 못 했었는데, 최후의 순간에 그토록 원했던 것들을 모두 손에 넣은 것 같습니다……. 아아, 역시 『여기』는 근사한 곳이네요……."

아이드는 당장이라도 울음을 터뜨릴 듯 감격한 표정이었다. 당연히, 가디언인 그의 몸은 『미련』의 상실에 따라 점점 흐려져 갔다. 자세히 보니, 옆에 있는 티티 역시 마찬가지였다.

"너희들……! 몸이……!"

"솔직히, 이제 완전히 바닥났으니까! 마력도 비었지만, 『미련』도 마찬가지야! 그러니 이제 끝인 모양이구나! 바이바이구나!"

소실을 예감한 티티는, 우선 멀리 있는 스노우를 향해 힘차게 손을 흔들었다.

그 표정에는 조금의 그늘도 없었다.

공기에 녹아드는 것처럼, 스스로의 존재가 희석되는 것을 받아들이고 있었다.

"벌써……, 작별이야?"

될 수 있으면 조금 더 셋이서 얘기하고 싶었다. 이제야 모든 골이 메워졌건만, 최후의 시간이 너무나도 짧게 느껴졌다.

나는 그렇게 생각했지만, 티티는 달랐던 모양이다. 고개를 가로저으며 말했다.

"아니다, 카나밍. 벌써, 가 아냐. 『지금』이라는 이 시간은 결코 짧지 않아. 천 년보다 긴 찰나가『지금』『여기』에 있으니까……. 틀림없이……."

티티는 그 가느다란 두 눈으로 푸르름이 가득한 주위를 둘러보았다.

마법으로 구축한 고향 〈아이드 앤드 티티〉가 보여주는 비아이시아의 풍경을 보며, 영원과도 같은 것이 그곳에 담겨 있다고 단언했다. 그 무엇과도 바꿀 수 없는 가치가『여기』에 있다면서, 티티는 뺨이 붉게 상기된 채, 입을 활짝 벌리고 기뻐했다.

"이제야 나는 내 시간을 살고 있다!! 시간이 꽉 압축돼 있는 게다! 곤두박질치듯이 가속하기만 하던 그 천 년과는 달라!『여기』에는 분명한 시간이 있어!『지금』, 나에게는 천 년보다도 긴 1초를 살고 있다는 확신이 있어!!"

그리고 앉은 채로 양손을 펼치고, 이 고향의 공기를 가득 들이마셨다.

이 시간을 만끽하면서, 그것이 얼마나 근사한 것인지를 내게 가르쳐주었다.

"굉장하구나! 세계가 아름다워지고 있어! 물들고 있어! 시간이 반짝이고 있어!!"

시간이 반짝인다. 나로서는 따라가기 힘든 감상이었지만, 옆에 있는 남동생이 듣기에는 달랐던 모양이다.

"후후, 그렇군요……. 누님 말마따나, 이제야 살아있다는 느낌이 듭니다. 빛이 바래 있던 어제까지의 세계가 거짓말이었던 것처럼 화사해서……, 눈이 부실 지경이입니다……."

두 사람은 만족스러워 보였다.

그러니, 나는 희미해져 가는 두 사람을 미소로 배웅하는 수밖에 없었다.

지금, 두 사람은 『미련』을 완전히 해소했다. 더 이상 붙잡아두고 있을 수는 없었다.

"그럼, 잘 있거라, 카나밍! 오늘까지 길 안내를 해 주어서 고마웠다!!"

"진심으로 감사드립니다, 카나미 님. 당신도 당신의 고향으로 돌아갈 수 있기를 기원하겠습니다."

감사 인사를 받은 나는, 약간 망설인 뒤에, 가만히 손을 흔들었다.

등 뒤의 나무가 보일 정도로 몸이 반투명해진 두 사람에게 작별을 고했다.

"그래, 잘 가……. 두 사람 모두……."

영원한 작별을 고하는 인사가 끝났다.

그리고 사라지기 직전까지 함께하려는 듯, 티티와 아이드는 앉은 채 손을 맞잡았다.

이제 두 번 다시 놓지 않겠다는 듯 손깍지를 끼고, 남매의 마지막 시간을 보냈다.

"후후후, 역시 누님이십니다……. 먼 옛날에 상으로 주시기로 했던 『지금』『여기』를 마련해 주셔서 감사합니다……."

"그래. 드디어 우리는 『지금』『여기』로 돌아왔구나……. 하지만, 미안하다. 너무 오래 걸리고 말았어……."

"그래도 너무 늦지는 않았습니다……. 늦지는 않았습니다. 『낙원』을 주셔서, 감사……, 합니다……. 다시는, 놓지……, 않겠습니다……."

"나도 너의 손을 놓지……, 않겠다……. 이제……, 두 번 다시……."

몸이 소멸되어 감에 따라, 목소리는 점점 띄엄띄엄해져 갔다.

그 마지막 대화는, 천 년 전의 약속, 『낙원』에 대한 것이었다.

두 사람이 옛날을 그리워하고 있어서 그런지, 그렇게 흐려져 가는 어른의 몸에 두 사람의 어린 시절 모습이 겹쳐져 보였다. 흩날리는 마력 입자 속에 담겨있는 추억을 나의 〈디멘션)이 읽고 있는 것이리라.

비취색 머리칼의 하피 소녀와 하얀 머리칼의 드리어드 소
녀이 보였다. 먼 옛날, 상을 주겠다고 약속했던『피에리스
아이시아』나무 밑에서, 두 어린아이가 손을 맞잡고 나란히
앉아있었다.

"이, 초원……, 그리운, 내음이──나는구나……. 아이
드, 하늘이 파랗──구나──."

"네, 세계는──이렇게 아름다운 곳이었군요. 정말……,
바람이, 시원──하네요──."

희미해져 가는 목소리.

작아지고, 멀어져 간다.

하지만 두 사람의 목소리는 또렷하게 들려왔다. 두 사람
의 최후를 맞이하는 목소리가.


**""──아아, 드디어 돌아온 그리운 고향──.""**


마지막 말은 아름답게 하나가 되어, 바람에 날려 사라졌다.

홀연히 사라지는 안개처럼, 두 사람의 몸은 세계에서 완
전히 소실되었다.

남매의 마력 입자가 비아이시아의 바람을 타고 날아올랐다.

──어린 두 사람이 써 내려간『로드』의 이야기는 막을 내
렸다.

그 이야기의 마지막을 장식하는 삽화는, 물결치는 초원에

서 있는『피에리스 아이시아』나무 아래.

바람이 불고, 꽃잎이 흩날리고, 손을 잡고, 어깨를 맞대고, 함께 웃는 남매의 모습.

이야기의 마지막에, 두 사람은 해답을 알아냈다.

두 사람이 두 사람을 증명하는 데에는, 다른 무엇도 필요하지 않다는 것을.

누나에게는 남동생이 있고, 남동생에게는 누나가 있는 것. 단지, 가족이 있다는 것.

오직 그것만으로도 충분했다는 것을——

『증명』하듯이, 날아오른 최후의 빛 너머에 **보였다.**

『미래시』도『과거시』도 쓰지 않았다.

그래도 그 짙은 마력의 잔해를 통해 풍경을 느낄 수 있었다.

마지막 빛 너머에 보이는 것은, 집이었다. 그 맞배지붕 집이었다.

그리운 향기가 감도는 그 집 입구에, 두『마인』노부부가 서 있었다.

미소 띤 얼굴로, 가족의 귀가를 기다리고 있었다.

그리고 집 옆『피에리스 아이시아』아래 앉아있던 두 아이가 일어서서, 집으로 달려갔다.

"**다녀왔다!**"

"**다녀왔습니다!**"

두 아이의 활기찬 목소리가 들려오는 것만 같았다.

그 광경을 끝으로, 날아올랐던 빛이 한 곳으로 모였다.

그것은 두 개의 결정으로 변해 갔다.

그것은 손이라도 잡고 있는 것 같이 묵직한 마석.

가디언을 물리친 증거.『이치를 훔치는 자』의 마석 두 개.


[가디언의 마석]

가디언 아이드의 마력의 결정

[가디언의 마석]

가디언 티티의 마력의 결정


이어서, 가디언의 층을 돌파했음을 나타내는『표시』가 보였다.


[칭호『바람에 기대선 아이』를 획득했습니다]

나무 마법에 +0.50의 보정이 붙습니다

[칭호『나무에 기대선 아이』를 획득했습니다]

바람마법에 +0.50의 보정이 붙습니다


"돌아가서 다행이야……. 티티……, 아이드……."

축복과 함께, 나는 떨어진 두 개의 마석을 주웠다. 그리고 감고 있던 눈을 떠서 주위를 둘러보니, 전개되어 있던 마법 〈아이드 앤드 티티〉가 해제되어 있었다.

두 남매의 고향이 사라지고, 내가 알고 있던 왕도로 돌아왔다.

아니, 그렇지 않았다. 자세히 보니 곳곳에 달라진 점이 눈에 띄었다.

그렇지 않아도 녹지가 많았던 왕도에, 더 많은 자연이 움터 있었다.

아이드가 움직인 성에 밟혔던 곳에, 나무속성 마법에 의해 우거진 것으로 보이는 풀꽃이 무성하게 자라 있었다. 그것도 단순히 피어 있기만 한 것이 아니라, 정원수가 손질한 것처럼 말끔하게 다듬어져 있었다.

무엇보다 가장 큰 변화가 생긴 것은 비아이시아 성이었다.

아까는 분명히 거인으로 변모했었던 성이, 커다란 한 그루 나무로 변해 있었다.

성으로서의 기능을 유지하고 있는 것은 중턱까지였고, 그 위로는 완전히 나무였다.

하늘에 닿을 듯한 거목이 우뚝 솟아 있고, 거기서 수많은 가지가 뻗고, 하얀 꽃이 피어 있었다.

그 나무의 품종은 틀림없이 『피에리스 아이시아』.

장엄하고 환상적인 거목이, 남매가 떠난 자리에 남았다.

나는 두 사람의 마석을 움켜쥐고, 비아이시아의 하늘을 올려다보았다.

거목의 만개한 꽃들이 바람에 흔들리고 있었다.

──아아, 바람이 상쾌하다.

비아이시아에 바람이 불고, 하얀 꽃잎이 흩날린다.

단지 그것뿐인데, 어째선지 그게 더없이 행복하게 느껴

졌다.

　이유는 모르겠지만, 이 시간이 더없이 길게 느껴졌다.

　"티티, 네 말이 맞았어⋯⋯."

　그녀가 했던 말마따나, 세계는 화사하고, 시간은 빛나고 있는지도 모르겠다.

　나는 그렇게 생각했다.

## 5. 에필로그


아이드와 티티가 사라진 지 1주일 후.

비아이시아 국 왕도인 비아이시아 성 옥좌의 방에서, 긴급히『북연맹』각국 수뇌회의가 열렸다. 회의에 모인 것은『북연맹』에 가입해 있는 나라의 중진들과 그 호위, 그리고 본토의 북부에서 살고 있는 각 민족의 대표들이었다.

옥좌의 방에는 대량의 회의용 테이블이 마련되어 있었기에, 그 전원이 한자리에 모일 수 있었다. 오른쪽을 봐도 왼쪽을 봐도, 만만치 않아 보이는 실력자들이 늘어서 있었다. 『북연맹』각국의 쟁쟁한 멤버들이었다.

그 테이블 중 한 자리에 나도──『이방인』아이카와 카나미도 앉아있었다.

명목상으로는 〈커넥션〉을 이용한 마차 역할 대행, 혹은 유사시에 대비한 전력이라고 했지만, 실제로는 이름값을 이용하기 위한 것이리라. 아이드의 대행 역할을 맡겠다고 주장하는 루즈 옆에 내가 있다는 것이, 다른 나라에 대해 어느 정도의 견제력으로 작용할 거라고 했다.

──솔직히, 갑갑했다.

예전에 연합국의 무도회에 참가했을 때 느꼈던 피로와 같은 것이 몸속에 쌓여 갔다. 하지만 나는 그 피로감을 견디며, 마치 **유능한 영웅**인 양, 쉴 새 없이 주위 사람들을 노려보았다.

그러는 동안, 내 옆자리의 루즈는 혼자 자리에서 일어서서 줄곧 열변을 토하고 있었다.

이것도 이느새 한나질이나 이어지고 있나.

그 오랜 대화의 내용은, 지난주에 비아이시아 왕도에서 벌어졌던 싸움의 결과뿐만이 아니라,『재상』아이드의 병사에 대한 것도 있었다. 루즈는 아이드와 가장 가까운 사이였던『주얼 크루스』로서, 그의 유언을『북연맹』전체에 전하고 있는 것이다.

"──이상이, 아이드 선생님께서 남기신 말씀입니다. 앞으로 비아이시아는『로드』한 사람에게만 기대지 않는 나라로 변화할 것입니다. 각자가 각자의 살아가는 길을 결정할 수 있는 나라로 만들어 나갑시다."

이제 드디어 유언 전달이 끝나고, 옥좌의 방에 모인 사람들은 술렁거렸다.

얼굴을 찌푸리는 어른들이 수두룩했다.

당연한 일이다. 아이드의 갑작스러운 실종만 해도 수상쩍은데, 루즈가 당당하게 아이드의 대행자 노릇을 하고 있는 것이다.

대놓고 불만을 토로하지는 않았지만, 그 표정에서 강한 불만과 의심이 엿보였다.

어쨌거나, 지금 비아이시아 성에서 지위가 가장 높은 것이 루즈라는 건 사실이었다.

이 나라의 재건을 시작할 때의 초기 멤버들은 아이드, 시스, 루즈, 느와르, 이렇게 네 사람이었으니, 연장자인 아이드와 시스가 사라진 지금, 루즈가 가장 윗자리에 앉는 건 당연한 일이었지만—— 솔직히, 아무도 납득하지 못하는 눈치였다.

모두가 그 지위는 편의상의 지위라고 생각하고 있었다. 무엇보다, 루즈의 나이가 너무나도 젊었다. 위엄이 너무 없었다. 아무리 연공서열이 중시되는 나라가 아니라고 해도, 자기보다 한참 어린 소녀에게 명령조로 지시를 받는 게 썩 유쾌한 기분은 아닐 것이다. 하지만 루즈 옆에 있는 소녀의 목소리가 불평 가득한 어른들의 목소리를 잠재웠다.

"뭐죠?"

내 목소리가 아니었다. 미완성의 뱀파이어이자, 『레기아국 명예결번 공주』이자, 『잉그리드 대상회의 수장』인 쿠넬 크로니클 슐루스 레기아 잉그리드의 목소리였다.

그녀의 목소리를 듣자, 어른들은 루즈를 노려보던 시선을 돌렸다.

앳된 외모와 언동에 현혹당하기 쉽지만, 나이로 따지면 그녀는 최상위 중의 최상위.

주름투성이 노장들마저 어린애 취급할 수 있는, 그야말로 살아있는 전설이었다. 그런 쿠넬이 내 반대편에 앉아서, 루즈를 위해 나오는 다른 압박감을 조성해 주고 있었다.

옥좌의 방에 있는 모든 이들 가운데서도, 쿠넬은 유독 이

질적이었다.

몸에 두르고 있는 기발한 정장을 비롯해서, 공기 자체를 일그러뜨리는 마력, 요염하면서도 속내를 가늠할 수 없는 표정, 그 경력과 배경에서 비롯된 압도적 존재감, 모든 것이 범상치 않았다.

그런 그녀가 루즈의 지지자로서 자리에 앉아있는 것이다.

고령에 높은 명성까지 가진 쿠넬의 위엄 앞에서, 누구도 함부로 끼어들 수 없었기에, 루즈의 독무대가 이어졌다.

이렇게 해서, 오른쪽에는 전국 최고의 무력인『아이카와 카나미 지크프리트 비지터 발트후즈야즈 폰 워커』를, 왼쪽에는 전국 최고의 권위인『쿠넬 크로니클 슐루스 레기아 잉그리드』를 거느린 루즈는, 아이드의 유언이라는 새빨간 거짓말을 늘어놓은 다음, 비아이시아의 차후 인사를 멋대로 결정해 나갔다.

"——그런 연유로, 오늘부터 비아이시아의『로드』및 사도님의 지위가 약간 달라집니다. 은거까지 하는 정도는 아니지만, 예전보다 발언이 줄어들 것입니다. 아주아주 조용한 조언자 정도로 생각하셔도 좋을 겁니다."

연설 도중에, 슬쩍 뒤쪽으로 눈길을 돌렸다.

천장에 드리워진, 비아이시아 국의 국장이 그려진 깃발 아래.

히타키가 말없이 옥좌에 앉아있었다.

그리고 그 옆에는 사도 시스인 척 정장을 한 디아가 서 있었다.

루즈의 말에 대해 디아가 살짝 고개를 끄덕여서, 전설의 사도가 인정했음을 증명해 주었다.

"그럼, 오늘 회의는 이만 마치도록 하겠습니다. 다행히 며칠 전에 『남연맹』에서도 총사령관이 갑자기 사라지는 문제가 발생했으니, 시간은 얼마든지 있습니다. 자세한 얘기는 훗날에 다시 말씀드리기로 하고……."

그 말을 끝으로, 호위 역할로 옥좌 근처에 도사리고 있던 스노우가, 사도와 『로드』를 데리고 옥좌의 방을 떠났다.

그런 스노우의 모습을 보고 많은 자들이 놀랐다.


『남연맹』의 전 총사령관 대리인 스노우가, 너무나도 당당하게 회의에 동석하고 있었기 때문이다. 그것도 『북연맹』의 국가원수인 『로드』 곁에서.

당연히 우리의 영향권 밖에 있는 사람들은 점점 더 크게 술렁거렸다.

나는 내심 식은땀을 흘리며 그 모습을 바라보았다.

이 말도 안 되는 막무가내 상황은, 전부 건너편에 앉은 쿠넬이 그린 그림이었다. 모든 일을 신중하게 진행하는 걸 선호하는 나로서는, 이게 정말 잘 될지 불안해서 견딜 수가 없었다.

쿠넬의 사전 설명에 따르면, 루즈에게는 엄청난 인맥이 있고, 적인 『남연맹』과도 이미 다 합의가 끝난 일이라는 냄

새를 풍기는 게 목적이라는 모양이었다.

나는 그 군략에 잠자코 따랐다.

전투와 탐색의 전문가인 다와는 달리, 쿠넬은 국가 간 교섭의 전문가다.

회의 전에 그녀가 했던, "비아이시는 국력 면에서나 병력 면에서나 『북연맹』 최강이니까, 이 정도는 식은 죽 먹기에요. 당당하게 허장성세를 부리면 충분히 통할 거예요"라는 말을 믿어 보자. 스킬 『감응』의 경보가 울리지 않는 걸 보면, **흐름**에는 문제가 없을 것이다.

나는 그런 마음속의 불안을 드러내지 않으려 애쓰고 있었다.

그리고 한나절에 걸친 회의로 위장한 일방적 통고가 끝나고, 드디어 내 임무도 끝났다. 루즈가 퇴실하는 것을 보고, 나와 쿠넬도 그 뒤를 따라 옥좌의 방을 나섰다.

퇴실하는 도중에, 회의에 참석한 수뇌진들의 표정을 살펴보았다.

그 안색에서, 갖가지 음모며 거래 등등이 휘몰아치고 있음을 알 수 있었다.

개중에는, 당장 내일이라도 루즈를 실각시키려 드는 **흐름**도 있었다.

스킬 『감응』 『속임수』를 보유하고 있는 데다, 이제는 『과거시』까지 사용할 수 있게 된 나의 관찰력으로 보면, 모든 게 훤히 들여다보였다.

회의가 끝나는 동시에, 모두가 곤혹스러워하면서도 다른 각국 대표들과 정보를 교환하기 시작했다.

하지만 모두 쿠넬의 예상 범위를 벗어나지 않는 것들이었다.

『북연맹』이 혼란에 빠진 건 사실이다. 하지만 쿠넬은 혼란을 최소한으로 막기 위해, 우리 쪽에서 고의로 혼란을 조장해서 주도권을 잡을 거라고 했으니, 그냥 둬도 별문제는 없을 것이다. ⋯⋯아마도.

나는 옥좌의 방을 나서서, 쿠넬과 함께 회랑을 걸으며 비아이시아의 혼란에 대해 생각했다.

오늘 열린 회의를 계기로, 비아이시아는 크게 변화했다. 원래 세계의 학교에서 배운 지식만으로 미루어봐도, 이것이 역사의 큰 전환점이라는 것을 어렴풋이 짐작할 수 있었다.

아까 루즈는 연맹국의 대표자로서 "각자가 각자의 살아가는 길을 결정할 수 있는 나라로 만들어 나갑시다"라고 말했다.

그것을 역사 교과서에 비유하자면, 왕정의 다음 항목쯤 될까?

후즈야즈에는 왕이 여럿 있다는 이상한 얘기를 들은 뒤로, 이세계와 원래 세계를 비교하려는 생각은 접었지만, 꼼꼼히 비교해 보면 공통되는 요소도 많을 것 같았다.

하지만 곰곰이 생각해 보면, 천 년 전에 『이방인』인 내가 개입한 적이 있었으니, 이 세계가 내 원래 세계와 닮는 건 당연한 일이었다. 천 년 전의 티티가 바랐던 『왕 하나에게만 의존하지 않는 나라 만들기』도, 과거의 시조 카나미가 거들었을 게 틀림없다.

천 년 전부터 티티가 꿈꿔 왔던 것이, 남매가 떠난 뒤에야 미숙하게나마 자리를 잡으려 하고 있다는 점에서, 세상사란 만만치 않다는 사실을 살짝 실감했다.

옥좌의 방을 나선 우리는, 성 중앙에 있는 정원에 이르렀다. 그곳에 펼쳐져 있는 광경이, 『왕 하나에게만 의존하지 않는 나라 만들기』가 늦지 않았다는 것을 증명해 주었다.

이 정원은 아이드와 결투를 벌였던 곳이었지만, 마법 〈아이드 앤드 티티〉의 힘에 의해 쾌적하기 그지없는 공간으로 변모해 있었다. 햇빛을 가로막던 나뭇잎은 말끔히 정리되고, 무성하게 자랐던 풀들은 하나도 남지 않았고, 오히려 초목으로 이루어진 정돈된 길이 생겨나 있어서, 울창한 이미지는 찾아볼 수 없었다.

성의 심장부이자 교차점이라 할 수 있는 그 뻥 뚫린 정원에서, 많은 사람이 바쁘게 돌아다니고 있었다. 아까 회의에서 만난 『북연맹』 사람들과는 달리, 진정으로 비아이시아를 사랑하는 사람들이었다.

——1주일 전, 우리는 피난에서 돌아온 국민들을 상대로, 아까 늘어놓았던 것 같은 거짓말이 아닌, 있는 그대로의 사실을 전달했다.

물론 그것 역시 만만한 작업은 아니었다.

아무리 아이드와 가장 가까웠던 루즈의 말이라 해도, 성

안 사람들에게 상황을 납득시키는 것은 쉽지 않았다. 그래서 하는 수 없이『과거시』마법을 이용해서 아이드의 유언을 상영해야 하는 신세가 되었다. 원하는 자에게는『연결고리』를 통해서, 내가 들은 아이드의 본심을 직접 전해주기도 했다. 일단 나라를 구한 아이드에게 끝까지 책임을 지우기 위해, 그의 사생활 보호는 말끔히 무시해 버리기로 했다.

그 결과, 나라를 유지할 수 있을 만큼의 인원을 가까스로 확보해서, 성안과 성 밖에서 이런저런 일들을 맡긴 상태다. 루즈 개인의 인망이 뛰어난 덕도 있었지만, 원래부터 아이드는『죽은 자』를 자처하며『각자가 각자의 살아갈 길을 결정할 수 있는 나라 만들기』『왕 하나에게만 의존하지 않는 나라 만들기』작업을 진행해 왔던 것이다. 아이드는 언젠가 사라지리라는 것을, 다들 어렴풋이 각오하고 있었으리라.

물론, 지위나 급여만 보장받을 수 있으면 그만이라는 사람들도 있었다.

지금 성에서 일하고 있는 사람들은 정말 각양각색이었다.『주얼 크루스』들을 비롯해서, 수인들, 다른 나라에서 아이드의 인망에 이끌려 온 것으로 보이는 무관과 문관들, 비아이시아를 오랫동안 섬겨 온 중진들, 거기에 보통 사람들도 많았다.

정원에 들어선 우리는, 그 다양한 사람들과 가볍게 인사를 주고받은 다음, 한쪽 구석의 테이블에 앉았다. 1주일 만에 겨우 휴식을 취할 수 있게 된 것이다. 커다란 한숨과 함께, 나는 루즈와 쿠넬 앞에서 투덜거렸다.

"하아. 이제야 좀 일단락됐네. 긴장돼 죽는 줄 알았어. 아이드 녀석, 성가신 문제를 남겨놓고 가다니——."

귀족이니 국가니 하는 걸 생각하는 건 진짜 질색이었다.

그래서 나는 죽은 친구에게 볼멘소리를 늘어놓았다. 쿠넬은 쓴웃음을 지으며 내게 대답했다.

"아니, 『나무의 이치를 훔치는 자』 아이드 씨는 뒷일에 대한 배려도 다 해 두신 것 같은데예? 참 우수한 사람이었으니까 말이지예. 그럭저럭 안목이 있는 내가 보기에도, 그 사람의 내정과 외교는 참 귀신같았다 아입니까."

거기에 아이드의 제자였던 루즈에게서도 지원사격이 날아들었다.

"——응. 선생님은 『죽은 사람』이었으면서도, 지금 살아 있는 사람들을 위해 정말 많이 애써 줬어. 예를 들면 말이야, 이 『마인 전환』의 힘이 없었더라면, 저기서 뛰고 있는 저 아이들은 한참 전에 폐기되고 말았을 거야……. 지금 우리가 비아이시아에서 일할 수 있는 건, 전부 다 아이드 선생님 덕분이었어……."

"하모요. 아이드 씨가 전쟁을 질질 끈 것도, 어쩌면 특정한 인종——아니, 까놓고 말해서 『주얼 크루스』의 자리를 마련해 주기 위해서 그런 것 아닐까예? 함부로 전쟁을 끝내서 전쟁 없는 세계가 이룩된다고 해도, 그게 곧 『주얼 크루스』들의 평화로 이어지는 건 아닐 테니까 말이지예. 개인적으로는, 아무리 그래도 전쟁을 질질 끄는 건 좀 문제가 있는 게 아닌가 싶지만서도."

나와는 달리, 두 사람은 아이드의 업무 역량을 순수하게 칭찬하고 있었다. 나도 딱히 반론은 하지 않았다.

"——그렇구나. 역시 쉽지가 않네. 나는 이런 정치 같은 것에는 소질이 없나 봐.『주얼 크루스』들의 평화 같은 건 어떻게 해야 이룩할 수 있을지 감도 안 잡혀."

싸워서 구하는 것밖에 할 줄 모르는 나로서는, 그 평화의 본지를 이해하는 건 남 일처럼 느껴졌다. 다만, 쿠넬은 조그만 목소리로 "뭐라카노, 그 마력과 스킬을 갖고 어렵다느니 뭐라느니, 얄미워 죽겠구마. 살짝 마음만 먹으면 회장 힘으로도 할 수 있으믄서. 성가신 일은 다 나한테 떠맡겨 버리고——"라며 볼멘소리를 늘어놓았다.

이 1주일 동안 동참해 줬으니 좀 이해해 줬으면 좋겠다.

나는 앞으로도 해야 할 일이 있는 것이다.

그런 쿠넬의 볼멘소리를 무시하고, 루즈가 말을 이었다.

"영웅님 말대로, 평화라는 건 참 복잡하고 어려운 거라니까……. 하지만 괜찮아. 이 1년 동안, 적어도 비아이시아 사람들은『주얼 크루스』도『마인』도 받아들일 수 있게 됐을 테니까. 조금씩 평화를 향해 나아가고 있는 거라고 생각해."

"그렇구나……."

"앞으로 나라의 모든 사람들이 가족이라고 할 수 있는 이상적인『낙원』을 만들 거야! 물론, 다 함께 말이야!"

"……."

나는 아이드의 의지를 충실히 계승하려 하는 루즈의 모습을 묵묵히 지켜보았다.

솔직히, 그 모습을 보면서 이런저런 생각이 드는 게 사실이었다.

머릿속 한구석에 떠오르는 수많은 불안 때문에, 나는 아무런 대답도 할 수 없었다.

루즈는 그런 나의 불안감을 단번에 간파하고, 놀리듯 말했다.

"앗, 영웅님. 『낙원』 같은 건 불가능하다고 생각하는 거지? 정말이지, 영웅님은 너무 합리적이고 현실주의적이라니까."

"어, 아니……. 뭐, 그건 그래……."

정곡을 찌르는 말에, 나는 놀랐다. 나는 학생이었기에, 역사라는 학문도 배운 바 있었다. 그 연표를 아무리 떠올려 봐도, 모두가 행복해질 수 있는 『낙원』은 어디에도 존재하지 않았다. 아마 이 이세계에도 아직 없을 것이다. 그 현실 앞에서, 루즈는——

"나도 알아. 그래도 다 함께 그렇게 만들기 위해 노력하는 건 나쁘지 않다고 생각해. 『낙원』을 만들려는 의지에 의미가 있다는 게, 내 생각이야."

이상론이라는 건 알고 있다는 전제하에, 그래도 그 길을 나아가겠다고 말했다.

현실을 외면하지 않으면서도 이상을 잊지 않고, 독선에 빠지지 않고, 오직 다 함께 앞으로 나아가겠다고 말했다.

그 흔들림 없는 신념은, 아이드와 티티의 마지막 모습을 연상케 했다.

아니, 정확히 말하자면 그 이름 모를 할아버지와 할머니의 가르침이 뇌리에 떠올랐다.

그 가족의 마음이 루즈의 마음에도 똑똑히 깃들어 있음을 깨달았기에, 이번에는 망설임 없이 대답할 수 있었다.

"그래……, 그거면 충분할 것 같아."

얼마 전, 티티는 천 년 후의 비아이시아를 보며, 여기 있는 것은 북부의 백성이 아니라고 말한 적이 있었다. 하지만 여기에 있는 루즈는 틀림없이 그 비아이시아의 후예일 것이다. 그런 확신이 들게 하는 대화였다.

나는 한시름을 덜고, 작은 감회에 잠긴 채, 〈아이드 앤드 티티〉의 힘에 의해 변모한 정원을 둘러보았다.

말끔하게 다듬어진 화사한 정원 안에는 정말 다양한 사람들이 있었다. 그러다가, 나의 지인과 닮은 얼굴을 가진 젊은 수인 한 명이, 『주얼 크루스』와 진지하게 얘기를 나누는 모습이 눈에 들어왔다.

수인은 오랜 옛날의 노장이자 전설의 대장장이이기도 한 레이넌드 씨와 비슷해 보였다. 행동거지에서는 베스 같은 면모가 엿보였다. 어쩌면 월스 가문의 혈통을 이어받은 아이인지도 모르겠다.

천 년 전과의 연관성을 생각하면서 〈디멘션〉으로 주위를 관찰하는 건, 제법 재미있는 일이었다.

거칠게 정원을 뛰어다니는 어린 수인들은, 66층의 뒷면에서 만난, 내 부하를 자처하던 기사들과 닮은 것 같아 보였다. 정원에서 정답게 이야기를 나누는 아이들에게서, 66층 뒷면에서 지내던 사람들의 흔적이 느껴졌다.

차원마법사인 나만이, 그 천 년 전의 혈맥을 미세하게나마 느낄 수 있었다.

당연히, 아이드가 구해준 『주얼 크루스』들도 많이 있었다. 조금만 더 일찍 태어났더라면, 학대당하고 자유마저 빼앗겼을 사람들이, 자신의 의지에 따라 살아가고 있었다.

각양각색의 자유로운 사람들이, 사랑하는 비아이시아를 위해 힘을 모으고 있었다.

인종이 다르다고 해서 죽고 죽이던 예전의 흔적은 찾아볼 수 없었다.

──이제 만족하겠구나……. 아이드, 티티…….

이것이 바로, 그야말로 아이드와 티티가 가장 먼저 다다르고자 했던 곳이리라.

정작 국민들 스스로는 아직 『낙원』이라고 생각하지 않을 테지만, 천 년 전의 기억을 갖고 있는 내 입장에서는 『낙원』으로만 보였다.

물론, 이 『낙원』은 영원하지도, 순탄하지도 않을 것이다.

여기 있는 모두의 앞에는 수많은 고난이 도사리고 있을

것이다. 이상론을 기치로 삼은 루즈는 수없는 좌절을 겪을 게 틀림없다. 자칫하면 나라가 망하는 지경에 빠질지도 모른다.

——하지만, 그래도 상관없다.

비록 그 어떤 험난한 고난을 겪더라도, 마음만은 영원토록 이어져서, 세계 속을 살아갈 테니까……, 그거면 충분한 것이다.

친구인 아이드와 티티의 소원만 이루어진다면, 일개 탐색가에 불과한 내가 참견할 일은 아무것도 없다. 여기서는 더 이상 할 일이 없다고 판단한 나는, 테이블에서 일어섰다.

"그럼, 나는 이제 그만 가 볼게."

"응……. 여러모로 고마워, 영웅님. 영웅님이 없었더라면 지금보다 훨씬 더 고생했을 거야. 정말 감사히 여기고 있어……. 아, 혹시 여행하다가 느와르를 발견하거든, 내가 걱정하고 있다고 전해줄래? 느와르의 안식처는 여기 있다고, 고향은 분명히 여기에 있다고 전해줬으면 좋겠어."

루즈는 최근 1주일 동안 모습을 보이지 않은 느와르를 걱정하고 있었다. 듣자 하니, 그녀는 나에게 패한 뒤로 홀로 종적을 감추었다고 한다.

"알았어. 혹시 만나거든 그렇게 전해줄게."

그리고 내가 자리를 떠나가려 하자, 옆에 있던 쿠넬도 나를 따라오려 했다.

"좋아! 일단 마무리! 그럼, 나도 슬슬 집으로 돌아가도 되겠지예-?"

"엉? 쿠넬은 여기 남아서 루즈를 도와줘야지. 네가 있으면 남부와의 화평 교섭도 쉬워질 거라고, 다들 얘기하던데. 이제 없어서는 안 되는 존재 같은 느낌이고 말이야."

하지만 나는 쿠넬의 이탈을 용납하지 않았다.

자리에서 일어서려 하는 쿠넬의 양 어깨에 손을 얹고, 우격다짐으로 자리에 앉혔다.

"힘이 왜 이렇게 센 기고……! 여, 역시 그것까지 해야 하는 겁니까?"

"부탁 좀 할게. 가능하면 아이드와 티티의 나라를 지켜봐 줬으면 해. 천 년 전을 알고 있는 네가 그 차이를 확인해 줬으면 좋겠어. 원래 이런 일에는 일가견이 있잖아?"

불만스러워 보이는 쿠넬에게, 나는 진지하게 부탁했다. 장담컨대, 쿠넬이 비아이시아에 있느냐 없느냐에 따라서, 루즈가 앞으로 겪게 될 운명에는 큰 차이가 발생할 것이다.

그도 그럴 것이, 『쿠넬 크로니클 슐루츠 레기아 잉그리드』는, 나라를 다루는 데 있어서는 인류사 최강 수준의 전문가인 것이다.

그것을 증명하는 목소리가 지금도 정원 주위에서 들려왔다.

"앗, 『결번공주』님이다――."

"우와아. 본토의 영웅과 연합국의 영웅이 나란히 서 있으니까, 그림이 장난 아닌걸요."

"전설의 혁명가는 정말 나이를 안 먹는구나. 나보다 더 작잖아…….”

쿠넬의 위업을 알고 있는 『주얼 크루스』들이 멀찍이 둘러서서 손을 흔들자, 그녀는 영업용 미소를 지으며 그에 화답했다.

장담컨대, 쿠넬은 앞으로 영원토록 교과서에 실릴 수준의 존재였다.

과거에, 지금의 『북연맹』 같은 상황에서 혁명을 성공시키고, 천 년 동안 번영을 누리는 하나의 나라를 건국했다. 게다가 각지에서 독립 자치에 대한 협조를 진행해 왔으며, 전 세계에 막대한 영향을 끼치는 잉그리드 상회의 수장으로 지금까지 군림하고 있다.

몇몇 지역에선, 농담이 아니라 실제로 신으로서 숭배하는 곳도 있다고 들었다.

……첫인상 때문에 그런 느낌은 전혀 안 들지만.

“으, 으으……. 그야 옛날에 나라를 하나 만든 건 사실이니까 말이지예. 일가견이 있다기보다는, 그냥 적응이 된 기라예. 적응이 되긴 했지만…….”

“쿠넬이 없으면, 루즈 진영이 쿠데타 같은 것에 당할 수도 있을 테니까, 부탁 좀 할게.”

아까 옥좌의 방에서 잠깐 엿들은 대화 중에서도 그런 전조가 보였었다.

굳이 『미래시』를 쓰지 않아도, 스킬 『감응』을 통해 알 수 있었다.

"뭐, 아마 일어나긴 할 깁니다. 아이드 씨가 없으면, 솔직히 나라는 빈틈투성이니까 말이지예. 나였다면 지금 당장『주얼 크루스』우대에 대해 불만을 품은 파벌을 만들어서, 냉큼 뒤엎어 버릴 깁니다."

"그걸 미연에 방지해 줬으면 해. 쿠넬이라면 충분히 할 수 있잖아?"

"할 수야 있지만……. 아아――, 세 번이나 도움을 받아서 그런지, 거절하기가 힘드네……."

나도 이번에는 물러서지 않았다.

내가 빤히 쳐다보고 있으려니, 쿠넬은 살짝 눈물이 그렁그렁해서 소리쳤다.

"아아, 미치겠네! 원래는 지금쯤 레기아 국 별장에 있는 푹신푹신한 침대에서 뒹굴거리고 있을 예정이었는디! 마음 내킬 때만 옷을 만드는 근사한 나날이 나를 기다리고 있었는데에에―! 왜 하필 거기서 들킨 기고―! 이건 완전『저주』가 따로 없잖응교―!!"

쿠넬은 일주일 전의 일을 저주했다.

나는 쓴웃음을 머금고 그날의 일을 떠올렸다.

일주일 전의 대결투가 끝난 후, 우리는 아무도 없는 왕도에서 어쩔 줄 몰라 하고 있었다.

비록 아이드 본인이 원한 것이기는 했지만, 제아무리 강국 비아이시아라도 그가 갑자기 사라지면 위험할 게 분명했다. 아이드가 공들여 만든 나라가『남연맹』에 잡아먹히는 꼴은 보고 싶지 않았기에, 나는 루즈를 도와주기로 마음먹었다.

그리고 우선, 남은 MP로 〈디멘션·멀티플〉을 사용해서 『남연맹』의 상황을 살펴보았다. 그 과정에서, 서쪽의 레기아 국으로 가다가 전란에 휘말려 있던 쿠넬을 운 좋게 발견한 것이다.

이번에도 불운과 불운이 겹쳐서 생명의 위기에 빠져 있었기에, 서둘러 달려가서 구해주고, 성까지 정중하게 초대해와서(본인은 『납치 유괴』라고 표현했지만, 그건 절대 아니다. 찬찬히 설명하고 납득시켜서 데려온 것이다), 여러 번 구해준 것에 대한 보답으로, 나라를 안정시키는 데 필요한 조언을 듣기로 했다.

그때부터 쿠넬이 선보인 업무 능력은, 역시 본업은 다르다는 생각이 들 만큼 대단했다. 나의 〈디멘션〉과 〈커넥션〉을 통해 여기저기 흩어졌던 사람들을 소집하고, 공중분해될 뻔했던 비아이시아 국을 특유의 수완으로 완벽하게 이어놓았다.

만약 쿠넬이 없었더라면, 지금과 같은 상황에 다다를 수 없었을 것이다.

그리고 앞으로도 비아이시아에 필요한 인재임이 틀림없었다.

이 인연을 놓칠 수는 없었기에, 나는 이야기를 이어갔다.

"그리고 너처럼 부담 없이 일을 부탁할 수 있는 애도 얼마 없단 말이지. 마음 편히 부탁할 수 있거든."

"에, 에에에에? 이, 이런. 나에 대한 회장님의 편견이 너무 지독하데이……."

"제발 부탁 좀 할게. 대신 보상으로 뭐든 다 해 줄 테니까."

"회장님의 '보상'이라케 봤자 불길한 예감밖에 안 든다 안 캅니까! 함정인 거 다 안데이! 아아, 당장 도망치고 싶어!! 도망치고 싶지만, 회장님한테서는 도망칠 수 없을 것 같아!!"

"그만 단념해, 쿠넬. 내 차원마법에서는 절대 도망 못 치니까. 후후후……."

"아아! 이 실랑이, 천 년 전에도 했던 것 같아!!"

잠깐의 촌극을 주고받으면서, 나는 끈질기게 쿠넬을 물고 늘어졌고——

"알았데이! 알았다 안캅니까. 하면 될 거 아입니까, 하면! 이건 진짜 큰 빚이니까, 잊지 마시라예, 회장님!"

결국, 쿠넬은 끝까지 싫어하지는 않고, 마지못해 고개를 끄덕였다.

진심으로 싫어하는 게 아니라는 걸 알고 있었기에, 나도 이렇게 강경하게 나올 수 있었던 것이다. 쿠넬의 그런 인정 많은 성격에는 진심으로 감사를 표하고 싶다. 이렇게 나와 쿠넬의 계약이 맺어졌을 때쯤, 루즈가 훈훈한 미소를 머금고 대화에 끼어들었다.

"둘은 정말 사이가 좋구나……. 그럼 쿠넬 님. 내일부터도 잘 부탁드릴게요. 아이드 님 못지않은 전설을 가진 쿠넬 님이 조언해 주신다면 그야말로 일당백일 거예요."

"알았데이. 일단은 대충 객장 정도로 생각해 두거레이. 뒤에서 나름대로 공작을 해 볼 테니까."

루즈가 악수를 청하자, 쿠넬은 체념한 표정으로 그 손을 맞잡았다.

"좋아, 그럼 이제 안심하고 출발할 수 있겠네. 아, 하지만 루즈. 혹시 만에 하나라도 쿠넬이 뭔가 못된 꿍꿍이를 꾸미는 것 같다 싶으면, 바로 알려줘. 당장 달려올 테니까."

일단 보험을 걸어 두었다. 그런 내 발언에, 쿠넬은 비명에 가까운 소리를 내질렀다.

"달려와서 내한테 뭘 우짜려는 깁니까?!"

"그야, 뭐……, 대충 이런 거?"

"우와, 손에서 빛 내뿜지 마시라예!!"

으─음. 정말 맛깔나는 리액션이다.

사라지고 없는 티티의 몫까지 골려 줘야겠다.

분명 티티도 하늘에서 기뻐할 것이다.

"제대로 한다 아입니까! 제대로 한다니까요?! 그리고 회장님도 보상해 주기로 한 거 잊으시면 안 됩니데이?!"

"그야 당연하지."

"조, 좋았어……. 기왕 보상을 받을 거면, 아주 화끈하게 요구해 봐야겠네예. 어떤 걸 달라고 해 볼까─. 아, 오랜만에 회장님이랑 쇼핑 데이트를 하는 것도 좋겠네예. 다시 옷에 대해서 회장님이랑 얘기해 보고 싶으니까 말이지예. 지도 카나미 씨의 이세계 디자인은 잘 써먹고 싶다 아입니까.

아니, 고작 그런 거 말고 더 큰 보상을――."

"앗……."

섬뜩한 오한이 등을 타고 휘몰아쳤다.

오랜만에 느끼는 스킬『감응』의 경보음이었다. 항상 도청당하고 있는 것도 모르고 데이트라는 위험한 단어를 내뱉은 쿠넬이 맞이한 절체절명의 위기를,『감응』이 가르쳐준 모양이었다.

"응, 회장님? 와 그라시나예? 이제 와서 안 된다는 말은 하기 없깁니다?"

"아니, 아무것도 아냐. 거짓말은 안 하니까 걱정하지 마. 뭐든 부탁해도 돼."

원래는 어떻게든 화제를 돌려서 얼버무려야 할 상황이지만, 거의 불사신에 가까운 쿠넬이라면 별문제 없겠지. 이런 의미에서도, 쿠넬은 정말 얼마 없는, 어울리기 편한 친구였다.

"그럼, 보상은 데이트로 하고……. 뭐, 이 정도 상황이면, 본토가 안정을 되찾는 건 5년이나 10년쯤 걸리겠네예. 팍팍 처리해 두겠십니데이."

교과서의 한 단락을 더 차지할 정도의 위업을, 쿠넬은 가볍게 받아들였다.

그녀의 능력과 수명으로 보자면, 정말 이 정도는 기분전환 정도이리라.

보상으로『데이트』를 하자는 식의 농담을 할 수 있을 만큼 여유로워 보였다.

"그럼, 나는 디아 쪽으로 돌아가 볼게. 아마 그 길로 비아이시아를 떠날 거야. 다음에 보자."

이제 걱정할 일은 아무것도 없다. 이번에야말로 정말 작별이다.

"또 만나, 영웅님."

"다녀오시라예~. 다시는 내한테 성가신 일을 떠맡길 일이 없도록, 확실하게 마무리하고 오시라예~"

손을 흔들며 배웅하는 두 사람을 슬쩍 쳐다보고, 나는 정원 밖으로 나갔다.

그리고 그 길로, 성의 객실 중 한 칸으로 향했다.

루즈가 성에서 가장 좋은 객실을 마련해 주어서, 1주일 동안 계속 사용해 왔던 것이다. 먼저 돌아간 동료들이 거기서 기다리고 있을 터였다.

객실에 도착한 나는, 그 묵직한 목제 문을 열었다.

"기다렸지? 다녀왔어."

그 방에는 도청을 통해 내 복귀를 예측하고 있었을 스노우가 기다리고 있었다.

"어서 와, 카나미! 밥부터 먹을래? 목욕부터 할래? 아, 아니면──."

"아니, 올 때마다 그 멘트 안 해도 돼……."

이 1주일 동안, 스노우는 매일 같은 인사로 맞이해 주었다.

이 인사의 무서운 점은, 어느 걸 먼저 하고 싶은지를 물으면서도, 실은 식사나 목욕 준비는 전혀 되어 있지 않다는 점이었다. 첫날에 "그럼 밥"이라고 대답했다가, 더없이 해맑은 미소와 함께 "에헤헤, 실은 안 만들었어"라는 대답이 돌아온 이후로, 더 이상은 기대조차 안 하고 있다.

"으음. 안 그만둘 거야. 조금씩 분위기부터 잡고 들어갈 계획이니까, 끈기 있게 계속할 거야. 이 틈에 분위기를 만들어서, 라스티아라 님과 카나미 사이를 깨부술 예정이거든."

여전히 노력의 방향성이 이상한 녀석이다.

왜 호감을 사려는 노력은 안 하는 건지, 도무지 이해할 수가 없었다.

그리고 그 노력이 헛수고라는 건, 내가 가장 잘 알고 있었다. 왜냐하면――

"굳이 깨부수지 않아도, 이미 붕괴 직전이란 말이지……."

지금의 나와 라스티아라 사이에, 깨부숴야 할 만큼의 무언가가 있기는 한 건지 의문이었다. 그도 그럴 것이, 그렇게 처참하게 차인 것이다. 솔직히, 생각만 해도 메마른 웃음과 함께 눈물이 나올 것만 같은 기분이었다. 돌아오자마자 스노우로부터 정신공격을 받는 바람에, 나는 약간 비틀거리면서 방 중앙의 테이블 앞에 앉았다.

그 테이블에는 홍차를 마시는 디아. 그리고, **잠든 채로** 자리에 앉아있는 히타키가 있었다.

"수고 많았어, 카나미. 성가신 일은 이제 다 끝난 거야?"

홍차 잔을 내려놓고, 디아가 먼저 물었다.

지금 디아와 히타키는 큼직한 의자에 둘이 같이 앉아서,

계속 손을 잡고 있다.

디아의 질문에 뭐라 대답해야 할지 궁리하면서, 동시에 히타키의 상태에 대해 생각했다.

시도 시스와의 싸움이 끝난 뒤로, 히타키는 아직 의식을 되찾지 못하고 있었다.

아이드에 의한 세계 최고의 상태이상 회복마법은 『접근하는 모든 것을 공격하는 저주』 등 갖가지 상태이상을 해제해 주었다. 하지만 아무리 아이드라 해도, 히타키가 선천적으로 타고난 『질병』까지 전투와 병행해서 고칠 수는 없었던 것이다.

애초에 그 『질병』은, 천 년 전 전성기의 쟁쟁한 강자들조차도 치료를 단념했던 것이었다.

몸의 레벨을 상한선인 99까지 올려야 그나마 고칠 수 있는 희망이라도 생긴다는 지경이었으니, 그럴 수밖에 없었을 것이다.

그러니, 이제부터는 이 『잠』에 조바심내지 말고, 차근차근 『마의 독』과 『마석』을 모아서 레벨업을 시켜 나갈 계획이었다. 다만 조금 불안한 점이 있다면, 히타키의 『잠』은 마치—— 아니, 이건 지금 고민할 일이 아니다.

어찌 됐건, 이제 비아이시아에서 할 일은 더 이상 없을 것이다.

"그래, 디아. 이제 여기서 할 일은 없는 것 같아. 이런저런 우여곡절이 있었지만, 다 마무리됐어."

"그렇구나. 마무리됐다니 다행이네…… 시스와는 달리, 나는 이런 상황에서 별 도움이 못 되니까 말이지……."

디아는 별 탈 없이 비아이시아를 떠날 수 있게 된 것에 안도하는 기색이었다.

그 미소에 훈훈함을 느끼며, 나는 오늘까지 겪었던 고생을 떠올렸다. 정말 많은 일들이 있었다. 그래도 그렇게 고생한 보람이 있어서, 지금 디아와 자연스럽게 대화를 나눌 수 있게 되었다.

일주일 전에 사도 시스와의 싸움에 승리한 뒤에 내가 가장 먼저 한 일은, 지금껏 디아와 나 사이에 쌓여 있던 응어리를 치우는 것이었다.

당연한 일이지만, 시스와의 전투 중에 나눈 말만 가지고는 완전히 해소됐다고 할 수 없었기에, 전투 뒤에 나와 디아는 지금까지 각자가 겪은 일들을 모두 얘기했다.

그날 일은 지금도 선명하게 기억하고 있다. 우선 가장 먼저 얘기한 건, 디아가 그날까지 겪어 온 고뇌, 소위 『자신』의 정체성에 대한 것이었다.

아직까지 디아가 히타키에게서 떨어지지 않은 채 손을 잡고 있는 이유를 포함해서, 그날 전투 후에 나누었던 이야기를 조금씩 회상했다.

◆ ◆ ◆ ◆ ◆

아이드와 티티를 배웅한 후, 나는 조잡한 실력으로나마 신성마법을 사용해서 디아를 치료했다. 다만, 지난날에 나에게 걸려 있던 것과 같은 상태이상『인식저해』까지는 해제할 수 있어도, 가장 큰 문제였던 디이의 스킬『과보호』까지는 해제되지 않았다.

시스만 사라지면 손쉽게 해제될 줄 알았었는데, 생각했던 것보다 뿌리가 깊었던 것이다. 상태이상이 아니라 타고난 스킬이라도 되는 양 성가신 녀석이었다.

스킬이란 그 사람의 재능을 나타낸 것—— 말하자면 그 사람의 인생이자, 혼이라 할 수 있다. 그래도 상관없다고 생각했다.

애초에 마법으로 간단히 해결해 버린다고 능사가 아니었다.

훨씬 더 근사한 해결책을 방금 보지 않았던가.

그 남매가 그랬던 것처럼, 우리는 대화를 나누면서 착오를 하나씩 확인해 나갔다.

"——그럼, 가끔씩 여성스러운 말투로 얘기하는 게 진짜 디아라는 거야?"

우리는 왕도 중앙, 결투의 흔적으로 생긴 화단 위에서 얘기를 나누었다.

"그건……, 여유가 없을 때의 나야. 궁지에 내몰리면 본성이 나와서, 여성스러운 말투가 나오는 거야. 하하, 이상하지?"

"여성스러운 게 본성이라는 건, 지금 말투는 연기라는 얘기야……? 힘들면 그냥 바로 원래 말투대로……."

"아니, 그렇지는 않아. 이건 딱히 무리해서 연기하는 게 아냐. 그저, 검사를 꿈꾸는 『나』도, 본래의 『나』도, 둘 다 『디아블로 시스』라는 뜻인데……."

그 고민은, 바로 조금 전에 아이드와 주고받은 이야기와 비슷했다.

없애 버리고 싶은 『나』에게서 도망쳐다녔던 아이드.

디아가 만약 그와 같은 운명을 걸을 것 같은 상황이라면, 나는 반드시 막아야만 한다. 하지만 그 걱정은 디아 본인이 없애 주었다.

"걱정하지 마, 카나미. 아까 아이드 남매의 최후는 나도 봤어. 옛날의 『자신』을 없었던 걸로 만들려는 생각은 없어."

그 언동으로 미루어보아, 사도 시스였을 때의 기억도 남아있는 모양이었다.

방금 전에 세상을 떠난 가디언의 모습에서 배우고, 같은 실수를 반복하지 않겠다고 말했다.

"하지만, 그렇다고 지금의 남자 같은 『나』를 없애고 싶다는 생각도 없어. 지금도 나는 『검사』가 되고 싶고, 진심으로 지금 이대로 지내고 싶어. 이 꿈은 절대로 잘못이 아니라고 생각해. 잘못이 있다면, 사도 시스라는 책무. 그걸 짊어지려고 했던 게 잘못이었겠지……."

간단히 말하자면, 티티에게 있어서의 『정원사』가 디아에게 있어서의 『검사』인 것이리라. 그리고 티티에게 있어서의

『로드』가 디아에게 있어서의 『사도』에 해당한다. 그 대답 앞에서, 내가 수정할 곳은 한 군데도 없었다.

"알았어. 둘 다 디아라는 얘기지……? 그럼 그냥 이대로 살자."

남성스러운 말투를 쓸 때나 여성스러운 말투를 쓸 때나, 똑같은 디아. 다만, 만약에 자신의 것도 아닌 사도로서의 책임까지 떠안으려고 한다면, 그때는 내가 참견해야 하리라.

그렇게 생각하고 있으려니, 눈앞의 디아는 머뭇머뭇 불안한 표정으로 얘기를 보탰다.

"이해해 줘서 고마워……. 다만, 한 가지 부탁이 있어……. 내가 생각하기에도, 여성스러운 말투가 나올 때는, 아무래도 정상적이지 못한 상태일 때가 많은 것 같아. 하지만 그건 좀 나약해진 것뿐이니까……. 그러니까 카나미……. 혹시 내가 여성스러운 말투를 쓰면……, 저기, 가능한 선에서나마 조금 다정하게 대해 주면 안 될까……?"

그 요구에, 나는 조금 놀랐다.

돌이켜보면, 디아가 대놓고 내게 부탁을 하는 건 이번이 처음이었다.

오늘까지 그녀는, 내게 피해를 끼치면 안 된다는 생각에 필사적으로 스스로를 억눌러 왔다. 원하는 건 아무것도 없다는 듯, 항상 나와 동료들의 지시에 따라 줄 뿐이었다. 지금이 바로 그 강박감에서 해방된 순간이라는 것을 깨닫고, 나는 우리 마음의 거리가 좁혀진 것을 느꼈다.

"안 될까……?"

키가 작아서 그런지, 자연스럽게 디아가 나를 올려다보는 자세가 되었다.

더불어, 하나뿐인 손으로 주먹을 쥐었다가 폈다가 꼼지락거리기도 했다.

굳이 마법이나 스킬을 쓰지 않더라도, 그 불안이 얼마나 큰지 짐작할 수 있었다.

지금 디아는, 용기를 내서 뭔가 소중한 것을 움켜쥐려 하고 있다. 그 사실을 알 수 있었다.

"당연하지. 우리는 동료잖아, 디아. 내가 할 수 있는 일이라면 뭐든 다 할게."

나는, 잡을 것을 찾아 꼼지락거리고 있는 디아의 손을 잡아주었다.

그러자, 디아는 살짝 미간을 찌푸렸다가, 미소를 지었다.

드디어 지금까지 찾아 헤매던 것을 붙잡기는 했지만, 거기에 의존하는 자신이 약간 한심하게 느껴진다는 태도였다. 하지만 티티는 그 한심한 자신을 외면하지 않고, 나에게 고백했다. 1년 전의 속사정을 띄엄띄엄 얘기했다.

"카나미……. 1년 전에 말야……, 실은 항상 불안했었어……. 사도 녀석의 기억이 되돌아오는 게 두려웠어. 마치 내가 한 명 더 태어난 것 같아서……. 오늘까지 살아온 내가 부정당하는 것 같아서……. 정말 두려웠어……."

중얼거리는 도중에, 디아는 내 가슴에 어깨를 기댔다. 눈을 마주치고 얘기하는 게 부끄러웠던 것이리라. 하지만 그렇다고 떨어지는 것도 싫어서 그렇게 할 수밖에 없었던 모양이다.

"하지만 아무에게도 마음을 털어놓을 수가 없어서……. 항상 혼자서 끙끙 앓고 있을 수밖에 없어서, 힘들었어. 정말 힘들었어……."

"응."

그 두려움과 고통은, 나도 조금이나마 알고 있었다.

팰린크론 녀석 때문에 나도 비슷한 상황에 빠진 적이 있었던 것이다.

"어떤 내가 진정한 나인지 알 수가 없었어……. 시스가 진짜 나일지도 모른다는 생각에, 한숨도 잠들지 못하는 날도 있었어……. 잠들 수 없는 밤이 이어져서, 괴로웠어……."

"미안. 나는 내 생각만 하느라 알아채 주지 못했어."

그런 조짐은 분명히 있었다.

나에게 도움을 처하는 태도가 느껴졌었다.

아마 와이스나 마리아 정도는 알아챘을 것이다. 디아와 함께한 시간이 나보다 짧은 두 사람이 알아챘는데, 나는 알아채지 못했다. 그 사실이 후회스러울 따름이었다.

"카나미의 동생을 망가뜨린 게 천 년 전의 나일지도 모른다는 사실을 알게 된 순간, 나는 더 이상 카나미 곁에 있을 수가 없었어. 카나미를 볼 면목이 없어서……. 그래도, 어떻게든 속죄하고 싶다는 생각에……, 도망친 거야. 도망쳐도 소용없다는 걸 알고 있으면서도, 무서워서 도망쳤던 거야, 나는……."

나뿐만이 아니라, 디아도 후회하고 있었다.

다만, 1년 전과는 달리, 혼자가 아니라 둘이서 후회했다.

단지 그것뿐인데, 신기하게도 마음의 무게가 달라지는 느낌이었다.

"당연히, 아무리 도망쳐도 내 안식처는 없었어. 머릿속에 있는 시스 녀석을 인정하는 바람에, 나는 『나』가 아니게 되고, 원래의 나조차 아니게 돼 버렸지. 내가 누군지 알 수가 없어서, 머릿속이 뒤죽박죽되고……, 뭐가 뭔지 알 수가 없어서……. 끔찍하게 오랜 시간 동안, 캄캄한 길을 걷는 꿈을 꿨던 것 같아……."

혼자 있으면 마음이 약해지는 법이다.

하지만 그건 외톨이가 되기 전에는 알 수 없다.

사도 시스는 바로 그 점을 공략한 모양이었다.

사도 시스 녀석에 대해 분노를 느끼고 있으려니, 이번에는 약간 밝아진 목소리가 들려왔다.

"하지만 돌아왔어. 카나미 덕분에, 이제야 돌아올 수 있었어. 카나미가 내 이름을 불러 준 덕분이야. 정말 고마워……."

디아는 내 가슴에 대고 있던 머리를 떼고, 숙이고 있던 고개를 들었다.

내 추억 속에 남아있는 것과 같은 미소를 보여주었다.

그것은 나와 같이 미궁 탐색을 하면서, 함께 싸움에 임할 때 보여주곤 하던 미소였다. 그 시절에 나를 부르던 이름을 떠올리고, 나도 웃으며 대답했다.

"디아, 이제 나를 부를 때『카나미』가 아니라『지크』라고 불러도 돼. 연합국에서는『아이카와가나미 시크프리트 비지터 벨트후즈야즈 폰 워커』라는 이름으로 불리고 있으니까. 이제 뭐라고 부르든 신경 안 써."

농담을 섞어서, 호칭은 상관없다고 얘기했다.

"하핫. 그러고 보니 그런 이름도 퍼져 있었지. 그럼 마음 편히 부르도록 할게. 이름이나 지위 같은 건 중요한 게 아니니까. 중요한 건, 나는 나로서——."

"나는 나로서 여기에 있다는 것. 그게 가장 중요한 거니까."

이렇게 해서, 두 사람의 후회에 대한 정답 맞추기가 끝났다.

이제 우리에게 있어 이름은 중요한 게 아니었다. 약간 쑥스러운 대사였지만, 우리는 웃으면서 그런 말도 주고받을 수 있었다.

"그래, 그거면 충분했던 거야. 우리 둘이 여기에 있다는 것……. 그것만으로도, 이미 충분했던 거야……."

그리고 미소 띤 디아의 두 눈에 눈물이 고였다.

오랫동안 참아 왔던 것들이 흘러나오기 시작한 것이리라.

디아는 내게 눈물을 보이기 싫었는지, 내 허리를 꼭 끌어안았다. 다시 이마를 내 가슴에 대고, 있는 힘껏 끌어안았다.

"이 1년 동안의 일을 통해 알았어. 시스와 나는 다른 사람이야……. 아니, 애초에 완전히 똑같은 녀석은 없어. 당연한 일이야. 세상에 똑같은 혼은 하나도 없으니까……."

그런 디아의 독백을, 그녀의 뒷머리를 쓰다듬어 주며 들었다.

"아아, 몸도 마음도 가벼워진 것 같은 기분이야……. 이제 아무것도 두렵지 않아……."

정말 다행이다.

디아가 스스로에게 솔직해진 덕분에, 나도 마음이 가벼워진 것 같은 느낌이었다. 히타키와 함께 디아가 돌아온 것만으로도, 이 이세계에서의 고민 중 태반이 사라졌다.

스스로가 오랜 싸움 끝에 얻은 것을, 나는 힘주어 품속에 끌어안았다.

그에 맞추어, 그녀도 나를 끌어안은 팔에 힘을 주었다.

이제 두 번 다시 놓치지 않겠다는 듯, 힘을 주고 또 주어서…….

그렇게 거침없이 힘을 주는 건, 지금까지의 디아에게서는 볼 수 없었던 일이었다.

드디어 서로의 마음이 통하게 된 것이다. 몸뿐만이 아니라 마력도 뒤얽히고, 마음이 하나가 되어 가는 감각까지 들었다. 그런 착각 속에서, 그 무엇과도 바꿀 수 없는 편안한 시간이 흘러갔고──그러다가, 나는 문득 위화감을 느꼈다.

왜냐하면, 갑자기 스킬 『감응』이 경고음을 울리기 시작한 것이다.

오늘 한 번도 울리지 않았던 생존본능이, 요란하게 나에게 『위기』임을 외치고 있었다.

"어, 어? 자, 잠깐 기다려 봐, 디아——."

위기를 느끼고, 당황해서 디아로부터 떨어지려 했다.

——하지만, 도무지 떨어지지 않았다.

마치 돌 속에 갇혀 버린 것처럼, 몸이 미동조차 하지 않았다.

그 정도를 넘어서, 아예 숨조차 쉴 수 없는 지경이었다. 게다가 정체불명의 압력에 의해 허파가 짓눌리고 늑골이 삐걱거렸다. 당장 금이 가도 이상할 게 없었다.

"자, 잠깐——, 숨을, 못 쉬——?!"

기어이 목소리조차 나오지 않는 지경이 되었다.

나는 즉시 무영창으로 〈디멘션〉을 전개해서, 상황의 원인을 해석했다.

지금 나를 짓누르고 있는 비정상적인 상황의 정체가 디아의 마력이라는 건, 의심의 여지가 없었다.

흥분한 디아의 마력에 감싸이고, 그것이 물리적인 힘이 되어 나를 **붙잡고 있다.** 엄청난 농도의 마력이 거대한 손으로 변해 나를 움켜쥐고 있는 것이다.

비장의 카드를 발동시켜야 할 상황이라 판단하고, 나는 다시 무영창으로 마법을 구성해서, 내 몸에 〈디스턴스 뮤트〉를 전개했다.

"——헉! 푸하앗!!"

디아의 마력 속성과 성질을 이해하고, 그 마력으로부터

차원을 틀어서, 가까스로 빠져나오는 데 성공했다. 내가 새파랗게 질린 얼굴로 떨어진 걸 보고서야, 디아의 마력이 누그러졌다.

자신이 지나치게 흥분해서 마력이 딱딱하게 굳어졌었다는 것을 깨닫고, 허둥지둥 사과했다.

"아, 아앗! 미안, 카나미! 저기, 나도 모르게 몸이……!!"

아마 아직 해제하지 못한 스킬 『과보호』의 효과이리라. 그 부작용에 의해, 무의식적으로 나를 붙잡으려 하는 것이다.

그것도, 레벨 59라는 자신의 힘을 생각하지 않고, 온 힘을 다해 상대를 붙잡으려 든다.

다른 사람이라면 문제겠지만, 스킬 『감응』을 통해 사전에 위험을 감지할 수 있는 나를 사아대로 사용하는 건 별다른 문제가 되지 않는다. 〈디스턴스 뮤트〉가 있는 덕분에, 불의의 일격을 당하지 않는 이상 죽을 일은 없다. 그리고 이 정도 부상이라면, 아이드와의 전투를 통해 발전시킨 회복마법으로 대처할 수 있다.

"하하. 아니, 이 정도는 익숙하니까 괜찮아. 신경 쓸 필요 없어."

금 간 갈비뼈에 회복마법을 걸면서 웃는 얼굴로 대답했다.

이제 나는, 조잡하게나마 다른 속성의 마법도 사용할 수 있다. 대규모 마법이라면 〈디스턴스 뮤트〉를 가슴에 쑤셔 넣어서 혼을 조정해야 하지만, 기초마법 정도는 손쉽게 쓸 수 있다.

"익숙하다고⋯⋯?"

"거짓말 아냐. 뼈 한두 개 정도 부러지는 건, 이제 내 힘으로도 손쉽게 고칠 수 있으니까. 이 정도는⋯⋯, 강아지가 장난치는 것 정도야."

은연중에 귀여운 것이라는 인상을 줘서 안심시키려 했다.

딱히 허세를 부리는 게 아니라, 진심으로 그렇게 생각했다.

통증에 대한 내성은 진절머리가 날 만큼 생긴 상태다. 이세계에 온 이후로 몸의 기본적인 강도가 상승해 있다. 이 정도 부상은 마법 연습용으로 안성맞춤일 것이다.

"그, 그래도 아픈 건 사실이잖아⋯⋯? 미안, 바로 억누를게."

내 입장에서는 익숙한 것이었지만, 착한 디아는 흘러나온 마력을 허둥지둥 몸속으로 거두어들이고, 몸속에서 응축시켰다. 나는 〈디멘션〉으로 그것을 파악하고, 1년 전과의 차이점을 얘기했다.

"마력 운용 실력이 처음에 비해 정말 많이 늘었네⋯⋯."

"아르티 스승님과⋯⋯, 좀 분하긴 하지만, 시스 녀석 덕분이야. 이제 출력 조절에 실패하는 일은 없을 거야⋯⋯. 조바심만 내지 않으면."

자기 자신의 성격을 확실히 깨달은 듯, "조바심만 내지 않으면"이라는 문구를 덧붙였다. 하지만 마력 제어 실력이 월등하게 상승한 건 틀림없었다.

이 1년 동안, 디아는 전설 속 사도의 마법 시범을 눈앞에서 지켜본 거나 마찬가지였다. 그리고 생각해 보면, 레벨업까지 시켜 준 셈이니, 그 녀석에게도 조금 감사해야겠다는 생각이 들었다. ……정말 아주 조금이지만.

"아, 물론 이 정도로 강해질 수 있었던 건 카나미의 도움도 있었어! 처음에 카나미가 같이 있어 준 덕분에 강해진 거니까! 정말 고마워!!"

디아는 나 역시 자신의 스승에 포함된다고 얘기해 주었다. 그리고 떨어져 있던 내 오른손을 잡고, 마치 찬란하게 빛이라도 날 것 같은 미소를 보였다.

솔직히, 내 주위에 있는 사람 중에서는 보기 힘든 미소였다.

그 구김살 없이 순수한 미소에 홀려 버릴 것만 같았다.

"나는 앞으로도 계속 강해질 거야! 그러니까 기대해 줘! 카나미의 동료라는 이름이 아깝지 않도록, 최선을 다해 노력할게! 그리고 앞으로도 나랑 같이 많은 모험을 하는 거야!!"

내 손을 힘차게 움켜쥐고 놓아주지 않았다.

레벨 59가 되어 스테이터스의 근력이 뛰어오른 탓인지, 다시 뼈에 금이 갈 것만 같았지만, 그 눈부신 미소를 보니 그것도 용서해 주고 싶은 심정이 들었다.

나와 디아는 오랫동안 악수를 나누었고── 대화가 끝났다는 것을 짐작한 스노우가 뒤에서 다가왔다.

"좋아, 얘기 끝났나 보네? 뭔가 되게 근사한 얘기였던 것 같은데? 그럼 다음, 이번엔 내 차례야! 나도 꼭 껴안아 줘! 카나미!!"

"어, 왜 뜬금없이……?"

그리고 어째선지 도를 넘은 제안을 해 왔기에, 고개를 가로저었다.

"어라아?! 어째 반응이 다르지 않아?!"

"그야, 디아와 너는 좀……."

"너무해! 그렇지만 나도 이번엔 열심히 애썼는걸! 아ー주ー열심히 애썼는데 말이야?!"

스노우는 절박하게 양손을 붕붕 휘저으며 주장했지만, 디아가 그런 주장을 일도양단했다.

"열심히 애쓴 거 맞아? 나와 싸울 때는 그럭저럭 싸웠지만, 히타키가 싸움에 나서자마자 힘도 못 썼잖아, 스노우."

"엑, 기억하고 있었어?! 그, 그건, 저기, 가디언을 상대하는 건 아무래도 좀 무서워서……."

"가디언는 안 되고 사도는 괜찮다는 거야? 하지만 1년 전에 가디언을 상대할 때는 괜찮았었잖아?"

"아니, 그때는 책임감이 있기도 했고……. 아이드는 그렇게 무섭지는 않았고……. 이번에는 카나미와 티티 언니가 있어서, 살짝 좀 위축됐었다고 해야 할지, 뭐라고 해야 할지……."

"으ー음, 스노우는 그런 구석이 있다니까."

뒤늦게나마 디아도 스노우의 성가신 본성을 알아챈 모양이었다.

개선의 기회를 놓치지 않기 위해, 나도 동조했다.

"그래, 스노우의 가장 큰 문제점이야. 자기가 최선을 다하지 않아도 다른 사람이 대신해 줄 것 같다는 생각이 들면, 그 즉시 잔꾀를 부리기 시작하는 점 말야."

"스노우, 이번에 아무런 힘도 못 썼던 내가 할 소리는 아닌지도 모르지만……, 인간이라면 어떤 상황에서나 최선을 다해야 하는 법이라고."

나와 디아는 손을 잡은 채로 스노우를 질책했다.

그 콤비네이션에, 스노우는 손으로 입을 가리고 어쩔 줄 몰라 하며 떨기 시작했다.

"어, 어라아……? 혹시 설교 시간이 시작된 거야……? 이, 이거 위험한 전개잖아! 라스티아라 님이랑 마리아도 없으니까 좀 더 응석을 부릴 수 있을 줄 알았는데, 그렇지도 않잖아?!"

"그렇게 항상 응석 부릴 상대만 찾아다니니까 글러 먹은 거라고……. 하아……."

디아는 쓴웃음 섞인 한숨을 지었다. 다만, 그것이 스노우의 단점이라는 건 알았지만, 한편으로는 스노우다운 점이라는 것도 알고 있었기에, 진심으로 닦달하지는 않았다.

서로가 서로의 단점을 이해하고, 그것을 보완해 주는 것.

이제야 우리 파티가 『진정한 파티』에 가까워진 것 같은 느낌이었다.

그것을 확인한 우리는, 마음을 다잡고 다음 일정을 향해 움직이기 시작했다.

"좋아, 스노우의 반성 모임도 끝났으니, 이제 슬슬 루즈를 데리러 가 볼까. 성안에 있을 테니까, 내가 뛰어서 다녀올게."

진지한 싸움을 마친 후에 으레 찾아오는 막간의 농담 타임도 끝났으니, 나는 디아의 손을 놓고, 거목으로 변한 성을 향해 걸음을 옮겼다.

그 후에 나는 아이드가 루즈에게 비아이시아를 부탁했다는 소식을 듣고, 그 해결책으로서 쿠넬을 데리러가게 되었다.

그리고 일주일이 지난 오늘에 이르러, 디아는 웃으며 나를 맞이해 줄 수 있게 되었다. 하지만 모든 문제가 해결됐다고 하기에는 무리가 있었다.

스킬『과보호』의 성가신 효과는 여전히 남아있어서, 디아가『지크』로 인식하고 있는 나와 히타키 중 어느 한쪽이라도 멀리 떨어지면, 심하게 불안정해졌다.

한 번은 디아를 객실에 남겨둔 채, 내가 히타키를 데리고 외출한 적이 있었는데, 그 결과 스노우가 시커먼 숯덩이 신세가 된 적이 있었다. 정신의 혼란과 함께 마력이 폭주하는 바람에, 스노우가 몸 바쳐 그것을 막아야만 했던 것이다.

일주일 전에는 스노우를 놀렸던 나와 디아였지만, 실은 진심으로 고마워하고 있었다. 다만, 그 마음을 곧이곧대로 얘기했다가는 그녀의 콧대가 끝도 없이 높아질 게 불 보듯 뻔했기에, 아무래도 순순히 칭찬해 주기는 꺼림칙했다.

"카나미. 여기서 할 일이 끝났다면, 다음에는 어디로 갈 거지?"

내가 1주일 전 일에 대한 회상을 마쳤을 때쯤, 디아가 눈을 초롱초롱 빛내며 물었다.

그리고 빛의 마법으로 강화한 검을 검사라도 된 양 움켜쥐었다.

"나는 검을 휘두를 수 있는 곳이면 어디든 좋아. 카나미가 원하는 대로 결정해도 돼. 요 며칠 동안 스노우와 박빙의 대결을 펼쳤으니까, 실전에서도 빨리 시험해 보고 싶어."

"어? 검술 대결은 제가 압승으로 전승을⋯⋯."

"박빙의 대결이었잖아!"

"네! 박빙의 대결이었습니다!"

디아가 뾰로통하게 뺨을 부풀리자, 스노우는 척, 하고 경례를 붙였다.

아마도 디아는 검을 휘두르는 모험을 하고 싶은 모양이었다.

이 1주일 동안, 두 사람은 시간 날 때마다 짬을 내서『검술』연습을 하곤 했다. 디아는 자신의 취미 때문에 하는 연습이었지만, 스노우에게는 티티의 가르침을 지켜가면서 하는 특훈이었다.

참고로 디아는『크레센트 펙트라즐리의 직검』을 쓰도록

하고 있었다. 스노우는 티티에게서 물려받은『시조와 마왕
의 마검 브레이브 플로라이트』였다.

"미안, 디아. 목적지를 정하기 전에 시험해 보고 싶은 게
있어. 이 결과에 따라 꽤 크게 달라질 거라서 말이야."

빨리 검술을 시험해 보고 싶은 심정은 이해가 갔지만, 그보
다 중요한 게 있었다. 그것은 모험에 있어서 가장 중요한 것
이라 할 수 있는 것이었다. 나는『소지품』에서, 며칠 전 성의
공방에서 만든 액세서리를 꺼내어 스노우에게 건네려 했다.

"펜던트……? 어, 그건 혹시……."

"티티의 마석이야. 이건 스노우가 가져 줬으면 좋겠어."

"역시 언니었어? 우와──, 언니가 펜던트로 변했잖아──."

정확히 말하자면, 아이드와 티티 남매였다.

짙은 녹색과 옅은 비취색의 매력을 살린, 혼신의 역작이
었다.


[목걸이『백취(白翠)의 이치』]
**가디언 아이드, 티티의 마력 결정으로 장식한 목걸이**


"한 번 걸어 봐. 그리고 '도와줘─'라고 간절하게 기도해 봐."

"응, 알았어. 으으음……, 티티 언니, 부탁이야──."

스노우는 펜던트를 목에 걸고 끙끙대기 시작했다. 그 타
이밍에 맞춰서, 나는 〈디멘션〉을 펼쳤다. 몸에 변화가 나타
난 건 그 직후였다. 1년 전 그녀의 보드라운 피부에는 없었

던 용의 비늘이 빛 입자로 변해새서, 스노우의 몸에 빨려 들어갔다.

"오, 오오? 어깨에 달려있던 이상한 게 원래대로 돌아왔잖아−! 태어났을 때의 모습으로 돌아가는 것 같아−!"

"시스 녀석, 역시 거짓말은 안 했네. 하아, 정말 서투르다니까."

과도한 레벨업으로 인해 스노우의 몸에 일어났던 변화가 회복되어 갔다.

모두 사도가 가르쳐준 그대로였다. 전투 전의 강화 교섭 때 얘기했던 정보가 사실이라는 것을 확신하고, 사도 시스의 극단적인 인격에 한숨을 지었다.

"스노우는 두 사람의 펜던트를 갖고 있도록 해. 레벨의 한계치는 30이라고 들었지만, 『이치를 훔치는 자』의 마석이 있으면 배로 늘어난다는 모양이니까."

이 세계의 레벨 한계선에 대해 이제 제법 감이 잡히기 시작했다.

레벨 20 전후쯤 되면 인간의 수준을 벗어나기 시작하고, 레벨 30부터는 인간이 아니게 되는 것이리라. 그리고 아마 마석 하나가 있으면 상한선이 30 늘어날 것이다.

"이봐, 카나미. 나는 아무것도 안 갖고 있으면서도 레벨이 높은데?"

그때 디아의 질문이 끼어들었다.

"디아는 사도라서 몸도 특별한 거겠지. 시스가 그 비슷한 얘기를 했었어."

"그렇군. 시스 녀석이 그랬다면 그런 거겠지."

시스에 대한 평가에 있어서는 디아도 나와 같은 모양이었다.

사도 시스는 거짓말을 하는 성격이 아니니, 그녀가 한 말은 사실일 거라 판단한 것이다.

"시스는 참 더러운 성격을 가진 녀석이었지만, 생각해 보면 녀석에서 물려받은 힘도 참 많았네⋯⋯."

히타키와 디아의 레벨 59가 가장 알기 쉬운 사례일 것이다.

원래는 이 정도까지 레벨을 올리는 데는 훨씬 더 긴 시간이 필요할 게 틀림없다. 그 의견에는 스노우도 고개를 끄덕여 동의했다. 다만, 그녀는 나와는 달리 기쁨이 아닌 불만 때문에 더 커 보였다.

"그건 그래. 솔직히, 지금 제대로 마음먹고 싸우면 디아가 제일 강할지도 몰라. 예전에는 내가『최강』이었는데⋯⋯. 점점 역학관계가⋯⋯. 아아, 그래도 특훈은 하기 싫은데⋯⋯."

기껏 레벨 상한선이 올라 봤자, 본인이 이 모양이면 말짱 도루묵이다.

대놓고 땡땡이 선언을 하는 스노우의 머리를 쿡 찌르면서, 나는 다음 화제로 옮겨갔다.

"이제 걱정거리 하나가 사라진 셈이네. 그럼, 다음은 앞으로의 일정에 관한 얘긴데⋯⋯."

시스가 했던 얘기는 다 사실이었다. 다시 말해, 히타키에 대한 얘기도 십중팔구 거짓말은 없다고 생각하는 게 옳을 것이다.

디아 옆에 앉아있는 히타키 쪽으로 슬쩍 시선을 옮겼다. 아이드 덕분에 『로드』의 신분에서 벗어나고, 누구도 공격하지 않게 되고, 더없이 조용해졌다.

──하지만, 히타키는 여전히 잠에서 깨어나지 못하고 있었다.

몽유병 환자처럼 반응 자체는 하지만, 기본적으로 의식이 없다. 오빠인 내가 아무리 말을 걸어 봐도, 마치 『정지』하기라도 한 것처럼 아무런 반응이 없었다.

"기본적인 방침은, 히타키를 깨우기 위해 미궁의 『최심부』까지 가 볼 생각이야. 최심부에는 천 년 전의 싸움이 전부 『마의 독』으로서 보관되어 있으니까. 미궁 안에서 무한으로 『레벨업』을 할 수 있을 만큼의 『마의 독』이니까, 잘만 이용하면 정말 뭐든지 다 이룰 수 있을 거야."

아마, 시스가 주인의 얘기했던 '주인의 대체자'라는 상태가 바로, 히타키의 질병을 고치는 조건이리라. 그렇기에 천 년 전의 나는 사도 시스의 『세계봉환진』을 물려받아, 미궁을 만든 것이다.

"아니, 카나미. 히타키를 깨우는 게 목적이라면 사도 디 프라클라를 만나러 가는 것도 괜찮을 거야. 시스 녀석이 하던 얘기를 보면, 히타키를 깨울 수 있는 힘을 갖고 있는 것 같은 눈치였으니까. 같은 사도라면 뭔가 알고 있지 않을까?

아이드가 봉인한 디프라클라는『본토』의 대성도(大聖都)인 후즈야즈의 유그드라실 안에 있을 테니, 같은 사도인 내가 거기로 찾아가면, 아마 디프라클라의 목소리를 들을 수 있을 거야.”

디아가 적극적으로 의견을 냈다.

그건 수동적인 스노우와는 전혀 다른 개성이라, 아주 큰 도움이 되었다.

“듣고 보니,『본토』후즈야즈에 가서 사도 디프라클라를 만나 보는 것도 나쁘지는 않을 것 같네……. 무엇보다, 남부에는 마리아가 있으니까……. 좋아, 그럼 그렇게 하자.”

역시 마리아는 직접 데리러 가는 게 가장 좋을 것이다.

마리아와 디프라클라를 만나고, 그 뒤에 미궁이 있는 연합국으로 돌아가서, 파티 전원이 모인 상태로 미궁 탐색을 재개한다. 이게 최고의 상황일 것이다.

“『본토』남부라──, 오랜만에 가 보네──.”

긴장감이 더해 가는 나와는 대조적으로, 스노우는 느긋해 보였다.

그 관광객 기분을 나무라듯이, 디아가 주의를 촉구했다.

“너, 총사령관 대리 직책에서 중간에 퇴직한 것에 대해 한 소리 듣는 거 아냐? 나와는 달리, 원만하게 퇴직한 게 아니었잖아?”

“으……. 그렇게 되면 카나미가 지켜 달라고 해야지…….”

“너 바보냐? 그런 때는 나한테 말해. 동료는 내가 지켜줄 테니."

"오, 오오오? 디아, 고마워-! 역시 대단해-! 멋져-! 반할
것 같아-!"

"기본적으로는 자기 힘으로 처리해야 해. 도저히 안 되겠
다 싶으면 나한테 기대라는 것뿐이지⋯⋯."

"그래도 고마워고마워고마워! 고, 마, 워-!! 우와, 정말이
지, 요즘은 매일 좋은 일만 생긴다니까-!!"

스노우는 디아를 끌어안고 진심으로 감격했다. 지금까지
살아오면서, 이렇게 대놓고 자신을 지켜주겠다는 말을 들
은 적은 얼마 없을 것이다. 몸 전체를 동원해서 기쁨을 표
현하고 있었다. 내가 그런 스노우를 따스한 시선으로 지켜
보고 있으려니, 객실에 노크 소리가 울려 퍼지고, 문밖에서
여자아이의 목소리가 들려왔다.

"영웅님-, 편지 왔어요!"

아마 성에서 일하는『주얼 크루스』들 중 하나일 것이다.
나는 방에서 끌어안고 있는 두 사람을 내버려 두고 밖으로
나섰다. 그리고 먼저 내 호칭에 대한 불만을 토로했다.

"영웅님이라고 부르는 거, 좀 그만해 주면 안 될까⋯⋯?"

"네? 그렇지만 루즈가 그렇게 부르는걸요."

파란 머리의『주얼 크루스』소녀는 어리둥절한 표정으로
말했다.

"루즈 녀석⋯⋯."

그렇게 귀에 못이 박히도록 말했는데, 도무지 고쳐 줄 생

각을 하지 않는다. 그게 경의의 표현이라는 건 알고 있지만, 그래도 완전히 납득하기는 힘들었다. 실제로 그 호칭은 이렇게 널리 확산되고 있었다.

"그보다, 편지 왔어요. 여기요."

"고마워. 그런데, 누가 편지를⋯⋯⋯⋯어?"

편지를 받아든 나는, 겉면에 적힌 발신인의 이름을 보자마자 놀랐다.

그리고 이내 편지를 펼쳐서 내용을 확인했다. 〈디멘션〉을 이용해서 단숨에 읽어 내리고, 그 내용에 아연실색했다.

그 편지 속에 적혀있던 것은, 『구원』 요청이었다.

감사합니다!

12권 발매+비아이시아편 종료까지, 가까스로 도달했습니다. 더할 나위 없이 기쁘고, 지금은 감사의 마음으로 가득합니다.

이번 권 표지는 아이드. 라이트노벨 중에서는 보기 드문 남자 두 명이라는 점도 그렇지만, 지금까지의 표지에서는 찾아볼 수 없었던 분위기가 있죠. 두 사람의 마지막 싸움에 걸맞은 근사한 일러스트를 그려 주셔서, 우카이 선생님에게는 항상 감사의 말씀밖에 드릴 말씀이 없습니다. 그리고 개인적인 이야기지만, 10권의 티티 표지를 보았을 때부터, 제 마음속 깊은 곳에서는 항상 "아이드의 표지를 보고 싶어!! 이 둘은 남매 둘이 모여야 존재할 수 있으니까━━! 표지를 나란히 늘어놓고 보고 싶어!"라는 욕망이 소용돌이치고 있었습니다.

이제 그 소원이 이루어져서, 정말로 속이 다 시원한 기분입니다…….

죽기 전에 아이드와 티티의 표지를 볼 수 있게 됐으니, 이제 죽어도 여한이 없습니다……. 이제 남은 것은, 그저 고요히 눈을 감는 것 뿐…….

그런 생각도 했지만, 끔찍한 욕망 덩어리인 저는, 벌써부터 다음 권인 13권에 대한 생각을 시작한 상태입니다. 왜냐하면, 예정대로라면 13권은『이세계 미궁의 최심부를 향하자』에서 가장 큰 전환점이 될 것이기 때문입니다.

라스티아라가 중심이 되는 이야기로, 이야기의 핵심에 접근할 예정입니다.

모든 것의 시작이자 결말이기도 한……, 하여튼, 이 13권은 특별한 권입니다.

그 특별한 13권에서 카나미가 펼쳐 보일 활약을, 모쪼록 기대해 주십시오.

──이런 어설픈 예고 및 선전과 더불어, 중대 발표가 있습니다!

놀랍게도,『이세계 미궁의 최심부를 향하자』가 코미컬라이즈됩니다!

참 감회 깊은 일입니다. 저는 만화를 정말 좋아해서, 솔직히 말하자면 소설보다 만화를 더 많이 읽는 편입니다(이건 딱히 희귀한 일은 아닐지도 모릅니다. 다만, 친구가 적어서 잘 모르겠습니다!). 어린 시절의 저는 그림 그리는 걸 좋아해서, 만화가가 되는 꿈을 꾸기도 했었습니다. 그렇기에 이번 일은 정말 감회 깊고, 감격스럽고, 더할 나위 없이 기쁜 이야기입니다…….

이 12권이 발매될 때쯤에는, 이 코믹판도 코믹 가르도(웹코믹 사이트입니다)에서 연재를 시작한 상태일 것입니다. 이 12권을 읽으신 후, 연재되어 있는 만화도 봐 주시면 참 기쁠 것 같습니다.

참고로 이번 만화판을 담당해 주신 분은 "사토 케이스케" 선생님입니다.

모 인기 애니메이션의 코미컬라이즈한 경험을 가지신 분이죠. 덕분에 저는 아무 걱정 없이, 코미컬라이즈 관련자 분들의 이름을 보았을 때부터 매일 싱글벙글 웃으며 살고 있습니다.

이렇게 해서, 이번 작가 후기는 사죄 없이 낭보로 마무리하겠습니다.

징조가 좋네요. 마지막으로, 이 책을 만드는 데 도움을 주신 모든 분들께 감사 말씀을 올리면서, 이만 작별입니다. 정말 진심으로, 여러분, 감사합니다. 그럼 이만.

Aim the deepest part of the different world labyrinth 12
©2019 Tarisa Warinai/OVERLAP
First published in Japan in 2019 by OVERLAP, Inc.
Korean translation rights reserved by Somy Media, Inc.
Under the license from OVERLAP, Inc., Tokyo JAPAN

# 이세계 미궁의 최심부로 향하자 12

2020년 5월  7일 1판 1쇄 인쇄
2020년 5월 14일 1판 1쇄 발행

**저      자** 와리나이 타리사
**일 러 스 트** 우카이 사키
**옮 긴 이** 박용국
**발 행 인** 유재옥
**본 부 장** 조병권
**담당편집자** 정영길
**편집 1팀** 정영길 김민지 조찬희
**편집 2팀** 김다솜 이본느
**편집 3팀** 오준영 곽혜민
**미      술** 강혜린 박은정
**라 이 츠** 김슬비 한주원
**디 지 털** 박상섭 박지혜 이성호
**발 행 처** ㈜소미미디어
**등      록** 제2015-000008호
**주      소** 서울시 마포구 토정로 222, 403호 (신수동, 한국출판콘텐츠센터)
**판      매** ㈜소미미디어
**제 작 처** 코리아피앤피
**마 케 팅** 한민지 권지수
**경 영 지 원** 허석용 최태욱
**전      화** 편집부 (070)4164-3962, 3963  기획실 (02)567-3388
                 판매 및 마케팅 (070)4165-6888, Fax (02)322-7665

ISBN 979-11-6507-628-3 04830
ISBN 979-11-5710-166-5 (세트)